U0090296

民國文化與文學研究文叢

十六編

李 怡 主編

第3冊

從經學啟蒙到文學啟蒙
——現代文學思潮的中國生成

郝明工 著

國家圖書館出版品預行編目資料

從經學啟蒙到文學啟蒙——現代文學思潮的中國生成／郝明工著 -- 初版 -- 新北市：花木蘭文化事業有限公司，2023〔民112〕
序 10+ 目 2+204 面；19×26 公分
（民國文化與文學研究文叢　十六編；第 3 冊）
ISBN 978-626-344-525-3（精裝）
1.CST：經學　2.CST：現代文學　3.CST：中國文學史
820.9　　112010618

民國文化與文學研究文叢
十六編　第 三 冊　　ISBN：978-626-344-525-3

從經學啟蒙到文學啟蒙

——現代文學思潮的中國生成

作　　者　郝明工
主　　編　李　怡
企　　劃　四川大學中國詩歌研究院
總 編 輯　杜潔祥
副總編輯　楊嘉樂
編輯主任　許郁翎
編　　輯　張雅淋、潘玟靜　美術編輯　陳逸婷
出　　版　花木蘭文化事業有限公司
發 行 人　高小娟
聯絡地址　235 新北市中和區中安街七二號十三樓
　　　　　電話：02-2923-1455／傳真：02-2923-1452
網　　址　http://www.huamulan.tw　信箱　service@huamulans.com
印　　刷　普羅文化出版廣告事業
初　　版　2023 年 9 月
定　　價　十六編 18 冊（精裝）台幣 45,000 元　

從經學啟蒙到文學啟蒙
——現代文學思潮的中國生成

郝明工 著

作者簡介

郝明工，文學博士，教授，重慶師範大學教師。出版個人專著《陪都文化論》（2016 年修訂版題名《抗戰時期的重慶文化》）、《中國「西方之光」——陪都文化與文學源流考》（2014《陪都重慶文化與文學考論》）、《陪都文學論》；《從經學啟蒙到文學啟蒙——現代文學思潮的中國生成》、《20 世紀中國文學思潮及流派》、《人道主義與二十世紀的中國文論》、《中國現代小說生成論》；《20 世紀末中國大陸社群生態紀實與解讀》、《無冕國度的對舞——中外新聞比較研究》，《經濟全球化時代的精神生產》。

提　要

清末民初發生的中國啟蒙，呈現出從經學啟蒙到文學啟蒙的形態演變，不僅啟蒙群體從學者擴大到作家，啟蒙對象從士人擴張到國民；而且救亡使命也從國內革命擴展到國際反帝，從而促成了啟蒙即救亡這一文化傳統的最終形成。文學啟蒙立足於文化意識更新來進行本土文化的傳統延續，使之與外來文化的現代取向相適應。與此同時，文學啟蒙又與中國政治的世紀劇變存在著內在關聯，促成文學啟蒙的現實展開與文學思潮的現代更新之間的不可分離。於是，中國文學的整體性革命與文學啟蒙的階段性發展相輔相成，從清末文學各界革命到民初文學革命，文學思潮主流由「新民」的文學逐漸轉向了「人的文學」，而文學觀念的轉換則成為中國文學思潮轉型的世紀起點，直接促發了現代文學思潮的中國生成。

鬱結、盤桓與頓挫：中國現代文學中的國家—民族敘述——《民國文化與文學研究文叢・十六編》引言

李　怡

1921 年 10 月，「新文學運動以來的第一部小說集」由上海泰東圖書局推出〔註1〕，這就是郁達夫的《沉淪》。從 1921 年至 1923 年，這部小說集被連續印刷十餘次，銷量累計至 20000 餘冊，在新文學初創期堪稱奇觀。「對於他的熱烈的同情與感佩，真像《少年維特之煩惱》出版後德國青年之『維特熱』一樣」〔註2〕，因為，「人人皆可從他作品中，發現自己的模樣。……多數的讀者，由郁達夫作品，認識了自己的臉色與環境」〔註3〕。當然，小說中能夠引起讀者共鳴的應該有好幾處，包括性愛的暴露、求索的屈辱等等，但足以令讀者產生一種普遍的情緒激昂的還是其中那種個人屈辱與家國命運的相互激蕩和糾纏，這樣的段落已經成為了中國現代文學史引證的經典：

> 他向西面一看，那燈檯的光，一霎變了紅一霎變了綠的，在那裡盡它的本職。那綠的光射到海面上的時候，海面就現出一條淡青的路來。再向西天一看，他只見西方青蒼蒼的天底下，有一顆明星，在那裡搖動。
>
> 「那一顆搖搖不定的明星的底下，就是我的故國，也就是我的

〔註 1〕成仿吾：《〈沉淪〉的評論》，《創造》季刊 1923 年 2 月第 1 卷第 4 期。

〔註 2〕匡亞明：《郁達夫印象記》，載《郁達夫研究資料》，北京：知識產權出版社，2010 年，第 52 頁。

〔註 3〕賀玉波編：《郁達夫論》，上海：光華書局，1932 年，第 84 頁。

生地。我在那一顆星的底下，也曾送過十八個秋冬。我的鄉土嚇，我如今再不能見你的面了。」

他一邊走著，一邊盡在那裡自傷自悼的想這些傷心的哀話。走了一會，再向那西方的明星看了一眼，他的眼淚便同驟雨似的落下來。他覺得四邊的景物，都模糊起來。把眼淚揩了一下，立住了腳，長歎了一聲，他便斷斷續續的說：

「祖國呀祖國！我的死是你害我的！」

「你快富起來，強起來吧！」

「你還有許多兒女在那裡受苦呢！」〔註4〕

在這裡，一位在異質文明中深陷焦慮泥淖的中國青年將個人的悲劇置放在了國家與民族的普遍命運之中，並且在自己生命的絕境中發出了如此石破天驚般的吶喊，一瞬間，個人的生存苦難轉化為對國家與民族的整體控訴，鬱積已久的酸楚在這一心理方式中被最大劑量地釋放。這也就是作者自述的，「眼看到的故國的陸沉，身受到的異鄉的屈辱」〔註5〕，「我的消沉也是對國家，對社會的。現在世上的國家是什麼？社會是什麼？尤其是我們中國？」〔註6〕所以，在文學史家看來，這部作品的顯著特點就在於「性、種族主義、愛國主義在他心底裏全部纏結在一起」〔註7〕。

《沉淪》主人公于質夫投海之前的這一段激情道白擊中的是近代以來中國人的普遍心理與情緒，1921 年的「《沉淪》熱」、百年來現代中國文學與現實人生的不解之緣從根本上都與這樣的體驗和情緒緊密相關：在中國現代文學的普遍主題中，國家觀念和民族意識的凸顯格外引人注目，或者說，個人命運感受與國家、民族宏大問題的深刻聯繫就是我們文學的最基本構型。

在很大的程度上，我們的中國現代文學研究自始至終都沒有否認過這一基本事實。1922 年，胡適寫下新文學的第一部小史《五十年來中國之文學》，就是以「國」定文學，是為「國語的文學」。1923 年，瞿秋白署名陶畏巨發表新文學概觀，也是以「西歐和俄國都曾有民族文學的先聲」為參照，將新文學

〔註 4〕郁達夫：《沉淪》，《郁達夫文集》第一卷，廣州：花城出版社，1982 年，第 52～53 頁。

〔註 5〕郁達夫：《懺餘獨白》，《郁達夫文集》第七卷，廣州：花城出版社，1982 年，第 250 頁。

〔註 6〕郁達夫：《北國的微音》，《郁達夫文集》第三卷，廣州：花城出版社，1982 年，第 91 頁。

〔註 7〕李歐梵：《李歐梵自選集》，上海：上海教育出版社，2002 年，第 38 頁。

視作「民族國家運動」的一部分，宣布「他是民族統一的精神所寄」〔註8〕。王瑤的《中國新文學史稿》奠定了新中國現代文學的學科基礎，在以「新民主主義革命」為核心話語的歷史陳述中，「外爭國權，內除國賊」、「民族解放」的政治背景十分清晰。唐弢主編《中國現代文學史》繼續依託「新民主主義革命時期」的階級狀況展開，反對帝國主義對中華民族的侵略、挽救民族危機也是這一歷史過程的重要組成部分。新時期以降，被稱作代表「新啟蒙」思潮的二十世紀中國文學觀更是將國家民族的現代化進程作為文學探索的基本背景，明確指出：「爭取民族的獨立解放，民族政治、經濟、文化，民族意識的全面現代化，實現民族的崛起與騰飛，是本世紀全民族的中心任務，構成了時代的基本內容，社會歷史的中心，民族意識的中心，對於這一時期包括文學在內的整個意識形態起著一種制約作用，決定著這一時期文學的性質、任務、歷史內容，以及歷史特徵，等等。」〔註9〕新時期影響中國現代文學研究的思想，在內有李澤厚《中國現代思想史論》的「啟蒙／救亡雙重變奏」說，在外則有夏志清《中國現代小說史》的「感時憂國」說，它們的思想基礎並不相同，但卻在現代文學的國家民族意識上有著高度的共識。直到新世紀以後，儘管意識形態和藝術旨趣的分歧日益加大，但是平心而論，卻尚未發現有誰試圖根本否認這一基本特徵的存在。

在我看來，《沉淪》主人公于質夫將個人的悲劇追溯到國家民族的宏大命運之中，於生存背景的揭示而言似乎勢所必然，不過，其中的心理邏輯卻依然存在許多的耐人尋味之處：于質夫，一個多愁善感而身心孱弱的青年在遭遇了一系列純粹個人的生活挫折之後，如何情緒爆發，在蹈海自盡之際將這一切的不幸通通歸咎於國家的弱小？這是羸弱者在百般無奈之下的洗垢求瘢、故入人罪，還是被人生的苦澀長久浸泡之後的思想的覺悟？一方面，我不能認同徐志摩當年的苛刻之論：「故意在自己身上造些血膿糜爛的創傷來吸引過路的人的同情」〔註10〕，那是生活優渥的人的高論，顯然不夠厚道，但是，另一方面，從1920年代的爭論開始，至今也有讀者無不疑惑：「『零餘人』不僅逃避承擔時代的重任，而且自身生活能力低下，在個人情慾的小圈子裏執迷不悟，一旦

〔註8〕陶畏巨：《荒漠裏》，《新青年》季刊1923年12月20日第2期。

〔註9〕陳平原、黃子平、錢理群：《二十世紀中國文學三人談——民族意識》，《讀書》1985年第12期。

〔註10〕見郭沫若：《論郁達夫》，載《回憶郁達夫》，長沙：湖南文藝出版社，1986年，第3頁。

得不到滿足，連生命也毫不猶豫地捨棄。這樣的人物是時代的主旋律上不和諧的音符，他的死是一種歷史的必然。郁達夫在作品主人公自殺前加上這麼一條勉強的『尾巴』，並不能讓主人公的思想高尚起來。」〔註 11〕郁達夫恐怕不會如此的膚淺，但是《沉淪》所呈現的心理邏輯確有微妙隱晦之處，至少還不曾被小說清晰地展開，這就如同現代文學史上的二重組合——個人悲劇／國家民族命運的複雜的鏈接過程一樣，其理昭昭，其情深深，在這些現象已經被我們視作理所當然的歷史事實之後，我們是不是進一步仔細觀察過其中的細節？究竟這些「國家觀念」和「民族意識」有著怎樣具體的內涵，有沒有發生過值得注意的重要變化，它們彼此的結構和存在是怎樣的，是不是總是被奉為時代精神的「共主」而享有所向披靡的能量，在它們之間，內在關聯究竟如何，是不容置辯的相互支撐，一如我們習以為常的「國家民族」的關聯陳述，還是暗含齟齬和衝突？

這就是我們不得不加以辨析和再勘的理由。

一

中國現代文學在表達個人體驗與命運的時候，總是和國家與民族的重大關切緊密相連，然而，「國家」與「民族」這兩個基本語彙及其現代意涵卻又是近代「西學東漸」的一部分，作為西方思想文化的複雜構成，其本身也有一個曲折繁蕪的流變演化歷史。所以，同一個「國家觀念」與「民族情懷」的能指，卻很可能存在著千差萬別的所指。

大約是從晚清以降，中國知識界開始出現了越來越多的「國家」與「民族」的表述，以致到後來形成了大家耳熟能詳的名詞、概念、主義和系統的思想。自 1960 年代開始，當作為學科知識的「民族學」等需要進一步理性建設的時候，人們再一次回過頭來，試圖深入追溯「民族」理念的來源，以便繪製出清晰的知識譜系，這樣的追溯在極左年代一度中斷，但在新時期以後持續推進；新時期至今，隨著政治學、社會學、文化學領域對中外文明史、國家制度史的理論思考的展開，「國家」的概念史、意義史也得到了比較充分的總結。

百餘年來中國知識分子對「民族」的理解來源複雜，過程曲折，我們試著將目前學界的考證以圖表示之：

〔註 11〕吳文權：《感性縱情與理性斂情——從〈沉淪〉和〈遲桂花〉看郁達夫前後期的創作風格》，《重慶工學院學報》2005 年第 7 期。

考證人	時間結論	來源結論	最早證據	學界反應
林耀華《關於「民族」一詞的使用和譯名問題》（《歷史研究》1963年第2期）	不晚於1900年	可能從日文轉借過來	章太炎《序種姓上》	1980年代以後不斷更新中國學者的引進、使用時間
金天明、王慶仁《「民族」一詞在我國的出現及其使用問題》（《社會科學輯刊》1981年第4期）	1899年	從日文轉借過來	梁啟超的《東籍月旦》	韓錦春、李毅夫等考證《東籍月旦》作於1902年；此前梁啟超已經使用該詞
彭英明《中國近代誰先用「民族」一詞？》（《社會科學輯刊》1984年第2期）	1898年6月	近代中國開始使用	康有為的《請君民合治滿漢不分摺》	經過多人考證，最終確認康有為此摺乃是其1910年前後所偽造
韓錦春、李毅夫《漢文「民族」一詞的出現及其初期使用情況》（《民族研究》1984年第2期）	1895年	從日文引入	《論回部諸國何以削弱》（《強學報》第2號）	新世紀以後開始被人質疑
韓錦春、李毅夫編《漢文「民族」一詞考源資料》，（中國社會科學院民族研究所民族理論研究室1985年印）	近代中國人開始使用	在中國古代典籍中未曾出現，近代以前「民」、「族」是分開使用的		新世紀以後開始被人質疑
彭英明《關於我國民族概念歷史的初步考察》（《民族研究》1985年第2期）	1874年前後使用	可能來自英語	王韜《洋務在用其所長》	
臺灣學者沈松僑《我以我血薦軒轅——皇帝神話與晚清的國族建構》（《臺灣社會研究季刊》第二十八期，1997年12月）	20世紀中國知識分子	從日文引入		新世紀以後開始被人質疑

【英】馮客《近代中國之種族觀念》（楊立華譯），江蘇人民出版社 1999 年	1903 年，晚清維新派，梁啟超首次使用			
茹瑩《漢語「民族」一詞在我國的最早出現》（《世界民族》2001 年第 6 期）	唐代	與「宗社」相對應，但與現代意義有差別	李筌所著兵書《太白陰經》之序言：「傾宗社滅民族」	
黃興濤《「民族」一詞究竟何時在中文裏出現？》（《浙江學刊》2002 年第 1 期）類似觀點還有方維規《論近代思想史上的「民族」、「Nation」與中國》（香港《二十一世紀》2002 年 4 月號）	1837 年或之前出現；1872 年已有華人在現代意義上加以使用	很可能是西方來華傳教士的偶然發明	《論約書亞降迦南國》（1837 年 10 月德國籍傳教士郭士臘等編撰《東西洋考每月統記傳》）	
邸永君《「民族」一詞見於〈南齊書〉》（《民族研究》2004 年第 3 期）	南齊	中國自身的語彙，意義與當今相同	道士顧歡稱「諸華士女，民族弗革」（《南齊書》卷 54《高逸傳·顧歡傳》）	
郝時遠《中文「民族」一詞源流考辨》（《民族研究》2004 年第 6 期）	就詞語而言至少魏晉以降即有；古漢語「民族」一詞在 19 世紀 70 年代或之前傳入日本	古漢語「民族」一詞在中國有早於日本的且接近現代的含義；國人對「民族」對應的西文 nation、volk 及其含義的理解，無疑主要來自日本翻譯的西學著作；中國現代民族（nation）觀念受到日譯西書的影響	從魏晉以降至清，作為詞語使用不絕，總體傾向於各種具體的族群分類，現代抽象的意義概念屬於近代產物；日文「民族」為中文輸入的結果，與近代中國的西書漢譯有關	

此表列出了新中國成立至今學界所考證的概念史，以考證出現的時間為序。從中，我們大體上可以知道這樣一些基本事實：

1. 在近現代中國的思想之中，雙音節詞彙「民族」指的是經由長期歷史發展而形成的穩定共同體，它在歷史、文化、語言等方面與其他人群有所區別，「血緣、語言、信仰，皆為民族成立之有力條件」〔註12〕。相對而言，在古代中國，「民」與「族」往往作為單音節詞彙分開使用，「族」更多的指涉某一些具體的人群類別，近似於今天所謂的「氏族」、「邦族」、「宗族」、「部族」等等，所以在一個比較長的時間裏，我們從「民族」這個詞語的近現代含義出發，傾向於認定它的基本意義源自國外，是隨著近代域外思潮的引進而加進入中國的外來詞語，大多數學者認為它來自日本，原本是日本明治維新之後對西方術語的漢譯，也有學者認為它可能就是對英文的中譯。

2. 漢語詞彙本身也存在含義豐富、歷史演變複雜的事實，所以中國學者對「民族」的本土溯源從來也沒有停止過。雖然古代文獻浩若煙海，搜索「民族」一詞猶如大海撈針，史籍森森，收穫艱難，然而幾經努力，人們還是終有所得，正如郝時遠所總結的那樣，到新世紀初年，新的考證結論是：在普遍性的「民」、「族」分置的背景上，確實存在少數的「民族」合用的事實，而且古漢語的「民族」一詞，已經出現了近似現代的類別標識含義，在時間上早於日本漢文詞彙。在日本大規模地翻譯西方思想學術之前，其實還出現過借鑑中國語彙譯述西方書籍的選擇，日本漢文中的「民族」一詞很可能就是在這個時候從中國引入的。「『民族』一詞是古漢語固有的名詞。在近代中文文獻中，現代意義的『民族』一詞出現在 19 世紀 30 年代。日文中的『民族』一詞見諸 19 世紀 70 年代翻譯的西方著述之中，係受漢學影響的結果。但是，『民族』一詞在日譯西方著作中明確對應了 volk、ethnos 和 nation 等詞語，這些著作對 nation 等詞語的定義及其相關理論，對清末民初的中國民族主義思潮產生了直接影響。『民族』一詞不屬於『現代漢語的中—日—歐外來詞。』」〔註13〕

3.「民族」一詞更接近西方近代意義的廣泛使用是在日本，又隨著其他漢文的西方思想一起再次返回到了中國本土，最終形成了近現代中國「民族」概念的基本的含義。

總而言之，「民族」一語，從詞彙到思想，都存在一個複雜的形成過程，這裡有歷史流變中的意義的改變，也有中國／西方／日本思想和語言的多方

〔註12〕梁啟超：《中國歷史上民族之研究》，《飲冰室合集》第 8 冊，北京：中華書局，1989 年，第 860 頁。

〔註13〕郝時遠：《中文「民族」一詞源流考辨》，《民族研究》2004 年第 6 期。

對話與互滲。從總體上看，現代中國的「民族」含義與西方近代思想、日本明治維新後的思想基本相同，與古代中國的類似語彙明顯有別。1902 年，梁啟超在《論中國學術思想變遷之大勢》一文中，第一次提出了「中華民族」的概念，五年後的 1907 年，楊度《金鐵主義說》、章太炎《中華民國解》又再次申述了「中華民族」的觀念，雖然他們各自的含義有所差異，但是從一個大的族群類別的角度提出民族的存在問題卻有著共同的思維。民族、中華民族、民族意識、民族主義、民族復興，串聯起了近代、現代、當代中國思想發展的重要脈絡，儘管其間的認知和選擇上的分歧依然存在。

與「民族」類似，中國人對「國家」意義的理解也有一個複雜的演變過程，所不同的在於，如果說在民族生存，特別是中華民族共同命運等問題上現代知識分子常常聲應氣求的話，那麼在「國家」含義的認知和現實評價等方面，卻明顯出現了更多的分歧和衝突。

「國家」一詞在英語裏分別有 country、nation 和 state 三個詞彙，它們各有意指。Country 著眼於地理的邊界和範圍，側重領土和疆域；nation 強調的是人口和民族，偏向民族與國民的內涵；state 代表政治和權力，指的是在確定的領土邊界內強制性、暴力性的機構。現代意義上的國家概念就是政治學意義的 state。作為政治學的核心術語，state 的出現是近代的事，在這個意義上說，古代社會並沒有正式的國家概念。這一點，中西皆然。

就如同「民」與「族」一樣，古漢語的「國」與「家」也常常分置而用。早在先秦時期，也出現了「國」與「家」的合用，只是各有含義，諸侯的封地謂之「國」，卿大夫的封地謂之「家」，這是不同等級的治理區域；然而不同等級的治理區域能夠合用為「國家」，則顯示了傳統中國治理秩序的血緣基礎。先秦時代，周天子治轄所在曰「天下」，周天子的京師曰「中國」，「禮崩樂壞」之後，各諸侯國的王畿也稱「中國」，再後，「中國」範圍進一步擴大，成了漢族生存的中原地區具有「德性」和「禮義」的文明區域的總稱，最早的政治等級的標識轉化為文化優越的稱謂，象徵著「華夏」(「以德榮為國華」〔註 14〕)之於「夷狄」的文明優勢，是謂「中國有文章光華禮義之大」〔註 15〕。「天下」與「中國」相互說明，構成了一種超越於固定疆域、也不止於政治權力的優越

〔註 14〕上海師範大學古籍整理組校點：《國語》，上海：上海古籍出版社，1978 年，第 183 頁。

〔註 15〕(漢) 孔安國傳，(唐) 孔穎達等正義：《尚書正義》，上海：上海古籍出版社，1990 年，第 43 頁。

的文明自詡。隨著非漢族統治的蒙元、滿清時代的出現，「中國」的概念也不斷受到衝擊和改變，一方面，蒙古帝國從未被漢人同化，「中國」一度失落，另一方面，在清朝，原來的「四夷」（滿、蒙、回、藏、苗）卻被重新識別而納入「中國」，而夷狄則成了西洋諸國。儘管如此，那種文明的優越感始終存在。到了晚清，在「四夷」越來越強大的威懾下，「中國」優越感和「天下」無限性都深受重創，「近代中國思想史的大部分時期，是一個使『天下』成為『國家』的過程」〔註16〕，這裡的「國家」觀念就不再是以家立國的古代「國家」了，而是邊界疆域明確、彼此獨立平等的國際間的政治實體，也就是近現代主權時代的民族國家。1648 年《威斯特伐利亞和約》的簽訂，標誌著歐洲國家正式進入主權時代。到 19 世紀，一個邊界清晰、民族自覺的民族國家成為了國際外交的主角。國家外交的碰撞，特別是國際軍事衝突的失敗讓被迫捲入這一時代的中國不得不以新的「國家」觀念來自我塑形，並與「天下」瓦解之後的「世界」對話，一個前所未有的民族—國家的時代真正到來了。現代中國的民族學者早就認識到：「民族者，裏也，國家者，表也。民族精神，實賴國家組織以保存而發揚之。民族跨越文化，不復為民族；國家脫離政治，不成其為國家。」〔註17〕

然而，正如韋伯所說「國家」（state）是「到目前為止最複雜、最有趣」的概念〔註18〕，一方面，「非人格化」的現代國家觀念延續了古羅馬的「共和」理想，國家政治被看作超越具體的個人和社會的「中立」的統治主體，一系列嚴謹、公平的社會治理原則成為應有之義，另外一方面，從西方歷史來看，現代意義的國家的出現與十七、十八世紀絕對王權代替封建割據，與路易十四「朕即國家」（L'État, c'est moi）的事實緊密相關，這些原本與中國歷史傳統神離而貌合的取向在有形無形之中進入了現代中國的國家理念，成為我們混沌駁雜的思想構成，那些巨大的、統一的、排他性的權力方式始終潛伏在現代國家的發展過程之中，釋放魅惑，也造成破壞。此外，置身普遍性的現代民族國家的歷史進程，中國的民族—國家的聯結和組合卻分外的複雜，與西方世界主

〔註16〕【美】約瑟夫·列文森著、鄭大華、任菁譯：《儒教中國及其現代命運》，桂林：廣西師範大學出版社，2009 年，第 84 頁。

〔註17〕吳文藻：《民族與國家》，《人類學社會學研究文集》，北京：民族出版社，1990 年，第 35～36 頁。

〔註18〕Max Weber, "'Objectivity' in Social Science and Social Policy," in The Methodology of Social Sciences, trans. & ed., Edward A. Shils & Henry A. Finch, Glencoe: The Free Press, 1949, p. 99.

流的單一民族的國家構成，多民族的聯合已經是中國現代國家的生存基礎，在我們內在結構之中，不同民族的相互關係以及各自與國家政權的依存方式都各有特點，當然從「排滿革命」到「五族共和」，也有過齟齬與和解，民族主義作為國家政治的基礎，既行之有效，又並非總能堅如磐石。

二

西方馬克思主義的重要代表弗雷德里克・詹姆森有一個論斷被廣泛引用：「所有第三世界的本文均帶有寓言性和特殊性：我們應該把這些本文當作民族寓言來閱讀，特別當它們的形式是從占主導地位的西方表達形式的機制——例如小說——上發展起來的。」「第三世界的本文，甚至那些看起來好像是關於個人和利比多趨力的本文，總是以民族寓言的形式來投射一種政治：關於個人命運的故事包含著第三世界的大眾文化和社會受到衝擊的寓言。」〔註 19〕魯迅的小說就是這一論斷的主要論據。拋開詹姆森作為西方學者對魯迅小說細節的某些誤讀，他關於中國現代文學與國家民族深度關聯的判斷還是基本準確的。中國現代文學史上的幾乎每一場運動都與民族救亡的目標有關，而幾乎每一個有影響的作家都有過魯迅「我以我血薦軒轅」式的人生經歷和創作衝動，包括抗戰時期的淪陷區文學也曾經以隱晦婉曲的方式傳達著精神深處的興亡之歎。即便文學的書寫工具——語言文字也早就被視作國家民族利益的捍衛方式，一如近代小學大家章太炎所說：「小學」「這愛國保種的力量，不由你不偉大。」〔註 20〕晚清語言改革的倡導者、切音新字的發明人盧戇章表示：「倘吾國欲得威振環球，必須語言文字合一。務使男女老幼皆能讀書愛國。除認真頒行一種中國切音簡便字母不為功。」〔註 21〕

只是，詹姆森的「民族寓言」判斷對於千差萬別的「第三世界」來說，顯然還是過於籠統了。對於這一位相對單純的現代民族國家的學者而言，他恐怕很難想像現代的中國，既然有過各自不同的「國家」概念和紛然雜陳的「民族」意識，在真正深入文學的世界加以辨析之時，我們就不得不追問，這些興亡之

〔註 19〕【美】弗雷德里克・詹姆森：《處於跨國資本主義時代中的第三世界文學》，見張京媛主編《新歷史主義與文學批評》，北京：北京大學出版社，1993 年，第 234、235 頁。

〔註 20〕章太炎：《我的生平與辦事方法》，《章太炎的白話文》，瀋陽：遼寧教育出版社，2003 年，第 74 頁。

〔註 21〕盧戇章：《中國第一快切音新字》原序，《清末文字改革文集》，北京：文字改革出版社，1958 年，第 2 頁。

慨究竟意指哪一個國家認同，這民族情懷又懷抱著怎樣的內容？現代中國知識分子所經歷的複雜的國家—民族的知識轉型，因為情感性的文學的介入而愈發顯得盤根錯節、撲朔迷離了。

在中國新文學史的敘述邏輯中，近現代中國的歷史進程就是一個義無反顧的棄舊圖新的過程。

王瑤《中國新文學史稿》一開篇就認定了五四新文學的「徹底性」與「不妥協性」：「反帝反封建是由『五四』開始的中國現代文學的基本特徵，這裡『徹底地』、『不妥協地』兩個形容詞非常重要，這是關係到對敵鬥爭的重大課題。」〔註 22〕

唐弢主編《中國現代文學史》這樣立論：「清嘉慶以後，中國封建社會已由衰微而處於崩潰前夕。國內各種矛盾空前尖銳，社會危機四伏。清朝政府極端昏庸腐朽。」「為了挽救民族危亡的命運，從太平天國到辛亥革命，中國人民進行了一次又一次的革命鬥爭。」「在這一歷史時期內，雖然封建文學仍然大量存在，但也產生了以反抗列強侵略和要求掙脫封建束縛為主要內容的進步文學，並且在較長的一段時間裏，不止一次地作了種種改革封建舊文學的努力。」「『五四』文學革命運動的興起，乃是近代中國社會與文學諸方面條件長期孕育的必然結果。」〔註 23〕

嚴家炎主編《二十世紀中國文學史》的最新表述：「歷史悠久的中國文學，到清王朝晚期，發生了前所未有的重大轉折：開始與西方文學、西方文化迎面相遇，經過碰撞、交匯而在自身基礎上逐漸形成具有現代性的文學新質，至五四文學革命興起達到高潮。從此，中國文學史進入一個明顯區別於古代文學的嶄新階段。」〔註 24〕

這都是中國現代文學研究的經典性論述，它們都以不同的方式告訴我們，自晚清以後，中國的社會文化始終持續進步，五四新文學展開了現代國家—民族的嶄新的表述。從歷史演變的根本方向來說，這樣的定位清晰而準確，這就如同新文化運動領袖陳獨秀在當時的感受：「我生長二十多歲，才知道有個國

〔註 22〕王瑤：《中國新文學史稿》上冊，《王瑤文集》第 3 卷，太原：北嶽文藝出版社，1995 年，第 7 頁。

〔註 23〕唐弢主編：《中國現代文學史》，北京：人民文學出版社，1979 年，第 1～2 頁、6 頁。

〔註 24〕嚴家炎主編：《二十世紀中國文學史》，北京：高等教育出版社，2010 年，第 1 頁。

家，才知道國家乃是全國人的大家，才知道人人有應當盡力於這大家的大義。」〔註 25〕換句話說，是在歷史的進步中我們生成了全新的國家—民族意識，而新的國家—民族憂患（「盡力於這大家的大義」）則產生了新的現代的文學。

但是，這樣的棄舊圖新就真的那麼斬釘截鐵、一往無前嗎？今天，在掀開新文學主流敘述的遮蔽之後，我們已經發現了歷史場域的更多豐富的存在，在中國現代文學（而不僅僅是現代的「新文學」）的廣袤的土地上，歷史並非由不斷進化的潮流所書寫，期間多有盤旋、折返、對流、纏繞……現代的民族國家——中華民國雖然結束了君主專制，代表了歷史前進的方向，但卻遠遠沒有達到「全民認同」的程度，在各種形式的理想主義的知識分子那裡，更是不斷遭遇了質疑、批評甚至反叛，而「民族」所激發的感情在普遍性的真誠之中也隱含著一些各自族群的遭遇和體驗，何況在中國，民族意識與國家觀念的組合還有著多種多樣的形式，彼此之間並非理所當然的融合無隙。這也為現代文學中民族情感的轉化和發展留下了豐富的空間。

1933 年 8 月，上海世界書局出版了錢基博的《現代中國文學史》。這部早期的中國現代文學史著也是最早標舉「現代」之名的文學論著。然而，有意思的是，與當下學者在「現代性」框架中大談「民族國家」不同，錢基博的用意恰恰是借「現代」之名表達對彼時國家的拒絕和疏離：「吾書之所為題現代，詳於民國以來而略推跡往古者，此物此志也。然不題民國而曰現代，何也？曰『維我民國，肇造日淺，而一時所推文學家者，皆早嶄然露頭角於讓清之末年；甚者遺老自居，不願奉民國之正朔；寧可以民國概之！』」〔註 26〕「不願奉民國之正朔」就必須以「現代」命名？錢基博的這個邏輯未必說得通，不過他倒是別有意味地揭示了一個重要的事實：「一時所推文學家者」成長於前朝，甚至以前朝遺民自居，缺乏對這個新興的民族國家——中華民國的認同。近年來，隨著現代文學研究空間的日益擴大，一些為「新文化新文學」價值標準所不能完全概括的文學現象越來越多地進入了文學史家的視野，所謂奉「民國乃敵國」的文學群體也成了「出土文物」，他們的獨特的感受和情感得以逐漸揭示，中國現代作家的精神世界的多樣性更充分地昭示於世。正如史學家王汎森所說：「受過舊文化薰陶的讀書人在面對時代變局時，有種種異於新派人物的

〔註 25〕陳獨秀：《說國家》，《陳獨秀著作選》第一卷，上海：上海人民出版社，1993 年，第 44 頁。

〔註 26〕錢基博：《現代中國文學史》，上海：上海世界書局，1933 年，第 8～9 頁。

回應方式，包括與現代截然迥異的價值觀和看法。以往我們把焦點集中在新派人物身上，模糊或忽略了舊派人物。」「儘管我們無須同意其政治認同，可是的確值得重新檢視他們的行為與動機，以豐富我們對近代中國思想文化脈絡的瞭解。」〔註27〕這樣一些拒絕認同現實國家的知識分子還不能簡單等同於傳統意義上的「遺民」，因為他們的焦慮不僅僅是對政權歸屬的迷茫，更包含了對現代社會變遷的不適，和對中西文化衝突的錯愕，這都可以說是現代文化進程中的精神危機，是不應該被繼續忽視的現代文學主流精神的反面，它包含了歷史文化複雜性的幽深的奧秘。「清遺民議題呈現豐富的意涵，除了歷史上種族與政治問題外，也跟文化層面有著密切的關聯。他們反對的不單來自政治變革，更感歎社會良風善俗因而消逝，訴諸近代中國遭受西力衝擊和影響。」「充分顯現了忠清遺民的遭遇及面對的問題，固然和過去有所不同，非但超乎宋元、明清易代之際士人，而且在心理與處境上勢將愈形複雜。」〔註28〕在「現代文學」的格局中，他們或以詩結社，相互唱酬追思故國，「劇憐臣甫飄零甚，日日低頭拜杜鵑」〔註29〕；或埋首著述，書寫「主辱臣死」之志，吟詠「辛亥濺淚」之痛〔註30〕，試圖「託文字以立教」；或與其他文學群體論爭駁詰，一如林紓以「清室舉人」自居，對陣「民國宣力」蔡元培，反對新文化運動，增添了現代文壇的斑斕。在這一歷史過程中，一些重要代表如王國維的文學評論，陳三立、沈曾植、趙熙、鄭孝胥等人的舊體詩，辜鴻銘的文化論述，都是別有一番「意味」的存在。

中華民國是推翻君主專制而建立起來的「民族國家」，然而，眾所周知的史實是，這個國家長期未能達成各方國民的一致認同，先是為創立民國而流血犧牲的國民黨人無法接受各路軍閥對國家的把持，最後是抗戰時代的分裂勢力（偽滿、汪偽）對國民政府國家的肢解，貫穿始終的則是左翼知識分子對一切軍閥勢力及國民黨獨裁的抨擊和反抗，雖然來自左翼文學的批判否定還

〔註27〕王汎森：《序》，林志宏著《民國乃敵國也：政治文化轉型下的清遺民》，北京：中華書局，2013年，第2頁。

〔註28〕王汎森：《序》，林志宏著《民國乃敵國也：政治文化轉型下的清遺民》，北京：中華書局，2013年，第3、4頁。

〔註29〕丁仁長：《為杜鵑庵主題春心圖》，《丁潛客先生遺詩》，第32頁，廣州九曜坊翰元樓刊行1929年刻本（轉引自110頁）。

〔註30〕「主辱臣死」語出清末湖北存古學堂經學總教習曹元弼，晚清經學家蘇輿著有《辛亥濺淚集》（長沙龍雲印刷局石印本），作於辛亥年間，凡四卷，收錄七言絕句33首。

不能說他們就是「民國的敵人」，因為在推翻專制、走向共和、反抗侵略等國家大勢上，他們也多次攜手合作，並肩作戰，但是，關於現代國家的理想形態，左翼知識分子顯然與國家的執政者長期衝突，形成了現代史上最為深刻的無法彌合的信仰分裂。另外，數量龐大的自由主義知識分子群體，其思想基礎融合了近代以來的西方啟蒙思想和中國傳統士人精神，作為現代社會的公民，民主、自由、科學的理念是他們基本的立世原則，雖然其中不乏溫和的政治主張者，甚至也有對社會政治的相對疏離者，但都莫不以「天下大任」為己任，他們不可能成為現實國家秩序的順從者，常常表達出對國家制度和現狀的不滿和批評，並以此為自我精神的常態。在民國時代，真正不斷抒發對現實國家「忠誠無二」的只有三民主義、民族主義文學運動的參與者以及國家主義的信奉者。但是，問題在於，與國民黨關聯深厚的三民主義、民族主義文學運動卻始終未能成為文學的主導力量，至於各種國家主義，本身卻又與國民黨意識形態矛盾重重，在文學上影響有限，更不用說其中的覺悟者如聞一多等反戈一擊，在抗戰結束以後以「人民」為旗，質疑「國家」的威權。

總而言之，在現代中國的主流作家那裡，國家觀念不是籠統的一個存在，而是包含著內部的分層，對家國世界的無條件的憂患主要是在族群感情的層面上，一旦進入現實的政治領域，就可能引出諸多的歧見和質疑，而且這些自我思想的層次之間，本身也不無糾纏和矛盾，于質夫蹈海之際，激情吶喊：「祖國呀祖國！我的死是你害我的！」在這裡，生死關頭的情感依託是「祖國」，說明「國家」依舊是我們精神的襁褓，寄寓著我們真誠的愛，然而個人的現實發展又分明受制於國家社會的束縛，這種清醒的現實體驗和篤定的權利意識也激發了另外一種不甘，於是，對「國家」的深愛和怨憤同時存在，彼此糾結，令人無以適從。

關於民國，魯迅也道出過類似的矛盾性體驗：

> 我覺得彷彿久沒有所謂中華民國。
>
> 我覺得革命以前，我是做奴隸；革命以後不多久，就受了奴隸的騙，變成他們的奴隸了。
>
> 我覺得有許多民國國民而是民國的敵人。
>
> 我覺得有許多民國國民很像住在德法等國裏的猶太人，他們的意中別有一個國度。
>
> 我覺得許多烈士的血都被人們踏滅了，然而又不是故意的。

我覺得什麼都要從新做過。〔註31〕

在這裡，魯迅對「民國」的失望是顯而易見的：它玷污了「革命」的理想，令真誠的追隨者上當受騙。然而，當魯迅幾乎是一字一頓地寫下「中華民國」這四個漢字的時候，卻也刻繪了對這一現代國家形態的多少的顧惜和愛護，猶如他在《中山先生逝世後一週年》中滿懷感情地說：「中山先生逝世後無論幾週年，本用不著什麼紀念的文章。只要這先前未曾有的中華民國存在，就是他的豐碑，就是他的紀念。」〔註32〕從君主專制的「家天下」邁入現代國家，民國本身就是這樣一個「先前未曾有」的時代進步的符號，也凝聚著像魯迅這樣「血薦中華」的知識人的思想和情感認同，所以在強烈的現實失望之餘，他依然將批判的刀鋒指向了那些踏滅烈士鮮血的奴役他人的當權者，那些污損了民國創立者的理想的人們，就是在「從新做過」的無奈中，也沒有遺棄這珍貴的國家認同本身。在這裡，一位現代作家於家國理想深深的挫折和不屈不撓的擔當都躍然紙上。

民族認同通常情況下都是與國家觀念緊緊聯繫的。但是，近現代中國，卻又經歷了「民族」意識的一系列複雜的重建過程，而這一過程又並不都是與國家觀念的塑造相同步的，這也決定了現代中國文學民族意識表達的複雜性。在晚清近代，結束帝制、創立民國的「革命」首先舉起的是「排滿」的旌旗，雖然後來終於為「五族共和」的大民族意識所取代，實現了道義上的多民族和解。但是，民族意識的整合、中華民族整體意識的形成並沒有取消每一個具體族群具體的歷史境遇，尤其是在一些特殊的歷史時期，這些細微的民族心理就會滲透在一些或自然或扭曲的文學形態中傳達出來。例如從穆儒丐到老舍，我們可以讀到那種時代變遷所導致的滿人的衰落，以及他們對自己民族所受屈辱的不同形式的同情。老舍是極力縫合民族的裂隙，在民族團結的嚮往中重塑自身的尊嚴，「老舍民族觀之核心理念，便是主張和宣揚不同民族的平等和友好。他的全部涉及國內、國際民族問題的著述，都在訴說這一理念。他一生中所有關乎民族問題的社會活動，也都體現著這一理念。」〔註33〕穆儒丐則先是書寫著族人命運的感傷，在對滿族歷史命運的深切同情中批判軍閥與國民黨

〔註31〕魯迅：《忽然想到》，《魯迅全集》3卷，北京：人民文學出版社，2005年，第16～17頁。

〔註32〕魯迅：《中山先生逝世後一週年》，《魯迅全集》7卷，北京：人民文學出版社，2005年，第305頁。

〔註33〕關紀新：《老舍民族觀探賾》，《中國現代文學研究叢刊》2015年第4期。

政治，曲曲折折地修正「愛國」的含義：「我常說愛國是人人所應當做的事，愛國心也是人人所同有的，但是愛國要使國家有益處，萬不能因為愛國反使國家受了無窮的損害。國民黨是由哄鬧成的功，所以雖然是愛國行為，也以哄鬧式出之。他們不能很沉著的埋頭用內功，只不過在表面上瞎哄嚷，結局是自己殺了自己。」〔註 34〕到東北淪陷時期，他卻落入了日本殖民者的政治羅網，在意識形態的扭曲中傳遞著被利用的民族意識。同為旗人作家，老舍與穆儒丐雖然境界有別，政治立場更是差異甚巨，但都提示了現代民族情感發展中的一些不可忽略的複雜的存在。

除此之外，我們會發現，作為一種總體性的民族意識和本族群在具體歷史文化語境中形成的人生態度與生命態度還不能劃上等號。例如作為「中華民族」一員的少數民族例如苗族、回族、蒙古族等等，也有自己在特定生存環境和特定歷史傳統中形成的精神氣質，在普遍的中華民族認同之外，他們也試圖提煉和表達自己獨特的民族感受，作為現代中國精神取向的重要資源，其中，影響最大的可能就是沈從文對苗文化的挖掘、凸顯。在湘西這個「被歷史所遺忘」的苗鄉，沈從文體驗了種種「行為背後所隱伏的生命意識」，後來，「這一分經驗在我心上有了一個分量，使我活下來永遠不能同城市中人愛憎感覺一致了」〔註 35〕。沈從文的創作就是對苗鄉「鄉下人」生命態度與人生形式的萃取和昇華，為他所抱憾的恰恰是這一民族傳統的淪喪：「地方的好習慣是消滅了，民族的熱情是下降了，女人也慢慢的像中國女人，把愛情移到牛羊金銀虛名虛事上來了，愛情的地位顯然是已經墮落，美的歌聲與美的身體同樣被其他物質戰勝成為無用的東西了」〔註 36〕。

三

國家觀念與民族意識的多層次結合與纏繞為中國現代文學相關主題的表達帶來了層巒疊嶂的景象，當然也大大拓展了這一思想情感的表現空間。從總體上看，最有價值也最具藝術魅力的國家—民族表現，最終也造成了中國現代作家最獨特的個人風格。

〔註 34〕穆儒丐：《運命質疑》（6），《盛京時報．神皋雜俎》1935 年 11 月 21、22 日。

〔註 35〕沈從文：《從文自傳》，《沈從文全集》第十三卷，太原：北嶽文藝出版社，2002 年，第 306 頁。

〔註 36〕沈從文：《媚金、豹子與那羊》，《沈從文全集》第五卷，太原：北嶽文藝出版社，2002 年，第 356 頁。

在中國現代文學中，雖然對國家、民族的激情剖白也曾經出現在種種時代危機的爆發時刻，但是真正富有深度的國家—民族情懷都不止於意氣風發、高歌猛進，而是纏繞著個人、家庭、地域、族群、時代的種種經歷、體驗與鬱結，在亢奮中糾結，在熱忱裏沉吟，在焦灼中思索，歷史的頓挫、自我的反詰，都盡在其中。從總體上看，作為思想—情感的國家民族書寫伴隨著整個中國現代文學跌宕起伏的歷史過程，在不同的歷史關節處激蕩起意緒多樣的聲浪，或昂揚或悲切，或鏗鏘或溫軟，或是合唱般的壯闊，或是獨行人的自遣，或是千軍萬馬呼嘯而過的酣暢，或是千迴百轉淺吟低唱的婉曲，或者是理想的激情，或者是理性的思考，可以這樣說，現代中國的國家—民族書寫，絕不是同一個簡單主題的不斷重複，而是因應不同的語境而多次生成的各種各樣的新問題、新形式，本身就值得撰寫為一部曲折的文學主題流變史。在這條奔流不息的主題表現史的長河沿岸，更有一座座令人目不暇給的精神的雕像，傲岸的、溫厚的、孤獨的、內省的……

從晚清到新中國建立的「現代」時期，中國文學的國家—民族意識的演化至少可以分作五大階段。

晚清民初是第一階段。在國際壓迫與國內革命的激流中，國家—民族意識以激越的宣言式抒懷普遍存在，改良派、革命派及更廣大的知識分子莫不如此。正如梁啟超所概括的，這就是當時歷史的「中心點」：「近四百年來，民族主義，日漸發生，日漸發達，遂至磅礴鬱積，為近世史之中心點。」〔註37〕從革命人于右任的「地球戰場耳，物競微乎微。嗟嗟老祖國，孤軍入重圍。」(《雜感》)「中華之魂死不死？中華之危竟至此！」(《從軍樂》) 到排滿興漢的汗血、愁予之「振吾族之疲風，拔社會之積弱」〔註38〕，從魯迅的《斯巴達之魂》、《自題小像》到晚清民初的翻譯文學乃至通俗文學都不斷傳響著保衛民族國家的豪情壯志。亦如《黑奴傳演義》篇首語所說：「恐怕民智難開，不知感發愛國的思想，輕舉妄動，糊塗一世，可又從哪裏強起呢？作報的因發了一個志願，要想個法子，把大清國的傻百姓，人人喚醒。」〔註39〕近現代中國關於民族復興的表述就是始於此時，只是，雖然有近代西方的民族—國家概念的傳入，作為

〔註37〕梁啟超：《論民族競爭之大勢》，《飲冰室文集》之十第10頁，中華書局1989年版。

〔註38〕《崖山哀》，《民報》1906年第二號。

〔註39〕彭翼仲：《黑奴傳演義》篇首語，1903年（光緒二十九年）3月18日北京《啟蒙畫報》第八冊。

文學情緒的宣言式表達有時難免混雜有中國士人傳統的家國憂患語調。

五四是第二階段。思想啟蒙在這時進入到人的自我認識的層面，因而此前激情式宣言式的抒懷轉為堅實的國家—民族文化的建設。這裡既有作為民族文化認同根基的白話文—國語統一運動，又有貌似國家民族意識「反題」的個人權力與自由的倡導。白話文運動、白話新文學本身就是為了國家的新文化建設，傅斯年說得很清楚：「我以為未來的真正中華民國，還須借著文學革命的力量造成。」〔註 40〕胡適說：「我的『建設新文學論』的唯一宗旨只有十個大字：『國語的文學，文學的國語』。我們所提倡的文學革命，只是要替中國創造一種國語的文學。」〔註 41〕這裡所包含的是這樣一種深刻的語言—民族認識：「事實上，因為一個民族必須講一種原有的語言，因此，其語言必須清除外來的增加物和借用語，因為語言越純潔，它就越自然，這個民族認識它自身和提高其自由度就越容易。……因此，一個民族能否被承認存在的檢驗標準是語言的標準。一個操有同一種語言的群體可以被視為一個民族，一個民族應該組成一個國家。一個操有某種語言的人的群體不僅可以要求保護其語言的權利；確切而言，這種作為一個民族的群體如果不構成一個國家的話，便不稱其為民族。」〔註 42〕後來國語運動吸引了各種思想流派的參與，國家主義者也趕緊表態：「近來有兩種大的運動，遍於全國，一種是國家主義，一種是國語。從事這兩種運動的人不完全相同，因此有人疑心主張國家主義者對於國語運動漠不關心，甚至反對，這就未免神經過敏，或不明了國家主義的目的了。國家主義的目的是什麼，不外『內求統一外求獨立』八個大字，現在我要借著這次國語運動的機會，依著國家主義的目的，說明他與國語運動的密切關係，並表示我們國家主義者對於國語運動的態度。」〔註 43〕而在近代中國，對「國家主義」的理解有時也具有某些模糊性，有時候也成為對普泛的國家民族意識的表述，例如梁啟超胞弟、詞學家梁啟勳就認為：「國家主義與個人主義，似對待而實相乘，蓋國家者實世界之個人而已。」〔註 44〕陳獨秀則說：「吾人非崇拜國家主義，而作絕對之主張。」「吾國國情，國民猶在散沙時代，因時制宜，

〔註 40〕傅斯年：《白話文學與心理的改革》，《新潮》1919 年 5 月第 1 卷第 5 期。

〔註 41〕胡適：《建設的文學革命論》，胡適選編《中國新文學大系・建設理論集》，上海：上海良友圖書印刷公司，1935 年，第 128 頁。

〔註 42〕【英】埃里・凱杜里著、張明明譯：《民族主義》，北京：中央編譯出版社，2002 年，第 61～62 頁。

〔註 43〕陳啟天：《國家主義與國語運動》，《中報》1926 年 1 月 3 日。

〔註 44〕梁啟勳：《個人主義與國家主義》，《大中華雜誌》1915 年 1 月第 1 卷第 1 期。

國家主義，實為吾人目前自救之良方。」「近世國家主義，乃民主的國家，非民奴的國家。」〔註 45〕五四的思想啟蒙雖然一度對個人／國家的關係提出檢討和重構，誕生了如胡適《你莫忘記》一類號稱「只指望快快亡國」的激憤表達，表面上看去更像是對國家—民族價值的一種「反題」，但是在更為寬闊的視野下，重建個人的權力與自由本身就是現代民族國家制度構建的有機組成，我們也可以這樣認為，在五四時期更為宏大而深刻的文化建設中，個人意識的成長其實是開闢了一種寬闊而新異的國家—民族意識。劉納指出：「陳獨秀既將文學變革與民族命運相聯繫，又十分重視文學的『自身獨立存在之價值』，他的文學胸懷比前輩啟蒙者寬廣得多。」〔註 46〕

1920 中後期至 1930 後期是第三階段。伴隨著現代國家民族的現代發展，中國文學所傳達的國家—民族意識也在多個方向上延伸，不同的文學思潮在相互的辯駁中自我展示，三民主義、民族主義、國家主義、自由主義、左翼無產階級、無政府主義對國家、民族的文學表達各不相同，矛盾衝突，論爭不斷。其中，值得我們深究的現象十分豐富。三民主義、民族主義對國家、民族的重要性作出了最強勢的表達，看似不容置疑：「我們在革命以後，種種創造工作之中，要創造一種新文藝，要創造出中華民族的文藝，三民主義的文藝。因為文藝創造，是一切創造根本之根本，而為立國的基礎所在。」〔註 47〕然而，國家—民族情懷一旦被納入到政治獨裁的道路上卻也是自我窄化的危險之舉，三民主義、民族主義文學的強勢在本質上是以國民黨的專制獨裁為依靠，以對其他文學追求特別是左翼文藝的打壓甚至清剿為指向的，在他們眼中，「民族文藝最大的敵人，是普羅毒物，與頹廢的殘骸，負有民族文化運動的人，當然向他們掃射。」〔註 48〕這恣意「掃射」的底氣來自國家的政治權威，例如委員長的宣判：「要確定，總理三民主義為中國唯一的思想，再不好有第二個思想，來擾亂中國」〔註 49〕。這種唯我獨尊的文學在本質上正如胡秋原當年所批評的那樣，是「法西斯蒂的文學（？），是特權者文化上的『前鋒』，是最醜陋的警犬，他巡邏思想上的異端，摧殘思想的自由，阻礙文藝之

〔註 45〕陳獨秀：《今日之教育方針》，《青年雜誌》1915 年 1 月 15 日第 1 卷第 2 號。

〔註 46〕劉納：《嬗變》修訂版，北京：中國人民大學出版社，2010 年，第 19～20 頁。

〔註 47〕葉楚傖：《三民主義的文藝底創造》，《中央週報》1930 年 1 月 1 日。

〔註 48〕劉百川：《開張詞》，《民族文藝月刊》創刊號，1937 年 1 月 15 日。

〔註 49〕蔣介石：《中國建設之途徑》，《先總統蔣公全集》第 1 冊，臺北：中國文化大學出版社，1984 年，第 557 頁。

自由創造」〔註 50〕。國家主義在思維方式上與三民主義、民族主義如出一轍，只不過他們對國民黨的文藝政策尚有不滿，一度試圖獨樹旗幟，因而也曾受到政府的打壓；在文學史的長河中，國家主義最終缺少自己獨立的特色，不得不匯入官方主導的思潮之中。在這一時期，內涵豐富、最有挖掘價值的文學恰恰是深受官方壓迫的左翼無產階級文學、自由主義文學，甚至某些包含了無政府主義思想的文學。左翼文學因為其國際共產主義背景而被官方置於國家—民族的對立面，受到的壓迫最多；自由主義、無政府主義因為對個人權力與自由的鼓吹也被官方意識形態視作危險的異端。但是，平心而論，在現代中國，共產主義、自由主義和無政府主義本身就是思想啟蒙的有機組成，而思想啟蒙的根源和指向卻又都是國家和民族的發展，因此，在這些個人與自由的號召的背後，依然是深切的國家—民族情懷，正如自由主義的領袖胡適所指出的那樣：「民國十四五年的遠東局勢又逼我們中國人不得不走上民族主義的路」，「十四年到十六年的國民革命的大勝利，不能不說是民族主義的旗幟的大成功」〔註 51〕。換句話說，在自由主義等文學思潮的藝術表現中，存在著國際／民族、國家／個人的多重思想結構，它們構織了現代國家—民族意識的更豐富的景觀。

抗戰時期是第四階段。因為抗戰，現代中國的民族復興意識被大大地激發，文學在救亡的主題下完成了百年來最盪氣迴腸的國家—民族表述，不過，我們也應該看到，由於區域的分割，在國統區、解放區和淪陷區，國家—民族意識的表達出現了較大的差異。在國統區，較之於階級矛盾尖銳的 1920～1930 年代，國家危亡、同仇敵愾的大勢強化了國家認同，民族意識更多地融合到國家觀念之中，「抗戰建國」成為文學的自然表達，不過，對國家的認同也還沒有消弭知識分子對專制權力的深層的警惕，即便是「戰國策派」這樣自覺的民族主題的表達者，也依然自覺不自覺地顯露著民族情懷與國家觀念的某些齟齬〔註 52〕。在解放區，因為跳出了國民黨專制的意識形態束縛，則展開了對「民族形式」問題的全新的探索和建構，其精神遺產一直延續到當代中國，

〔註 50〕胡秋原：《阿狗文藝論》，《文化評論》1931 年 12 月 25 日創刊號，參見上海文藝出版社編輯《中國新文學大系 1927～1937 第 2 集文藝理論集 2》，上海：上海文藝出版社，1987 年，第 503 頁。

〔註 51〕胡適：《個人自由與社會進步》，《獨立評論》1935 年 5 月 12 日第 150 號。

〔註 52〕參見李怡：《國家觀念與民族情懷的齟齬——陳銓的文學追求及其歷史命運》，《文學評論》2018 年第 6 期。

成為了二十世紀下半葉中國國家—民族文學表達的重要內容。在淪陷區，文學的國家表達和民族表達曖昧而曲折，除了那些明顯「親日媚日」的漢奸文學外，淪陷區作家的思想複雜性也清晰可見，對中華民族的深層情懷依然留存，只不過已經與當前的「國家」認同分割開來，因為滿漢矛盾的歷史淵源，對自我族群的記憶追溯獲得鼓勵，卻也不能斷言這些族群的認同就真的演化成了中華民族的「敵人」。總之，戰爭以極端的方式拷問著每一個中國作家的靈魂，逼迫出他們精神深處的情感和思想，最後留給歷史一段段耐人尋味的表達。

抗戰勝利至新中國成立是第五階段。抗戰勝利，為國家民族的發展贏來了新的歷史機遇，如何重拾近代以後的國家—民族發展主題，每一個知識分子都在面對和思考。然而，歷經歷史的滄桑，所有的主題思考也都有了新的內容：例如，近代以來的民族復興追求同時還伴隨著一個同樣深厚的文藝復興或曰文化復興的思潮，兩者分分合合，協同發展，一般來說，在強調國家社會的整體發展之時，人們傾向以「民族復興」自命，在力圖突出某些思想文化的動態之時，則轉稱「文藝復興」，相對來說，文藝復興更屬於知識界關於國家民族思想文化發展的學術性思考。抗戰勝利以後，國家—民族話題開始從官方意識形態中掙脫出來，民族復興不再是民族主義的獨享的主張，它成為了各界參與的普遍話題，因為普遍的參與，所以意義和內涵也大大地拓展，不復是國民黨政治合法性的論證方式，左翼思想對國家—民族的表述產生了更大的影響，這個時候，作為知識界文化建設理想的「文藝復興」更加凸顯了自己的意義。這是歷史新階段的「復興」，包含了對大半個世紀以來的國家—民族問題的再思考、再認識，當然也包含著對知識分子文化的自我反省和自我認識。早在抗戰進行之時，李長之就開始了對五四新文化運動的反思，試圖從發揚本民族文化精神的角度再論文藝復興，掀起「新文化運動的第二期」，1944 年 8 月和 1946 年 9 月，《迎中國的文藝復興》一書先後由重慶與上海的商務印書館推出「初版」，出版的日期彷彿就是對抗戰勝利的一種紀歷。新的民族文化的發展被描述為一種中西對話、文明互鑒的全新樣式：「近於中體西用，而又超過中體西用的一種運動」，「其超過之點即在我們是真發現中國文化之體了，在作徹底全盤地吸收西洋文化之中，終不忘掉自己！」〔註 53〕這樣的中外融通既不是陳腐守舊，又不是情緒性的激進，既不是政治民族主義的偏狹，又不等同於一般「西化」論者的膚淺，是對民族文化發展問題的新的歷史層面的剖解。

〔註 53〕李長之：《迎中國的文藝復興》，上海：上海商務印書館，1946 年，第 58 頁。

無獨有偶，也是在抗戰勝利前後，顧毓琇發表了多篇關於「中國的文藝復興」的文章，1948 年 6 月由中華書局結集為《中國的文藝復興》，被視作「戰後『復員』聲中討論中華民族復興問題的比較系統、全面的論著」〔註 54〕。在顧毓琇看來，文藝復興才是民族復興的前提，而「創造精神」則是文藝復興的根本：「中國的文藝復興乃是根據於時代的使命，因此不能不有創造的精神。中國的文藝復興，乃是根據於世界的需要，因此不能違背文化的潮流。以文化的交流培養民族的根源，我們必定會發揮創造的活力，貫徹時代的使命。」〔註 55〕1946 年初，誕生了以《文藝復興》命名的重要文學期刊，「勝利了，人醒了，事業有前途了。」〔註 56〕《文藝復興》的創刊詞用了一連串的「新」，以示自己創造歷史的強烈願望：「中國今日也面臨著一個『文藝復興』的時代。文藝當然也和別的東西一樣，必須有一個新的面貌，新的理想，新的立場，然後方才能夠有新的成就。」「抗戰勝利，我們的『文藝復興』開始了；洗蕩了過去的邪毒，創立著一個新的局勢。我們不僅要承繼了五四運動以來未完的工作，我們還應該更積極的努力於今後的文藝復興的使命；我們不僅為了寫作而寫作，我們還覺得應該配合著整個新的中國的動向，為民主，絕大多數的民眾而寫作。」〔註 57〕創造和新並不僅僅停留於理想，《文藝復興》在 1940 年代後期發表了一系列對個人／國家／民族歷史命運的探索之作：小說《寒夜》、《圍城》、《引力》、《虹橋》、《復仇》，戲劇《青春》、《山河怨》、《拋錨》、《風絮》，以及臧克家、穆旦、辛笛、陳敬容、唐湜、唐祈、袁可嘉等人的詩歌；求新也不僅僅屬於《文藝復興》期刊一家，放眼看去，展開全新的藝術實踐的不只有解放區的「大眾化」，1940 年代後期的中國文學都努力在許多方面煥然一新，中國現代作家的自我超越也大都在這個時期發生，巴金、茅盾、沈從文、李廣田……

此時此刻，思想深化進入到了一個新的歷史階段，一些基於國家、民族現狀的新的命題出現了，成為走向未來的歷史風向標，例如「民主」與「人民」，解放區的政治建設和文化建設是對這兩個概念的最好的詮釋。不過，值得注意

〔註 54〕《顧毓琇全集》編輯委員會：《顧毓琇全集・前言》，《顧毓琇全集》第 1 卷，瀋陽：遼寧教育出版社，2000 年，第 3 頁。

〔註 55〕顧一樵：《中國的文藝復興》，原載《文藝（武昌）》1948 年 3 月 15 日第 6 卷第 2 期。

〔註 56〕李健吾：《關於〈文藝復興〉》，《新文學史料》1982 年第 3 期。

〔註 57〕鄭振鐸：《發刊詞》，《文藝復興》1946 年 1 月 10 日創刊號。

的是，這兩大主題也不僅僅出現在解放區的語境中，它們同樣也成為了戰後中國的普遍關切和文學引領。前者被周揚、馮雪峰、胡風多番論述，後者被郭沫若、茅盾、艾青、田漢、阿壟、聞一多熱烈討論，也為穆旦、袁可嘉、朱光潛、沈從文、蕭乾深入辨析，現實思想訴求與藝術的結合從來還沒有在藝術哲學的深處作如此緊密的結合〔註 58〕。「人民」則從我們對國家—民族的籠統關懷中凸顯出來，成為一個關乎族群命運卻又拒絕國民黨專制權力壓榨的強有力的概念，身在國統區的郭沫若與聞一多等都對此有過深刻的闡發。左翼戰士郭沫若是一如既往地表達了他對專制強權的不滿，是以「人民」激活他心中的「新中國」：「文藝從它濫觴的一天起本來就是人民的。」「社會有了治者與被治者的分化，文藝才被逐漸為上層所壟斷，廟堂文藝成為文藝的主流，人民的文藝便被萎縮了。」「一部文藝史也就是人民文藝與廟堂文藝的鬥爭史。」「今天是人民的世紀，人民是主人，處理政治事務的人只是人民的公僕。一切價值都要顛倒過來，凡是以前說上的都要說下，以前說大的都要說小，以前說高的都要說低。所以為少數人享受的歌功頌德的所謂文藝，應該封進土瓶裏把它埋進土窖裏去。」〔註 59〕曾經身為「文化的國家主義者」的聞一多則可謂是經歷了痛苦的自我反省和蛻變。激於祖國陸沉的現實，聞一多早年大張「中華文化的國家主義」〔註 60〕，但是在數十年的風雨如晦之後，他卻幡然警悟，在《大路週刊》創刊號上發表了《人民的世紀》，副標題就是：「今天只有『人民至上』才是正確的口號」。無疑，這是他針對早年「國家至上」口號的自我反駁。這樣的判斷無疑是擲地有聲的：「假如國家不能替人民謀一點利益，便失去了它的意義，老實說，國家有時候是特權階級用以鞏固並擴大他們的特權的機構。」「國家並不等於人民。」〔註 61〕倡導「人民至上」，回歸「人民本位」，這是聞一多留在中國文壇的最後的、也是最強勁的聲音，是現代中國國家—民族意識走向思想深度的一次雄壯的傳響。

〔註 58〕參見王東東：《1940 年代的詩歌與民主》，臺北：政治大學出版社，2016 年。

〔註 59〕郭沫若：《人民的文藝》，1945 年 12 月 5 日天津《大公報》。

〔註 60〕聞一多：《致梁實秋》（1925 年 3 月），《聞一多全集》第 12 卷，武漢：湖北人民出版社，1993 年，第 214 頁。

〔註 61〕聞一多：《人民的世紀》，原載於 1945 年 5 月昆明《大路週刊》創刊號，《聞一多全集》第 2 卷，武漢：湖北人民出版社，1993 年，第 407 頁。

序　中國啟蒙與現代文學

從中國現代文學思潮的現有研究來看，通常是將文學運動的興起視為文學思潮的肇起，致使現代文學思潮的中國生成沒有能夠引起研究者的應有關注。這種關注不夠的主要原因，就是忽略了中國文學啟蒙對於現代文學思潮生成的影響與制約。事實上，如果承認中國啟蒙的文化性質，並且呈現出從經學啟蒙到文學啟蒙的形態演變，那麼，也就應該看到中國文學啟蒙的思想影響，促發了現代文學思潮的湧動，而現代文學思潮的湧動促成了現代文學運動的興起；同時不可否認的是，中國文學啟蒙的意識形態重建訴求，通過現代文學思潮的中介作用，制約了文學運動的全面興起。這就是為什麼中國現代文學運動的興起，既需要理論倡導的率先進行，又難以避免理論倡導優先於文學創作的運動偏至。

這就表明，有必要從現代文學思潮的中國生成這一角度，來探討中國文學啟蒙與現代文學思潮之間複雜的共生關係，即文化思潮、社會思潮、政治思潮、文學思潮之間相輔相成的共時性關聯。與此同時，這一共生關係的中國語境就是中國文化的現代轉型，因而文學啟蒙的中國存在與現代文學思潮的中國生成也就成為文化轉型中的同一運動，即文化運動、社會運動、政治運動、文學運動之間相反相成的歷時性過程。這就能夠為探討中國現代文學思潮的發生和形成提供多向度的文本闡釋空間，而不再拘泥於文學思潮與文學運動直接對應中單向度的文本分析格局。

於是，這就需要重新認識文學啟蒙與中國啟蒙的關係、現代文學思潮與現代文學的關係、現代文學與近代文學的關係，只有以對這三大關係的現有研究為起點，才有可能在研究視野的努力拓展中來開始個人的重新認識。在這一重新認識中，由於考慮到中國文化轉型不僅與外來文化的現代影響有關，更與本土文化的傳統影響有關，尤其是本土文化的傳統影響在現有研究的一定階段中一度被忽視，甚至被排斥，因而在重新認識中也就必須意識到：無論是中國文學啟蒙，還是現代文學思潮生成，中外文化的影響始終是並存的，儘管有著主次深淺之分。這將成為重新認識以上三大關係的現實前提。具體而言，對於三大關係的重新認識，就必須從以下三個問題方面入手：中國啟蒙的形態演變、新文學的源流、現代文學的斷代。

對於中國啟蒙的初次認定，是 1920 年梁啟超在《清代學術概論》中作出的，指出明末清初的「啟蒙運動」就是「捨經學無理學」的經學啟蒙，其所形成的學術思想足以啟動清末民初的中國第二次文化啟蒙運動，中國文化啟蒙由經學啟蒙演變為文學啟蒙，也就是文學藝術與「其他學術相聯絡呼應，為趣味極豐富之民眾的文化運動」。這就表明，中國啟蒙從根本上看，就是思想啟蒙。無論是經學啟蒙的文本表達，還是文學啟蒙的文本表達，都是通過文本表達來使思想啟蒙得以彰顯，並且表現出中國啟蒙進行意識形態重建的現實指向。這樣，通過從經學啟蒙到文學啟蒙的形態演變，促使意識形態重建從對官學體制的經學復古轉向文化運動的文學創新。

梁啟超以中國啟蒙比照歐洲，不僅對比了歐洲的啟蒙運動，而且更仿照了歐洲文藝復興，認為經學啟蒙促成的「清代思潮」，「其動機和內容，皆與歐洲之『文藝復興』絕相類。」首先是「以復古為解放」的經學啟蒙，要從「復宋之古」開始，直至「復先秦之古」，「則非至對於孔孟而得解放焉不止矣」；隨後是「徐徐進化」的文學啟蒙，要求在「今後西洋文學美術，行將儘量收入」的同時，更是要「採納之而傳益以己之遺產，創成新派」。〔註 1〕這就表明，隨著中國啟蒙的文化資源從本土文化擴展到外來文化，直接促成了從經學啟蒙到文學啟蒙的形態演變，因而中國啟蒙中本土文化的傳統影響，始終是存在著，並且在外來文化的現代影響不斷擴大的同時，本土文化的傳統影響依然不可忽視。不久，梁啟超又在《中國近三百年學術史》中「又將清學各部分稍微詳細解剖一番」，從「清代學術變遷與政治的影響」的角度來強調思想啟蒙的必要性。〔註 2〕這樣，相對於希臘人文主義傳統的歐洲復興，梁啟超確認了本

〔註 1〕梁啟超《清代學術概論》，北京，東方出版社，1996 年，第 4～7、96～99 頁。
〔註 2〕梁啟超《中國近三百年學術史》，北京，東方出版社，1996 年，第 14 頁。

土文化傳統在中國啟蒙中的影響：經學啟蒙是「以復古為解放」，而文學啟蒙則是「傅益以已之遺產」。

梁啟超對於中國啟蒙的個人探討，提供了具有開拓意義的個人研究範例，隨即發生了較大的影響。這一影響，從錢穆不久之後在《國學概論》中，對「清代考證學」與「最近期之學術思想」進行介紹，到進而在《中國近三百年學術史》中展開的同題考論，都可以直接見出。〔註3〕可以說，從梁啟超到錢穆，開始建構出一個關於中國啟蒙研究的本土學術範式。侯外廬在《中國近世思想學說史》中所討論的範圍，就是從「第十七世紀的啟蒙思想」開始，到「第十九世紀中葉以至二十世紀初葉的文藝再復興」結束。〔註4〕此後，由於出現了對於「中國近三百年」進行古代、近代、現代的三分，侯外廬在1955年將《中國近世思想學說史》上下卷進行改寫，「其中十七世紀至十九世紀中葉的部分，經過補充修訂」，改名為《中國早期啟蒙思想史》後出版，而《中國近世思想學說史》下卷中「十九世紀以後部分另改名『中國近代思想史』，尚待改寫」，〔註5〕最後在「選入他在四五十年代撰寫的關於論述洪秀全和洪仁玕、嚴復、孫中山以及魯迅思想的文章，作為本書附錄」之後，以《中國近代啟蒙思想史》為名出版，〔註6〕儘管作者討論並打算改寫的是康有為、譚嗣同、章太炎、王國維等人的思想。由於對這一研究範式進行了斷代的改寫，因而對於中國啟蒙的研究，臨近20世紀末，一些研究者仍然是在「中國早期啟蒙」與「中國近代啟蒙」的範圍內進行。〔註7〕

對於經學啟蒙轉向文學啟蒙的形態演變，從文學運動的角度進行確認的是胡適。1922年，在《五十年來中國之文學》中，胡適認為從19世紀末到20世紀初，是「新舊文學過渡時代」，具體而言就是從「古文範圍以內的革新運

〔註3〕參見錢穆《弁言》《國學概論》，北京，商務印書館，1997年；《自序》《中國近三百年學術史》，北京，商務印書館，1997年。

〔註4〕侯外廬《自序》《中國近世思想學說史》，上卷，重慶，重慶三友書店，1944年。

〔註5〕侯外廬《自序》《中國早期啟蒙思想史》，北京，人民出版社，1956年。

〔註6〕黃宣民《後記》，侯外廬著，黃宣民校訂《中國近代啟蒙思想史》，北京，人民出版社，1993年。

〔註7〕為了適應斷代的要求，有的研究者將「中國早期啟蒙」的起點與終點均提前，從「16世紀30年代」到「19世紀30年代」，如蕭萐父、許蘇民《明清啟蒙學術流變》，瀋陽，遼寧教育出版社，1995年。有的研究者更是將「中國近代啟蒙」從1840年延伸到1949年，其中資料選編如：丁守和主編《中國近代啟蒙思潮》，北京，社會科學文獻出版社，1999年；而學術論著如：彭平一《衝破思想的牢籠——中國近代啟蒙思潮》，長沙，湖南師範大學出版社，2000年。

動」到以白話文學為根基的「文學革命運動」。這就在於 1894 年甲午戰爭以後，經學啟蒙賴以進行的「古文學」已經成為「死文學」，即使經過改革，也不過是「半死文學」，使經學啟蒙難以通過古文繼續進行。尤其是 1905 年以後「科舉廢止了」，儘管「有意的主張白話」以進行思想啟蒙，但是，「有意的主張白話文學」是「一九一六年以來的文學革命運動」。於是，由二千年來的白話文學發展而來的「國語的文學」，既是當下的「活文學」，更是過渡中的新文學，堪比歐洲文藝復興時期各國的國語文學，在凸顯「『思想革新』的重要」的同時，更促進文學革命運動的「自由發展」，進而促成了「死文字」的古文為「活文字」的白話文所替換的「白話化」，從而推動了文學啟蒙的全面興起。〔註 8〕這樣，從文學語言到民族共同語的國語，在國語文學的中國生成之中，不僅顯現出白話與白話文學的傳統影響，而且更成為從經學啟蒙轉向文學啟蒙的形態演變標誌。

在確認文學啟蒙中本土文化的傳統影響存在的前提下，主張以國語的文學來促進中國文化的現代轉型，因而文學革命運動對於胡適來說，「我個人願意將它叫做『中國的文藝復興』」。正是在這一點上，他與梁啟超具有共識。〔註 9〕這一「中國的文藝復興」的個人認識，首先引發了對於胡適的「思想，以及他為探求中國對現代世界的思想反應所作出的貢獻」的研究，而重點則放在對於「現代中國的思想革命」的探討之上。〔註 10〕其後引出了對「白話文理論、白話文學運動以及現代漢語與現代文學的內在關係」進行「重新審視」，以探討現代漢語與現代文學的「發生過程」。〔註 11〕這就表明，中國啟蒙的形態演變，即使是「反應」了外來文化的現代影響，本土文化的傳統影響也更是「內在」的。

這樣，文學啟蒙一旦興起，所謂的新文學與舊文學之間的關係，就不是截然對立的，而是彼此承接的，呈現出「新舊文學過渡」之後新文學的自由發展，由此方出現對於新文學的源流進行探討的可能性。

〔註 8〕《五十年來中國之文學》《胡適說文學變遷》，上海，上海古籍出版社，1999 年，第 80、81、99、126、143、146、153 頁。

〔註 9〕《五十年來中國之文學》《胡適說文學變遷》，上海，上海古籍出版社，1999 年；參見梁啟超《自序》、《第二自序》《清代學術概論》，北京，東方出版社，1996 年。

〔註 10〕（美）格裡德《序言》《胡適與中國的文藝復興——中國革命中的自由主義（1917～1950）》，魯奇譯，南京，江蘇人民出版社，1989 年。

〔註 11〕高玉《現代漢語與中國現代文學》，北京，中國社會科學出版社，2003 年，第 4 頁。

對此，周作人在 1932 年就指出：「文學與政治經濟一樣，是整個文化的一部分，是一層層累積起來的。我們必須拿它當作文化的一種研究」，要求對文化與文學的關係進行整體性考察。所以，「中國文學的變遷」在事實上表現出中國文化的變遷，出現了「以『說出』為目的」的「言志派」文學，和「以文學為工具」的「載道派」文學，兩者隨著「統制的力量」的強弱而彼消此漲，尤其是「文學方面的興衰，總和政治情況的好壞相反背著的」。這實際上就提出了一個關於中國文學發展的個人認識模式：文學發展是基於文學本位，還是基於工具本位，主要與政治對文學的控制相關，政治控制的力量弱，以「言志派」文學為主，文學就興旺發達；而政治控制的力量強，以「載道派」文學為主，文學反而衰敗不堪。於是，周作人從「這次的新文學運動」出發進行歷史的追尋，發現了「明末的新文學運動」這一中國新文學的本土源頭。認為「兩次的主張和趨勢，幾乎都很相同。更奇怪的是，有許多作品也都很相似」，儘管「民國以來」的新文學運動還受到「西洋的影響」。〔註 12〕周作人通過對新文學運動的文學淵源進行的歷史追溯，強調了新文學發展中本土文化的傳統影響的重要性，揭示了中國的文學變遷與思想啟蒙之間的相對一致。

隨後蔡元培更是將新文學運動與歐洲文藝復興相提並論，認為歐洲文藝復興所「復興的，為希臘羅馬的文化」，而「我國周季文化，可與希臘羅馬比擬」。這就將新文學運動的文化源頭推向先秦。同時又指出，復興不是復古，歐洲文藝復興又是文化與文學的「一種革新的運動」。這樣，「明清之間」已經出現了文藝復興的中國動向，所謂「遠之合於諸子的哲學，近之合於西方的哲學」；而清末「有維新派，以政治上及文化上之革新為號召」，其中已經能夠「附以近代人文主義的新義」；民國建立以來，「自由思想的勃興，仍不可遏抑」，「主張民治主義和科學精神」的新文化運動興起，「由思想革命而進於文學革命」。這無疑表明中國啟蒙的形態演變與外來文化的現代影響是分不開的。不過，蔡元培認為「以白話代文言」的文學革命之所以發生，是「因為文學是傳導思想的工具」。〔註 13〕雖然這僅僅是有關新文學運動第一個十年的一種個人認識，但是，這一個人認識中所顯現出來的，正是「文以載道」的本土文化傳

〔註 12〕周作人《中國新文學的源流》，上海，華東師範大學出版社，1995 年，第 4、13、17、19、18、28、23 頁。

〔註 13〕蔡元培《總序》，胡適編選《中國新文學大系·建設理論集》，上海，良友圖書印刷公司，1935 年。

統的負面影響。這就在昭示新文學運動中潛隱著文學工具化的現實性的同時，揭示新文學運動的歷史研究，也會受到同樣影響的可能性。

對新文學運動所進行的歷史研究，開始了以大學課程「中國新文學史」的設置為標誌的學科建構，1950 年這一學科建構受到國家教育部的指導：「運用新觀點，新方法，講述自五四時代到現在的中國新文學的發展史」。〔註 14〕這樣，新中國的第一部「中國新文學史」也就自然包容進「新中國成立以來的文藝運動」，顯現出「中國新文學史」在新文學運動的繼續延伸之中文學史的當下開放性。此後，又將「新中國成立以來的文藝運動」從「中國新文學史」中刪去，「以保持它屬於中國新民主主義革命時期文學史的比較完整的體系」。〔註 15〕於是，以新中國的成立進行文學史的封閉性斷代，出現了現代文學與當代文學之分，中國新文學運動終結於中國社會主義革命時期當代文學的到來，而與現代文學合二為一：「由『五四』開始的中國現代文學，人們一向習慣稱為『新文學』」。這是因為「只有從『五四』開始的現代文學才可以說是與中國民主革命的任務同呼吸、共脈搏的，成為『整個革命機器的一個組成部分』」。〔註 16〕現代文學對於新文學的置換，證實了新文學發展的歷史研究中所受到的，來自主流意識形態強化之下的文學工具論影響。

當然，現代文學與新文學一樣，都同樣可以作為中國文學發展中的斷代命名，不過，與當代文學相對舉的理應是現代文學，因而在學科建構之中，現代文學最終還是取代了新文學。那麼現代文學的起點又在何處呢？這就涉及到現代文學的斷代問題。

在中國文學史中較早進行近代與現代之分的，是錢基博在 1936 年寫成的《現代中國文學史》。不過，他認為不能以朝代鼎革來為文學斷代，而應該根據文學發展的變與不變的特徵進行斷代，因而文學史的斷代既不同於政治史，也不同於學術史，進而對中國文學史進行「上古」、「中古」、「近古」、「近代」的四分，從明初到清末的中國文學即為「近代文學」，而清末民初以來的中國文學即「現代文學」，儘管「詳於民國以來而略推跡往古者」，也不能稱之為民國文學，因為「所推文學家者，皆早嶄露頭角於讓清之末年」，注意到文學發

〔註 14〕王瑤《出版自序》《中國新文學史稿》，上冊，上海，上海文藝出版社，1982 年。
〔註 15〕王瑤《重版後記》《中國新文學史稿》，下冊，上海，上海文藝出版社，1982 年。
〔註 16〕王瑤《「五四」新文學前進的道路——重版代序》《中國新文學史稿》，上冊，上海，上海文藝出版社，1982 年。

展的連續性與階段性。與此同時，「現代文學者，近代文學之所醱酵也。近代文學者，又歷古文學之所積漸也。明歷古文學，始可與語近代；知近代文學，乃可與語現代」。這就強調了本土文學對於文學發展的傳統影響，因而現代文學中「古文學」與「新文學」並存，區分兩者的標準就是：「詞融今古，理通歐亞，集舊文學之大成而要其歸，蛻新文學之化機而開其先」。〔註17〕這樣，《現代中國文學史》中的「新文學」，就同時包容進古文革新與文學革命的文學成果，而不僅僅是白話的新文學，因為這兩者都具有「理通歐亞」的思想啟蒙特徵。這就提供了一條關於「現代中國文學史」研究的個人理路來，並且開始得到當下的回應。〔註18〕

隨著以政治革命性質的更替來進行斷代，出現了以舊民主主義革命為終點的近代文學，而以新民主主義革命為起點的現代文學，其分界點就是五四運動爆發的1919年。從新文學到現代文學的命名置換，雖然也進行過現代文學起點的調整，不過是從1919年微調到文學革命倡導的1917年，因為文學革命為五四運動進行了思想準備。以政治革命性質的更替來進行近代文學、現代文學、當代文學的三分，即便是展示出緊隨政治革命的時期轉換而進行文學發展的及時變動，至少失落了文學發展的內在一致。因此，如何突破「三代」文學的革命性靜態封閉，而展現中國文學現代化的文學性動態開放，也就成為一個必須解決的問題，於是，就有了「二十世紀中國文學」的提出，要求將文學發展置於中國社會現代化之中來進行討論，以顯示文學發展的完整性。不僅要將中國文學現代化視為一個正在進行中的發展過程，而且更指出在1898年，「與古代文學全面的深刻的『斷裂』開始了」，因而1898年也就成為中國文學現代化的起點。〔註19〕這不僅促成現代文學史研究的學科性開放，突破了當代文學的斷代封閉，〔註20〕更是將現代文學史的起點前移到19世紀的清末，突破了近代文學的斷代封閉。〔註21〕更為重要的是，「二十世紀文學」並非單單是一

〔註17〕錢基博《現代中國文學史》，長沙，嶽麓書社，1986年，第9、38、11頁。

〔註18〕參見朱德發、賈振勇《評判與建構：現代中國文學史學》，濟南，山東大學出版社，2002年，第29～30頁。

〔註19〕錢理群、黃子平、陳平原《論「二十世紀中國文學」》《文學評論》1985年第5期。

〔註20〕參見朱棟林、丁帆、朱曉進主編《中國現代文學史：1917～1997》，北京，高等教育出版社，1999年。

〔註21〕參見樊駿《〈叢刊〉：又一個十年（1989～1999）》《中國現代文學研究叢刊》2000年第2期。

個年代性的斷代文學史概念，而主要是一個時代性的現代文學觀念，實際上已經促成現代文學既能與古代文學相對舉，更能與傳統文學相對舉，從而使現代文學這一斷代開始得到學科建構中的廣泛認可。〔註 22〕

通過對以上三個問題的討論，可以看到的就是，從 20 世紀 20 年代以來，對於中國啟蒙與現代文學之關係所進行的不同層面與角度的研究，已經揭示了文學啟蒙與現代文學思潮之間的一致性，尤其是強調了本土文化與文學的傳統影響，無論對於文學啟蒙來說，還是對於現代文學思潮來說，都是不容忽視的，儘管這一影響在現代文學發展中已經表現出正負兩面性。這就為展開有關文學啟蒙與現代文學思潮的進一步研究奠定了學理基礎，有助於文學啟蒙與現代文學思潮生成這一論題的提出與探討。

從現有關於文學啟蒙與現代文學思潮的研究來看，通常表現為兩大特點，第一個特點是進行近代與現代之分的斷代研究，第二個特點是將本土傳統文化與外來現代文化割裂開來進行單一研究；第一個特點引發了第二個特點，而第二個特點正好強化了第一個特點，從而導致斷代的單一研究成為頗具影響的研究範式。

這樣，對於文學啟蒙的研究，主要是視為在外來文化影響之下的思想啟蒙，並且以新文化運動為界進行近代啟蒙與現代啟蒙的斷代區分，直接影響到文學思潮研究的斷代，對從「小說界革命」到「文學革命」以來的中國文學思潮進行近代與現代之分，〔註 23〕以至於國外論及現代文學思潮也大多以文學革命為起點。〔註 24〕這樣，實際上將現代文學思潮的生成過程分割開來，更是將「人的文學」的思潮發生歸屬於文學革命的過程之中，因而也就直接影響到對於文學啟蒙與現代文學思潮之間的多重關係未能從整體上進行把握，使現

〔註 22〕參見 Kirk A. Denton, ed. *Modern Chinese Literary Thought: Writings on Literature* (1893～1945), Stanford, California: Stanford University Press. 1996; Bonnie S. McDougall and Kam Louie, The Literature of China in the Twentieth Century, London: Hurst &Co. (Publishers) Ltd., 1997.

〔註 23〕參見葉易《近代文學思潮史》，北京，高等教育出版社，1990 年；黄霖《近代文學批評史》，上海，上海古籍出版社，1993 年；張大明等著《中國現代文學思潮史》，北京，北京十月文藝出版社，1995 年；許志英、鄒恬主編《中國現代文學主潮》，福州，福建人民出版社，2001 年。

〔註 24〕參見 Bonnie S. McDougall, *The Introduction of Western Literary Theories into Modern China*, 1919～1925, Tokyo: *The Centre for East Asian Cultural Studies*, 1971; Marian Galik, *The Genesis of Modern Chinese Literary Criticism* (1917～1930), London: Curzon Press Ltd., 1980.

代文學思潮的生成過程難以整合，對文學啟蒙與現代文學思潮之間在意識形態重建層面上的複雜聯繫缺乏較為全面的認識。

不過，就中國文學啟蒙與現代文學思潮的研究趨勢而言，同樣也出現了兩大特點：第一個特點是進行歷史分期的長時段研究，第二個特點是進行現代轉型的綜合研究；第一個特點促成了第二個特點，而第二個特點推進了第一個特點，從而使得基於長時段的綜合研究成為影響越來越大的一種研究方法。

這樣，對於文學啟蒙的研究，首先是突破了所謂的近代與現代之分，將其置於中國社會的現代化過程之中來加以探討。〔註 25〕其次是注意到中國啟蒙傳統的現實存在，開始進行從經學啟蒙到文學啟蒙之間的本土文化影響的相關研究。〔註 26〕與此同時，對於現代文學思潮的研究也突破了所謂近代與現代之間的斷代鴻溝，進而引發了對於文學思潮的長時段研究，對於現代文學思潮生成過程中本土文學傳統的存在也予以重視。〔註 27〕由此，在拓展研究視野的過程中，對中國文學啟蒙與現代文學思潮生成才有可能展開較為深入的討論，以期能夠把握兩者之間的多重聯繫。

〔註 25〕參見周積明《最初的紀元——中國早期現代化研究》，北京，高等教育出版社，1996 年；虞和平主編《中國現代化歷程》，南京，江蘇人民出版社，2001 年。

〔註 26〕參見丁偉志、陳崧《中西體用之間》，北京，中國社會科學出版社，1997 年；（美）費正清《中國：傳統與變遷》，張沛譯，北京，世界知識出版社，2002 年。

〔註 27〕參見陳伯海主編《近四百年中國文學思潮史》，上海，東方出版中心，1997 年；張光芒《中國近現代啟蒙文學思潮論》，濟南，山東文藝出版社，2002 年。

目次

導言　經學與文學

一、經學的盛極而衰

經學作為中國古代社會之中由漢代至清代的正統之學，具有意識形態正宗與思想流派宗主的雙重特徵。一方面使經學成為儒家經典的官方闡釋之學，由統治階級的政治倫理選擇進而演變為意識形態表達，完成了統治階級思想體系的建構；另一方面也使經學成為儒家思想的社會傳播之學，通過罷黜諸子百家繼而排斥佛道兩教的現世方式，提供了儒學形態發展的中介。因此，經學既有著依託於儒學的一面，更有著獨立於儒學的一面，顯示出綱紀教化與思想發展的文化分野，並且注定了經學與儒學的不同命運：立於學官而作為正統之學的經學，在清末新政以後遂成絕學；基於文化而作為傳統之學的儒學，從先秦到當代，在中國社會生活之中，一直發揮著不容忽視的諸多影響。同時也應該承認，儒學正是借助經學的傳播效應，才取得並保持了其文化影響上的集體無意識優勢；更為重要的是，也正是經學的出現，才將儒學推向哲學的高度，從而促使儒學成為中國古代思想發展中的主導性流派，直接影響著中國文化在二十世紀的轉型。

雖然經學與儒學之間有著緊密的關係，但它們畢竟不是一個銅板的兩面，而是各有其特定文化思想內涵的專門之學。從歷史的縱向看，儒學是經學的必要前提，通過對儒家經典的選擇性闡釋而走向官方哲學，沒有儒學也就沒有經學。從現實的橫向上看，經學是儒學的當下轉化，儒學蛻變為「儒教」（後亦稱「名教」、「孔教」、「禮教」），成為經世之學，沒有了經學仍然有儒學。這一見解似乎應當是常識。問題在於，進入二十世紀以來，對於儒學發展的評價往往拋棄其與經學的關係，進行抽象的邏輯推導而失落了具體的演進樣態，進而影響著關於經學自身的評價：通常是將經學作為思想史之中的一種重加評判的特例，或者是學術史上一門不值一提的學科。這無疑會成為進一步探討的無形障礙。於是，有必要回到經學上來，對經學進行重新認識。這正是對正統之學與傳統之學的區分，也是對意識形態正宗與學術思想主流的區分，以此取得重估「國學」的一個立足點。

經學作為儒家經典闡釋學，具有一個從欽定「五經」到御製「四書」的文本體系形成過程；經學作為由漢代至清代的皇家意識形態正宗，具有一個從獨尊儒術到以經術一道德的倫常綱紀發展過程。同時，這兩個過程正是在中央集權的皇權大一統的逐步完成之中臻於一致的，這不僅決定著經學的肇起，促進著經學的復興，而且也注定著經學的終結，隨著中國皇權統治的由盛而衰最後成為一門絕學。

對經學所選擇的儒家典籍進行目錄學的考察，就會發現其構成有四個方面。首先是以「六經」名義由上古遺留下來的文化元典，經過孔子刪定，最後以文字確定下來的實有《周易》、《尚書》、《詩》、《儀禮》、《春秋》共「五經」，漢武帝設立五經博士，使「五經」成為由漢及宋的主要經書。其次是先秦儒家中由孔子及孟子的「口義」經過整理以後成文的原儒著作，即《論語》和《孟子》，因而雖然漢文帝時已經置於傳記博士，但是從東漢初期王充尚作《問孔》、《刺孟》來看，《論語》當在東漢後期始入經，以至北宋時期李覯與司馬光均「疑孟」，故而一直到南宋末年《孟子》方才入經。其三是孔門後學世代相傳積累：戰國中期始成書的《爾雅》，戰國末期始成書的《孝經》，均於漢文帝時置於傳記博士，於唐代入經；漢初先後成書的《春秋公羊傳》、《春秋穀梁傳》，以其對於「春秋大一統」的鼓吹，分別於漢景帝、漢宣帝時立於學官，在唐代入經；漢初編成的《禮記》，東漢始獨立成書，於唐代入經，其中《大學》、《中庸》兩篇，經北宋時期的程顥與程頤兄弟以為孔門遺書而改正作注，其後朱熹又將此兩篇列於《論語》和《孟子》之後，作《四書章句集注》，始有「四書」之名，然後進入元代，「道學」大倡，「四書」方能位居「五經」之前而成為主要經書，自此直至清代，故有「四書五經」之成說。其四是相對今文經而言，古文經中尚多出漢武帝時出現的《周官》，漢哀帝時入經之後稱《周禮》，與《儀禮》、《禮記》合稱「三禮」；《春秋左氏傳》亦同時所出，於唐代入經，與《春秋公羊傳》、《春秋穀梁傳》合稱「二傳」；無論

《周禮》還是《春秋左氏傳》，均存留史料頗多，保持著「六經皆史」的一致傾向。這樣，漢代經學實有的典籍，為《周易》、《尚書》、《詩》《儀禮》、《春秋》、《周禮》、《論語》等「七經」；到唐代，併入《爾雅》、《孝經》、「三傳」、《禮記》，共「十二經」，至宋代又加入《孟子》，於是，這「十三經」也就成為此後經學進行闡釋的全部儒家典籍。〔註1〕

「十三經」作為欽定的經書，一方面確立了經學與儒學之間天然的文本聯繫，另一方面又確認了經學與儒學之間不同的文本範圍，顯示出經學與儒學各自的文本選擇，從而規定著經學與儒學作為專門之學的根本性差異。在這裡，值得指出的是，從漢代到宋代，雖然由先秦儒家以及孔門後學，甚至漢儒所成文的儒家經典已經成為經書，但仍然是以對於「五經」的闡釋為主，從唐代的《五經正義》到宋代的《三經新義》，均是官修以後立於學官的主要經書；進入元代，「四書」方始在群經之中佔據了首要地位，尤其是明清兩代更是以《四書大全》這一類欽定本來作為科舉考試的基本範圍與主要內容。隨著群經之中闡釋重點的轉換，經學與儒學的相關性更加緊密，這不僅僅是先秦儒家的入世思想更切近於經學倡導的經營天下之學，更是與中央集權的皇權大一統進行意識形態控制直接有關，通過對先秦儒家典籍的選擇性再闡釋，來逐步完成意識形態的重建，使之成為皇權統治的精神基礎，經學也就相應地以其正宗地位，成為其他意識形態的宗主。與此同時，經學還以其由上而下的社會傳播方式，間接地促進了儒家思想的影響擴張，奠定了儒家賴以發展的文化心理基礎。可以說，以從「五經」到「四書」為標誌的經學闡釋中心的轉換，實際上展示了經學發展的軌跡，也就是始追復三代，後師承孔孟，聖人之道在經學闡釋之中最終成為天子之道。

漢武帝即位之初，董仲舒提出獨尊儒術以求大一統的實現。這不僅促成經學因五經博士的設置而肇起，而且也促使今文經學中的「公羊學」成為顯學。然而，漢代所獨尊的並非儒學，而是儒術，即不是以儒學為綱常之本，而是以儒學為致治之用。這樣，以儒術為南面之術，對於五經就會因人因事而採取各取所需的闡釋姿態，自然會引發關於經義的爭議，而古文經學作為私學的出現，更加劇了五經闡釋的混亂，反而不利於儒術的獨尊。為此，有必要進行經學闡釋的統一：公元前 51 年，漢宣帝在未央宮石渠閣詔令諸經博士講五經異

〔註 1〕參見諸經之前的「四庫全書總目提要」、「序」，《十三經注疏》，上海，上海古籍出版社，1997 年。

同，並親自提出立《春秋穀梁傳》於學官，強調了儒學的經學化對於大一統的重要性。公元 9 年，王莽為託古改制以確證其以「新」代漢的合法性，故以古文經書立於學官，古文經學在政治上的崛起，導致了經學闡釋學派的正式出現。〔註 2〕漢光武帝雖然廢止古文經學，但並沒有真正消除今古文經學之爭，直至漢代末年，儒術的獨尊地位有所動搖，經學的致治效用相對減弱，今古文經學之爭才表現為經學闡釋方式的迥然相異：今文經學多微言大義，古文經學多名物訓詁。這就造成了今文經學與古文經學之間互補的可能性。鄭玄作為漢代經學之集大成者，就是在於其以古文經之書為主，兼採今文經之說，遍注以「五經」為核心的群經。

然而，漢代之後經學的中落，除了與政局動盪有著直接的關係之外，也在於漢代經學通過讖緯化以自神其學的失敗。從今文經學中人引「讖」詭為隱語，預決凶吉以保持其對於經義闡釋的權威性，就開始了經學的宗教化；進而又配經以「緯」比附經義，且後來居上，成為支配「經」這一「外學」的「內學」，其作用實與讖相同，而差別只在於讖源於先秦之方士，緯出於漢代之儒林。讖先於緯，表明經學宗教化逐漸走向有意為之的自創，故而緯直到西漢末年才成書。所以，進入東漢以後，漢章帝欽定《白虎通義》以一統經學，雖然以今文經學為主，兼取古文經學，但是仍然堅持以所謂的內學秘籍來加以補正，在《白虎通義》之中確立的「三綱」之說，就是用「禮緯」之論來最後完成的。漢代經學以讖緯化這一中國特有的宗教化方式，企圖將皇帝推上教主的寶座，而改朝換代的現實卻擊垮了這一宗教神學式的幻夢，結果反而加速了儒術的獨尊地位的失落，進而引發對於儒學的社會性冷漠，導致所謂的「道統」中斷。同時，這也預示著經學發展的必然性趨勢：通過對於儒學的經學改造來轉化為統治階級思想，即由儒術上升為儒教。因此，關鍵在於首先必須為經學的發展提供合適的政治環境與恰當的治經模式。由隋代入唐代，隨著南北分裂的政治統一與科舉制度的開始創建，導致經學在宋代的全面復興：在實現皇權專制的中央集權，與建成由中央到地方的各級官學體制之後，經學成為「一道德」的正宗之學，挾經術以推行教化已經成為社會風尚，促成了經學的再度繁榮，擺脫解經陳說而立意求經也就成為經學復興中的闡釋潮流。

無論是疑經惑經，還是變經易經，都傳達出宋代皇權統治對於經學發展的意識形態需要。入宋以來，除了官修經書之外，還開始對於孔子、孟子等人的

〔註 2〕參見《中國文化史年表》，上海，上海辭書出版社，1990 年，第 117、128 頁。

官方祭祀，表明了對於經學走向全面闡釋的極為重視，其後果就是促成了與「漢學」相對應的「宋學」的產生。從廣義上講，漢代經學與宋代經學在經學史上均有其不可替代的地位：由漢至宋，經學發展已經達到巔峰，而之後經學發展則由盛而衰。《四庫全書總目》中所稱漢學與宋學，應該是狹義上的，實際上包括了漢學兩家的今文經學與古文經學，與宋學一家的「道學」這三種經學闡釋方式。道學之稱始於元代官修《宋史》，雖然道學作為宋代經學的非主流派而不為當權者所用，但是畢竟能夠通過考究義理來發展出別開生面的經學闡釋方式，將經學推向更高的闡釋層面。同時，正是道學的這一歷史處境，反倒促使其得以對於儒學的發展作出了更多而更高的貢獻，也就促使道學在元代以後為時君世主所用，一舉成為經學正宗。

由漢代經學肇起到宋代經學復興，經學在最終形成十三經闡釋學的同時，又演進為統治階級所必須的意識形態正宗。這兩者的趨於一致，正是皇權大一統的真正實現。從政治上達成大一統的秦始皇，通過「以法為教」的方式來進行思想專制，只不過顯示出重刑輕德的政治選擇，並沒有能夠真正進行意識形態的重建。由秦入漢，在一片「過秦」聲中，當權者推重黃老之學以利於南面之治，同樣也不過是出於先德後刑的統治需要。實際上，黃老之學以道家的「無為而治」來綜合儒家及墨法兩家的政治思想，已經背離了以老莊學說為代表的道家思想。這裡所顯示出對於意識形態重建的冷漠，直接與漢初以秦為鑒而分封諸王，削弱中央集權的政治狀況有關。但是，這也表達了一種轉換的可能性，那就是推行主張德主刑輔的儒家政治學說。因此，吳楚七國之亂反而促進了中央集權的趨於強化，而且亟需意識形態的重建，經學於是在「獨尊儒術」聲中應運而生。然而，獨尊儒術在此時亦不過是出於政治功利性的考慮，缺乏一種對於皇權大一統必要性的總體思考。這就是由漢至唐的經學闡釋以「五經」為主的根本原因之一。所以，不僅僅是經學的發展，更重要的是皇權大一統的真正完成，都要求著中央集權政治體制的完備性與意識形態重建的整體性。較之史稱盛世的漢唐兩代，積弱積貧的宋代正是通過官制改革與科舉入仕的政治手段，樹立了君主專制的絕對權威，不但建立了龐大的文官系統，來達到以文臣治國的政治目的，而且確立了官方經學體系，以滿足挾經術一道德的思想需要，全面促成皇權大一統格局的真正出現。

以十三經為闡釋文本的經學體系的形成不僅標誌著經學發展的巔峰，而且這一經學體系正式得到了宋代以後歷代統治者的認可，並且由其欽定以「四書」為經學闡釋的重點。這既是出於政治策略的致治選擇，更是由於思想統治的文化需要。公元 1227 年，宋理宗下詔讚揚朱熹及所撰《四書章句集注》，追封徽國公。〔註 3〕這樣，隨著道學中集大成者的朱熹恢復名譽，也就使道學由所謂「偽學」一轉而為統治者所欣賞，其經學地位開始了回升。顯然，這既與宋理宗非皇帝嫡出而為權臣擁立為帝有關，正心誠意的義理之說將有益於鞏固其個人的統治地位；同時，還與南宋末年再次面臨外族入侵的威脅有關，繼承道統的程朱之學將有助於保持該政權的文化心理優勢。進入元代，朝廷一方面仍以明經取士來臣服南人，使之為「治天下匠」；另一方面推崇「四書」宗法程朱，以削弱「五經」所包容的朝代更替之華夏一統的正統思想，從而使道學成為經學正宗的顯學，經學主流於是也就由經世之學轉變為義理之學，是謂理學。這樣，不僅從政治上消除了潛在的反對派，而且在思想上規定了一統經學之說。

同樣也是出於從政治到文化上的需要，明代經學一開始就限於程朱理學，繼而專尊朱氏之學，以官修的《四書大全》為科舉考試的基本用書，加之「八股」制藝的解經範式，促使這一經學主流在學理上日趨僵化，反映出專制極權下的思想禁錮。清代承襲明代經學，其正宗仍以「朱子之書」為要。不過，雖然有御製的《性理大全》，再加上文字獄的大興，但是仍然難以壓制開放經學闡釋的要求。這不僅表現為《四庫全書》之中經部所收各經闡釋書籍包括了由漢迄清的主要著作，而且《四庫全書總目．經部總敘》也提出了對群經進行綜合性闡釋的號召，由是不再侷限於「四書」，而多治「五經」。當然，這種開放主要是在經學闡釋方式這一層面上，於是漢學兩家與宋學一家在有清一代又各擅勝場，或多或少地折射出政局動盪與時代更替的社會歷史進程。這也就直接動搖著程朱理學欽定的經學宗主地位，而 1905 年科舉制度的完全廢除，已經從一個側面上預示著經學的即將終結。隨著帝制的崩潰，中國社會進入二十世紀的文化轉型，經學作為正統之學已成歷史的陳跡，而儒學的方興未艾則顯示出傳統之學的文化魅力。

對於經學從肇起到終結的命運揭示，或許能夠使其面目更接近本來，以利於進一步的學理性探討。不過，如果僅只是對經學進行縱向的歷史性勾勒，並不能夠完全說明經學的闡釋學性質，更不能構證明經學的傳播中介作用，換言之，也就是尚未能夠展示出，經學是如何提供給儒學以一定階段上的發展樣態

〔註 3〕參見《中國文化史年表》，上海，上海辭書出版社，1990 年，第 440 頁。

及機遇的。因此，有必要對經學與儒學之間的橫向關聯的現實狀況進行考察，來見出經學與儒學之由分。

「六經皆史」之說至清代方成定論，雖然不乏偏頗，但是從學術思想源流的角度看，至少可以由此上溯「六經」作為文化元典對於先秦諸子之說興起的不同影響，尤其是孔子借治「六經」以成文而開創儒學。同時，統治者也常以「六經」為先王之政典，多作鏡鑒之用。因此，從魏文侯始，繼之秦始皇，均置博士治「六經」，漢承秦制，設博士倡「六藝」之說。這無疑為儒學的發展提供了適宜的契機。問題在於，從「焚書坑儒」到「獨尊儒術」，固然顯示出秦始皇與漢武帝之間由於政治需要而作出的截然相反的現實選擇，卻仍然表現出施行思想專制的一脈相承，以致儒學一方面只能在經學的官方闡釋約束之下，逐步蛻變成官方意識形態主導，另一方面也不得不以經學非主流派，甚至經學異端的形態來謀求本身發展的可能。所以，漢代獨尊儒術的主要意義在於通過對儒家典籍的整理與闡釋，來構築經學與儒學發展所必須的文本基礎。

首先是作為經學主流派的今文經學，分別以「經」、「傳」、「記」來作經典歸類，使立於學官之要者為「五經」，並進而從版本上作大、中、小之分，樹立經學的闡釋重點，形成儒家經典的闡釋等差，直到宋代，尚有「大經」與「小經」之分，以區別「五經」與先秦原儒著作。同時，應該看到，經學的興起，也為除了儒家經典以外的其他圖書典籍，相應地提供了存留的有利條件，出現了從《七略》到《漢書・藝文志》之中「六略」的藏書分類，進而以「經、史、子、集」的四分，強調了經書在目錄學上的宗主地位。當然，以圖書集成所顯現的洋洋大觀，保障了儒學發展所必須的思想資料供給。此外，緯書的大量出現，雖然對經學進而儒學產生著負面的影響，但是，緯書也以其宗教化的特殊方式為儒學發展提供了形而上的思想嘗試，從董仲舒的《春秋繁露》到揚雄的《太玄經》，都莫不如是。

其次是作為經學非主流派的古文經學，雖在王莽以「新」代漢時立於學官，但在兩漢時期一直陰行於民間。古文經書不僅提供了與今文經書的不同版本，以增多的經文充實「五經」的內容，而且也為先秦原儒著作提供了「古文」的範本，如《古論語》、《古文孝經》之類。更為重要的是，今古文經學之爭，一方面擴大了經學在民間的影響，成為政治倫理教化的有力手段，另一方面也為儒學提供了在官民之間進行社會傳播的機遇，促成儒家學說獲得發展所需要的集體無意識張力。因此，古文經學的文化心理基礎較之今文經學無疑更為深厚，更為廣泛，也就更為穩固，故而得以在漢代末年的政局動盪之中，由古文經學家來完成經學的統一文本，並且直接影響著從魏晉到唐宋的經學闡釋，《十三經注疏》就是兼採古文經學與今文經學兩家之說的宋代合刻本。這就顯示出以師法興，以家法傳，由私學而公學的經學發展路向來。值得一提的是，隨著經學昌明，讀經者在漢代日益增多，而列入《儒林傳》的漢代經師，也從專解一經走向兼通諸經，在奠定經學體系形成的必要闡釋前提的同時，也促成了儒家思想走向觸類旁通的綜合發展。

正當漢代經學通過讖緯化以自神的宗教傾向日漸明朗之時，本土的道教與外來的佛教也先後出現：漢成帝時已成文的《天官曆》，《包元太平經》，就鼓吹「太平之道」，其後流傳民間，形成早期道教中的五斗米教與太平道；漢哀帝時已有口授《浮圖經》之說，至漢明帝則遣使天竺問佛道法，由此佛教傳入中土。從漢代到宋代，無論是道教由民間進入宮廷，還是佛教由宮廷投向民間，均以宮觀或寺廟這樣的宗教機構為中介，產生了廣泛的社會影響，從而擁有了眾多的信徒。可是，「儒教」一語雖然早已見於《史記・朱家傳》，但是其意也不過是以儒術為教化。只有到了宋代，在士、農、工、商的「百家姓」取代了豪門世家的「家族譜」之後，大興科舉而建立起來的官學與私學，才真正成為經學面向全社會的中介機構，在高張皇權的前提下，經學作為意識形態正宗也才具備了準宗教性質，從而成為名符其實的儒教。這樣，所謂的「三教之爭」，自然就有其經學背景，既表現為道教與佛教對經學內容的吸取，也表現為在統治者的干預之下道教和佛教成為儒教的附庸，從而導致了三教合一的現象發生。

同時，儒教專以儒家經典為根柢，道教強認老莊之說為真經，佛教自據佛理為教義，在通過各自的中介機構進行社會傳播的時候，也就與其所依託之學說之間，各自存在著曲直深淺與精粗文野的闡釋差異。就儒學而言，它與道家之學、佛家之學在學理層面上的融會溝通，甚至相反相成，往往是以經學的方式來實現的：無論是儒道互補，還是儒佛相參，都是首先發生在經學的表層，然後再滲入儒學的根基。玄學以《老子》、《莊子》、《周易》為「三玄」，且與經學並立學官。玄學對於經學既有著衝擊的一面，即所謂「自然」與「名教」之爭；又有著玄學促進經學發展的另一面，如玄學中人除了《周易》之外，對《論語》也群起闡釋。這樣，不僅僅是經學在受到玄學的本體論批評之餘還得到了闡釋的參照系，而且儒學也在學理灌注及思維工具方面走向了儒道互補。

禪宗是佛教本土化的產物，其所主張的「見性成佛」、「無念為宗」、「頓悟」諸說，從形而上的體道至形而下的經世，直接影響著以己意解經的學風的發生，推動著漢學向著宋學的過渡，以實現經學闡釋方式的多樣化，有助於意識形態的重建。與此同時，儒學也藉此釐清儒家之道統，以「心傳」推進了孔孟之道的再度弘揚。這不僅為「四書」的經學確認尋找到了學理的支撐，而且更為儒學發展開闢了致思門徑。

宋代經學出現的捨傳求經的闡釋動向表明，囿於解經成說無益於皇權意識的最終確立，再加上從實行「新政」到推行「變法」，有力地促進了對於經書的文本再闡釋，以有助於滿足中央集權的現實需要。無論是作為經學主流派的荊公新學、溫公朔學、蘇氏蜀學，還是非經學主流派的二程洛學，它們作為北宋時期具有較大社會影響的經學派別，都從道家與佛家的有關學說之中直接汲取學術營養，借用思維工具，使經學闡釋的整體性水平大大提高。這不僅關係到一代解經之風的轉換，更為重要的是提供了儒學大發展的歷史契機，尤其是以始出入佛老，終返六經自命的二程洛學，在承上啟下之中，以「道學」之名而開出「理學」，進行以書院為中心的個人講經活動，從而使儒學的文化影響，從社會上層擴散到社會底層。這樣，在經學完成意識形態重建的同時，實際上也是以經學闡釋方式更新的形式促成了儒家思想與民族文化心理深層的打通，進而促使儒學成為本土傳統文化的主要精神表徵。

在有關儒學發展的現代著作中，「理學」總是作為宋代以後的儒學代表，目之為「新儒學」，這，似乎已經成為毋庸置疑的共識。問題在於，人們何以在有意與無意之間將理學與經學的關係忽略掉了。實際上，從理學發展過程來看，理學的興起更與道學一脈的程朱之學的經學宗主地位密不可分。因此，就經學與儒學的現實關係而言，當道學從偽學轉而成為立於學官的正統之學時，其經學的意義已經壓倒了儒學的意義，進而以「經以載道」的主張，促成了經學闡釋重點向著「四書」的轉移。陸王心學與程朱理學相抗衡，其經學意義則在於「六經皆我注腳」，故而一直被排除於經學正宗之外，直到清代後期，曾國藩方取陸王「格物誠意」之說以救助「名教之奇變」。然而，陸王心學正是以其「發明本心」相號召，對於理學自身的體大皆備，自有其不言而喻的建構作用。由此可見，經學與理學之間，既有其相輔相成的一面，又有其相異相悖的一面，如何去理解和把握這一呈現出雙向運動的關係，也就成為有關儒學發展的歷史描述與現實評說的一個關鍵。

正是由於意識到理學與經學之間可能發生雙刃劍效應，加之朝代鼎革，促使一部分理學中人在明清之際脫離了官方意識形態立場，顧炎武、黃宗羲、王夫之等人提出「舍經學無理學」，主張「經世致用」，要求「知行合一」，對程朱理學乃至陸王心學進行了不同程度的自我批判；而傅山、顏元等人更是以異端自視，對理學痛下貶斥，號召治學「經子不分」，倡言功利以明道。這樣，在對理學進行經學式反省的前提之下，完成了關於儒學發展可能性的綜合評價。這種以經學非主流派乃至經學異端為形式，所反映出來的要求經學發展的開放性，藉以謀求儒學相應發展的歷史趨向，在清代統治者大興文字獄的政治高壓與思想禁錮之下，也就只能在詁經之說範圍內，去消融所謂門戶之見而各取所長。

有清一代的桐城學派，通常被後世之人當作文學流派，實際上已經是清代經學的主流派。從方苞、劉大櫆到姚鼐，均以程朱理學為經學正宗而兼取漢唐經說，主張義理、辭章、考據三者不可偏廢，並當以義理為質而辭章和考據歸附之，從而表現出「經以載道」向著「文出載道」的某種傾斜。這不僅說明從唐宋八大家到歷代倡言「古文」者，其主張與著述的經學意義遠遠超過文學意義，而且進一步表明經學的社會影響及其對儒學的傳播，必須質文兼備而且確鑿可證，方能真正發生。乾嘉學派，雖然在詁經方法上源於古文經學，但能以名物訓詁對歷代經學進行某種限度的清算：一方面並不囿於古文經書，惠棟的《古文尚書考》即對「五經」之一的《尚書》古文文本進行了證偽；另一方面，戴震的《孟子字義疏證》即對標榜「四書」的程朱理學進行了學理的證偽。由此可見，乾嘉學派並非真正意義上的古文經學流派，而是在外部的意識形態壓力的擠壓之下，以所謂的「漢學」的純學術姿態來推進經學的闡釋深度，自然只能處於經學主流之外，而同時卻在客觀上為儒學掙脫經學的桎梏提供了必要的具有某種實證性的治學手段。常州學派，雖然專求微言大義而有今文經學之?象，但是實際上注重對「五經」進行綜合闡釋，莊存與在其《春秋正辭》之中，就融會「三傳」之說，而其《毛詩說》、《周官說》則均為古文經書之解讀。因此，常州學派亦非今文經學之一脈相承者，而是以通經致用的求實態度，來維護大一統的政治格局，在對經學正宗之不足進行補救的過程中，也隱約勾勒出儒學之入世精神消漲的動向來。〔註 4〕

〔註 4〕參見「經學的衰落與復興」，丁守和主編《中華文化辭典》，廣州，廣東人民出版社，1989 年，第 129、130 頁。

然而，在詁經之說以內的貫通不可能從根本上解決清代經學各學派間的闡釋分歧。桐城學派中人方東樹作《漢學商兑》以抨擊乾嘉學派，而乾嘉學派中人江藩則作《國朝漢學師承記》和《國朝宋學淵源記》來揚漢學抑宋學，常州學派中人宋翔鳳作《論語說義》統核古今以糾正諸家之論。由此可見，清代經學無論是主流派，還是非主流派，雖然都在不同程度上走向綜合闡釋，但是相形之下，前者更注重經學闡釋的可接受性而恪守程朱理學之正統，顯現出保守性；後者更執著於經學闡釋的客觀性與現實性，已經逸出古文經學與今文經學的闡釋傳統，呈現出開放性。這一開放性不僅表現為對經學主流的消解而促進了經學體系的崩潰，而且表現為對儒學價值的發明而擴大了儒家思想的影響，從譚嗣同所著《仁學》即可略見一斑。因此，康有為與章炳麟各自分別運用微言大義與名物訓詁的不同闡釋方式來討論政治「維新」的可行性，也就在預告經學行將終結的同時，預示著儒學將如何進行創造性的轉化。

隨著 1905 年科舉考試制度的廢除，經學失去了官學地位，在儒教面臨著終結的命運同時，儒學也面對著轉化的機遇。新文化運動對於儒教的批判首先是基於帝制復辟浪潮之中「孔教」的沉渣泛起，故而以「倫理的覺悟」為最後的覺悟相號召。綜觀《新青年》雜誌之抨擊吃人的禮教，可以說主要是針對經學及其危害性而言的，並非是全盤否定儒學。這同時也就促成了關於儒學如何走進現代的反思：從倡導東方精神文明以復興中國文化，到拯救西方物質文明的危機以推進人類文化的發展，也就先後成為所謂現代新儒學所關注的不同焦點。也許，儒學能否保持住創造性轉化的發展態勢，至少必須是不再覬覦意識形態宗主地位以免重蹈經學的覆轍，並且應該是堅守住思想闡釋的學術性立場。於是，不斷地通過對於儒家典籍的知識考古，來發掘儒家學說的思想精髓，將使儒學保持一種生機勃勃的思想活力，從而真正顯現出一種民族文化傳統可能獨具的思想魅力。

二、文學的由雜轉純

儒學的文本基礎是作為儒家經典的五經與四書，而在五經與四書之中，五經是經典性的上古文化典籍，即文化元典；而四書是經典性的原初儒家著作，即原儒著作。就五經而言，作為先秦諸子共享的文化典籍，是百家爭鳴的共同文本基礎；就四書而言，作為原初儒家創作的思想著作，是儒學發展的獨家文本基礎，以《論語》為核心。

在《論語》中，道之所存的文獻與道之所彰的文章又統稱為文學。「子曰：『從我於陳、蔡者，皆不及門也。德行，顏淵、閔子騫、冉伯牛、仲弓；言語，宰我、子貢；政事，冉有、季路；文學，子游、子夏。』」〔註5〕由此可見，孔子為褒揚諸多門人個人之所長，已經進行了德行、言語、政事、文學的區分。於是乎，「子曰：『質勝文則野，文勝質則史，文質彬彬，然後君子。』」〔註6〕顯然，「野」與「史」的對舉，即所謂野人般的鄙陋與史官般的文飾，顯示出文質不相稱之中的兩種對立性現象，而「文質彬彬」則是對於文與質的互動性關係達到平衡的概括。不過，應該看到的是，「文質彬彬」所包容的互動性關係，既不能簡單地看成所謂質與文之間的內外互動關係，也不能簡單地看成所謂道與藝之間的主從互動關係。這就在於，文與質之間的關係首先是質先於文。「子曰：『先進於禮樂，野人也；後進於禮樂，君子也。如用之，吾從先進』」〔註7〕

孔子在此所作的野人與君子之分，並非是如同君子與小人一樣的等級之分，其實不過是表明他自己對於先輩之禮樂趨於樸素淳厚的讚賞，與對後輩之禮樂流於繁文縟節的不滿，故而選擇了先輩之禮樂。孔子之所以作出這樣的選擇，是因為他認為「文質彬彬」當質先而文後——「子夏問曰：『巧言倩兮，美目盼兮，素以為絢兮。何謂也？』子曰：『繪事後素。』曰：『禮後乎？』子曰：『起予者商也，始可與言詩已矣。』」〔註8〕這一對話所表達出來的對於文與質之關係的把握，就在於以「繪事後素」為喻，即繪事之為文的眾色，當在素之為質的底色上才能得以充分顯現，由此而從繪事推及言詩，乃至習禮倡道，因而孔子要說子夏的提問對自己有所啟發。這樣，質先文後也就在個人如何學文與為文方面，為區分君子學道與小人學道而提供了一個現實標準。於是，「子謂子夏曰：『女為君子儒，無為小人儒！』」〔註9〕由此可見，在君子之

〔註5〕《論語注疏》卷11，《十三經注疏》下冊，上海，上海古籍出版社，1997年，第2498頁。

〔註6〕《論語注疏》卷6，《十三經注疏》下冊，上海，上海古籍出版社，1997年，第2479頁。

〔註7〕《論語注疏》卷11，《十三經注疏》下冊，上海，上海古籍出版社，1997年，第2498頁。

〔註8〕《論語注疏》卷3，《十三經注疏》下冊，上海，上海古籍出版社，1997年，第2466頁。

〔註9〕《論語注疏》卷6，《十三經注疏》下冊，上海，上海古籍出版社，1997年，第2478頁。

質與君子之文之間，正是以「繪事後素」的現實方式形成了文與質之間的質先文後關係。

隨著儒學在漢代「罷黜百家，獨尊儒術」的意識形態主流化之後，演變為儒家經典官方闡釋學的經學，於是，儒學的發展一方面以經學正宗的現實樣態來確保其意識形態的主流地位，因而需要對於道統進行正統性的官方認可；另一方面又以經學異端的現實樣態來確認其學術思想的獨立地位，因而需要對於學統進行多樣性的個人拓展，從而導致儒學發展在傳統社會中只能以經學發展的形態出現。這樣，經學正宗所代表的意識形態價值一元化的官方立場，也就與經學異端所表明的學術思想價值多元化的個人取向，形成了此消彼長的現實對抗，從漢代的今文經學與古文經學之爭，到宋代的道學是否偽學之爭，就可以看出經學正宗與經學異端在經學發展過程之中的更迭轉化來。所以，漢武帝即位，「於是招方正賢良文學之士」，而在進行五經闡釋之中，建立「以文學禮義為官」的相關制度，結果，「自此以來，則公卿大夫士吏斌斌多文學之士矣」。〔註10〕當然，這裡的「文學」，主要是就經學而言的文獻之學：「古之儒者，博學乎六藝之文。六藝者，王教之典籍，先聖所以明天道，正人倫，致至治之成法也。」這樣，從孔子倡導的「文質彬彬」也就被改寫成「文學明道」的經學主張。由此，在《漢書》中，依然襲用「儒林」之稱而進行經學確認，不僅將《史記》中提及的道統正式延伸到孔子，而且確認了《論語》的經學地位。這樣，「自武帝立五經博士，開弟子員，設科射策，勸以官祿，訖於元始，百有餘年，傳業者寖盛，支葉蕃茲，一經說至百餘萬言，大師眾至千餘人，蓋祿利之路然也。」因此，就經學的發展來看，「文學明道」不僅擴大了「儒術」的社會影響，而且使得儒學經典「所以罔羅遺失，兼而存之，是在其中也」。〔註11〕顯然，從《史記》到《漢書》，關於「儒林」的記載，表明儒學已經在「獨尊儒術」中完成向著經學的衍變。

經學的初步繁榮正是在漢代皇權大一統的社會環境中形成的。隨著皇權大一統社會格局的分崩離析，歷經魏晉南北朝，經學式微的結局不可避免：到

〔註10〕《史記》卷121，《儒林列傳第六十一》北京，中華書局，1980年。以「二十四史」為據進行歷史考察，主要是為了從官方視角來對儒學與經學之關係，特別是經學發展提供一種所謂正統性的參照，以便印證經學的意識形態主流性與學術思想獨立性之消長。

〔註11〕《漢書》卷88，《儒林傳第五十八》，北京，中華書局，1980年；參見《漢書》卷30，《藝文志第十》。

南朝宋代，經學與玄學、史學、文學同為官學。實際上，從經學兼容文學到經學與文學並立，促使「文學明道」之說進發生了變化。這就在於，自文學從經學中獨立出來之後，不僅「明道」之文由文獻之文擴大到文章之文，而且對於文章之文的重視更是超過了文獻之文，因而才有可能對文章之文進行從經學到文學的更為深入的探討。更為重要的是，經學與文學的並立，並非是兩者的對立，而是極大地擴張了在經學與文學融通之間如何「明道」的個人空間。

於是，經歷了南朝宋、齊、梁三代的劉勰，在《文心雕龍》中開始了對於文與道之關係的最先個人體認。劉勰的個人體認在其「序志」中得到了這樣的言說：「夫文心者，言為文之用心也」，而「古來文章，以雕縟成體，此取騶奭之群言雕龍也」，從而表明對於文章之文的個人關注。這一個人關注，既有著對於聖人孔子的夢寐以求的心儀：「齒在踰立，則嘗夜夢執丹漆之禮器，隨仲尼南行。旦而寤，乃怡然而喜，大哉聖人之難見也，乃小子之垂夢歟！自有生人以來，未有如夫子者也」；也有著對於「文學明道」的難以企及的羡慕：「敷贊聖旨，莫若注經，而馬鄭諸儒，弘之已精，就有深解，未足立家」。這樣，面對著此時出現的文章流弊——「而去聖久遠，文體解散，辭人愛奇，言貴浮詭，飾羽尚畫，文繡鞶帨，離本彌甚，將遂訛濫」，魏晉以下的「近代論文者」，都各有其偏頗，關鍵就在於「不述先哲之誥，無益後生之慮」。由此出發，劉勰更是將漢代以降「文學明道」之說，由文獻之文推向文章之文，從而指出朝著「文章明道」的方向進行文統的發展，已經不可逆轉：「蓋文心之作也，本乎道，師乎聖，體乎經，酌乎緯，變乎騷，文之樞紐亦云極矣。」〔註 12〕

這樣，劉勰從「文之樞紐」著眼，提出了文章可以「明道」：從「玄聖創典，素王述訓」，「故知道沿聖以垂文，聖因文而道明，旁通則人無滯，日用而不匱。」這就是說，道與文之間是以聖人為中心，形成道先文後的「垂文」與道以文顯的「道明」，這樣的相輔相成關係，將「文質彬彬」的文質並重，擴張為「文章明道」的文道合一，從而方可使天下文章無不可以「明道」。因此，「辭之所以能鼓天下者，道之文也」，其根本就在於「光采玄聖，炳耀仁孝」。〔註 13〕故而文章如何「明道」，也就在於「徵之周孔，則文有師矣」；〔註 14〕因而文章以何「明道」，具體而言就是「文能宗經」，因為「經也者，恒久之至道，

〔註 12〕《文心雕龍注釋》《序志第五十》，北京，人民文學出版社，1981 年。
〔註 13〕《文心雕龍注釋》《原道第一》，北京，人民文學出版社，1981 年。
〔註 14〕《文心雕龍注釋》《徵聖第二》，北京，人民文學出版社，1981 年。

不刊之鴻教也」。〔註 15〕文章得以「明道」的標準就是以經為準繩：先是引《史記·屈原傳》所評「國風好色而不淫，小雅怨誹而不亂，若離騷者，可謂兼之」為證；然後推而廣之，稱「名儒辭賦，莫不擬其儀表。所謂金相玉質，百世無匹者也」，要之「雖取鎔經意，亦自鑄偉辭」。〔註 16〕這就表明，正是通過對漢代以來從經學到文學的批謬指正，劉勰才指出文章之文必須是「道之文」，在師法聖人而依據經典的同時，還可以借鑒其他典籍、文章，但是不能脫離經典之軌範，總而言之，文章之文當取鎔經意而自鑄偉辭。所以，《文心雕龍》中接下來對文章之文如何自鑄偉辭，進行了有別於經學的文學討論，也就不足為怪。問題在於，就《文心雕龍》的整體而言，從學理上看，基於「文之樞紐」而論文，可以說即使承認其有著來自玄學與佛學的影響，但是，這一影響是以經學為樞紐來發揮其作用的。與此同時，更應該看到經學與文學之間的融通，是緊緊地圍繞著「道之文」來進行的，也就是說，文章之文始終是要取鎔經意的。

自隋唐以來，科舉制度的建立與推行直接促動了經學的空前興盛。進入唐代以後，「天下略定，即詔有司立周公、孔子廟於國學，四時祠。求其後，議加爵土。」而「唐三百年之盛，稱貞觀，寧不其然」。唐玄宗親注《孝經》，「經籍大備，又稱開元焉」，最後增加《論語》、《爾雅》共十二經，唐文宗開成二年（公元 837 年）於國子監刻石為定本，史稱「開成石經」。這就在於：「乃若舉天下一之於仁義，莫若儒。儒待其人，乃能光明厥功，宰相大臣是已。至專誦習傳授，無它大事業者，則次為儒學篇。」〔註 17〕這不僅重新確立了經學的意識形態主流地位，而且以能否通過科舉考試成就「大事業」來進行區分，並且這一區分還由「儒學」中人擴大到「文藝」中人。

這是因為，曾經與經學並立官學的文學的地位此後有所下降，但是，對於文章之文的社會性推崇，不僅以科舉求仕的方式得到了經學的認可，而且以官場應酬的方式得到了文學的響應，由此而方有經學之文與文學之文的分野。儘管如此，文章之文應是「道之文」則是不可否認的，所以「夫子之門以文學為下科，何哉？蓋天之付與，於君子小人無常分，惟能者得之，故號一藝。自中智以還，恃以取敗者有之，朋姦飾偽者有之，怨望訕國者有之。若君子則不然，

〔註 15〕《文心雕龍注釋》《宗經第三》，北京，人民文學出版社，1981 年。
〔註 16〕《文心雕龍注釋》《辨騷第五》，北京，人民文學出版社，1981 年。
〔註 17〕《新唐書》卷 198，《列傳第一百二十三·儒學上》，北京，中華書局，1980 年。

自能以功業行實光明於時，亦不一於立言而垂不腐，有如不得試，固且闡繹優游，異不及排，怨不及誹，而不忘納君於善，故可貴也。今但取以文自名者為文藝篇」。〔註 18〕這就回到了《論語》的立場上，對「以文自名者」進行了君子與小人之分，文學之文也當是「道之文」，成為弘道的工具，最終在宋代演變為「文以載道」之說，導致從漢初到清末的漫漫歲月之中，文學之文只能雜而不能純，難以成為文學審美的「美之文」。

文學之文應是審美之文的個人言說始於王國維。1904 年王國維在《教育世界》上發表了《紅樓夢評論》一文，成為從傳統的「道之文」轉向現代「美之文」的奠基之作，《紅樓夢評論》的推演論證，不僅突破了傳統文論的義法束縛，而且更超越了傳統文論的評點格局，同時也對後來者作出了從致思到理路上的個人示範。事實上，在寫作《紅樓夢評論》之前，王國維就已經進行了《汗德像傳》、《叔本華與尼采》、《叔本華之哲學及教育學說》等文的寫作，從學理到論證均顯現出他所受到種種外來現代文化思潮的影響。〔註 19〕不過，這並不意味著本土傳統文化意識影響的中斷。所以，《紅樓夢評論》一開篇，就引用老莊之說為立論依據，從老子所言「人之大患，在我有身」，到莊子所言「大塊載我以形，勞我以生」，然後指出：「夫生者，人人之所欲；憂患與勞苦者，人人之所惡也。」

這樣，「吾人慾生之心」，不僅使吾人「思所以奉其生」，「更進而圖永遠之生活」，而且對「吾人之憂患勞苦，固亦有所以償之者」。所以，「吾人慾生之心」作為先於人的生存的意志，必定透過「患難與勞苦之與生相對待也久」的生活表象，而直指「生活之本質」。由此可見，王國維將「在我有身」與「大塊載我有形」的老莊之「我」，在康德、叔本華、尼采等人的學說影響之下，改寫成「吾人慾生之心」，並簡化為「欲」，而「欲之為性無厭，而其原生於不足。不足之狀態，苦痛是也」，人生的悲劇性將由此而生。

於是，「生活之本質何？『欲』而已而矣」，而人生的悲劇性更在於：「又此苦痛與世界之文化俱增，而不由之而減。何則？文化愈進，其知識彌廣，其所欲彌多，又其感苦痛亦彌甚故也。然則人生之所欲，既無以逾於生活，而生活之性質又不外乎苦痛，故欲與生活、與苦痛，三者一而已矣。」不過，對於

〔註 18〕《新唐書》卷 201，《列傳第一百二十六．文藝上》，北京，中華書局，1980 年。
〔註 19〕參見孫敦恒《王國維年譜新編》，北京，中國文史出版社，1991 年，第 9～16 頁。

人生的悲劇性的認識，同樣有賴於「知識彌廣」，因為「吾人生活之性質，既如斯矣。故吾人之知識，遂無往而不與生活之欲相關係，即與吾人之利害相關係。」在王國維看來，「常人之知識，止知我與物之關係」，而「及人知漸進，於是始知欲知此物與我之關係」，從而加劇了趨利避害之中人生的悲劇性，「生活之欲」引發的利害衝突將導致人生悲劇的誕生。

怎樣才能「解脫」人生悲劇的苦痛呢？王國維給出了答案：「茲有一物焉，使吾人超然於利害之外，而忘物與我之關係。此時吾人之心無希望，無恐怖，非復欲之我，而但知之我。」只有在「超然於利害之外」的前提下，「吾人慾生之心」的「我」，才有可能從「欲之我」轉化為「知之我」，也就是「忘物與我之關係」的「我」。「然物之能使吾人超然於利害之外者，必其物之於吾人，無利害之關係而後可；易言以明之，必其物非實物而後可。然則，非美術何足以當之乎？」然後，對「美術」的本質與功用繼續進行探討。

首先，「美術」這一「非實物」的能否產生，與「能忘物與我之關係而觀物」以達「知之我」的個人追求是分不開的，王國維將這樣的個人稱為天才——「於是天才者出，以其所觀於自然人生中者復現之於美術中，而使中智以下之人，亦因其物之與己無關係，而超然於利害之外。」儘管王國維在關於「美術」天才觀的個人表述中，仍然沒有能夠完全擺脫「上智與下愚不移」的本土文化傳統的潛在影響，但是，王國維在論證「美術」超然利害這一審美本質的基礎上，高度強調了「美術」審美的個人化——「故觀物無方，因人而變」，從而使每一個人在超然利害的「觀物」之中成為體現「美術」的審美本質的個人自由創造。

其次，「美術」在個人「觀物」的過程中，能否促使個人達到物我兩忘的審美境界，是基於如何感受「美術」這一個人前提之上的。王國維明確指出：「故美術之為物，欲者不觀，觀者不欲；而藝術之美所以優於自然之美者，全存於使人易忘物我之關係也。」這就表明，個人感受「美術」只有擺脫「人生之所欲」的利害糾纏，才能以一種超然利害的審美態度來「觀物」，使個人進入忘卻「物我之關係」的審美狀態，由此顯現「美術」的審美功用。由於「美術」具有「非實物」的性質，再加上經過天才的創造性「復現」，無疑降低了個人感受達到物我兩忘這一審美境界的「觀物」難度。正是因為「美術」具有「使人易忘物我之關係」的審美功用，才有可能出現關於「藝術之美優於自然之美」的個人判斷。

這樣，個人如何「觀物」，不僅有利於個人把握「美術」的本質與功用，而且有助於對「美之為物」的個人認識，無論是「壯美」，還是「優美」，兩者都呈現出「觀物」之中達到物我兩忘時的個人感受，而兩者的區別則在於物我兩忘之中個人情感的審美指向——「吾心守寧靜之狀態」的「優美之情」，與面對人生悲劇卻「快樂存於使人忘物我之關係」的「壯美之情」。不過，如果個人「觀物」之中未能排除「欲」的干擾，「美術」中就會出現與優美和壯美相反的「眩惑」，將使人在「觀物」中「復歸生活之欲」，其結果便猶如「欲止沸而益薪」，徒增人生的「苦痛」。

王國維以有關「人生與美術」的上述討論為標準，「以觀我國之美術。而美術中以詩歌、戲曲、小說為其頂點，而以其目的在描寫人生，故吾人於是得一絕大著作曰紅樓夢」。這就在於，《紅樓夢》最大限度地完成了「描寫人生之苦痛與其解脫之道」的「美術之務」，並且達到「離此生活之欲之爭鬥，而得其暫時之平和」的「美術之目的」，在對人生的悲劇性進行天才復現的同時，呈現出震撼人心的壯美，即「紅樓夢之精神」。於是，王國維認為「紅樓夢之美學上之價值」，就在於它是中國唯一的「徹頭徹尾之悲劇」。因此，對於《紅樓夢》進行個人評論的結論自然就是——「夫美術之所寫者，非個人之性質，而人類全體之性質也。惟美術之特質，貴具體而不貴抽象。於是舉人類全體之性質，置諸個人之名字之下」——「美術有大造於人生」。〔註 20〕由此可見，在超然利害與物我兩忘的非功利性討論之中，王國維並沒有忽視「美術」的合目的性所面對的正是由具體個人而成的人類。

在發表《紅樓夢評論》之後，王國維就依據康德「當視人為目的，不可視為手段」之論，強調文學的審美價值——「觀近數年之文學，亦不重文學自己之價值，而唯視為政治教育之手段」，從而也就「褻瀆」了「文學之神聖」。顯然，「文學之神聖」是以「文學自己之價值」為根基的，而「文學自己之價值」更是與人直接相關的，文學就是「人的目的」，因為不僅「人對人當如是」，人對文學亦「當如是」，文學是人的生命活動之一，人的價值也就自然地體現

〔註 20〕王國維《紅樓夢評論》，周錫山編校《王國維文學美學論著集》，太原，北嶽出版社，1987 年。此外，從王國維對中國詩歌與戲曲個人研究來看，無論是在《人間詞話》中基於「觀物」說而提出「境界」說，還是在《宋元戲曲考》中從「知識彌廣」出發而重說「凡一代有一代之文學」，都一再表現出對於中國傳統文論進行形態轉換的個人嘗試。

在文學價值之中。〔註 21〕追求「文學自己之價值」成為文學的目的，進而也就成為「人的目的」之一，由此才有可能在人的發展中推動文學的真正發展。於是，王國維反對「以文學為生活」，而主張「為文學而生活」，在徹底否認「道之文」這一文學工具論的中國傳統。這就凸顯了文學的本質在於審美——「文學者，遊戲上之事業也」——「惟精神上之勢力獨優，而又不必以生事為急，然後終身得其遊戲之勢力」；而文學的功用也在於審美——「不外知識與感情交代之結果」——「前者以描寫自然及人生之事實為主，後者則吾人對此種事實之精神的態度也。」〔註 22〕這樣，王國維立足於「文學自己之價值」的個人立場，所進行的對於文學的本質與功用的個人言說，開啟了「純文學」的中國之思。

較之王國維的個人言說，魯迅除了受到與之相似的德國美學影響之外，還更多從歐洲的現代文學及其思潮中「別求新聲」，大力主張「從純文學上言之，則一切美術之本質，皆在使觀聽之人，為之興感怡悅。文章亦美術之一，質當亦然，與個人暨邦國之存，無所系屬，實利離盡，究離弗存」。這就強調了純文學的非功利性，進而論及純文學能「涵養人之神思」，從審美愉悅的個人感受開始，經過審美想像的擴張，而達到「美善吾人之性情，崇大吾人之思理」這一情理和諧的審美境界，這就為文學的審美功用進行了從表層到深層的全面揭示。與此同時，魯迅更是指出文學的審美功用的基本特徵就在於「不用之用」——「事復無形，效不顯於頃刻」，沒有直接的功利性，但是，「其為用決不次於飲食、宮室、宗教、道德」，能夠促進「國民精神之發揚」，

〔註 21〕這是王國維在 1905 年寫成的《論近年的學術界》一文中所言，該文所論及的「學術」，主要指文學與哲學，因而要說：「故欲求學術之發達，必視學術為目的而不視為手段然後可」。周錫山編校《王國維文學美學論著集》，太原，北嶽出版社，1987 年。

〔註 22〕王國維《文學小言》，周錫山編校《王國維文學美學論著集》，太原，北嶽出版社，1987 年。該文於 1906 年在《世界教育雜誌》發表。「詩教」為「文以載道」的源頭，而與「詩言志」相對峙，故而不能以對「詩教」的望文生義來判別「文以載道」與「詩言志」是「皆與政教倫理有關」，因為兩者的差別並非是五十步笑百步式的，至少「文以載道」的文學工具論帶有官方意識形態正統的經學強制性，而「詩言志」則保持了文學相對獨立之中的個人選擇餘地。此外，對王國維的有關論文寫作與發表的時間，甚至發表的雜誌之名，也出現了錯誤，也將直接影響到相關的討論及結論。參見辛小征、靳大成《中國 20 世紀文藝學學術史》第二部上卷，上海，上海文藝出版社，2001 年，第 144～145 頁。

勢必將有助於文化的發展。〔註 23〕

所以，魯迅此後延續了「發揚真美，以娛人情，比其見利致用，乃不期之成果」的「純文學」之思，繼而將其提升到「何為美術」的學理層面上，一方面認為「美術為詞，中國古所不道」，也就是說自古以來不存在「純文學」的本土言說；另一方面承認「美術」之說來自「英之愛忒（artor fine art）」的漢譯，也就是說「純文學」的中國思考始於外來影響。更為重要的是，他指出「美術者，有三要素：一曰天物，二曰思理，三曰美化，緣美術必有此三要素，故與他物之界域極嚴。」因此，無論是技藝精湛的工藝品，還是罕見精美的文物，都不應視為美術，而美術只能是包括純文學在內的精緻藝術。要言之，「美術云者，即用思理以美化天物之謂。」對於文學與文化之間的關係，魯迅更是明確指出「美術可以表見文化」。這是因為：「凡有美術，皆足以徵表一時及一族之思惟，故亦即國魂之現象；若精神遞變，美術輒從之以轉移。」〔註 24〕這就提出了文學只有通過對於「國魂」的個體性顯現，才能夠對文化進行形象的表達，尤其是與「國民精神之發揚」之間保持著高度的一致性。

魯迅從「純文學的立場上」認為「文章亦美術之一」的個人主張，顯然與周作人的「純文章」之論遙相呼應，彼此之間有關文學的本質與功用的討論具有互補的性質。這不僅表現在他們此時的文章都發表在《河南》上，而且也出現在他們合作翻譯並在 1909 年出版的《域外小說集》之中。1908 年周作人就發表《論文章之意義暨其使命因及中國近時論文之失》一文，針對當時國人所著《中國文學史》、等著作中，出現了對中國文學變遷的「支離蒙憒」的描寫，成為「近時論文之失」中的特出現象，而導致這一現象產生的原因，主要在「於文學義未明」。

不過，由於在文學與文章之間，在本土傳統文論之中並沒有進行概念之分，並且在「道之文」存在的歷史狀態中，文章較之文學往往是更為國人所熟悉的用語。所以，周作人進行了「純文章」與「雜文章」之辯——「純文章，或名之曰詩，而又分為二：曰吟式詩，中含詩賦、傳奇，韻文也；曰讀式詩，為說部之類，散文也。其他書記論證狀諸屬，自為一別，皆雜文章耳。」在這裡，所謂「純文章」已經包容進了詩歌、戲劇、小說，其「詩」學意義上的審

〔註 23〕《摩羅詩力說》《河南》月刊第 2、3 號，1908 年 2、3 月。《魯迅全集》第 1 卷，北京，人民文學出版社，1981 年。

〔註 24〕《擬播布美術意見書》《教育部編纂處月刊》第 1 卷第 1 期，1913 年 2 月。《魯迅全集》第 8 卷，北京，人民文學出版社，1981 年。

美特徵較為明顯，而「雜文章」顯然與散文相關，其「詩」學性質較難區分，因而必須回到何謂文學與文學何為的關鍵上去。

於是，周作人首先引用美國人宏德（Hunt）關於文學的定義——「文章者，人生思想之形現，出自意象、感情、風味（Taste），筆為文書，脫離學術，遍及都凡，皆得領解（Intelligible），又生興趣（Interesting）者也。」由此出發，不僅以「文章者必非學術也」這一標準來區分出雜文章之中的文章，「蓋文章非為專業而設，其所言在表揚真美，以普及凡眾之人心，而非僅為一方說法」，只有這樣的散文才能成為「美文」，因而傳統散文與現代散文之間的差別也就在於此；而且又以「文章者，人生思想之形現也」這一標準來衡量文章之中的純文章，「詩歌、說部無論矣，即詼諧滑稽之文，意匠經營本不外悅人之意，而其文心詞致，要亦有靈明之氣以為之主也」，只有這樣的文章才被視為純文學，因而通俗文學與現代文學之間的差異也就在於此。〔註25〕

周作人其次引用了宏德關於文學使命的說法——「一曰在裁鑄高義鴻思，匯合闡發之也；二曰在闡釋時代精神的然無誤也；三曰在闡釋人情以示世也；四曰在發揚神思、趣人心以進於高尚也」，對所謂「以文章為生計」說、「著者用以成名」說、「極致在怡悅讀者」說、「絕端在於自白」說，一一進行估量，不僅反對文學成為個人追名逐利的捷徑，也反對文學脫離國民精神現狀的高蹈。這是因為，「夫文章者，國民精神之所寄託也。精神而盛，文章即以發皇；精神而衰，文章亦足以補救，故文章雖非實用而有遠功者也」。顯然，文學的根本在於：「蓋精神為物，不可自見，必有所附麗而後見焉。凡諸文化無不然矣，而在文章為特者」——「特文章為物，獨隔外塵，托質至微，與心靈直接，故其為用亦至神。」〔註26〕於是，在周作人眼中，不僅文學與國民精神之盛衰

〔註25〕獨應（周作人）《論文章之意義暨其使命及中國近時論文之失》《河南》1908年第4、5號連載，1908年5、6月。文中對林傳甲所著《中國文學史》「言必宗聖」、「統一一尊」，論文「必以周、孔之語為歸」的種種弊端進行批評。周作人後來在對現代散文的審美特徵進行專門討論，從理論上對傳統散文與現代散文進行區分，參見《美文》《晨報·副刊》1921年6月8日。以小說為通俗文學與現代文學的代表，劉半農認為與中國固有的通俗小說相對應的是「交換思想意志」、「陳義高尚」的「近世小說」，即現代小說。所謂對於通俗文學與嚴肅文學的區分理當追溯及此。《通俗小說之積極教訓與消極教訓》《太平洋》第1卷第10號，1918年7月。

〔註26〕獨應（周作人）《論文章之意義暨其使命及中國近時論文之失》《河南》1908年第4、5號連載，1908年5、6月。

密切相關，實際上強調了文學啟蒙的重要性，而且文學對於文化進行審美表現，事實上承認了審美創造的同質性，從而表明人與人之間的精神交流，如果要達到「至神」的高度，就必須對「國民精神」進行深入到「心靈」的文學顯現。

從王國維到周氏兄弟，在歐風美雨的激蕩之中，他們在二十世紀之初就「純文學」進行了較為深入的個人言說，不僅在於跨出了文學轉型的第一步，更為重要的是先行者個人言說一旦在中國大地上出現，「美之文」的現代之思無疑將取代「道之文」的傳統之說，而中國文學勢必進入由雜轉純的現代轉型。

第一章　中國文學啟蒙的緣起

一、中國啟蒙的文化性質

如果承認中國啟蒙是具有歷史性與整體性的文化啟蒙，那麼，中國啟蒙的文化性質，不僅決定於世界文化發展中現代轉型的歷史趨勢，呈現出文化啟蒙的現代取向；而且也決定於本土文化發展中傳統轉化的整體過程，表現為文化啟蒙的傳統延續。這樣，中國啟蒙的文化性質也就具備了現代與傳統的兩面，促成文化啟蒙的興起與發展之中現代取向與傳統延續之間的互動與兼容。

比較而言，對於中國啟蒙的文化性質的認識，往往是注重其現代取向的這一面，而忽略其傳統延續的另一面，甚至將二者對立起來，在強調文化啟蒙的現代取向的同時否認其傳統延續的可能性。當然，也不排除將文化啟蒙的傳統延續等同於固守傳統，以否認其現代取向的可行性，成為兩相對應之中另外一種二元對立認識。這樣，如何避開對中國啟蒙的文化性質進行二元對立的認識，也就需要借鑒有關歐洲啟蒙的文化性質的學理思考。這不僅在於歐洲啟蒙對中國啟蒙的現代文化影響，而且更在於歐洲啟蒙的文化性質也同樣具有現代與傳統的兩面。

所以，從歐洲啟蒙到中國啟蒙，兩者之間有何內在關聯，進而兩者的文化性質之間有何差異，無疑將成為對於中國啟蒙的文化性質進行認識的起點。

「什麼是啟蒙運動？」康德在回答中指出：「啟蒙運動就是人類脫離自己所加之於自己的不成熟狀態。不成熟狀態就是不經別人的引導，就對運用自己的理智無能為力。當其原因不在於缺乏理智，而在於不經別人引導就缺乏勇氣與信心去加以運用時，那麼這種不成熟狀態就是自己所加之於自己的了。」儘管這一自在的蒙昧會在「保護人的關注」下演變為普遍的愚昧，「然而公眾要啟蒙自己，卻是可能的；只要允許他們自由，這確實幾乎是無可避免的。」這就指出了人的自由權利能否得到相對承認是啟蒙運動興起的基本前提。

所以，面對著「絕大部分的人（其中包括全部的女性）」這樣的啟蒙對象，出現了啟蒙的「先行者」——「在為廣大人群所設立的保護者們中間，也總會發現一些有獨立思想的人；他們自己在拋棄了不成熟狀態的羈絆之後，就會傳播合理地估計自己的價值以及每個人的本分就在於思想其自身的那種精神。」因此，「要有勇氣運用你自己的理智！這就是啟蒙運動的口號。」於是，先行者率先進行的思想啟蒙，無疑將成為發現一切人的存在價值的啟蒙運動興起的現實關鍵。

總而言之，「這一啟蒙運動除了自由而外並不需要任何別的東西，而且還確乎是一切可以稱之為自由的東西之中最無害的東西，那就是在一切事情上都有公開運用自己理性的自由」；與此同時，「必須永遠有公開運用自己理性的自由，並且唯有它才能帶來人類的啟蒙」。這一思想的個人自由勢必促成自由的個人思想，因而對於先行者來說，必須擺脫任何有違啟蒙運動的個人功利影響，避免在「其所受任的一定公職崗位或者職務」的限制中「私下運用自己的理性」，堅持以「任何人作為學者在全部聽眾面前所能做的那種運用」，來進行「對自己理性的公開運用」。只有在這樣的啟蒙現實中，先行者才能真正成為啟蒙運動中的引導者。

不過，由於啟蒙運動中新舊偏見的存在，「公眾只能是很緩慢地獲得啟蒙。通過一場革命或許很可以實現推翻個人專制以及貪婪心和恰權勢欲的壓迫，但卻絕不能實現思想方式的真正改革；而新的偏見也如同舊的一樣，將會成為駕馭缺少思想的廣大人群的圈套。」這就表明，啟蒙運動從根本上看，需要經歷漫長的清除新舊偏見的思想變革過程，因而思想啟蒙不僅成為啟蒙運動是否持續進行的啟蒙主導，而且成為啟蒙運動能否趨於完成的啟蒙標誌。〔註 1〕

康德基於自己的理性對歐洲啟蒙進行了公開的辯護，闡明了啟蒙的基本前提與現實關鍵，強調了啟蒙的長期性，尤其是思想啟蒙的重要性，為進一步

〔註 1〕（德）康德《回答這個問題：「什麼是啟蒙運動？」》《歷史理性批判文集》，何兆武譯，北京，商務印書館，1991 年，第 22～25 頁。在這裡，作為「頭腦面對疑難問題進行的有序思維活動」的人類理性，表現為啟蒙運動中的批判理性，「意指一種普遍的探究和懷疑心態」，具有從理性主義到經驗主義的種種知識體系表現，促成了錯綜複雜的啟蒙思潮，而「康德綜合各種不同的啟蒙思潮，建立了全新的理性哲學體系」。（美）彼德·賴爾、艾倫·威爾遜《啟蒙運動百科全書》，劉百成、王皖強編譯，上海，上海人民出版社，2004 年，第 43、44 頁。

認識歐洲啟蒙提供了必不可少的學理啟示。儘管啟蒙運動存在著由於「發現並熱烈捍衛理性自主，並在所有知識領域牢固確立了這一概念」，在「過分自信」之中疏離歷史並裁決歷史，導致了「淺薄的啟蒙運動」這一「浪漫主義運動加於啟蒙運動的斷語」。但是，啟蒙運動「不是自足的，它瞻前顧後，超越了自己的範圍」，「啟蒙思想家的學說有賴於前數世紀的思想積累，這一點是當時的人們沒有認識到的」。這就指出了啟蒙運動與文藝復興之間的傳統延續，同時也突破了啟蒙運動的自足封閉，歐洲啟蒙的歷史性由此而顯現。

如果從啟蒙哲學的角度來看，「啟蒙運動對『體系癖』也不再相信」的同時，通過「哲學的自由運動」而使「哲學不再是位於自然科學、法和政治等學科的原理一旁或之上的特殊的知識領域，而是一個貫通一切的媒介」，「把全部理智的面目暴露無遺」，以顯示這樣的「基本信念，即理智活動必須以更深層的事物為基礎」。〔註 2〕這就揭示出啟蒙運動從思想到文化之間的現代取向，並且走向啟蒙運動的自主建構，歐洲啟蒙的整體性因之而形成。

這樣，啟蒙運動對於歐洲啟蒙來說，就是一個承上啟下的階段性的啟蒙過程，啟蒙運動「在生活的各個層面都引發了現實的改革」，即「在歐洲各地推動了社會、政治、教育、經濟和思想的改革」，形成了「一種主導性的啟蒙運動模式，那就是使啟蒙時代成為堅信理性、進步、個人主義、普遍友愛和人道主義價值觀的時代的模式」。〔註 3〕這就表明，啟蒙當不限於歐洲人，將是普世性的人類啟蒙。對於這一問題的思考，對於康德來說，是與他對歐洲啟蒙的思考同時開始的。

首先，從「有理性的世界公民」的角度來看，「人類的努力」是可以「根據一種預定的計劃而行進」的，因為「一個被創造物的身上的理性，乃是一種要把它的全部力量的使用規律和目標都遠遠突出到自然的本能之外的能力，並且它不知道自己的規劃有任何的界限」。這就表明，從歐洲之內的啟蒙到歐洲之外的啟蒙，既是理性「規劃」的思想運動，同時也是「人類的努力」的實踐運動。這樣，寓理性「規劃」於「人類的努力」之中的歷史過程，就是沒有「任何的界限」的普世性的人類啟蒙，儘管人類啟蒙在世界各地將表現為不同的歷史形態。

〔註 2〕（德）E·卡西勒《序》《啟蒙哲學》，顧偉銘等譯，濟南，山東人民出版社，1996 年。

〔註 3〕（美）彼德·賴爾、艾倫·威爾遜《啟蒙運動百科全書》，劉百成、王皖強編譯，上海，上海人民出版社，2004 年，第 13 頁。

其次，人類啟蒙「需要有探討、有訓練、有教導，才能夠逐步地從一個認識階段前進到另一個階段」。由於「每一個人」被「規定了一個短暫的生命期限」，因而「理性就需要有一系列的也許是無法估計的世代，每一個世代都得把自己的啟蒙流傳給後一個世代，才能使它在我們身上的萌芽，最後發揮到充分與它的目標相稱的那種發展階段。」〔註4〕這就是說，人類啟蒙的「萌芽」只有通過「世代流傳」，才能逐步進入更高的「發展階段」，由此而趨向人類啟蒙的文化目標；而思想啟蒙正是在「發揮」世世代代啟蒙的思想傳統的過程中，顯現出人類啟蒙的「每一個世代」與「發展階段」之間的「充分」一致，由此而建構與人類啟蒙的文化目標「相稱」的文化整體。

這就在於，康德認為人類啟蒙其實就是文化啟蒙——「文化本身就是人類的社會價值之所在」，啟蒙的發展寓於文化的發展之中，表明了人類啟蒙的歷史性；與此同時，思想啟蒙已經成為人類啟蒙的主導——「連續不斷的啟蒙就開始奠定了一種思想方式，這種思想方式可以把粗糙的辨別道德的自然秉賦隨著時間的推移而轉化為確切的實踐原則」，〔註 5〕思想啟蒙處於文化啟蒙的核心地位，強調了人類啟蒙的整體性。顯然，康德從「理性的世界公民」角度所看到的，不只是揭示了人類啟蒙的普世性，而且還觸及到人類啟蒙是否可以畢其功於一役：由於「無法估計」其最終完成的「世代」，人類啟蒙實際上也就成為未完成的啟蒙。

無論是歐洲啟蒙，還是中國啟蒙，都已經證實了人類啟蒙的普世性，並且同樣都是以實現人的價值為目標的文化啟蒙，因而康德關於歐洲啟蒙與人類啟蒙的學理思考，為討論中國啟蒙提供了不可或缺的認識理路。〔註6〕不過，

〔註 4〕（德）康德《世界公民觀點之下的普遍歷史觀念》《歷史理性批判文集》，何兆武譯，北京，商務印書館，1991 年，第 2～4 頁。

〔註 5〕（德）康德《世界公民觀點之下的普遍歷史觀念》《歷史理性批判文集》，何兆武譯，北京，商務印書館，1991 年，第 7 頁。

〔註 6〕實際上，康德在 1784 年發表的《答覆這個問題：「什麼是啟蒙運動？」》與《世界公民觀點下的普遍歷史》，就是基於歐洲啟蒙運動而展開的有關人類啟蒙的哲學思考，尤其是康德強調「在一切事情上都有公開運用自己理性的自由」，同時「必須永遠有公開運用自己理性的自由，並且唯有它才能帶來人類的啟蒙」，已經成為啟蒙哲學的基本原則。所以，進行知識譜系考古的福柯，在《什麼是啟蒙？》一文中，對這一基本原則再次進行確認：「當理性的普遍、自由的和公共的運用相互重疊的時候，啟蒙就存在了」，進而確認了人類啟蒙的思想批判所具有「理性運用的合法性」與「自立性」。汪暉、陳燕谷主編《文化與公共性》，北京，生活．讀書．新知三聯書店，1998 年，第 427、428 頁。

歐洲文化與中國文化之間的文化差異是不言而喻地存在著，直接導致了歐洲啟蒙與中國啟蒙之間文化性質差異的出現。因此，既不能夠依據歐洲啟蒙的「啟蒙運動模式」來對中國啟蒙的文化性質進行討論，同時也不能夠脫離中國啟蒙所受到的包括歐洲啟蒙在內的外來文化影響，來討論中國啟蒙的文化性質。這是因為無論是歐洲啟蒙，還是中國啟蒙，都出現了彼此之間的文化交流，集中體現在所謂的「東學西被」〔註7〕與「西學東漸」的傳播與影響上。

這樣，文化交流意味著什麼呢？對文化啟蒙又有何意義呢？

如果承認「人類文化的不同形式」之間的統一性，是能夠「被看成是一種功能的統一性。這樣一種統一性並不預先假定組成這統一性的各不同成分具有同質性。它不僅承認，甚至要求它的各構成部分具有複雜性和多樣性。因為這是辯證的統一，是對立面的和平共處」。這就說明只有通過文化交流，東學與西學之間才有可能出現進行文化互補的可行性。

反之，如果過於強調「人類文化的不同形式」的「特殊品性和特殊結構」，「我們或許就會傾向於同意相反的觀點——認為人類文化具有不連續性和根本的異質性」。這就無疑就誇大東學與西學之間的文化差異而導致絕對的對立，儘管「從一種純粹本體論的或形而上學的觀點來看，要駁斥這種觀點確實是非常困難的。但是對一種批判哲學來說，問題就不同了。」這是因為「人類文化的不同形式並不是靠它們本性上的統一性而是靠它們基本任務的一致性而結合在一起的。如果人類文化中有一種平衡的話，那只能把它看成是一種動態的而不是靜態的平衡；它是對立面鬥爭的結果」。〔註8〕這就是說，文化啟蒙在文化交流之中將要發揮其思想批判的文化功能，以促進東學與西

〔註7〕在中西文化交流中，先是由「耶穌會教士東來」引發了「東學西被」，其後才引起歐洲各國對中國文化的關注。參見丁守和主編《中華文化辭典》，廣州，廣東人民出版社，1989年，第945頁；（德）利奇溫《十八世紀中國與歐洲文化的接觸》，朱傑勤譯，北京，商務印書館，1962年，第110～129頁。

〔註8〕（德）恩斯特·卡西爾《人論》，甘陽譯，上海，上海譯文出版社，1985年，第281、282頁。這將引發進一步的如下思考：異質性在事實上與世界各國文化本身的「特殊品性和特殊結構」有關，而同質性在實際上與世界各國文化之間「功能的統一性」相關，如果排除兩者在「純粹本體論」上的假定性，那麼，兩者之間也就形成特殊與一般的文化構成關係，具體而言，也就是世界各國文化之間的異質性是其同質性在文化構成中的特殊表現，而世界各國文化之間的同質性是其異質性在文化構成中的一般規定。由此可見，通過世界各國的文化交流，尤其是展開文化啟蒙的思想批判，將會推動世界各國在保持文化的多元發展的同時走向文化的全面融合。

學之間達到動態平衡，表現出「人類文化的不同形式」之間「功能的統一性」。

這樣，在「西學東漸」的文化交流的過程中，中學與西學之間的動態平衡，逐漸超越19世紀以來「西學中源」的夷夏之別、「中體西用」的道器之分，這其中存在著的種種文化偏見，達到了中學與西學之間互動兼容，即中西融合的文化認識——「蓋大地今日只有兩文明：一泰西文明，歐美是也；二泰東文明，中華是也。二十世紀，則兩文明結婚之時代也」——「彼西方美人，必能為我家育寧馨兒以亢我宗也」。這一中西文化融合，梁啟超雖然是借用「生理學之公例」的雜交優勢說，來討論歐洲文化「近世震天鑠地之現象」之由來，進而推論中國文化必須通過「文明結婚」的文化交流來不斷發展，實際上卻顯現了中國啟蒙的現代取向將不可避免的歷史趨勢：「自今以往，思想界之革命，沛乎莫之能禦矣。」〔註9〕

與此同時，在確認「但使外學之輸入者果昌，則其間接之影響，必使吾國學別添活氣」的前提下，梁啟超又指出：「但今日欲使外學之真精神，普及於祖國，則當轉輸之任者，必邃於國學，然後能收其效。」在這裡，對舉「外學」與「國學」進行兩者之間關係的討論，不僅強調了中西融合之中，中國啟蒙的先行者只有將文化啟蒙的現代取向與傳統延續融為一體，才能夠真正促成思想啟蒙的興起；而且更是為了避免出現這樣的弊端——「脫崇拜古人之奴隸性，而復生出一種崇拜外人蔑視本族之奴隸性。」因此，梁啟超要說：「吾不患外國學術思想之不輸入，吾惟患本國學術思想之不發明。」〔註10〕可以說，梁啟超堅持國學的「發明」與外學的「輸入」的不可或缺，也就揭示出中國啟蒙有別於歐洲啟蒙的整體文化性質：對外來文化的開放與對本土文化的守成，兩者的不可偏廢。這就為認識中西文化融合中啟蒙形態的中國轉換提供了學理上的新思路，引發有關中國啟蒙的進一步思考。

為何要關注到「近世第一大哲康德之學說」，對於梁啟超來說，首先在於

〔註9〕梁啟超《論中國學術思想變遷之大勢》，上海，上海古籍出版社，2001年，第8、7、135頁；參見丁志偉、陳崧《中西體用之間》，北京，中國社會科學出版社，1995年，第155、173頁。

〔註10〕梁啟超《論中國學術思想變遷之大勢》，上海，上海古籍出版社，2001年，第135～136、6頁。《論中國學術思想變遷之大勢》從1902年3月起在《新民叢報》上連載，被認為是在日本學者所著《支那學術史綱》的影響下，梁啟超研究中國學術思想史的首開風氣之作。參見夏曉虹《〈論中國學術思想變遷之大勢〉導讀》，梁啟超《論中國學術思想變遷之大勢》，上海，上海古籍出版社，2001年。

康德作為18世紀歐洲啟蒙運動中思想啟蒙的哲學集大成者，以其理性批判「直搜討諸智慧之本原」，進行使「民德與民智兩者日進於光明」的哲學探索；其次在於「康德之時代，實德意志國民政治能力最銷沉之時代也。民族渙散，無所統一，政權往往被壓於異族之手」，通過哲學啟蒙，「使國民憬然自覺我族之能力精神至偉且大，其以間接力影響於全國者，實不可思議」；其三在於「康氏哲學，大近佛學」，從「學術之本原」到「智慧之作用」，尤其是「康氏以自由為一切學術人道之本」，都是「幾近於佛矣」。〔註11〕於是，「康德之哲學」所具有的近世哲學地位、所發揮的國民啟蒙影響、所包容的啟蒙哲學思想，在梁啟超眼中均屬「西方美人」中的第一，從而確認了歐洲文藝復興之後的歐洲啟蒙運動，擴大歐洲啟蒙的現代影響以促進中國啟蒙思潮的再度興起。

這就在於，從與「歐洲『文藝復興』絕相類」的「清代思潮」的角度來看，「歐洲當『文藝復興期』經過以後所發生之新影響，則我國今日正見端焉」，具體而言，開始轉向清末民初的「第二思潮之啟蒙期」，儘管此時「固有之舊思想，既深根固蒂，而外來之新思想，又來源淺觳，汲而易竭，其支絀滅裂，固宜然也」，致使「新思想啟蒙之名，亦未敢輕許也」。〔註12〕由此可見，當明末清初進入「清代思潮」的啟蒙期，「以復古為解放」的經學啟蒙，在對「固有之舊思想」進行學術思想拓展的同時，實際上又發生了使之「深根固蒂」的意識形態強化，再加上清末民初再度進入啟蒙期之後，汲取「外來之新思想」最初受到種種限制，而未能發揮其應有的啟蒙主導作用，新舊思想的融通呈現出「支絀滅裂」的表面化。這樣，文化啟蒙的現代取向與傳統延續之間出現了錯位，歷史性與整體性的一致也就無法盡快形成，致使中國啟蒙的形態演變難以迅速轉向「新思想啟蒙」的文學啟蒙。

這就表明，中國啟蒙只有通過對「外來之新思想」的全面汲取，才能進行「固有之舊思想」的價值重估，進行文化啟蒙的現代取向與傳統延續的復位，由此擺脫「固有之舊思想」的意識形態約束，脫離經學啟蒙的運動形態，繼而接受「外來之新思想」的現代啟蒙引導，轉入文學啟蒙的運動形態，使中國啟蒙成為歷史性與整體性相一致的文化啟蒙。

〔註11〕《近世第一大哲康德之學說》《飲冰室合集．飲冰室文集之十三》，北京，中華書局，1989年。該文從1903年2月開始在《新民叢報》上陸續刊出。

〔註12〕梁啟超《清代學術概論》，北京，東方出版社，1996年，第4、3、88、90頁。《清代學術概論》最初以《前清一代思想界之蛻變》為題，從1920年11月開始，連載於《改造》月刊第3卷第3、4、5號。

二、從經學啟蒙到文學啟蒙

從經學啟蒙到文學啟蒙，中國啟蒙所發生的啟蒙形態演變，無疑是在中國文化發展的歷史大背景之下發生的。無論是個人的經學闡釋，還是個人的文學書寫，都將隨同文化發展而出現相應的變化，因而思想啟蒙從經學闡釋轉向文學書寫的個人選擇，也就顯現出文化啟蒙中新舊思想嬗變的更替過程。這一過程在梁啟超的《論中國學術思想變遷之大勢》中，第一次得到較為完整而深入的總結性討論，不僅為研究中國學術思想開出了建構現代範式的新思路，同時也為進行經學啟蒙的研究提供了具有指導意義的典範文本。〔註 13〕

自從梁啟超提出「學術思想之在一國，猶人之有精神也；而政事、法律、風俗及歷史上種種之現象，則其形質也。固欲覘其國文野強弱之程度如何，必於學術思想焉求之」，並且與「泰西文明」相較，以確認中國學術思想變遷與文化發展之間的正相關性，便由此而脫出中國學術思想史的「學案體」研究，於是進行所謂「時代體」研究——「吾欲畫分我數千年思想界為七時代」——從「春秋以前」的「胚胎時代」到「今日」的「復興時代」。〔註 14〕不過，學術思想變遷往往並不限於時代的斷代，「一時代中或含有過去時代

〔註 13〕梁啟超在《論中國學術思想大變遷之大勢》之「近世之學術（起明亡以迄今日）」部分，無論是論述經學啟蒙的代表人物與學派，還是論證的學術思想變遷規律與特徵，隨後在他自己的《清代學術概論》之中得到較為詳盡的討論，並且已經論及從經學啟蒙到文學啟蒙進行形態演變的可行性；其後又在《中國近三百年學術史》中進行了相關重點討論；同時，《論中國學術思想大變遷之大勢》更是為其後的經學史、學術史、思想史的研究，直接進行了個人示範，進而影響到國外漢學家有關從明末清初到清末民初的「思想文化」研究。參見（美）列文森《儒教中國及其現代命運》，鄭大華、許菁譯，北京，中國社會科學出版社，2000 年，第 3～12、66～79 頁。

〔註 14〕所謂「一胚胎時代，春秋以前是也；二全盛時代，春秋末及戰國是也；三儒學統一時代，兩漢是也；老學時代，魏晉是也；五佛學時代，南北朝、唐是也；六儒佛混合時代，宋、元、明是也；七衰落時代，近二百五十年是也；八復興時代，今日是也。其間時代與時代之相嬗，界限常不能分明，非特學術思想有然，即政治史亦莫不然。」如此學術思想史的「時代」劃分，與政治史的「朝代」斷代，雖然在當時區別並不太大，不過，至少強調清末已經進入「復興時代」，由此，時代與朝代兩相分離。梁啟超《論中國學術思想變遷之大勢》，上海，上海古籍出版社，2001 年。第 4、6～7 頁。自黃宗義以《明儒學案》開創出中國學術思想史的「學案體」，實際上同樣是以「學案」的斷代來貫通學術思想史，主要是經學史。僅僅由中華書局先後出版的，就有《兩漢三國學案》、《宋元學案》、《明儒學案》、《清儒學案》。參見朱義祿《黃宗義與中國文化》，貴陽，貴州人民出版社，2001 年，第 260～261 頁。

之餘波，與未來時代之萌蘖」，因而「以其界說不甚分明」，於是就有了將「衰落時代」與「復興時代」並為一體的「近世之學術（起明亡以迄今日）」之研究。〔註 15〕這就在於「今日」的學術思想復興可以向前追溯到明末清初之時。

在明末清初的「近世第一期」，出現了能夠進行「新舊學派之過渡」的顧炎武、黃宗羲、王夫之、顏元等人，「可稱近世學術史之特色者」。首先，顧炎武「之《日知錄》，為有清一代學術之從出」，並極力主張「經學即理學」以長久影響天下學者；而顏元「有《存性》、《存學》、《存治》、《存人》四編」，「號之曰『周、孔之學』，以自別於程、朱」。這就以復興經學中的漢學傳統相號召，為經學啟蒙的興起還原了必不可少的文本闡釋基礎，即「過去時代之餘波」。其次，黃宗羲的「《明夷待訪錄》之《原君》、《原臣》諸篇，幾奪盧梭《民約》之席；《原法》以下諸篇，亦釐然有法治之精神」；而王夫之「真能通天人之故」，「抑《黃書》亦《明夷待訪錄》之亞也，其主張國民平等之勢力，以裁抑專制，三致意焉」。〔註 16〕這就以復興經學思想中的民本傳統相鼓吹，為經學啟蒙的興起提供了前所未有的「獨立思想」，即「未來時代之萌蘖」。由此而促成中國啟蒙的先行者們率先進入思想啟蒙的經學發展過程。

必須看到的是，梁啟超以歐洲啟蒙思想家的學說來與中國啟蒙先行者的思考相比較，顯然此時還囿於本土民本傳統的經學影響，因而難免有誇張之嫌，因為在中國的經學啟蒙與歐洲啟蒙運動之間，兩者的相似性是表面的，而忽略了彼此在對人的自由認識上的深層差異。所以，當梁啟超推崇歸納法這一「泰西近世文明進步之原動力」，並以之進行中西比較，就不得不得出這樣的結論：「顧泰西以有歸納派而思想日以勃興，中國以有歸納派而思想日以消沉。非歸納派之罪，而所以用之者誤其途徑也。」由此可見，「近世第一期」的「新學派」，雖然引領「本朝學者以實事求是為學鵠，頗饒有科學的精神，而更輔以分業的組織；惜乎其用不廣，而僅寄諸瑣瑣之考據」。這就是「以經學考據為中堅」，而遍及訓詁校勘、地理天算、名物制度，乃至考據「群史」與「諸子」，以為「經學之支流」，結果成為有學術成就而無思想創見的「清代學術之

〔註 15〕梁啟超《論中國學術思想變遷之大勢》，上海，上海古籍出版社，2001 年，第 7、100 頁。

〔註 16〕梁啟超《論中國學術思想變遷之大勢》，上海，上海古籍出版社，2001 年，第 101、103、106、108、107 頁。

正派」。〔註 17〕這就直接導致了經學啟蒙的思想「萌櫱」，難以在清代順利生長為思想啟蒙之樹。

與此同時，梁啟超對於「近世第一期」的「舊學派」，無論是程朱理學，還是陸王心學，視其同為經學中與漢學相對的宋學，即使是「所謂舊學派諸賢者，語其在學界上之位置，不過襲宋、明之遺，不墜其緒，未足為新時代放一異彩也」。一方面「請言舊派中之王學：晚明學風之弊，流為狂禪，滿街皆是聖人，酒色財氣不礙菩薩路。猖幻至此，勢固不得不有所因革」，隨著「諸賢凋喪，而派亦中絕」；另一方面「請言舊派中之朱學」，雖「困勉篤行」，「然皆不敢有所詆訶於前輩」，此時「其盛不如王學」，其後「亦殆泯滅。然究以時主所揭櫫，故得援適者生存之例」，再加上「名臣兼名儒者」極力鼓吹「宗朱子為正學，不宗朱子即非正學」，「亦當絕其道勿使其並進」，結果朱學成為清代經學宗主，以其主流意識形態的統治地位，穩固與推進了意識形態一元化，直接導致「清學始不競」的意識形態專制。〔註 18〕

在梁啟超看來，宋學與經學啟蒙似乎無緣。這固然是因為統治者欽定的「朱學」，以其經學宗主的官學地位，在適應意識形態專制的皇權需要的同時促成普遍的思想禁錮。不過，梁啟超對於晚明王學進行「狂禪」與「猖幻」的評說，則主要是因為「王學末流狂恣滋甚，徒以一二口頭禪相尚。其對於自己也，去實踐愈遠；其對於社會也，去實用愈遠」。這無疑是以經世致用的價值取向來評判晚明王學，既鞭闢入裏又不無偏頗，沒有能夠看到晚明王學之「狂禪」的另一面。儘管如此，梁啟超還是承認王學與經學啟蒙之間存在著直接的有所相承，與間接的「有所糾正」這樣的雙重影響，儘管「間接之影響，往往更大於直接」。〔註 19〕事實上，從思想史的角度來看，從王陽明自命「狂者」開始，到晚明以李卓吾為中心形成「一種似儒非儒似禪非禪的『狂禪』運動風靡一時」，並且影響到文學發展：「這種狂禪潮流影響到一般文人，如公安派竟

〔註 17〕梁啟超《論中國學術思想變遷之大勢》，上海，上海古籍出版社，2001 年，第 113、101、114、105 頁。這一以古文經學為主要構成的「清代學術之正派」，又被稱為「樸學」。儘管顧炎武、黃宗羲、王夫之、顏元被視為樸學「先導大師」，但其經學啟蒙的思想薪火在樸學中卻不得傳承。參見支偉成《清代樸學大師列傳》，長沙，嶽麓書社，1999 年，第 1、2～5、7～9、10～11、12～13 頁。

〔註 18〕梁啟超《論中國學術思想變遷之大勢》，上海，上海古籍出版社，2001 年，第 103、101、102、117 頁。

〔註 19〕梁啟超《論中國學術思想變遷之大勢》，上海，上海古籍出版社，2001 年，第 110 頁。

陵派以至明清間許多名士才子，都走這一路，在文學史上形成一個特殊的時代。他們都尊重個性，喜歡狂放，帶浪漫色彩」。〔註20〕從思想史到文學史，所謂「狂禪」不過是個體性高揚的現實行動外觀，儘管受到中國本土文化的傳統限制，往往最終流於消極遁世的個人抗爭，有別於現代文化運動中的個性解放，但仍然能夠顯現出從思想到文學上對於個性自由的中國本土嚮往來，對明末清初的經學啟蒙先行者如黃宗羲，就產生了直接的思想影響。〔註21〕

這就表明，明末清初的經學啟蒙尚處於先行者率先進行的思想啟蒙狀態之中，通過對經學文本進行經世致用的個人文本闡釋，以表現出自己的「獨立思想」。但是，經學啟蒙先行者所進行的思想啟蒙，由於受到來自經學考據與經學宗主的雙重限制，尤其是遭遇到意識形態專制的思想禁錮，沒有能夠在社會傳播中擴散開來，導致經學啟蒙的中斷，因而只能是作為清末民初的經學啟蒙之中的思想「萌蘖」，等待再度萌生的時機。直到進入「最近世」，漢學中的今文經學繼古文經學盛行後「崛起」。

「今文之學，對於有清一代學術之中堅而懷疑者也」，不僅僅與經學考據的古文經學在學術上相爭，而且更是與經學宗主的程朱理學在思想上相抗，因而有可能成為促動經學啟蒙興起的思想啟蒙契機——「此懷疑派所以與學界革命常相緣也。」於是，梁啟超提出：「然則今文學與新思想之關係，果如此密切乎？」要回答這一問題，只能基於「西漢今文之學」的當下崛起而「請徵泰西」。

這就是：「夫泰西古學復興，遂開近世之治。謂希臘古學，果與近世科學、哲學，有不可離之關係乎？殆未必然。然銅山崩而洛鐘應者，其機固若是也。凡社會思想，束縛於一途者既久，驟有人焉衝其樊籬而陷之，其所發明者，不必其遂有當於真理也，但使持之有故，言之成理，則自能震聳一般之耳目，而導以一線光明。」這就將思想更新過程分為如下三部曲：以「衝其樊籬」的懷疑始，「前之人所莫敢疑者，後之人乃競起而疑之」；繼之以「言之成理」的具有經學異端性質的所謂「詭辯」，因而「疑之不已，而俶詭之論起焉」；終於「導以一線光明」的學界革命，「俶詭之論多，優勝劣敗，真理斯出」。不過，就思想更新過程而言，應該達到階段性與連續性的一致——「故懷疑派之後，恒繼以詭辯派；詭辯派之後，而學界革命遂成立。此征諸古今中外

〔註20〕嵇文康《晚明思想史論》，北京，東方出版社，1996 年，第 50、71 頁。
〔註21〕參見楊國榮《王學通論——從王陽明到熊十力》，上海，華東師範大學出版社，2003 年，第 175～181、213～218 頁。

而皆然者。」〔註22〕應該說，梁啟超有關思想更新過程當表現為由懷疑經詭辯而至革命的討論，對於認識今文經學的崛起與經學啟蒙的再度興起之間的思想聯繫，無疑給出了學理上的啟發。

所以，梁啟超以「今文家言，一種之懷疑派也」立論，提出龔自珍和魏源「及祖述龔、魏之徒則近於詭辯者，而我思想界亦為之一變」，進而說「數新思想之萌蘗，其因緣不得不遠溯龔、魏」。其原因就在龔自珍「於《春秋》蓋有心得」，所以「於專制政體，疾之滋甚」，為文「頗明民權之義」，同時「又頗明社會主義，能知其本」，為文論「平均」，故被視為「近世思想自由之嚮導」；而魏源除了治《春秋》之外，還「著《詩古微》、《書古微》」，排斥古文經學而成「一家之言」，同時「好言經世之術，為《海國圖志》，獎勵國民對外之觀念」。〔註23〕梁啟超這一「新思想萌蘗」說，恐怕不無誇大比附之嫌，在為經學史、思想史、文學史的近代斷代提供思想依據的同時，至少遮蔽了今文經學的懷疑派對程朱理學與古文經學這兩者的「衝其樊籬」之功。

然而，正是在誰為今文經學之集大成者這一問題上，梁啟超似乎陷入前後矛盾的評說境地：先是在《論中國學術思想變遷之大勢》中，說廖平「蚤歲實有所心得，儼然有開拓千古，推倒一時之概；晚節則幾於自賣其學，進退失據。至乃牽合附會，摭拾六經字面上碎文只義，以比附泰西之譯語，至不足道。雖然，固集數十年來今學之大成者，好學深思之譽，不能沒也」，而康有為「之治《公羊》治今文也，其淵源頗出自」廖平，「不可誣也」；後是在《清代學術概論》中，稱「今文學運動之中心，曰南海康有為。然有為蓋斯學之集大成者，非其創作者也」，且「見廖平所著書，乃盡棄其舊說」，而廖平「頗知守今文家法。晚年受張之洞賄逼，復著書自駁。其人固不足道，然有為之思想，受其影響，不可誣也」。〔註24〕

〔註22〕梁啟超《論中國學術思想變遷之大勢》，上海，上海古籍出版社，2001年，第125、127頁。

〔註23〕梁啟超《論中國學術思想變遷之大勢》，上海，上海古籍出版社，2001年，第125、126、127頁。

〔註24〕梁啟超《論中國學術思想變遷之大勢》，上海，上海古籍出版社，2001年，第128頁；《清代學術概論》，北京，東方出版社，1996年，第69、70頁。本來，廖平與康有為之間在經學上互為啟發，廖平承認「明用康氏之說」，而康有為否認廖平對自己的經學影響，以至成為一段經學公案，康有為的偏執由此可略見一斑。至於對「那最出奇說的，莫過四川的廖平」，或當從「中國經學史」來予以評說。參見湯志均《近代經學與政治》，北京，中華書局，1988年，第

顯然，從今文經學的師承祖述這樣的經學立場上看，應該是廖平為今文經學之集大成者；而從今文經學的個人闡釋這樣的經學啟蒙立場上，倒應該認康有為是今文經學之集大成者。僅從是依經「言例」而照著說，還是援經「言義」而說己意，兩者的區分就可見出：「疇昔治《公羊》者皆言例，南海則言義。惟牽於例，故還珠而買櫝；惟究於義，故藏往而知來。以改制言《春秋》，以三世言《春秋》者，自南海也。改制之義立，則以為《春秋》者，絀君權而申人權，夷貴族而尚平等，去內競而貴統一，革習慣而尊法治」；而「三世之義立，則以進化之理，釋經世之志，遍讀群書，而無所於閡，而導人以向後之希望，現在之義務」。

由此，梁啟超認為：「南海以其所懷抱，思以易天下，而知國人之思想，束縛既久，不可以猝易，則以其所尊信之人為鵠，就其所能解者而導之。此南海說經之微意也。」在這裡，國人「所尊信之人」就是倡「獨尊儒術」，而使經學立為官學的董仲舒。康有為所著《春秋董氏學》，以顛覆經學陳說的「說經」將今文經學推向了學界革命，也就消解了今文經學而走向了經學啟蒙。所以，康有為此舉被視為「解二千年來人心之縛，使之敢懷疑，而導之以人思想自由之途徑」。〔註 25〕由此可見，《春秋董氏學》與《大同書》一樣，「猶為創說也」，只不過，兩者均以所謂「人類公理」為基點，《春秋董氏學》進行今文經學之內的「言義」，而《大同學》則展開今文經學之外的觀念推演。然而，較之《春秋董氏學》的公開刊出，《大同學》則因康有為「以太駭俗，且當今日政界、學界無秩序之時，發布之必要更滋流弊，故只

187～191 頁；(日)本田成之《中國經學史》，孫俍工譯，上海，上海書店出版社，2001 年，第 287～290 頁。

〔註 25〕梁啟超《論中國學術思想變遷之大勢》，上海，上海古籍出版社，2001 年，第 128～129 頁。梁啟超在《論中國學術思想變遷之大勢》中，對康有為在 1893 年撰寫的《春秋董氏學》雖然沒有提及其名，但予以極高的評價；而在《清代學術概論》中，對康有為在 1891 年刊行的《新學偽經考》與在 1891 年開始編撰的《孔子改制考》，則分別稱之為經學啟蒙的「颶風」與「火山大噴火」。與此同時，又不得不論及《春秋董氏學》中所推舉的「通三統」與「張三世」，而承認「有為政治上『變法維新』之主張，實本於此」，然終不提及其名，因而影響到此後論及康有為者對《春秋董氏學》的普遍忽視，而實際上，《春秋董氏學》在康有為論著中的重要性，應該是不言而喻的，尤其就對康有為個人的經學啟蒙來說，更是如此。參見梁啟超《清代學術概論》，北京，東方出版社，1996 年，第 70～72 頁；《康有為全集》，第二冊，上海，上海古籍出版，1987 年，第 628 頁；湯志均《近代經學與政治》，北京，中華書局，1988 年，第 179 頁。

得秘之」。〔註 26〕其實，在梁啟超看來，這不過是康有為固執己見罷了——「謂方今為『據亂』之世，只能言小康，而不能言大同，言則陷天下於洪水猛獸」，「而有為始終謂當以小康義救今世，對於政治問題，對於社會道德問題，皆以維持舊狀為職志」。這不僅使《大同書》本身成為昨日黃花，只剩下思想史上的資料價值，〔註 27〕而且使康有為的「說經」止步於《大同書》，顯示出今文經學的衰落，從而預示著從經學啟蒙到文學啟蒙的形態演變即將發生。

梁啟超以「時代體」縱論「中國學術思想變遷之大勢」，在當時就影響到中國經學史的研究，這就是 1907 年刊行的皮錫瑞所著《經學歷史》，從「經學開闢時代」到「經學復盛時代」這一「時代體」經學通史。儘管皮錫瑞專研今文經學，治史難免有所不足，但是，他最終還是不得不承認經學將由復盛而轉向終結：「國朝經學凡三變」，「論經學於今日，當覺其易，不患其難矣。乃至新學出，而薄舊學，遂有燒經之說。」〔註 28〕因此，《經學歷史》實際上是可與《中國學術思想變遷之大勢》互參而彼此印證的。這就在於從中國學術思想變遷的角度來看，經學從漢代以來一直是佔據著主流地位的，經學的終結與經學啟蒙的脫舊入新也勢如箭在弦上，而一觸即發者，當分別是嚴復與譚嗣同。

先是嚴復「譯赫胥黎《天演論》、斯密亞丹《原富》等書，大蘇潤思想界。十年來思想之丕變，嚴氏大有力焉」；後是譚嗣同著《仁學》，「乃舉其冥想所得，實驗所得、聽受所得者，盡發之而無餘，而思想界遂起一大革命」。〔註 29〕

〔註 26〕梁啟超《論中國學術思想變遷之大勢》，上海，上海古籍出版社，2001 年，第 131 頁。參見湯志均《近代經學與政治》，北京，中華書局，1988 年，第 169～171 頁；梁啟超《清代學術概論》，北京，東方出版社，1996 年，第 73～74 頁；侯外廬著、黃宣民校訂《中國近代啟蒙思想史》，北京，人民出版社，1993 年，第 84～86 頁。

〔註 27〕「有為之為人也，萬事純任主觀，自信力極強，而持之極毅。其對於客觀的事實，或竟蔑視，或必欲強之以從我。其在事業上也有然，其在學問上也亦有然；其所以自成家數崛起一時者以此；其所以不能立健實之基礎者亦在此。」梁啟超《清代學術概論》，北京，東方出版社，1996 年，第 74、70～71 頁。康有為對《大同學書》長期秘而不宣，使得《大同書》的如何成書也成為一個謎。參見汪暉《現代中國思想的興起》，上卷第二部，北京，生活·讀書·新知三聯書店，2004 年，第 753～758 頁。

〔註 28〕皮錫瑞著、周予同注釋《經學歷史》，北京，中華書局，1981 年，第 341 頁。參見周予同《皮鹿門先生著述總目》、《序言》，皮錫瑞著、周予同注釋《經學歷史》，北京，中華書局，1981 年。

〔註 29〕梁啟超《論中國學術思想變遷之大勢》，上海，上海古籍出版社，2001 年，第 135、129 頁。

其中，《天演論》認同的是斯賓塞「本天演著《天人會通論》」，「考道德之本源，明政教之條貫，而以保種進化之公例要術」，傳播的是「物競、天擇」而適者生存的社會進化論；〔註30〕而《仁學》確認的是「仁以通為第一義」，「通之象為平等」，「平等生萬化」，鼓吹的是「循環無端，道通為一」的沖決網羅論。〔註31〕於是，中國啟蒙從文化資源到現實形態，不再以經學文本的個人闡釋為主，而是在融貫古今中外聖哲的學說之中促使經學啟蒙轉變為文學啟蒙。

文學啟蒙之得以進行，一在「我國文學美術根柢極深厚，氣象皆雄偉」，二在「今後西洋之文學美術，行將儘量收入」。〔註32〕於是，梁啟超先後倡言「詩界革命」、「文界革命」、「小說界革命」以「新民」——「凡一國之能立於世界，必有其國民獨具之特質，上自道德法律，下至風俗習慣、文學美術，皆有一種獨立之精神」——「淬厲其所本有而新之」與「採補其所本無而新之」。〔註33〕這就表明，文學啟蒙較之經學啟蒙，在本土文化的傳統延續與外來文化的現代取向之間，將會是主動地傾向於「中西文明結婚」而最終達到文化融合的境地。

三、啟蒙即救亡的文化傳統

從中國啟蒙的形態演變過程來看，可以說從明末清初到清末民初的兩度啟蒙，其間既存在著源於本土文化影響的內在聯繫，主要顯現為以經學復古為啟蒙導向的傳統延續；又有基於文化現代轉型的根本差別，具體呈現為以文學更新為啟蒙主導的現代取向。所以，中國啟蒙與歐洲啟蒙之間，歷史性與整體性及其關係呈現出不同的形態：就中國啟蒙而言，其歷史性表現為文化交流中的現代取向，其整體性則表現為文化溯源中的傳統延續，文化啟蒙的歷史性與整體性能否相一致，往往受制於文化啟蒙的外部環境；而對歐洲啟蒙來說，其歷史性表現為文化發展中的傳統延續，其整體性則表現為文化建構中的現代取

〔註30〕《天演論》，王栻主編《嚴復集》，第五冊，北京，中華書局，1986年，第1325頁。嚴復在《天演論》中以「復案」的方式，反駁赫胥黎對斯賓塞的社會進化論所進行的批評。參見（美）本傑明．史華茲《尋求富強：嚴復與西方》，葉鳳美譯，南京，江蘇人民出版社，1989年，第94～95頁。

〔註31〕譚嗣同《仁學界說》、《自敘》，蔡尚思、方行編《譚嗣同全集》，增訂本下冊，北京，中華書局，1981年。梁啟超在《仁學序》中稱：「《仁學》為何而作？將以光大南海之宗旨，會通世界聖哲之心法，以全世界之眾生也。」蔡尚思、方行編《譚嗣同全集》，增訂本下冊，北京，中華書局，1981年。

〔註32〕梁啟超《清代學術概論》，北京，東方出版社，1996年，第98頁。

〔註33〕《釋新民之義》《飲冰室合集．飲冰室專集之四》，北京，中華書局，1989年。該文載於《新民叢報》第1號，1902年2月8日。

向，文化啟蒙的歷史性與整體性能否相一致，主要決定於文化啟蒙的自身運動。

具體地說，就是在中國啟蒙與歐洲啟蒙之間，「公開運用自己理性的自由」的可能性成為現實性的社會條件是完全不一樣的，因而思想啟蒙的現實過程也就恰好相反。正如梁啟超所說：「泰西之政治，常隨學術思想為轉移；中國之學術思想，常隨政治為轉移。」〔註 34〕這就在於，歐洲啟蒙運動中，在思想自由得到相對保障的社會前提下，以思想啟蒙為發端而興起的啟蒙運動，具有從文化運動、社會運動到政治運動、文學運動的全關係性，從而推進了歐洲現代化的歷史進程。

就歐洲啟蒙運動中影響最大者而言，首先，「在事實上，英格蘭成為眾多啟蒙學者心目中的理想模式。英格蘭的政治結構、經濟活力和相對寬鬆的出版業，似乎都證明自由與國內和平有著密不可分的關係」，尤其是「倫敦皇家學會為英格蘭人的創造力提供了制度保障，它不受國家的控制」；其次，「同倫敦皇家學會一樣，法蘭西科學院為新興科學提供了制度上的保障」，「啟蒙知識分子認識到必須改革法國基本政治、社會和經濟結構」，「最終，法國成為進行開明政治試驗的實驗室」；其三，隨著國家對「宗教寬容」的開始推行，「德意志啟蒙運動」中「湧現出一批德語世界最偉大的作家和哲學家」，而「德意志迸發出來的音樂創造力將一直延續到 19 世紀」，特別是「德意志啟蒙運動類似於法國和歐洲各國的啟蒙運動」，具有「啟蒙運動的核心機制：咖啡館、沙龍、讀書俱樂部、科學院和定期出版物」。〔註 35〕

這就表明，自從歐洲文藝復興高揚「人的尊嚴」的旗幟，以促成對人的自由權利，尤其是思想自由這一權利的制度性保障，已經逐漸形成文化現代發展中的政治傳統，一直延續到歐洲啟蒙，有利於從思想啟蒙的發生到啟蒙運動的興起。與此同時，啟蒙運動的自主發展促成了啟蒙思想的全面建構，直接推進

〔註 34〕梁啟超《論中國學術思想變遷之大勢》，上海，上海古籍出版社，2001 年，第 31 頁。梁啟超在從經學啟蒙向著文學啟蒙進行形態演變的中國過程中，無疑是最具有「問題意識」的思想啟蒙者，指出「中國思想之痼疾，確在『好依傍』與『名實混淆』」，「此病根不拔，則思想終無獨立自由之望」，故而以「不惜以今日之我，難昔日之我」自命，進而自認「梁啟超可謂新思想界之陳涉」，所以往往多有首開風氣之作。不過，同時也坦承：「啟超之在思想界，其破壞力確不小，而建設則未有聞。晚清思想界之粗率淺薄，啟超有罪焉。」梁啟超《清代學術概論》，北京，東方出版社，1996 年，第 80、78、81 頁。

〔註 35〕（美）彼德·賴爾、艾倫·威爾遜《啟蒙運動百科全書》，劉百成、王皖強編譯，上海，上海人民出版社，2004 年，第 157、241、347、355 頁。

歐洲各國的現代化，尤其是從政治制度到政治意識形態的現代化，形成了啟蒙運動的歐洲模式，對於人類啟蒙在世界範圍內興起產生了普遍性的影響。

然而，從中國啟蒙的發生過程來看，經學復古之中並未能看到任何制度保障的存在，恰恰相反，正是制度性保障的缺失，給予了明末清初的經學啟蒙者以某種程度上的個人自由，從而導致經學啟蒙的興起。這就是：「顧明之末、清之初，以何因緣，而得由此？吾嘗推原之，以晚明政治腐敗，達於極點，其結局乃至舉數千年之禹域，魚爛以奉諸他族，創劇痛深，自古所未嘗有也。故瑰奇絕特有血性之君子，咸惕然於天下興亡匹夫有責，深覺夫講求實際應用的政論之不容已。」此外，除了對於舊學的程朱理學，尤其是陸王心學的「反動」，更加上「顧以亡國遺民，義不可以立人之本朝，其所懷抱，不得不盡假諸竹帛。又其奔走國難，各間關數十年，於一切政俗利病，皆得之於實驗調查，以視不出戶而談天下事者，與夫擁旄節以問民疾苦者，相去遠矣」。於是，方有了經學啟蒙的初次興起——「綜此三因，則此種學派，不產於他代，而產於永曆、康熙之交，有以夫！有以夫！」。〔註 36〕

僅以黃宗羲為例，在《原君》中，據《禮記．禮運》中「大道之行也，天下為公」與「今大道既隱，天下為家」之說進行個人闡釋，指出「古者以天下為主，君為客，凡君之所畢世而經營者，為天下也。今也以君為主，天下為客，凡天下之無地而得安寧者，為君也」這一古今之變，將導致「為人君者」走向皇權專制——「以為天下利害之權，皆出於我，我以天下之利盡歸於己，天下之害盡歸於人，亦無不可。使天下人，不敢自私，不敢自利，以我之大私為天下大公。」這樣，黃宗羲的結論自然就是：「然則為天下之大害者，君而已矣。」〔註 37〕在明末清初的當時，真可謂驚世駭俗之論。這就在對皇權專制進行學理批判的同時，要求進行以「公天下」置換「家天下」的意識形態重建，通過經學啟蒙打破一元化的意識形態專制，以形成意識形態重建中的多元化。〔註 38〕

〔註 36〕梁啟超《論中國學術思想變遷之大勢》，上海古籍出版社，2001 年，第 110 頁。
〔註 37〕《明夷待訪錄》，中華書局，1983 年。
〔註 38〕就思想啟蒙而言，意識形態重建就是在個人形成「獨立思想」的前提下，以理性批判的方式「公開運用自己理性」，使啟蒙的思想「烏托邦」取代現存意識形態而獲得「合法性」與「自立性」的過程。在這裡，所謂意識形態，「在此我們指的是某個時代或某個具體的歷史—社會集團（例如階級）的意識形態，前提是我們關心的是這一時代或這一集團的整體思維結構特徵和組成」。意識形態重建的可行性，首先在於意識形態具有多元性：「極有可能是，人對政治事件的日常經驗首先使他意識到自己思維中的意識形態成分並加由此可見，朝代鼎革之際的明末清初，在皇權專制制度極度衰頽之中，政治控制的相對空缺所形成的個人自由狀態，對於經學啟蒙的興起是具有決定性的作用的，與此同時，也促成了天下興亡，匹夫有責的主體意識高揚，直接促動著經學啟蒙的興起。這樣，明末清初由黃宗羲等人通過經學啟蒙，在進行思想學術研究的個人追求之中，發揮了意識形態重建的群體功能，以拯救天下之民於危亡之際為己任，進而開出中國啟蒙所特有的啟蒙即救亡的文化傳統，這就是天下興亡之際的個人啟蒙，將喚起匹夫有責的人人救亡。由此而來，先有個人啟蒙而後有人人救亡，啟蒙促成救亡的出現，而救亡擴大啟蒙的影響。

隨著清末皇權統治衰落中經學啟蒙的再度興起，〔註 39〕啟蒙形態由經學啟蒙演變為文學啟蒙，不僅啟蒙群體從學者擴大到作家，啟蒙對象從士人擴張

以審視。在文藝復興時期，在馬基雅維里的同胞市民中間，出現了一個新的格言，呼籲人們注意對時代共同進行觀察，即：宮廷的思想是一回事，公共廣場的思想又是另一回事」；其次在於意識形態具有超越性：「每一種思想必須以它是否與現實一致來加以檢驗」，因而「所有那些不適合於現行秩序的思想，都是『超越情況的』和非真實的」，「是兩種主要的超越情況的思想範疇——意識形態和烏托邦」，而正是「現存秩序產生出烏托邦，烏托邦反過來又打破現存秩序的紐帶，使它得以沿著下一個現存秩序的方向自由發展」，不過，「往往總是與現存秩序完全一致的統治集團來決定應該把什麼看作烏托邦；而與現存事物衝突的上升集團則決定把什麼看作意識形態」。（德）卡爾·曼海姆《意識形態與烏托邦》，黎鳴、李書崇譯，北京，商務印書館，2000 年，第 57、63、100、198、203、207 頁。此外，較之卡爾·曼海姆從知識社會學的角度論意識形態，國人從馬克思主義的立場出發，進行關於意識形態及其特徵、意識形態鬥爭、社會主義社會意識形態的多元結構與適度協調的相關討論，參見俞吾金《意識形態論》，上海，上海人民出版社，1997 年，第 129～137、364～366 頁。

〔註 39〕經學啟蒙的再度興起，從清代經學發展的角度看，是與今文經學的出現是分不開的，而今文經學的出現，在梁啟超看來，固然與古文經學以「學閥」自居而興起「學派」之爭有關，所謂「西漢今古文舊案，終必須翻騰一度」。實際上，更是由於「環境之變化」：其一，「嘉道以還，積威日弛，人心已漸獲解放」；其二，「咸同之亂，江浙受禍最烈，文獻蕩然」；其三，「『鴉片戰役』以後，志士扼腕切齒，引為大辱奇戚，思所以自湔拔，經世致用觀念之復活，炎炎不可抑」，並且還特別指出：「又海禁既開，所謂『西學』逐漸輸入，始則工藝，次則政制」，因而在「生息於漆室之中」的中國學者眼中，「則粲然者皆昔所未睹者」，所以紛紛「欲破壁以自拔於此黑暗，不得不先對舊政治而試奮鬥，於是以其極幼稚之『西學』知識，與清初啟蒙期所謂『經世之學』者相結合，別樹一派」。梁啟超《清代學術概論》，北京，東方出版社，1996 年，第 64、65 頁。

到國民；而且救亡使命也從國內革命拓展到國際反帝。〔註 40〕於是，救亡目標從君主立憲進展到民主共和。這樣，啟蒙即救亡的文化傳統在中國啟蒙中最終形成，勢必促成文化啟蒙的政治趨向來。對此，梁啟超是從「清代學術變遷與政治的影響」這一角度來加以考察的，並且將兩者之間的文化關係歸結為：「於是因政治的劇變，釀成思想的劇變，又因思想的劇變，致釀成政治上的劇變。前波後波展轉推蕩，至今日而未已。」〔註 41〕

在這裡，「政治的劇變」對於中國思想啟蒙來說，就是政治控制的缺位；而「思想的劇變」對於中國政治運動來說，就是思想啟蒙的興起。兩者在特定的歷史階段中一旦形成互動，也就呈現為這樣的中國現實，從「政治的劇變」到「思想的劇變」，思想啟蒙在中國興起；從「思想的劇變」到「政治的劇變」，政治運動發生，從而促成中國的啟蒙運動。因此，「政治的劇變」在客觀上為中國思想啟蒙帶來了必不可少的思想自由，而「思想的劇變」則在主觀上為中國政治運動提供了不可或缺的自由思想，從而促成了啟蒙形態演變中啟蒙即救亡的文化傳統的現實延續，並且在個人權利，特別是個人自由權利未能得到制度保障的前提下，將會在中國啟蒙的歷史進程中一直延續下去。

所以在中國，啟蒙運動出現的可能性，實際上與思想啟蒙能否在政治運動中產生影響間接相關，即所謂「凡大思想家所留下的話，雖或在當時不發生效力，然而那話灌注到國民的『下意識』裏頭，碰著機緣，便會復活，而且其力極猛」；並且與政治運動是否真正具有群眾性直接相關，即「所謂運動者，非必有意識、有計劃、有組織，不能分為誰主動，誰被動」，當然，「其中必有一

〔註 40〕關於中國的革命與反帝，費正清認為從 19 世紀初到 20 世紀末，中國遭受了帝國主義發動的「五次外國侵略戰爭」，「這些外來的攻擊（除日本外）比起相同時期的五次革命的內戰來規模都不大」，「五次革命的內戰」中，「最後是 1966～1976 年毛澤東發動的 10 年文化大革命，那是革命激情與自作自受的民族災難兩者混合的高峰」。所以，有必要進行有關中國革命的長時段研究，例如，「把中國的過去和現在連貫起來寫，可能是非常有趣的。帝制時代的機構，可能以新的名目出現。例如古代互相監督的保甲制度，今天就會變成街道辦事處，或者 20 世紀以前的下級士紳後來變成了民國時代的土豪劣紳，以及成為繼他們之後出現的黨員幹部和今天的農村黨委書記。」（美）費正清《前言》《偉大的中國革命（1800～1985）》，劉尊棋譯，北京，世界知識出版社，2001 年。這就可以看到中國革命中政治傳統的世紀性延續，已經折射出啟蒙即救亡所面臨的現實挑戰，也同樣表明需要對啟蒙即救亡的文化傳統進行長時段研究。

〔註 41〕梁啟超《中國近三百年學術史》，北京東方出版社，1996 年，第 35 頁。

種或數種之共同觀念焉，同根據之為思想之出發點」。〔註 42〕必須看到的是，「今文學運動」主要是經學啟蒙的思想啟蒙運動，然而它並沒有促成真正意義上的「政治的劇變」，「戊戌變法」不過是一場短命的宮廷革命，〔註 43〕而非群眾性的政治運動，並且「今文學運動」也因此而告終。〔註 44〕儘管如此，這並不能影響到對經學啟蒙，尤其是對「今文學運動」的應有評價，反倒是顯現出思想啟蒙在中國啟蒙中的極端重要性：文學啟蒙當基於思想啟蒙，而思想啟蒙運動將成為啟蒙運動的核心。

這樣，中國啟蒙從經學啟蒙到文學啟蒙的形態演變，能否以思想啟蒙運動促成啟蒙運動的中國出現呢？這就涉及到對思想啟蒙的新文化運動與群眾愛國的「五四運動」之間的關係應該如何把握這一根本問題。

1919 年初，陳獨秀發表了《〈新青年〉罪案之答辯書》，對新文化運動興起以來的社會反響作出了這樣的評價：「本志經過三年，發行已滿三十冊；所說的都是極平常的話，社會上卻大驚小怪，八面非難，那舊人物是不用說了，就是咶咶叫的青年學生，也把《新青年》看作一種邪說，怪物，離經叛道的異端，非聖無法的叛徒。本志同人，實在慚愧得很，對於吾國革新的希望，不僅抱了無限悲觀」。〔註 45〕在這裡，陳獨秀所代表的「本志同人」，也許是沒有能夠意識到思想啟蒙本身就是一場艱難曲折的思想運動，因而對思想啟蒙在社

〔註 42〕梁啟超《中國近三百年學術史》，北京，東方出版社，1996 年，第 35、14～15 頁。梁啟超的「所謂運動者」的討論是他關於「時代思潮」討論的一部分，見於《清代學術概論》，並在《中國近三百年學術史》中「抄下來做個引線」，由此可見其學術自信。這是因為，梁啟超在胡適建議下準備研究他親自參與過的「晚清『今文學運動』」，同時又準備為蔣方震的《歐洲文藝復興時代史》作序，因而打算在序中「校彼我之短長而自淬厲」，結果在縱論不休之中「獨立」成書，於是就有了《清代學術概論》的問世。參見梁啟超《自序》《清代學術概論》，北京，東方出版社，1996 年。

〔註 43〕正如有的論者所指出：「戊戌變法與戊戌政變的區別既不在保守與改革之分，也不在進步與反動之別，而只不過是統治階級內部的一場權力之爭，是統治集團內部權力的轉移，當然不可能使統治階級的根本國策發生逆轉。」馬勇《超越革命與改良》，上海，上海三聯書店，2001 年，47～48 頁。

〔註 44〕僅從自稱是「對於『今文學派』為最猛烈的宣傳運動者」的梁啟超來看，在「戊戌變法」失敗逃亡日本之後，就「日倡革命排滿共和之論」，尤其是「自三十以後，已絕口不談『偽經』，亦不甚談『改制』」，對康有為的「保教」論進行公開駁斥。參見梁啟超《清代學術概論》，北京，東方出版社，1996 年，第 75～80 頁。

〔註 45〕《新青年》6 卷 1 號，1919 年 1 月 15 日。

會傳播中所能引發的批評反響，同思想啟蒙在社會傳播中所能產生的思想影響之間，在等量齊觀之中相提並論，所以，一旦思想啟蒙沒有能夠立即引起轟動性的傳播效應，也就難免產生個人慚愧乃至無限悲觀。

不過，僅僅數月之後，陳獨秀就看到了五四運動的爆發，感受到了青年學生的「愛國心」，進而提出國民必須有「對外對內兩種徹底的覺悟」——「不能單純依賴公理的覺悟」與「不能讓少數人壟斷政權的覺悟」，發出「強力擁護公理」、「平民征服政府」的號召，隨後在散發《北京市民宣言》時被捕，激起舉國震動，以個人的身體力行來促進國民覺悟。〔註46〕由此可見，只有當個人啟蒙的思想影響與人人救亡的政治運動相一致，體現出啟蒙即救亡的文化傳統的當下延續，才有可能使新文化運動與五四運動融為一體，促成了啟蒙運動在中國的首次出現。

因此，無論是新文化運動，還是五四運動，都不足以完全涵蓋這一中國啟蒙運動的全部內容，不過，新文化運動畢竟是中國啟蒙運動的思想核心，而五四運動則是中國啟蒙運動的政治顯現。顯然，如果以新文化運動來指稱中國啟蒙運動，也就顯現了其思想啟蒙的一面，至少令人有名與實歸之感；如果以五四運動來指稱中國啟蒙運動，往往會使人注意到其政治運動一面，往往難免名實不相符。儘管五四運動的命名是青年學生自己提出來，但是，「五四運動包含著兩個性質不相同的運動，一個是新文化運動，一個是學生愛國運動。眾多論著常常籠統地歌頌它們，較少注意到二者之間的複雜關係及由此而來的思想發展和歷史後果。」李澤厚以他的如是說提出論題，進行「啟蒙與救亡的相互促進」與「救亡壓倒啟蒙」的討論。

先是承認「啟蒙與救亡的相互促進」之中，新文化運動與五四運動之間的運動承接——「啟蒙性的新文化運動開展不久，就碰上了救亡性的反帝政治運動，二者很快合流在一起了」，「啟蒙借救亡運動而聲勢大張」，而「啟蒙又反過來給救亡提供了思想、人才和隊伍」；同時又強調思想啟蒙的「世代」差異——「而由觀念變遷、宣揚西化，到開始從實踐中改變行為，創造模式，正是五四新一代青年的特徵之一」，由此「繞了一個圈，從新文化運動的著重啟蒙開始，又回到進行具體、激烈的政治改革終」。在這樣的討論前提下，所謂「救

〔註46〕隻眼（陳獨秀）《山東問題與國民覺悟——對外對內兩種徹底的覺悟》《每週評論》第23號，1919年5月26日。參見王光遠編《陳獨秀年譜（1879～1942）》，重慶，重慶出版社，1987年，第67～73頁。

亡壓倒啟蒙」，其實質就是中國革命對中國啟蒙的取而代之，具體而言也就是「時代的危亡局勢和劇烈的現實鬥爭，迫使政治救亡的主題又一次全面壓倒了思想啟蒙的主題」。〔註 47〕

在這裡，「救亡壓倒啟蒙」所強調的「又一次全面壓倒」，在李澤厚的討論中，不僅前溯到康有為的變法維新時代與孫中山的推翻帝制時代，而且也後顧及毛澤東的「文化大革命」時代。實際上是從反思「文化大革命」的角度來重新審視五四運動的，因而所謂「救亡壓倒啟蒙」，不過是表明主流意識形態對於思想啟蒙的政治壓迫與消解，導致思想啟蒙的中斷，因而中國的首次啟蒙運動也就沒有能夠繼續進行下去，從而不得不宣告終結。所以，如果從五四運動的視角來評價中國啟蒙運動，其結果往往仍然是意識形態性的政治評價，無論是「救亡壓倒啟蒙」，還是「救亡與啟蒙並行」（或「救亡即是啟蒙」）。〔註 48〕

也許只有從新文化運動，特別是從中國啟蒙運動的視角來評價中國啟蒙運動，其結果才有可能是具有學術思想性的學理評價——「新文化運動的目的就在於深刻分析中國民眾心理中廣泛存在的英雄崇拜、盲從的奴性傾向，揭露並批判之」，因為「五四之前的所有革命運動，都沒有盡全力根除封建主義，都沒有能使中國走上永不回頭的、光明的啟蒙之路」；「五四運動前很久，知識分子就試圖謀取並保持對於政治當局的獨立性。現代知識分子繼承了他們的批判意識，在從西方學會新的批判分析方法的同時，他們也兼顧了傳統」。〔註 49〕這就在闡明中國啟蒙運動的文化啟蒙性質的同時，指出中國啟蒙運動所具有的啟蒙即救亡的文化傳統特徵。

事實上，從新文化運動到五四運動，隨著中國啟蒙運動的出現，文學啟蒙取得了前所未有的成果，而這一切與政治控制的缺位是密不可分的。從 20 世

〔註 47〕李澤厚《啟蒙與救亡的雙重變奏》《中國現代思想史論》，天津，天津社會科學元出版社，2003 年。該文最初發表於《走向未來》1986 年創刊號。

〔註 48〕參見邵漢明主編《中國文化研究二十年》，北京，人民出版社，2003 年，第 536～538、540～542 頁。

〔註 49〕「這次不徹底的啟蒙運動」表明：「救亡與啟蒙一直存在著一種緊張的關係」，「啟蒙運動在現代中國的命運同知識分子的命運是不可分的」，「啟蒙運動遠遠未清除舊文化和舊思想的根基」，其原因則在於「1919 年五四運動後的幾十年裏，中國的啟蒙先驅們被迫重新考慮、估價，甚至一度放棄了思想解放的理想，政治暴力和反帝群眾運動向主張緩慢革命的知識分子提出了嚴峻的挑戰。知識分子作為文化先覺者的形象也受到懷疑」。（美）微拉·施瓦支《中國的啟蒙運動——知識分子與五四運動》，李國英等譯，太原，山西人民出版社，1989 年，第 7、9、369、363、11 頁。

紀初大清國推行新政開始，文學啟蒙與社會政治之間呈現出逐漸疏離的狀態，在辛亥革命之後出現的軍閥統治，促使這一疏離狀態達到彼此分離的臨界點，結果，反而使思想啟蒙擺脫了主流意識形態的政治控制，在客觀上獲得空前的思想自由，同時進行著意識形態的重建。〔註 50〕於是，文學啟蒙，尤其是新文化運動與文學革命，有力地推動著中國文化與文學的現代化。

〔註 50〕這正如有的論者所指出的那樣：首先，軍閥們「曾多次建立起對全國大部分地區實質性軍事控制，但這些成就基本上是軍事上的，而從未發展到建立有效制度的水平，而與此相伴隨才能給予政府權力提供一個真正公民的基礎層面。這些人也從未認真地打算動員人口中重要成員以某種方式強化政治的政治制度。士兵們是軍閥的唯一選民」；其次，「大多數軍閥是保守的、竭力與傳統價值觀保持協調的人。然而非常矛盾的是，他們所製造的分裂與混亂卻為思想的轉折和反傳統傾向的流傳提供了絕好的機會。無論中央政府還是各省軍閥，都無法有效地控制住大學、期刊、出版業及中國知識界的其他機構」；最後，「在那些年間，中國的知識分子對於關於中國將以什麼方式實現現代化和富強進行激烈的討論，它也部分地是對軍閥統治的罪行的回報。1921 年共產黨的建立及 1924 年國民黨的組成，都在相當程度上可歸因於這種精神上的成熟。於是，軍閥年代一方面標誌了 20 世紀中政治統一與民族實力的最低值；另一方面，它也表現為思想與文學的巔峰」。（美）費正清主編《劍橋中華民國史》，第一部，章建剛等譯，上海，上海人民出版社，1991 年，第 334、338～339 頁。

第二章　現代文學思潮的肇起

一、中國現代化與文學啟蒙

關於中國現代化，早在 1933 年 7 月，上海《申報月刊》就出刊「中國現代化問題號」開始探討中國現代化的現狀與未來道路，進入 1934 年，隨著陳序經出版《中國文化的出路》一書，公開提出「全盤西化」的主張，1935 年 1 月，陶希聖等十位教授在上海《文化建設月刊》上發表《中國本位的文化建設宣言》，以「中國本位的文化建設」來駁斥「全盤西化」，引起一場針鋒相對的論爭，導致了外來文化與本土文化之間現代與傳統二元對立的理論偏見，卻沒有能夠上升到現代化理論的討論高度，顯然有違中國現代化問題討論的初衷。儘管如此，關於中國現代化問題討論，突顯了中國現代化必須解決的根本問題：現代與傳統的關係問題。

這一問題也正是西方學者此後進行「早期現代化理論」研究所面臨的基本命題，關於現代化的定義之中，傳統與現代成為核心概念，從社會變遷的角度來看，現代化就是傳統社會向著現代社會進行形態轉化的運動過程，因而現代化主要是社會現代化，即經濟、政治、社會結構的現代化，以及社會中人的現代化，即社會中文化觀念與個人人格的現代化。由於「早期現代化理論」是參照歐美國家的現代化過程，並且針對發展中國家的現代化而形成的理論模式，因而被認為具有「西方中心主義」的西化特徵而受到來自「依附論」等對立學派的批評。不過，這樣的批評又引起了「新現代化理論」研究的出現，其中，美國學者布萊克就「明確反對現代化即西化、現代性與傳統性截然對立的觀點，認為每個社會的傳統性內部都有發展出現代性的可能，現代化是傳統的制度與價值觀念在功能上對現代性要求不斷適應的過程」。〔註 1〕這實際上強調了人的現代化對於現代與傳統之間形成互動關係的重要性。

一些國內學者對於「國外的現代化理論」的認同如下:「現代化主要體現為:經濟上的工業化——由產業革命開始的使用非生物動力能源和高效工具的生產技術、生產方式和經濟結構的變革和實現過程;政治上的民主化——從民眾革命開始的脫離專制統治和建立民主國家的變革和實現過程;社會的整合化——由經濟和政治變革引起的社會結構的重組和完整合一的過程;文化的大眾化——從公共教育開始的知識普及的實現過程」,而「最主要的因素是經濟上的工業化和政治上的民主化」。這樣,在承認社會現代化具有普世性的前提下,將「中國現代化歷程」分為 1949 年 10 月之前「以資本主義現代化道路為主體」的「早期現代化」,1949 年 10 月之後到 1978 年的「經典社會主義現代化」,1979 年之後的「具有中國特色社會主義現代化」。雖然進行了具有主流意識形態特徵的分期,但是,畢竟還是承認三者之間「有現代化抽象意義上的工業化、民主化等社會發展指標的共性」。然而,這一承認是具有主流意識形態底線的:「中國現代化,特別是早期現代化的核心含義,還應該增加一項民族化——反對帝國主義侵略、爭取民族獨立和統一」。〔註 2〕實際上,這些學者對於「國外現代化理論」的認同也具有同樣如此的意識形態底線。

這主要表現在極力強調中國現代化就是社會現代化,尤其是政治現代化。這是因為在經濟現代化難以與政治現代化並駕齊驅的中國社會運動之中,以「民眾革命」與「反對帝國主義」形式進行的政治現代化勢必居於中國現代化的首位。與此同時,人的現代化,除了所謂「公共教育」的現代化之外,已經被有意地加以遮蔽,因為人的現代化不僅僅與知識普及這一人的現代化的個人前提有關,更與進行人的價值觀念轉化的個人意識現代化有關,並且這樣的個人意識現代化,主要是通過從思想啟蒙的興起到啟蒙運動的出現,才有可能

〔註 1〕《編者前言》,謝立中、孫立平主編《二十世紀西方現代化理論文選》,上海,上海三聯書店,2002 年。

〔註 2〕《緒論》,虞和平主編《中國現代化歷程》,第一卷,南京,江蘇人民出版社,2001 年。進入二十一世紀,中國現代化將是以工業化、民主化、城市化為主要特徵的「經典現代化」(或中國學者自稱的「第一次現代化」)。參見中國現代化報告課題組《中國現代化報告 2001》,北京,北京大學出版社,2001 年,第 77、76 頁。

真正使文化價值體系在保持現代取向之中展開傳統延續，在達到文化啟蒙的歷史性與整體性相一致的同時，在意識形態重建之中促成意識形態的多元共存。更為重要的是，只有在人的現代化得以實現的現實基礎上，社會現代化的實現才能臻於社會變遷的完整性。

事實上，1971 年 6 月，在維也納舉行「發展中的選擇」討論會上，來自發展中國家的學者指出：「落後和不發達不僅僅是一堆能勾勒出社會經濟圖畫的統計指數，也是一種心理狀態」。問題在於，眾多與會者都認為這一狀況是具有普遍性的——「許多致力於實現現代化的發展中國家，正是在經歷了長久的現代化陣痛和難產後，才逐漸意識到：國民的心理和精神還牢固地鎖在傳統意識之中，構成了對經濟與社會發展的嚴重障礙。」於是，這一狀況也就成為「新現代化理論」研究中要開展「人的現代化研究的起因」。

由此，可以看到的現狀就是：「移植先進國家卓有成效的工業管理方法、政府機構形式、教育制度以至全部課程內容。在今天的發展中國家裏，是屢見不鮮的。進行這種移植現代化嘗試的國家，本來以為把外來的先進技術播種在自己的國土上，豐碩的果實就足以使它躋身於先進的發達國家行列之中。結果，它們往往收穫的是失敗和沮喪。原先擬想的完美藍圖不是被歪曲成奇形怪狀的諷刺畫，就是為本國的資源和財力掘下了墳墓。」這就表明，發展中國家的現代化是不能夠依靠制度移植的方式來得到實現的，因為它必須根植在人的心中。

這樣，可以看到的結果就是：「如果一個國家的人民缺乏一種能賦予這些制度以真實生命力的廣泛的現代心理基礎，如果執行和運用著這些現代制度的人，自身還沒有從心理、思想、態度和行為方式上都經歷一個向現代化的轉變，失敗和畸形發展的悲劇結局是不可避免的。再完美的現代制度和管理方式，再先進的技術工藝，也會在一群傳統人的手中變成廢紙一堆。」這就是說，發展中國家的現代化是不可能在傳統人的手中進行下去的，因為它只能由現代人來推行。

於是，結論只有一個，就是必須實現人的現代化——「從傳統主義到個人現代性的轉變，缺少了這種滲透於國民精神活動之中的轉變，無論一個國家的經濟一時繁榮到何種程度，也不能說明這個國家能獲得持久的進步，真正實現了現代化」——「人的現代化是國家現代化必不可少的因素。它並不是現代化過程結束後的副產品，而是現代化制度與經濟賴以長期發展並取得成功的先決條件。」〔註3〕對於發展中國家來說，人的現代化必須先於社會現代化，這不僅是因為在世界各國現代化過程中，這些國家的現代化已經滯後，而且更是因為這些國家的現代化是在世界性的文化交流之中發生的，需要率先進行人的現代化，這就意味著文化啟蒙的極端重要。

在這裡，無論是文化交流，還是文化啟蒙，在概念上已經不是社會學中與人的精神生活相關的狹義上的社會文化，而是文化人類學中與包括物質生活、群體生活、精神生活在內的人類生活相關的廣義上的人類文化。

實際上，文化人類學最初關於文化的定義與社會學的文化概念相差並不太遠，英國人類學家泰勒在1871年出版的《原始文化》中就這樣寫道：「文化或文明，就其廣泛的民族學意義來說，乃是包括知識、信仰、藝術、道德、法律、習俗和任何人作為一名社會成員而獲得的能力和習慣在內的複雜整體。」〔註4〕對文化與文明在相提並論中進行定義，無非是文化與文明都適用於這一定義，只不過，從文化發展的橫向上看，文明是文化發展的階段性現實形態，而從文化發展的縱向上看，文化則是文明更替的連續性歷史產物。因此，文化發展總是通過文明更替來進行文化轉型的，並且隨著文明的階段性現實形態的更替，而不斷發生文化轉型。

在文化的歷史發展中，由於不同學科對於文化定義不盡相同，眾多的文化定義出現了，「學者們對文化定義中那些細小的區別各執一詞。但是，總的說來，人們對文化定義的基本特徵的理解是一致的：在文化人類學中，文化主要是指那些既存在於人的行為中，又存在於他的精神和物質產品中的構想、信念、觀念和世界觀所組成的一個系統。簡單來說，文化是指人類生活的以及人類實現自我和改造世界的方式和方法。」同時，文化除了「指一個群體的生活方式」之外，還可以「指通過共同的生活方式所標誌的群體本身」。這也就是說，一個民族的共同精神將能夠顯現出整個民族文化。〔註5〕由此可見，精神生活在人類生活中所佔有的首要文化地位。

〔註3〕（美）阿歷克斯．英格爾斯等《人的現代化》，殷陸君編譯，成都，四川人民出版社，1985年，第3～4、7、8頁。

〔註4〕莊席昌、顧曉鳴、顧雲深等編《多維視野中的文化理論》，杭州，浙江人民出版社，1987年，第99～100頁。

〔註5〕（德）馬勒茨克《跨文化交流——不同文化的人與人之間的交往》，潘亞玲譯，北京，北京大學出版社，2001年，第8、9頁。

隨著文化從社會文化向著人類文化進行由狹而廣的意義擴充，文化轉型與社會變遷一樣，出現了從傳統文化向著現代文化的文化現代轉型，並且分別發生在人類生活的三個構成層面上：物質生活、群體生活、精神生活。文化現代轉型既有可能在三個層面上同時發生，也有可能在三個層面上漸次發生。這取決於現代化與文化現代轉型是否同步進行，如果文化現代轉型是在三個層面上同時發生，現代化與之保持同步，現代化成為文化現代轉型的集中體現；反之，如果文化現代轉型不能在三個層面上同時發生，現代化就不能與之保持同步，現代化將延遲啟動。

對中國文化現代轉型最先予以關注的是梁啟超，並且進行了「三不足」的過程性描述：「第一期，先從器物上感覺不足。這種感覺，從鴉片戰爭後漸漸發動」；「第二期，是從制度上感覺不足」，「拿『變法維新』做一面大旗」；「第三期，便是從文化根本上感覺不足」，「覺得社會文化是整套的，要拿舊心理運用新制度決然不可能，漸漸要求全人格的覺悟」。〔註 6〕這樣，中國文化現代轉型從物質生活的器物層面上開始，經群體生活的制度層面，最後才深入到精神生活的心理層面。

由此出發，與中國文化「三不足」相對應的中國文化轉型，同樣也呈現出從發生到發展的「三期」運動來。於是，在文化現代轉型的各個層面上，分別顯現為價值取向不同的現實運動，也就是通常所說「師夷長技」的洋務運動、「自強變法」的維新運動、「思想革命」的新文化運動。在這裡，與梁啟超針對中國文化現代轉型的「三不足」而進行的三期劃分相對應的，從文化轉型的整體性來看，實際上是文化構成的器物、制度、心理的三層次，因而所展示出來的中國文化現代轉型，也就是一個層遞式的逐漸深入的歷史過程。這一過程伴隨著從經學啟蒙到文學啟蒙進行形態演變的始終。

從人類文化的發展趨向來看，文化轉型不過是民族文化發展的共同趨勢，然而，民族文化存在的多元性，表明文化轉型的多樣性，因為文化轉型是文化發展的關鍵，這已經為人類文化發展中不同文明形態的歷史性更替，與不同民族文化發展中文明形態更替的歷史性差異所證明，展現為民族文化發展的區域性不平衡的歷史現狀。事實上，民族文化發展的區域性不平衡，既有可能出

〔註 6〕《五十年中國進化概論》《飲冰室合集．飲冰室文集之三十九》，北京，中華書局，1989 年。最初發表於 1923 年 2 月，見抱一編《最近之五十年》，申報館，1923 年。

現在一國之內，也有可能出現國與國之間，還有可能出現在洲與洲之間，表現為民族文化的發展水平與文化傳統的區域性差異。這就為從農業文明轉向工業文明的民族文化發展提供了歷史契機。

在中國，就是在外來文化的影響之下，當文化現代轉型能夠同時在三個層面上展開之時，現代化才會啟動。〔註 7〕無論是維護皇權統治的洋務運動，還是脫離經學啟蒙烏托邦的維新運動，其出發點都是為了滿足主流意識形態的政治需要，前者不是在推行工業化，而後者也不是在推行民主化，即使是從兩者的客觀效果上看，其悲劇性的終結，不過是在證實制度移植中國嘗試的災難性後果的曾經存在。因此，當文學啟蒙的高潮後來在新文化運動中掀起，無疑表明中國文化啟蒙一旦進入文學啟蒙形態，也就是說清末文學各界革命的出現，已經標誌著中國現代化與中國文化現代轉型的合二為一。

正如現代社會的工業文明是從傳統社會的農業文明之中脫胎而來一樣，現代文化也是在傳統文化的基礎上轉型而來的，因而無論是在工業文明與農業文明之間，還是在現代文化與傳統文化之間，現代與傳統兩者並非是絕對對立的，因為存在著彼此融通的人類文化根基。從人類文化構成的三大層面及其

〔註 7〕「戊戌維新，清末新政和預備立憲這三次政治變革運動，都具有一定的啟動中國早期現代化的主客觀意義和資源積累，它們的啟動意義都是不完整的，實現方法都是軟弱無力的，最終結果都是不成功的，而只有辛亥革命才實現了對中國早期現代化的啟動。所以這樣說，不僅僅是因為辛亥革命推翻了清王朝，建立了中華民國，實現了國家的資本主義民主政治制度變革和領導權力現代性轉移，而且因為辛亥革命有一個為之奮鬥的中國第一個資本主義現代化發展綱領——三民主義，選擇了在當時歷史條件下惟一行之有效的方法——暴力革命，形成了最為廣泛的啟動早期現代化的社會動員和資源整合，及社會支持系統。儘管辛亥革命對早期現代化的啟動程度是有限的，但卻是有效的，它使中國現代化形成了進入啟動階段的基本條件」。虞和平主編《中國現代化歷程》，第一卷，南京，江蘇人民出版社，2001 年，第 343 頁。事實上，中國社會現代化在 20 世紀的不同階段中以不同形式一再停頓之後才得以重新啟動，主要是與政治革命及抗日戰爭有關。因此，過於強調甚至誇大政治意識形態在現代化啟動中相對有限的現實作用，與此同時，自然就會有意地忽略，乃至拒絕承認是文化啟蒙推動了人的現代化在中國的開展，進而無視文化啟蒙在中國現代化，尤其是現代化啟動中所發揮的關鍵性作用。實際上，正是在「戊戌維新，清末新政和預備立憲這三次政治變革運動」的過程中，經學啟蒙完成了向著文學啟蒙的形態演變，不僅促使中國文化現代轉型在三個層面上的全面展開，而且促成中國啟蒙運動的第一次出現，從而使中國的傳統人開始向著現代人進行全面的精神轉變，為中國啟蒙運動提供了必不可少的現代啟蒙者。參見《中國現代化的歷程》一書「總目錄」。

特點來看，〔註 8〕在最是活躍的器物層面上，傳統與現代之間的對立往往是絕對的，導致了由農業而工業的替代性斷裂；在最具權威的制度層面上，傳統與現代之間的對立與融通並存，促成了由專制而民主的變革性斷裂與延續；在最為穩定的心理層面上，傳統與現代之間的表面對立為融通所消解，展開了由愚昧而自覺的更新性延續。這就是說，在社會現代化之中，斷裂性的文明現象是層出不窮的，由此而顯示出工業文明與農業文明之間文明差距的內在性；而在人的現代化之中，延續性的文化現象是屢見不鮮的，由此而揭示出現代文化與傳統文化之間文化差異的表面性。

這就在於，在文化構成之中，最為活躍的器物層面是文化的表層，最為穩定的心理層面是文化的深層，而最具權威的制度層面是表層與深層之間的中介層面，通過對傳統與現代之間從斷裂到融通的可能性，進行體制性的現實變革。然而，制度層面上的中介性調節，必須保持適度，一旦轉向社會控制，乃至政治控制，不僅有可能導致社會現代化的停止，甚至中斷，而且更有可能導致文化現代轉型的停滯，甚至倒退。從文化的根本上看，由表及裏的文化構成秩序之中，最終能夠進入文化傳統的，主要是心理層面上的文化意識與文化心態，其學理化顯在與經驗化潛隱的存在樣態，勢必由裏向外地影響到制度層面上，形成強制與非強制的體制並存，進而擴散到器物層面上，促成從生產方式到生存方式的兩相對應，從而促使文化構成在三大層面上均具有顯性與隱性的雙重因素。

這就是說，在文化交流中，文化傳播的對象基本上是文化構成三大層面中的顯性因素，而其中最能產生文化影響的則是心理層面上的文化意識，本土傳統文化與外來現代文化的雙重影響之間融通的可能性，取決於文化交流中傳統延續的可行性，也就是在本土文化從傳統到現代的轉換前提下能否進行文化意識的現代更新。

這樣，在中國文化現代轉型集中體現為中國現代化的現實運動的同時，也就賦予了中國現代化以人類文化的全部內涵——社會現代化不再僅僅侷限於

〔註 8〕有的論者將梁啟超的文化三層面說進行了學理化的個人闡釋，不過，將「思想與價值」以「理論」的名義合併到制度層面之中，實際上否認了心理層面包含著「思想與價值」所顯現的文化意識，與「風俗習慣」中潛沉著的文化心態。事實上，文化的心理層面上顯在的文化意識與潛在的文化心態的共存，正是文化傳統得以建構的文化根基。參見龐樸《文化的民族性與時代性》，北京，中國和平出版社，1988 年，第 81～83 頁。

工業化與民主化之內，而是從社會生產方式擴張到人的生存方式，從社會政治制度擴大到人的行為規範。同樣，人的現代化從社會文化觀念擴展到文化意識，從個人人格拓展到文化心態。更為重要的是，中國文化現代轉型給予人的現代化以前所未有的文化地位，同時也賦予文學啟蒙以推進人的現代化這一文化使命。

所以，較之經學啟蒙，形態演變之後的文學啟蒙並不意味著本土文化影響的中斷，而是立足於文化意識更新來進行傳統延續，使之與外來文化的現代取向逐漸適應。人的現代化的這一文化特點，不僅表現在文學啟蒙之中，也表現在文學現代化之中，促使兩者之間形成互動：既通過文學書寫來促成思想啟蒙的繼續深入，又通過思想啟蒙來促進文學書寫的不斷更新。

二、文學啟蒙與文學思潮

中國啟蒙從經學啟蒙到文學啟蒙的形態演變，之所以能夠完成，從「清代學術變遷與政治影響」的角度來看，正如梁啟超所指出的那樣：雖然「『戊戌政變』一齣悲劇。表面上，所謂『新學家』完全失敗了」，但是，文化啟蒙的思想動力在文化交流的過程中更為強勁。這不僅表現在思想啟蒙的「最初的原動力」仍然是「殘明遺獻思想之復活」，而且更顯現為「學界活力之中樞，已經移到『外來思想之吸受』」，從而形成了文化意識更新的中國現實語境。於是，啟蒙即救亡的啟蒙文化傳統也就融入了前所未有的新質：在「驀然把二百年麻木過去的民族意識覺醒起來」的同時，已經能夠「對於君主專制暴威作大膽的批評，到這時拿外國政體來比較一番」。〔註 9〕由此可見，隨著戊戌變法的失敗，中國啟蒙的思想資源已經開始進行從傳統到現代的轉換，因而經學啟蒙將不可避免地為文學啟蒙所取代。這樣，在經學啟蒙已經被視為是傳統啟蒙的同時，文學啟蒙也就成為現代啟蒙。

不過，這一現代啟蒙的中國進行，與政治劇變的中國發生之間，存在著內在的聯繫。這就是 1900 年的義和團運動的全面爆發與「八國聯軍」的入侵北京，導致了滿洲朝廷的皇權專制面臨崩潰的政治危機。為了解除這一政治危機，除了簽訂喪權辱國的「辛丑條約」之外，滿洲朝廷被迫推行最終也不過是走向德國、日本式的君主立憲的清末新政，企圖通過對從現代政治體制到教育

〔註 9〕梁啟超《中國近三百年學術史》，北京，東方出版社，1996 年，第 36、37、35 頁。

體制進行一系列的制度移植，在開明政治的現代制度面具下來繼續維持皇權統治。儘管如此，這至少在客觀上有助於社會現代化，特別是人的現代化的中國啟動：不僅在一定範圍內促成思想獨立空間的形成，而且在某種程度上促使意識形態專制的解體，從而進入人的現代化的實際過程。於是，從文學啟蒙到文學現代化都可能以前所未有的自由姿態在中國進行，來促進文學啟蒙與文學現代化在文學運動逐漸疏離政治影響之中融為一體。

當然，這一所謂前所未有的中國自由，對於中國啟蒙者來說，從一開始就是非常有限的，並且必須以不損害滿洲政府的統治權威為基本前提。正如同康德早已經進行說過的那樣：只有「掌握著訓練精良的大量軍隊可以保障公共安寧」的開明君主，「才能夠說出一個自由國家所不敢說的話：可以爭辯，隨便爭多少，隨便爭什麼；但是必須聽話。這就標誌著人間事務的一種可驚異的、不能預料的進程；正猶如當我們對它從整體上加以觀察時，其中就幾乎一切都是悖論那樣。」這就在造成開明君主的專制國家中似乎最為自由這一自由假象的同時，始終存在著開明君主所設定的關於人的自由，尤其是思想自由的專制底線——「必須聽話」。一旦人的自由成為君主的恩賜，人的自由權利為君主的政治權力所掌控，自由也就成為失落自由根本的自由贗品。

在這樣的前提下，康德於是明確指出：「程度更大的公民自由彷彿是有利於人民精神的自由似的，然而它卻設下了不可逾越的限度；反之，程度較小的公民自由卻為每個人發揮自己的才能開闢了餘地。因為當大自然在這種堅硬的外殼之下打開了為她所極為精心照料著的幼芽時，也就是要求思想自由的傾向與任務時，它也就要逐步地反作用於人民的心靈面貌（從而他們慢慢地就能掌握自由）；並且終於還會反作用於政權原則，使之發現按照人的尊嚴——人並不僅僅是機器而已——去看待人，也是有利於政權本身的。」〔註10〕這就意味著人類啟蒙終將在人類社會現代化的世界進程中成為普遍的現實：無論是開明專制的國家，還是自由國家，一旦思想自由在思想啟蒙中開始走向人的權利的制度存在，也就為促成人的啟蒙提供了從思想資源拓展與啟蒙群體擴大的相應制度保障，從而使人的現代化有利於社會現代化。

因此，正是義和團運動爆發，「這種愛國反帝的狂飆起落成為介於變法與革命之間的一段歷史。時人稱為『自有國家以來未有之奇變』」，其實質就是傳

〔註10〕（德）康德《回答這個問題：「什麼是啟蒙運動？」》《歷史理性批判文集》，何兆武譯，北京，商務印書館，1991年，第30～31頁。

統與現代對立之中的「一種文化對另一種文化抵抗」。〔註 11〕在這一連接戊戌變法與辛亥革命的「奇變」過程中，中國現代化得以啟動，儘管主要表現為滿洲朝廷為應對政治危機，以推行新政、預備立憲的名義所進行的現代制度的中國移植。如何評價這一現代制度的中國最初移植？至少可以說，在從法律制度到教育制度的現代轉換之中，使人的自由權利在趨向開明專制的中國政治表象之下，開始得到有限度的制度保障，為人的現代化提供了現實展開的制度空間，尤其是文學的大眾傳媒與市場傳播的同時出現，促使文學運動得以進行從傳統向著現代的迅速轉軌。

梁啟超對於這一「奇變」，帶著嘲諷的語氣進行了如下評述：「反動日演日劇，仇恨新學之不已，遷怒到外國人，跟著鬧出義和團事件，丟盡中國人的醜。而滿洲朝廷的權威，也同時掃地無餘，極恥辱的條約簽字了，出走的西太后也回到北京了。哈哈哈！滑稽得可笑，『變法維新』這面大旗，從義和團頭目手中重新樹立起來了。一切掩耳盜鈴的舉動是不必說了，惟內中有一件事不能不記載：八股科舉到底在這時候廢了。一千年來思想界之最大障礙物，總算打破。」〔註 12〕儘管可以說梁啟超在評述中不無激憤與偏頗，但還是稱道了廢除科舉考試的新政對於思想啟蒙的意義，與此同時，還指出了義和團事件發生，與西太后這樣的「義和團頭目」的守舊與仇外是分不開的。

實際上這就揭示了義和團運動的負面性，在表現出本土文化中官方大傳統與民間小傳統之間在意識形態上相對一致的同時，又顯現出從王公貴族到尋常百姓普遍存在著的精神愚昧，尤其是當兩者互為促動，在上下聯手之中走向迷信，導致義和團運動一面高張「扶清滅洋」的旗幟，一面標榜「刀槍不入」的神拳，成為盲目排外的政治運動，實際上顯示出抗拒啟蒙，甚至反啟蒙的本土文化傳統的另一面來。

不過，對於義和團運動的評價，從思想政治的評價到文學藝術的評價，自從義和團運動爆發以來，一直存在著正負兩面的對立評價，從思想啟蒙的角度來看，對於義和團運動盲目排外的負面性就會進行否定與批判；而從政治運動的角度來看，對於義和團運動反帝愛國的正面性就會給予肯定與頌揚，並且呈現出從否定批判為主到肯定頌揚為主的評價轉變，與中國啟蒙運動的興衰保

〔註 11〕陳旭麓《近代中國社會的新陳代謝》，上海，上海人民出版社，1992 年，第 183 頁。

〔註 12〕梁啟超《中國近三百年學術史》，北京，東方出版社，1996 年，第 36 頁。

持著內在的一致——「新文化倡導者把義和團視為落後、迷信和非理性的一群，五四以後人們又把義和團視為反對帝國主義的愛國者」。〔註 13〕這種互相對立的評價差異在中國出現，固然是因為評價的視角不同，同時更是因為評價的立足點不同，由此顯現出思想啟蒙與政治運動之間，除了相輔相成的發展可能之外，往往更多的是相悖相離的現實對立。這是因為思想啟蒙在中國現代化的整個過程中，其所進行的意識形態重建會遭到主流意識形態的政治扼殺，除非是在政治控制無法完全實施的現實條件下，思想啟蒙才能發展成為與政治運動相輔相成的啟蒙運動。

當思想啟蒙以文學啟蒙的現代形態進行，除了表明中國現代化的已經啟動之外，更為重要是，較之經學啟蒙的學理論析文本，文學啟蒙的藝術審美文本，在社會傳播的接受過程中顯然更具吸引力和影響力，因而在這樣的前提下，文學啟蒙與文學現代化具有同一性。於是，文學啟蒙的意識形態重建與文學思潮的現代生成之間，在啟蒙思想的共享之中形成思想上的共生關係。具體而言，就是文學啟蒙與現代文學思潮的生成，都是從思想啟蒙的立場出發，在文學運動中堅持文學發展的現代取向的前提下保持傳統延續，在推動中國文學發展的同時促進中國啟蒙的進行。

當然，無論是文學啟蒙，還是文學現代化，兩者是不可能重合的：一方面，文學啟蒙雖然通過文學文本進行啟蒙思想的文本傳播，卻不可能全面影響文學運動的中國發展，因為與文學啟蒙相關的文學文本，僅僅是文學文本中的一部分，主要是具有審美批判傾向的文本，現代文學不是啟蒙文學；另一方面，文學現代化雖然需要啟蒙思想作為文學運動的思想資源，但也不能直接影響文學啟蒙的中國興衰，因為與文學現代化有關的啟蒙思想，不過是啟蒙思想中的一部分，尤其是人道主義思想，思想啟蒙不是文學運動。所以，在文學運動中，就是通過文學思潮的中介作用而實現文學啟蒙與文學現代化之間的互動，既為文學運動導入啟蒙思想，又使文學運動促進思想啟蒙。

也許並非巧合，中國啟蒙從經學啟蒙到文學啟蒙的形態演變，固然與中國

〔註 13〕（美）柯文《歷史三調：作為事件、經歷和深化的義和團》，杜繼東譯，南京，江蘇人民出版社，2000 年，第 242 頁。事實上，從義和團運動期間開始，長期以來「在中國，各類藝術對義和團的神話化與其他形式的神話化一樣，也在極端貶斥和熱情讚揚之間搖擺」，與此同時，除了那些視義和團運動為文化異端而進行指責的人之外，無論是所謂「改良派」，還是所謂「革命派」，都同樣斥責了義和團運動的「野蠻」。參見該書第 185～187、191～193 頁。

現代化的啟動密切相關，不過，中國啟蒙一旦鎖定義和團運動中所顯現出來的國人精神愚昧狀態這一現實目標，勢必要追溯這一精神愚昧狀態的本土文化淵源以利中國啟蒙的進行。

如果從本土文化的民間小傳統來看義和團運動的起源，就會發現其源頭之一就是所謂民間文化習慣——「正是由於義和團利用了農民降神附體習慣和民間戲劇傳統，才使他們動員起農民為反對外國宗教而鬥爭」。

首先就是「刀槍不入與降神附體是義和團宗教儀式的兩個標誌。剩下的只是採用個『義和團』的名稱和將攻擊的矛頭直指基督徒。義和團的名稱幾乎可以肯定是借自冠縣的拳民組織。冠縣義和團長期抵抗基督教的侵略，因而其名稱與聲譽傳遍了整個華北平原，神拳在確定反對基督教侵略的使命的同時，也採用了這個新名稱」。由此可見，無論是義和團的儀式標誌，還是義和團的群體名稱，都在表明民間文化習慣在義和團運動中的當下存在，具體而言也就是：以神拳相號召的義和團運動，「刀槍不入與降神附體」是源自民間武術的「氣功」與民間宗教的「跳大神」，而「義和團」則來自在「冠縣梨樹屯教案」中高舉「助清滅洋」旗幟的拳民組織「義和拳」。〔註 14〕

更為重要的是，「義和團活動還受另一種重大影響，它對民眾怎樣看待這場運動作用更大，那就是戲劇」，而「這些戲劇大都取材於白話小說」，從《三國演義》、《水滸傳》到《西遊記》、《封神演義》，提供了「拳民們附體的大多數神」，「這在《封神演義》中表現得最為明顯」。這一點，也引起了官方的重視：「其所供奉之神，大都採擇稗官小說之人，穿鑿附會，荒誕不經」。〔註 15〕實際上，從小說中「拜請祖師」已經不限於上述小說，還包括進其他小說中的人物——如《施公案》中的黃三太、《濟公傳》中的濟顛，與此同時，還要盡力做到男女有別，紅燈照的「附體之神」就有樊梨花、穆桂英等小說中人。〔註 16〕

〔註 14〕在這裡，民間文化習慣具有文化人類學上的意義，是基於民間文化心理之上而成為日常生活行為準則的習慣：「可理解為一種持續的、可變換處置的體系」，並且「無時不在我們的感覺、判斷和行動中整合過去的經驗、功用，並由於能相應地舉一反三，依此類推，而有可能解決無限多樣化的難題」。(美)周錫瑞《義和團運動的起源》，張俊義、王棟譯，南京，江蘇人民出版社，1994 年，第 368、376、154、187 頁。

〔註 15〕(美)周錫瑞《義和團運動的起源》，張俊義、王棟譯，南京，江蘇人民出版社，1994 年，第 377、320 頁。

〔註 16〕參見陳旭麓《近代中國社會的新陳代謝》，上海，上海人民出版社，1992 年，第 194～195 頁。

這樣，當白話小說通過戲劇演出而擴大社會影響的同時，實際上又成為民間文化習慣與官方文化意識之間的文本中介，使本土文化的小傳統與大傳統之間得以實現意識形態貫通。

對於本土文化的大傳統應該如何認識，陳獨秀已經指出「造成義和拳的原因」，一方面是「儒、釋、道三教合一」的主流意識形態，通過「中國戲劇」進行的高臺教化，造成統治階級思想產生具有統治地位的思想影響——「不是演那孔教的忠孝節義，便是裝那釋、道教的神仙鬼怪；有時觀音、土地和天兵天將出來搭救那忠孝節義的人，便算得三教同歸了。」而另一方面是「到了庚子年，有了保存國粹三教合一的義和拳出來」，尤其是「義和拳所標榜的『扶清滅洋』，豈不和『尊王攘夷』是一樣的」，於是得到「那仇視新學妄自尊大之守舊黨」的政治認同，也就非常自然，因而所謂的理學名臣甚至給義和團大師兄贈送對聯——「創千古未有奇聞，非大非邪，攻異端而正人心，忠孝節廉，只此精神未泯；為斯世少留佳話，一驚一喜，仗神威以寒夷膽，農工商賈，於今怨憤能消」——以示褒獎。

陳獨秀之所以要如此評判義和團運動，就是看到隨著新文化運動的興起，「現在中國製造義和拳的原因，較庚子以來，並未絲毫減少」。然而，「要想義和拳不再發生，非將製造義和拳的種種原因完全消滅不可」，因為這將關係到中國啟蒙走向哪一條道路的問題：「一條是向共和的科學的無神的光明道路；一條是向專制的迷信的神權的黑暗道路。」〔註 17〕由此可見，如何對義和團運動進行評價，已經關係到中國啟蒙能否繼續進行下去，以實現其啟蒙使命。因此，中國啟蒙運動的衰落，與三教合一的本土文化大傳統沒有被完全消滅，在事實上是難以分開的，從而證實本土文化的傳統延續之中，存在著正負兩面的延續可能。

由於陳獨秀是在全面倡導文學革命的前提下，來追究義和團運動爆發的中國原因，所以更為注重文學啟蒙的思想批判，故而較少論及與中國戲劇直接相關的白話小說。這就比不上義和團運動剛剛結束之際，梁啟超直截了當地針對白話小說進行個人抨擊：「如義和拳者起，淪陷京國，啟召外戎，曰為小說之故」，進而指認白話小說因傳播種種舊思想而為「吾中國群治腐敗之總根原」。

這一個人抨擊雖不無偏激，但畢竟從文學傳播影響的角度強調了文學啟蒙的重要性與必要性，尤其是當精神愚昧借助文學的方式而造成負面的文化

〔註 17〕陳獨秀《克林德碑》《新青年》5 卷 5 號，1918 年 11 月 15 日。

影響，也就勢必激起思想啟蒙以文學的方式來進行正面的文化抗衡，從而成為文學啟蒙在中國出現的一個直接而現實的文化原因。所以，對於此時剛剛起步的文學啟蒙來說，主張對白話小說進行中國變革，無疑將發揮使文學思想從傳統向著現代轉換的實際作用，其意義自然也就非比尋常——「故今日欲改良群治，必自小說界革命始；欲新民，必自新小說始」——將文學啟蒙與文學現代化聯繫起來，以促動現代文學思潮的中國生成。

梁啟超從「人之普通性」出發，認為「凡人之性，常非能以現境界為滿足者也」，指出「小說者，常導人遊於他境界，而變換其常觸常受之空氣者也」；並且「摹寫其情狀」而「感人之深，莫此為甚」，進而由小說推及整個文學，「此二者實文章之真諦，筆舌之能事。」這就肯定了人在文學中的中心地位：無論是「遊於他境界」，還是摹寫現境界，都不能離開現境界中之人，「則無論為何等之文，皆足以移人；而諸文中能極其妙而神其技者，莫小說若。故曰小說為文學之最上乘也。」這樣，在承認「小說之為體其易入人也既如彼，其為用之易感人也又如此」的前提下，〔註 18〕打破了下里巴人的小說、戲劇與陽春白雪詩歌、散文之間的等級區分，在破除中國文學的樣式等級傳統觀的同時，確認了彼此之間的樣式平等。這既體現出文學啟蒙的思想啟蒙影響，又展現出文學現代化的文學書寫前景。

從文學變遷的角度來看，與文學啟蒙同時出現的是「古文範圍以內的革新運動」。在胡適看來，即使是最具文學色彩的「翻譯的文章」，由於「不肯從根本上做一番改革的工夫，都不知道古文只配做一種奢侈品，只配做一種裝飾品，卻不配做應用的工具」，有鑑於此，即使「周作人兄弟的《域外小說集》便是這一派的最高作品，但在適用一方面他們都大大失敗了。失敗之後，他們便成了白話文學運動的健將」。儘管如此，胡適還是實事求是地指出：一方面是梁啟超作「文章最不合『古文義法』，但他的應用的魔力也最大」；另一方面是章炳麟要「論文，很多精到的話」，並「承認文是起於應用的，是一種代言的工具」。〔註 19〕這就表明現代文學思潮的中國生成，與古文革新運動和白話

〔註 18〕《論小說與群治之關係》《飲冰室合集．飲冰室文集之十》，北京，中華書局，1989 年。該文載於《新小說》第 1 號，1902 年 11 月 14 日。

〔註 19〕《五十年來中國之文學》《胡適說文學變遷》，上海，上海古籍出版社，1999 年，第 80、104、115 頁。他們沒有能夠從根本上進行文學改革，大概是因為此時梁啟超忙著「鼓吹政治革命」，而章炳麟「專提倡種族革命」。參見梁啟超《中國近三百年學術史》，北京，東方出版社，1996 年，第 36～37 頁。

文學運動都有著密切的聯繫，尤其是文學革命從一開始就進行有關現代文學的理論倡導，更是推動著現代文學思潮的迅速生成。

三、文學思潮的現代啟蒙

現代文學思潮的中國生成，從一開始就與文學啟蒙保持著內在的一致：文學啟蒙的現實展開與文學思潮的現代更新之間的不可分離，不僅文學啟蒙的現實展開離不了文學文本的社會傳播，而且文學思潮的現代更新也離不了啟蒙思想的普世影響。因此，這一文學思潮的現代更新，不僅需要在文學思潮的價值取向與文學啟蒙的思想訴求之間積極互動，通過文學文本的個人書寫以促成思想啟蒙的進行；而且更需要以文學這一基本範疇為出發點，進行文學觀念的現代轉換，在文學運動中激發起文學觀念轉換的個人思考，由此推動文學思潮更新之中文學文本的現代書寫。

這樣，現代文學思潮的中國生成，將以文學觀念轉換為文學思潮更新的個人前提，一旦文學觀念開始在先行者的獨立思考中擺脫本土傳統的種種束縛，就完全能夠在引發文學思潮的現代更新的同時，促進文學啟蒙的現實展開。顯然，文學啟蒙首先將通過文學觀念轉換進行文學思想的率先啟蒙，在文學運動中引導中國文學思潮的現代生成，由此而顯現出從文學觀念轉換到文學思潮更新所具有的現代啟蒙的基本特徵。於是，文學何謂與文學何為，也就成為現代文學思潮生成中現代啟蒙的中國起點。

從文學啟蒙的中國過程來看，如何區分古文革新運動與白話文學運動之間的差異，胡適認為應該從文學何為的立足點上來見出。於是，胡適指出：「大者凡文學有兩個主要分子：一是『要有我』，二是『要有人』。有我就是要表現著者本人的性情見解，有人就是要與一般的人發生交涉。」這就意味著對於文學何為，首先就需要從兩方面來思考，一方面是從文學與個人之間的創作關係來看，要求作者的文學書寫要能包容進自己的所思所感；另一方面是從文學與每一個人之間的接受關係來看，強調個人的文學書寫要能激發起眾多讀者的共鳴。

於是，胡適認為即使是古文革新運動中出現那些具有代表性的文本，仍然表現出「中國古文學」的「共同缺點」——「就是不能與一般的人生出交涉來」。不過，這些代表性的文本，與「那無數的模仿派的古文學，既沒有我，也沒有人」相比較，畢竟是「雖沒有人，卻還有點我，故還可以在文學史上占一個地位，但他們究竟因為不能與一般的人生出交涉來，故仍然是少數人的貴族文學，仍舊免不了『死文學』或『半死文學』的評判」。這就將古文革新運動視為舊文學運動的一部分，儘管並沒有否認其文學啟蒙的思想意義。

與此同時，胡適引用了古文革新運動中有關作者的自我反省，來證明新文學運動對於文學啟蒙的必要性——「當從提倡新文學入手，綜之，當使吾輩思潮如何能與現代思潮相接觸，而促其猛省。則其要義須與一般之人，生出交涉。法須以淺近文藝普遍四周。」所以，胡適不僅引以為「新文學運動的同志」，而且更看重「以淺近文藝普遍四方」的白話文學運動。這就在於「活文學自然要在白話作品裏去找」，尤其是從經學啟蒙到文學啟蒙的形態演變期間的白話小說，具體而言，就是經學啟蒙中出現的「北方的評話小說」，與進入文學啟蒙後出現的「南方的諷刺小說」，已經被胡適視為活文學中的主要白話作品。〔註 20〕

不過，「北方的評話小說可以算是民間的文學，他的性質偏向為人的方面，能使無數平民聽了不肯放下，看了不肯放下；但著書的人多半沒有什麼深刻的見解，也沒有什麼濃摯的經驗」，雖然「確能與一般的人生出交涉了，可惜沒有我，所以只能成一種平民的消閒文學」，因而與經學啟蒙無關，甚至還有意或無意地表現出「儒教化了的」的主流意識形態影響，尤其是表現出「投在清官門下」以「幫著國家除暴安良」的「公同見解」。〔註 21〕實際上證明了經學啟蒙中的中國文化啟蒙與白話文學的絕不相關。

相形之下，「南方的諷刺小說便不同了。他們的著者都是文人，往往是有思想有經驗的文人」，並且「他們既能為人，又能有我」，「小說都含有諷刺的作用」，與《儒林外史》一樣進行著文學的「社會批評」，因而與文學啟蒙，尤其是與小說界革命保持著現實的一致，並能見出本土文學傳統的當下延續。更為重要的是，還展現出在西洋小說影響之下，「新體小說」的現代取向來——

〔註 20〕《五十年來中國之文學》《胡適說文學變遷》，上海，上海古籍出版社，1999 年，第 126、125、127 頁。關於「南方的諷刺小說」，魯迅在 1925 年由北新書局出版的《中國小說史略》中，稱之為「譴責小說」，並且在附錄的《中國小說的歷史的變遷》一文中又認其為清代諷刺小說中的末流，主要是因為與清代諷刺小說的代表作《儒林外史》相比，它們在「藝術的手段」上存在著較大的差距。《魯迅全集》，第 9 卷，北京，人民文學出版社，1981 年。

〔註 21〕《五十年來中國之文學》《胡適說文學變遷》，上海，上海古籍出版社，1999 年，第 127、128、130 頁。「北方的評話小說」即魯迅在《中國小說史略》中所論的「清之俠義小說及公案」。

「把諷刺的動機壓下去」，將「諷刺的材料」寓於情節之中，「能使看的人覺得格外真實，格外動人」。〔註22〕這就表明進入文學啟蒙後的中國文化啟蒙已經與白話文學緊密地聯繫起來。

因此，較之已經成為「死文學」的「中國古文學」，「活文學」的中國「白話文學」，如何現實地轉變成為「新文學運動」，除了堅持「白話文學」的中國文學傳統根基之外，勢必不能不將新文學運動的發生與外來現代文學的中國傳播直接聯繫起來：如果沒有能夠出現這樣的外來影響，中國的「活文學」依然只能是古已有之的「白話文學」，而非是現代意義上的「新文學」。所以，從根本上看，並非只是西洋小說這樣的文本譯介促成了「白話文學」中現代取向的終於出現，更為重要的是在外來現代文學思想的傳播影響之下，文學觀念的中國轉換最終導致了新文學運動的全面興起。

於是，文學觀念的轉換與中國文學變遷之間的內在關係也就由此而突顯，因而文學觀念的轉換也就可以視為中國文學思潮進行自身啟蒙的現代起點。所以，新文學運動必須顯現出中國文學思潮如何展開這一自身啟蒙的文學思想發展來，以促進現代文學思潮在中國的洶湧澎湃。這樣，進行文學何謂與文學何為之辨，也就成為現代文學思潮中國肇起中不可或缺的基本環節。由此可見，文學觀念的轉換作為文學思潮演變的基本環節，對於中國現代文學思潮的肇起來說，實際上在促動文學思潮的自身啟蒙的同時，更促成文學思潮的現代啟蒙，從而促使關於文學何謂與文學何為的個人思考，成為考察現代文學思潮中國肇起的現實對象。

事實上，胡適能夠在新文學運動中進行「五十年來中國之文學」的個人考察，無疑是基於他自己轉變了的文學觀念之上的。胡適首先對文學進行了概括性的個人界定：「一切語言文字的作用在於達意表情；達意達得妙，表情表得好，便是文學」。顯然，胡適是偏重於文學何為的個人視點來進行文學的定義，在肯定文學是語言的藝術這一前提下，承認文學的達意表情是個人的自由創造，從而展示出文學觀念轉換之中個人所能接受到的外來現代文學思想影響。不過，由於將文學的定義侷限於文學與語言之間的工具關係之中，因而文學也就不過是達意表情的一種「語言文字」，以說出為目的而強調文學的語言書寫的重要性，也就不由得地多少顯現出源於「詩言志」這一本土傳

〔註22〕《五十年來中國之文學》《胡適說文學變遷》，上海，上海古籍出版社，1999年，第127、131、136頁。

統文學思想的潛在影響來。

更加值得予以注意的是，胡適從文學書寫的角度設定了判定個人文學創造的語言底線，認為達意表情的妙與好將直接取決於書寫語言的個人選擇。這就難免發生個人思考的偏至，進行文言與白話的語言死活之分，進而以語言的死活來決定文學的生命與價值——「我並不曾說凡是用白話做的書都是有價值有生命的。我說的是：用死了的文言決不能做出有生命有價值的文學來。」這就將書寫語言的選擇提升到了文學的生死存亡高度，文學的語言書寫的重要性也就被置換成文學的書寫語言的等級性，以至在胡適看來，整個中國文學史呈現出向著白話一邊倒的文學景象：「這一千多年來文學，凡是有真正文學價值的，沒有一種不帶有白話的性質，沒有一種不靠這個『白話性質』的幫助。」〔註 23〕這固然有助於進行新文學運動即白話文學運動的個人倡導，但也同時多少遮蔽了新文學運動的文學變遷整體性。

由此可見，文學觀念的見解偏頗，往往會導致對於文學變遷的歷史偏見，而要校正這樣的個人歷史偏見，也就必須修正這樣的個人見解偏頗，因而必須回到個人對於文學的重新界定之中。

1921 年 12 月，胡適發表了《什麼是文學——答錢玄同》一文，對文學再度進行個人的闡釋。除了繼續堅持自己早先的界定——「我曾說：『語言文字都是人類達意表情的工具；達意達的好，表情表的妙，便是文學』」——之外，在這一堅持之中已經呈現出個人思考的轉機來，明確指出在「人類」與文學之間，語言文字不過是進行情意符號化的「工具」。這絕非是個人回憶中的某種舛誤，如此前的「達意達得妙，表情表得好」被置換為當下的「達意達的好，表情表的妙」，而是從偏重文學何為開始逐漸轉向對於文學何謂的某種注意，也就是說，個人思考的重點從文學的功用有可能轉到文學的特性這一根本所在。因此，胡適提出了一個自己過去忽略了問題：「怎樣才是『好』與『妙』的呢？這就很難說了。」

雖然「很難說」，胡適還是由此而展開「什麼是文學」的討論，因為對這一問題，「我曾用最淺近的話說明如下：『文學有三個條件：第一要明白清楚，

〔註 23〕儘管參照歐洲文藝復興運動中「各國國語的歷史」，胡適發現各國國語「沒有一種不是文學家造成的」。但是，胡適在此並沒有討論作為民族國家共同語的國語，與現代民族國家出現之間的多重文化關係，而僅僅限於文學與語言的工具關係之內來進行相關思考，至少他個人關於文學的界定，是難以自圓其說的。胡適《建設的文學革命論》《新青年》4 卷 4 號，1918 年 4 月 15 日。

第二要有力能動人，第三要美』」。

在這裡，所謂文學「第一要明白清楚」，即是文學的「懂得性」——「要把情或意，明白清楚的表出達出，使人懂得，使人容易懂得，使人決不會誤解」。這是因為「文學不過是最能盡職的語言文字」，也就依然強調了文學的書寫語言的重要性，故而這「第一個條件」，實際上是文學接受的個人前提條件，因而不得隨意地提高文學的語言文字門檻。不過，如果過於要求文學語言表達的「明白清楚」，往往會失落文學文本意蘊的豐厚與深邃。當然，如果考慮到新文學運動的全面興起離不開新文學傳播中盡可能地擴張其影響，因而「明白清楚」的要求倒也不失其在文學變遷之中的現實合理性。

所謂文學「第二要有力能動人」，就是在「明白清楚」地「懂得」之後，「還要人不能不懂得；懂得了，還要人不能不相信，不能不感動。我要他高興，他不能不高興，我要他哭，他不能不哭；我要他崇拜我，他不能不崇拜我；我要他愛我，他不能不愛我。這是『有力』。這個，我可以叫他做『逼人性』。」這就從文學接受能否引發讀者的共鳴，來討論了必須保持文學接受中的藝術感染力，從文學接受效果來展現出文學的文本魅力。這樣，較之「懂得性」，「逼人性」涉及到文學接受過程中讀者如何參與文本創造，因而成為文學接受的個人必要條件。只不過，文學必須「有力」的「逼人性」，僅僅是從文學接受來提出的文學要求，以此進行文學定義，往往就會側重於新文學運動中文學傳播的社會影響，而忽略文學創作水平的有意識提高，最終有可能促成不是「我要他」，而是「他要我」這樣的文學創作傾向出現，從而失去作者對於讀者的啟蒙引導。

這樣，所謂文學「第三要美」，就是文學之美體現在從文學創作到文學接受的文學審美過程之中，因而「我說，孤立的美，是沒有的。美就是『懂得性』（明白）與『逼人性』（有力）二者加起來自然發生的結果」。顯然，胡適仍然是從文學接受過程來論及文學之美的，結果注重的正是文學的接受之美。雖然如此，胡適還是能夠看到文學之美的根本：個人文學審美，一旦進入文學接受過程，從「懂得性」的「明白清楚」到「逼人性」的「明白之至，有逼人而來的『力』」，讀者就會感受到「逼人而來的影像」。因此，文學之美源於文學的「影像」。如果仿擬胡適關於「懂得性」與「逼人性」的說法，文學接受的基本條件就是文學的「影像」性。這就從文學接受的角度提出了文學審美的形象性問題，觸及到文學思維的審美本質。可惜的是，因為囿於文學接受的一端，胡適沒有能夠由此展開對這一問題的個人探討。

所以，通過「什麼是文學」的討論，胡適指出文學具有「懂得性」、「逼人性」、「影像」性這樣一些關乎文學特性的文本表現，而其目的則在於能夠使人根據這樣的文本表現，來進行一切語言書寫之間的文本區分——「『文學的』與『非文學的』兩項」。〔註 24〕

胡適關於「什麼是文學」的再闡釋，對他自己所進行的有關中國文學變遷從歷史到現實的考察，都發生了直接影響。一方面在《五十年來中國之文學》中，胡適雖然堅持「活文學」的「白話文學」與「死文學」的「文言文學」對舉的個人思路，不過是將「文言文學」置換為「古文學」；但同時也能夠使用「平民文學」、「貴族文學」、「民間文學」這樣一些說法，並且開始承認古文學的文學史地位。隨後對所謂古典文學中詞與曲的文學價值也能夠予以一一肯定，進而在平民文學與貴族文學、民間文學與正統文學的對舉之中，更能夠認識到二者之間存在著互為影響，特別是承接融合的複雜關係。〔註 25〕或許正是因為文學觀的個人變化，再加上必須確認「古文傳統史」的客觀存在，以及「『白話文學』的範圍放的很大」的主觀判定，胡適才不得不中斷了《白話文學史》下卷的寫作。〔註 26〕

透過胡適對於「什麼是文學」的再闡釋，更可以看到在文學觀念的現實轉換之中，通過從文學何為到文學何謂的個人思考關注點的轉移，表明新文學運動的全面興起，與新文學運動的倡導者對於文學的不斷定義是分不開的。這樣，如何定義文學，不僅關係到文學觀念的個人轉換能否率先完成，以促動文

〔註 24〕《什麼是文學——答錢玄同》，胡適編選《中國新文學大系·建設理論集》，上海，良友圖書印刷公司，1935 年。顯然，對於《什麼是文學——答錢玄同》一文，胡適自己是非常看重的，因而最早「收入 1921 年 12 月亞東圖書館初版《胡適文存》一集卷四」，後來「又收入 1935 年 10 月 15 日良友圖書印刷公司出版《中國新文學大系·建設理論集》（胡適選編）」，其間又陸續收入其他出版機構出版的《胡適之白話文鈔》、《胡適論說文選》之中。華東師範大學圖書館編《胡適著譯繫年目錄與分類索引》，上海，上海人民出版社，1984 年，第 30 頁。

〔註 25〕參見胡適作於 1923 年 3 月 7 日的《日本譯〈中國五十年來之文學〉序》，作於 1923 年 9 月 24 日的《〈中古文學概論〉序》。《胡適說文學變遷》，上海，上海古籍出版社，1999 年。

〔註 26〕《白話文學史》上卷主要論及從戰國到唐朝的白話文學，從現存文學文本看，較之唐朝以後，前一時段中白話文學的數量明顯地要少了許多，因而也就比較切近胡適當初寫作「白話文學史」的自定體例。胡適《自序》《白話文學史》，天津，百花文藝出版社，2002 年。

學思潮的自身啟蒙能夠及時發生，而且更關係到文學觀念的現代轉換能否最終實現，以促成文學思潮的現代啟蒙能夠普遍形成，從而使文學觀的現代化成為文學思潮的現代啟蒙中的關鍵性環節。

所以，當 1932 年周作人在輔仁大學裏進行有關「中國新文學的源流」的學術講演的時候，即使是面對大學生，首先開講的依然是：「文學是什麼？」從文學何謂的立場上來進行個人界定。

雖然「關於文學是什麼的問題，至今還沒有一定的解答」，但是周作人還是「很籠統」地給出了自己的回答：「文學是用美妙的形式，將作者獨特的思想和感情傳達出來，使看的人能因而得到愉快的一種東西。」這一回答僅僅是個人性的「我的意見」，不過，「第一句失之太籠統；第二句是人云亦云，大概沒有什麼毛病；第三句裏面的『愉快』二字，則必會有人以為最不妥當。」其實，只要能夠認識到讀者的愉快主要是指他能夠「得到彷彿創作的愉快」，也就意味著讀者的文本接受同樣應該被視為是個人的文學創造。〔註 27〕

這樣，一旦認定作者與讀者之間的文本聯繫所顯現出來的正是個人文學創造過程中的不同階段，由此可以從周作人的文學定義之中推導出文學就是這樣的「一種東西」——這一個人回答也就具有了文學定義中的某種普遍性質——能夠體現出從創做到接受的審美全過程的、並且展現為「美妙的形式」的作品。

無論是胡適，還是周作人，他們對於文學進行個人界定，都同樣肯定了文學的審美特性，儘管出現了個人認識中從文學何為到文學何謂的理論差異。然而，對於文學的審美特性能夠進行這樣的理論認識，主要是源自外來現代文學的直接影響。事實上，早在 1908 年，周作人就對有關文學定義的泰西「諸家之說」進行過權衡，並且能夠指出諸家之說的偏頗，然後，「惟其義主折衷而說近似者，則如近時美人宏德（Hunt）之說，庶得中庸矣。宏氏《文章論》曰：『文章者，人生思想之形現，出自意象、感情、風味（taste），筆為文書，脫離學術，遍及都凡，皆得領解（intelligible），又生興趣（interesting）者也。』」周作人據此說進行文學與非文學的文章區分，而後更是特別強調：「文章中有不可缺者三狀，具神思（ideal）、能感興（impassioned）、有美致

〔註 27〕周作人《中國新文學的源流》，上海，華東師範大學出版社，1995 年，第 1、2、3 頁；參見周作人《小引》《中國新文學的源流》，上海，華東師範大學出版社，1995 年。

（artistic）也。」〔註 28〕由此可見周作人有關文學的個人界定，尤其是其「美妙的形式」之言的理論淵源。

這無疑證實了文學思潮的現代啟蒙是與外來現代文學思想的中國傳播分不開的，儘管其中不乏本土傳統文學思想的潛在影響。因此，對於文學思潮的現代啟蒙來說，在中外兩種文學思想的現實影響之間，既有直接與間接之分，又有主要與次要之別，更有外顯與內隱之差。可以說，在文學思潮的現代啟蒙過程之中，外來現代文學思想的傳播影響是直接的、主要的，並且是外顯的；而本土傳統文學思想的潛在影響是間接的、次要的，卻又是內隱的，從而促使這一過程呈現出複雜而曲折的實際樣態來。

〔註 28〕將 literature 譯為文章，即可略見本土文學傳統的潛在影響。獨應（周作人）《論文章之意義暨其使命因及中國近時論文之失》（《河南》8 期，1908 年 12 月 5 日），陳子善、張鐵榮編《周作人集外文》，上集，海口，海南國際新聞出版中心，1995 年。周作人此文當連載於《河南》4 期、5 期，時間為 1908 年 5 月、6 月；在《河南》8 期上，周作人發表的是翻譯小說《寂寞》、《莊中》。參見張菊香主編《周作人年譜》，天津，南開大學出版社，1985 年，第 50、52 頁；陳鳴樹主編《二十世紀中國文學大典（1897～1929 年）》，上海，上海教育出版社，1994 年，第 164、170 頁。

第三章　中國文學的整體革命

一、清末文學各界革命的發端

文學的整體性，從文學的歷史變遷來看，展現為詩歌、散文、小說、戲劇等文學樣式的整體性演變，而在文學的歷史變遷過程中，各大文學樣式的形成時間有先後之分，各大文學樣式的文學地位也隨之出現高下之別。在中國文學的歷史變遷之中，詩歌與散文率先面世並成為文學的正宗，然後才有小說與戲劇的問世而被視為文學的「小道」，〔註 1〕直到經學啟蒙轉向文學啟蒙之後，歷經清末文學各界革命，各大文學樣式才開始確立起同等的文學地位。

〔註 1〕視小說為小道的文學等級觀，實際上同君子與小人的文化等級之分密切相關，其本土文化傳統影響源遠流長，《漢書·藝文志》稱：「小說家者流，蓋處於稗官，街談巷語，道聽途說者之所造也。孔子曰：『雖小道，必有可觀者焉，致遠恐泥。是以君子弗為也。』然亦弗滅也。閭里小知者之所及，亦使綴而不忘。如或一言可採，此亦芻蕘狂夫之議也。」對於小說為小道之說，開先是隨著白話小說的出現而產生質疑的，如晚明袁宏道在《聽朱先生說水滸傳》中詠道：「後來讀《水滸》，文字益奇變。《六經》非至文，馬遷失組練」；而其後到了清末，正是通過對「西國名士」之小說的「逐節翻譯」而開始得到修正的，如蠡勺居士在《昕夕閒談小序》中所說：「且夫聖經賢傳諸子百家之書，國史古鑒之記載，其為訓於後世，固深切著明矣。而中才則聞之而輒思臥，或並不欲聞；無他，其文筆簡當，無繁縟之觀也；其詞意嚴重，無談諧之趣也。若夫小說，則妝點雕飾，遂成奇觀；嬉笑怒罵，無非至文；使人注目視之，傾耳聽之，而不覺其津津甚有味，孳孳然而不厭也，則其感人也必易，而其入人也必深也。誰謂小說為小道哉？」不過，對小說不當為小道的最終正名，則是在「小說界革命」發生後才完成的。黃霖、韓同文選注《中國歷代小說論著選》，上，南昌，江西人民出版社，1982 年，第 3、174、622、621 頁。

文學的整體性，從文學的現實發展來看，表現為從主題、體裁、文體、語言等文學要素的整體性演變，〔註2〕並且在文學的現實發展中，均表現出其構成上的二元性，形成以主次隱顯為其特徵的相輔相成的演變過程。首先，主題固然應當被視為文學作品中所能闡釋出來的文本意蘊，同時又能夠在文學作品中發揮其建構文本的結構功能；〔註3〕其次，體裁的區分既要根據文學作品外在的文本構成方式，也要根據文學作品內在的文本審美取向；〔註4〕其三，文體與所謂的文體風格無關，它通過文學作品中所展開的個人文本表達，進行

〔註2〕對文學要素進行從主題到語言這樣的排列，主要是考慮到在整體性的文學發展過程之中，文學要素的易變性大小。一般說來，主題的易變性最大，而語言易變性最小。只不過，文學要素的易變性愈小，其包容性反而愈大。這樣，只有當文學要素之一的語言真正發生演變之時，文學要素的整體性演變才能夠實際展開。文學革命之初，關於文學要素的整體性演變，便開始出現個人的相關思考。早在1916年12月，陳獨秀在回答《新青年》2卷4號上發表的《北京高等師範預科生晉後學常乃悳——致獨秀》這一來信中，就明確指出「文學美文之要素」為「結構之佳，擇詞之麗（即俗語亦麗，非必駢與典也），文氣之清新，表情之真切動人」。這一思考已經分別觸及到文學要素的體裁、語言、文體、主題。

〔註3〕在這裡，「按照傳統，『主題』指題材中反覆出現的要素。由於現代文論堅持內容與形式的同時並存性，所以該術語所包括的形式方面的含義得到了強調」，於是，主題（theme）「指作品中反覆出現的主旨的各個方面，而這些方面既包括形式部分，又包括思想內容方面」，具體而言，主題不僅是作品中「形象和象徵所包含的、經過闡釋可以認識的意蘊」，而且在作品中具有一定的「結構含義」，可以「理解為貫穿整個作品的一條線或線索」。（英）羅吉·福勒《現代西方文學批評術語詞典》，袁德成譯，成都，四川人民出版社，1987年，第284、285頁。

〔註4〕同樣，對於體裁（genre）而言，「古典的體裁理論具有規定性質，而且是建立在某些關於社會和心理區別的固定觀念上的基礎上的。現代體裁理論卻傾向於純粹描述性，它還反對劃分體裁的等級」，「威勒克和華倫認為，體裁應以內在形式和外在形式這兩者為基礎」，無論是作品的「外在形式」，還是作品的「內在形式」，在作品分類編組中二者缺一不可。（英）羅吉·福勒《現代西方文學批評術語詞典》，袁德成譯，成都，四川人民出版社，1987年，第116頁。「在理論上，這種編組是建立在兩個根據之上的，一個根據是外在形式（如特殊的格律或結構等），一個是內在形式（如態度、情調、目的等以及較為粗糙的題材和讀者觀眾範圍等）。外表上的根據可以是這一個也可以是另外一個（比如內在形式是『田園詩的』和『諷刺的』，外在形式是二音步的和平達體頌歌式的）；但關鍵性的問題是接著去找出『另外一個』根據，以便從外在與內在兩個方面確定文學類型。」（美）雷·韋勒克、奧·沃倫《文學理論》，劉象愚、邢培明、陳聖生、李哲明譯，北京，生活·讀書·新知三聯書店，1984年，第263～264頁。

從言說方式及語言工具的雙重選擇；〔註 5〕其四，語言不能進行文學與非文學的截然相分，只不過，文學語言具有文本蘊涵多義性與文本表達多樣性這兩個語用向度。〔註 6〕

從中國文學的現代發展來看，如果將清末文學各界革命與民初文學革命相比較，顯而易見的是，次第發生的清末文學各界革命沒有能夠促成文學要素的整體性演變，而全面興起的民初文學革命展開文學要素的整體性演變。究其根本原因，主要是前者發生在經學啟蒙向著文學啟蒙進行形態轉換的過程中，而後者興起於文學啟蒙之中並與其同步而行。儘管如此，從清末文學各界革命到民初的文學革命，中國文學的革命不僅與文學啟蒙緊密聯繫在一起，而且也促使現代文學思潮隨之生成。

中國文學的革命出現在從經學啟蒙到文學啟蒙的形態演變過程之中，呈現為從部分革命向著整體革命的不斷過渡。如果對中國文學的革命進行史前史的考察，就會看到清末文學各界革命都各有一個「前革命」的發端階段，並且是依照先詩歌後散文，最後小說和戲劇這樣的次序先後而發端的，進而直接影響到清末文學各界革命在世紀之交進行文學運動命名之後的再度次第發生。

清末文學各界革命的「前革命」能夠發端於經學啟蒙之中，主要是由於經學啟蒙已經進入「學術革命」的高潮期。

1890 年 1 月，康有為回到廣州，並且與廖平首次相見，頗受其今文經學

〔註 5〕不過，對於文體（style）的認識，不能「認為一些作家和作品具有文體風格（並因此具有『風格美』），而另外的作家和作品卻沒有。我們必須假定任何文章都表現一定的文體風格，這是因為文體是所有語言都具有的普遍特徵，而不是文學或某些文學作品所獨有的高貴特性」。所以，「文體即表達方式」，除了文本表達所使用的語言工具之外，更注重文本表達所選擇的言說方式，「它的意義主要來自個人或文化的特質，而不是來自語言本身」，也就是說，「在用語言來傳情達意時，有種種可供選擇的方式，而且這種選擇是由非語言的因素所決定的」。在這樣的認識前提下，「可以認為文體能代表某個作家、某個時期、某種說服人的特殊方式（修辭術）或某種體裁」。（英）羅吉．福勒《現代西方文學批評術語詞典》，袁德成譯，成都，四川人民出版社，1987 年，第 269、270 頁。

〔註 6〕應該看到，文學作品中的語言（language），一方面「是大眾的財產，它激動的是大眾的反應和感受」，另一方面「它還要傳達詩以外的上下文的意義與內涵」。因此，「在文學語言與非文學語言之間有一種連續性」，並且在文學作品中表現為文本語用的多義性與多樣性——「凡是語言作品都具有多層次的意義，大多數本文都同時具有多種傳達功能」。（英）羅吉．福勒《現代西方文學批評術語詞典》，袁德成譯，成都，四川人民出版社，1987 年，第 147、148 頁。

闡釋的啟發，於是專心致力於今文經學的研讀。同年秋，在廣州雲衢書屋進行個人講學，梁啟超等人為入室弟子。〔註 7〕第二年 3 月，康有為又遷往長興學舍開講，在梁啟超等人的協助之下，於當年 8 月出版《新學偽經考》一書以「明今學之正」。〔註 8〕也許是純屬巧合，在 1890 年，黃遵憲改訂《日本雜事詩》為定本兩卷，以抒發出自己的異國之感；第二年的 1891 年 7 月，黃遵憲在英國「倫敦使署」作《人境廬詩草》的《自序》，指出「今之世異於古，今之人亦何必與古人同」。只不過，黃遵憲的兩部詩集的公開面世至少是在八年，乃至二十年之後的事了，〔註 9〕因而它們所能夠發生的文本傳播影響，在當時其實並沒有如後來的論者所想像地那麼大。

由此可見，隨著經學啟蒙高潮的到來，與其相伴而生的啟蒙文學話語，似乎總是要慢上半拍，並且開始只是限於少數先覺者之間。事實上，從文學變遷的角度來看，這倒並非是巧合，而是直接體現了經學啟蒙與其影響下的啟蒙文學話語之間存在著主從之分的現實關係。這就難怪啟蒙文學話語的形成，會基於傳播群體由小而大的變化，而從詩歌逐步擴大到散文，最後再到擴張到小說與戲劇。於是，在中國發展的現實過程中，首先出現的是黃遵憲所一貫主張的

〔註 7〕1890 年秋，梁啟超退出學海堂而師從康有為，稱其「生平知有學自茲始」，更又認為康有為此舉的意義就在——「欲任天下事，開中國之新世界，莫亟於教育」，故而當為經學啟蒙即將進入「學術革命」的標誌性事件。所以，即使是從文學史的角度來看，也不失為「中國近代文學」變遷中的一件大事。只不過，發生這一大事件的時間和地點是 1890 年的「雲衢書屋」，而非 1903 年才出現在廣州府學宮仰高祠中的「萬木草堂」，因而《中國近代文學大事記（1840～1949）》所記 1891 年 3 月，「康有為於廣州長興里萬木草堂設館授徒」，疑恐有誤。李俊國《前言》《梁啟超著述繫年》，上海，復旦大學出版社，1986 年；李喜所、元青《梁啟超傳》，北京，人民出版社，1994 年，第 34～35 頁；魏紹昌主編《中國近代文學大系．史料索引集（1）》，上海，上海書店，1996 年，第 45 頁。

〔註 8〕參見湯志鈞《近代經學與政治》，北京，中華書局，1989 年，第 164～167 頁。

〔註 9〕《人境廬詩草》係 1896 年之後，始在私人之間傳閱，梁啟超正是在 1896 年與 1897 年之交才讀到該詩集，一直等到 1911 年，《人境廬詩草》才首次在日本印行，且無《自序》編入。《日本雜事詩》係對《日本國志》所未言而作的，故黃遵憲在《自序》中說自己出使日本兩年，在寫作《日本國志》的同時，也「網羅舊聞，參考新政，輒取其雜事，衍為小注，串之以詩，即今所行雜事詩也」；而同年定稿的《日本國志》隨即交付刊刻，並於 1895 年刻成印出，而《日本雜事詩》則到 1897 年才印行，1898 年刻成定稿本。鄧方澤編《中國近代文學史事編年》，長春，吉林人民出版社，1983 年，第 175、234、146、150、181 頁；參見魏紹昌主編《中國近代文學大系．史料索引集（1）》，上海，上海書店，1996 年，第 44～46 頁。

「要不失乎為我之詩」的「新派詩」；其次出現的是譚嗣同所極力鼓吹的「日日使新人，闡新理，紀新事」的「報章文體」；最後到嚴復等人所大肆倡言的「入人之深、行世之遠，幾幾斷於經史之上」的「說部」。

更為重要的是，經學啟蒙中，文學觀念依然是基於中國固有的「經國之大業」的文章觀之上，至於進行雜文學與純文學之分則是在文學啟蒙興起之中才出現的。這就表明，經學啟蒙高潮中的啟蒙文學話語所表現出來的文學觀念，其本土文學傳統的影響佔據了支配地位，而與外來現代文學的影響則基本上是隔膜的。僅從文學變遷的角度來看，對於現代的外國文學進行有意識的個人譯介，至少是從19世紀70年代就開始了：這就是在1873年1月出刊的「近代中國第一份文學期刊」《瀛寰瑣記》第三卷上，蠡勺居士翻譯發表了《昕夕閒談》。〔註10〕但是，在「外國文學的輸入」的中國過程中，「歐洲文學名著輸入中國的第一部」的《巴黎茶花女遺事》，〔註11〕直到1899年2月才被譯出。在長達數十年的文學輸入之中，終於才有了這樣的「第一部」，也就不能不令人感到這是多少有點遺憾的文學輸入。〔註12〕

這樣，中國文學的革命之所以得以在經學啟蒙高潮期中陸續發端，正是在於值此「學術革命」之時，經學啟蒙思想的社會傳播，激發出文學變遷之中的現實回應，經學啟蒙的思想影響滲入了文學的群體書寫之中，促成了群體性的啟蒙文學話語的出現，以文學性的個人表達來進行學理性的思想啟蒙，尤其是先覺者的自我啟蒙。所以，清末文學各界革命發端於經學啟蒙的學術革命高潮之中，也就不是偶然的。其中，最具個人創造性的啟蒙文學話語，顯然是能夠「言志」的詩，而最具社會政治性的啟蒙文學話語，無疑是能夠「載道」的文，

〔註10〕《昕夕閒談》一直在《瀛寰瑣記》上連載，到1875年1月出刊的第二十八卷為止，共55回。其後經譯者刪改重定在1904年出版單行本，並附有《重譯外國小說序》，稱譯出此書的目就是藉此向國人灌輸民主思想，以求變更中國政體而強國云云。參見魏紹昌主編《中國近代文學大系・史料索引集（1）》，上海，上海書店，1996年，第179、180、199頁；黃霖、韓同文選注《中國歷代小說論著選》，上，南昌，江西人民出版社，1982年，第622頁注釋①。

〔註11〕施蟄存《翻譯文學的輸入——〈翻譯文學集・導言〉》，本社編《中國近代文學的歷史軌跡》，上海，上海書店出版社，1999年。

〔註12〕與法國小仲馬的《巴黎茶花女遺事》同年譯出的，還有英國柯南道爾的《新譯包探案》（即《福爾摩斯探案》），後者是不是「歐洲文學名著」呢？兩相比較，後者對於「小說界革命」提倡的「新小說」影響似乎更大。參見陳鳴樹主編《二十世紀中國文學大典（1897～1929年）》，上海，上海教育出版社，1994年，第18頁。

因而經學啟蒙中的先覺者自然會選擇詩與文的文學表達方式來進行自我啟蒙。不過，偏愛詩文的先覺者，卻都主張要以說部（中國小說與戲劇的當時統稱）來推行經學啟蒙思想的通俗演義，使後覺者能夠接受經學啟蒙思想的文學教化。

可以說，在經學啟蒙高潮期間，先覺者與後覺者之間就如何進行經學啟蒙，而在啟蒙文學話語中所出現的文學樣式的選擇差異，既是中國文學變遷之中文學樣式等級化傳統的當下延續，呈現出經學啟蒙不可避免而又勢必如此的歷史宿命；又是思想啟蒙之中以先覺覺後覺這一過程的中國表現，顯現出中國文學變遷中別無選擇而又只能如此的現實趨向。這一具有中國歷史必然性與現實合理性的文學變遷，在客觀上加快了經學啟蒙向文學啟蒙進行形態轉換的中國速度，而經學啟蒙的革命高潮中形成的啟蒙文學話語也就引發了文學發展中的革命運動，成為清末文學各界革命的發端。

從詩界革命的發端來看，一般都認為與黃遵憲有關，尤其是論及近代文學思想演變之時，一直是將 1868 年黃遵憲所主張的「我手寫我口，古豈能拘牽」視為詩界革命的理論主張起點的。〔註 13〕不過，有的論者認為這一主張是「言文合一」的本土文論傳統的「近代版」，因而具有推動古典詩歌革新的意義；〔註 14〕而有的論者則認為這一張主張是以「手口如一」來質疑古代經典以批判傳統文化，為後來的詩界革命「蓄勢」。〔註 15〕其實，黃遵憲不過是以此個人詠唱對經學啟蒙進行了積極回應，表現出對於經學啟蒙的個人關注，進而以「詩言志」的方式促成了個人的啟蒙文學話語。

於是乎，黃遵憲是在《雜感》之二中指斥「俗儒好尊古，日日研故紙。六經字所無，不敢入詩篇」的前提下，才提出「我手寫我口，古豈能拘牽」的個人主張，而這一主張的提出，則是從個人讀經之中的有所感悟而來的。這是因為早在 1862 年寫成的《感懷》之中，黃遵憲就明確提出「儒生不出門，勿論當世事。識時貴知今，通情貴閱世」，尤其是反對「世儒誦詩書，往往矜爪咀」，

〔註 13〕據說這是最早由胡適在《五十年來中國之文學》中提出來的，認為黃遵憲的這一主張「可算是『詩界革命』的一種宣言」，並且一直影響著近代文學中有關詩界革命與黃遵憲的研究。參見裴效維主編《20 世紀中國文學研究．近代文學研究》，北京，北京出版社，2001 年，97～99、165～171 頁。

〔註 14〕參見程亞林《近代詩學》，長沙，湖南人民出版社，2000 年，第 123～125 頁。

〔註 15〕參見黃曼君主編《中國近百年文學理論批評史（1895～1990）》，武漢，湖北教育出版社，1997 年，第 120 頁。

期盼自己能夠達到「卓者千古賢，獨能救時弊」的人生境地。〔註 16〕這就表明黃遵憲的詩歌主張能夠接受經學啟蒙思想的影響，不是偶然的。

所以，在《人境廬詩草》的《自序》中，黃遵憲要這樣寫道：「士生古人之後，古人之詩號專門名家者，無慮百數十家，欲去棄古人之糟粕，而不為古人所束縛，誠戛戛乎其難。雖然，僕嘗以為詩之外有事，詩之中有人，今之世異於古，今之人亦何必與古人同？」不過，在強調世與人的今古之變的同時，黃遵憲要求能夠基於古代詩歌傳統之上，進行個人的融會貫通，因而無論是「詩境」、「取材」，還是「述事」、「煉格」，都要依託古人，尤其是「取材」主要限於「群經、三史」，而「述事」則主要在於「今日之官書會典」。顯然，從「取材」到「述事」都與詩歌的主題相關，而黃遵憲認為這些都是不能脫離官方認可的古今文本的，表明了經學啟蒙中的主流意識形態影響的始終存在。

當然，從文體的角度來看，一方面，黃遵憲提出「詩境」要融匯傳統的詩體，並且還將這一融匯從詩歌擴張到散文——「一曰復古人比興之詩體；一曰以單行之神，運排偶之體；一曰取《離騷》、樂府之神理，而不襲其貌；一曰用古文家伸縮離合之法以入詩」；另一方面，黃遵憲認為「煉格」要貫通詩歌名家以降的詩風，由此生發出詩歌吟唱的創格變體——「自曹、鮑、陶、謝、李、杜、韓、蘇，迄於晚近小家，不名一格，不專一體，要不失乎為我之詩。」由此可見，較之「詩境」的一味依託古人，只有「煉格」才算是顯現出古今詩歌的個人差異來。這樣，黃遵憲所企盼的「要不失乎為我之詩」，自然只能是在與個人詩風相關的文體演變之中來得到最大程度上的個人體現。〔註 17〕

黃遵憲固然相信只要從「詩境」、「取材」、「述事」、「煉格」四方面著手，就能夠「誠如是，未必遽躋古人，其亦足以自立矣」。但是，能否真正擁有在 1897 年所寫的《酬曾重伯編修》一詩中那樣的自信：「風雅不亡由善變，光豐之後益矜奇」，以致出現「費君一月官書力，讀我連篇新派詩」的接受效果。〔註 18〕這樣的個人自信與讀者期待之間實際上是較難達成一致的。僅從康有為對在 1897 年出版的《日本雜事詩》的個人評價來看，所稱道的是其詩「述

〔註 16〕黃遵憲著、錢仲聯箋注《人境廬詩草箋注》，上，卷 1，上海，上海古籍出版社，1991 年。

〔註 17〕黃遵憲《自序》，黃宗羲著、錢仲聯箋注《人境廬詩草箋注》，上，上海，上海古籍出版社，1991 年。

〔註 18〕黃宗羲著、錢仲聯注《人境廬詩草箋注》，上，卷 8，上海，上海古籍出版社，1991 年。

國政，陳風俗，聖人之意，尤託於《詩》」，因而能「昌維新之美圖」以「聳吾國人，用意尤深」。〔註 19〕這一評價表明實現「足以自立」的詩人之夢，對於黃遵憲來說，還需要在「新派詩」的個人書寫中進行繼續努力。這或許是黃遵憲在 1891 年寫出《自序》之後，卻一直延宕《人境廬詩草》面世的主要個人原因。

這樣，當梁啟超在 1900 年初標舉「詩界革命」之時，就提出詩界革命的「三長」標準——「第一要新意境，第二要新語句，而又須以古人之風格入之，然後成其為詩。」同時指出，在詩界革命中欲求意境與語句之新，「不可不求之歐洲。歐洲之意境、語句，甚繁富而瑋異，得之可以陵轢千古，涵蓋一切。」所以，在梁啟超看來，黃遵憲之詩雖能「以歐洲意境行之，然新語句尚少。蓋新語句與古風格，常相背馳。公度重風格者，故勉避之」；而夏曾佑、譚嗣同等人「皆善選新語句。其語句則經子生澀語、佛典語、歐洲語雜用，頗錯落可喜，然已不備詩家之資格」。這就在揭示黃遵憲詩作中的「歐洲意境」也難免受制於「古風格」的同時，對詩歌創作中的「新語句」的運用則表示了極度的不滿。更為重要的是，在梁啟超眼中，出現在這些詩作中的「所謂歐洲意境、語句，多物質上瑣碎粗疏者，於精神思想上未有之也，雖然，即以學界論之，歐洲之真精神、真思想，尚且未能輸入中國，況於詩界乎？此固不足怪也」。

這就表明梁啟超此時對於經學啟蒙與其影響下的文學啟蒙話語的傳統文化性質是有著較為清醒的個人認識的。正是在這樣的認識前提下，梁啟超才提出「支那非有詩界革命，則詩運殆將絕。雖然，詩運無絕時也。今日者，革命之機漸熟」。與此同時，梁啟超又提出必須進行輸入「歐西文思」的「文界革命」。〔註 20〕這就從事實上證明，無論是詩界革命，還是文界革命，對於梁啟超來說，都是針對經學啟蒙中啟蒙文學話語的詩文現狀而提出來的，而「革命之機漸熟」則證實在文化啟蒙形態轉換之中，文學啟蒙即將對經學啟蒙的取而代之，並且外來現代文化影響將超過本土傳統文化影響而佔據文學啟蒙的主導地位。

1895 年初，即將三十而立的譚嗣同，頗有感悟——「天發殺機，龍蛇起陸，猶不自懲，而為此無用之呻吟，抑何靡與？三十前之精力，敝於所謂考據

〔註 19〕《日本雜事詩序》《康有為詩文選》，廣州，廣東人民出版社，1983 年。

〔註 20〕《夏威夷遊記》《飲冰室合集．飲冰室專集之二十二》，中華書局，1989 年。該文以《汗漫錄》為題名連載於《清議報》第 35、36 冊，1900 年 2 月 10 日、20 日。

辭章，垂垂盡矣！」。〔註21〕於是，在這不惑之年，自稱「十五學詩，二十學文」的譚嗣同，面對甲午戰爭之後的時局動盪，即所謂「處中外虎爭文無所用之日」，認為自己應該是壯夫有為而「自名壯飛」：要放棄「壯夫不為」的雕飾而無用的詩文之作，轉而大寫切於時勢而有助政局改進的有用之文。〔註22〕這當是經學啟蒙中先覺者的共同心聲。〔註23〕

這就直接促成了經學啟蒙高潮期間國人的大量辦報，其中影響最大的報紙，當是1896年8月9日在上海創辦的《時務報》。〔註24〕於是，譚嗣同在該報上鼓吹有用之文的「報章文體」——「若夫皋牢百代，盧牟六合，貫穴古今，籠罩中外，宏史官之益而昭其義法，都選家之長而匡其闕漏，求之斯今，其惟報章乎？」這依然是從經學啟蒙的角度來加以考慮的，因為在譚嗣同看來，「周公之前，師道在上，故文章總於史官，周公之制作，史之隆軌也。孔子以後，師道散在下，故文總於選家，孔子之刪述，選之極則也」。這就提出了「報章總宇宙之文」的經學規範，以便能夠最大限度地滿足經學啟蒙的社會傳播需要。

針對不同的社會需求，譚嗣同進而以是否「切於民用」來對報章文體進行文學與非文學的體裁區分，儘管在「疏別天下文章體例」之中，也能將文學之作的體裁由詩賦詞曲等等擴大到歌謠戲劇，甚至「里談、兒語」之類。只不過，在譚嗣同看來，體大兼備的報章文體的根本就是必須對經學啟蒙有用：「文武之道，未墜於地；知知覺覺，亦何常師？斯事體大，未有如報章之備哉燦爛者也」。〔註25〕

〔註21〕《莽蒼蒼齋詩補遺》，蔡尚思、方行編《譚嗣同全集》，增訂本上冊，北京，中華書局，1981年。

〔註22〕《三十自紀》，蔡尚思、方行編《譚嗣同全集》，增訂本上冊，北京，中華書局，1981年。

〔註23〕當然，梁啟超不像譚嗣同那樣的絕對，到1897年冬，他還主張「學者以覺天下為己任，則文未能捨棄也」。不過，較之「傳世之文」或「淵懿古茂」，或「沉博絕麗」，或「瑰奇奧詭」，梁啟超更推崇「覺世之文」，因其「辭達而已矣！當以條理細備，詞筆銳達為上，不必求工也」，由此可見其「新文體」之說的端倪。《湖南時務學堂學約》《飲冰室合集．飲冰室文集之二》，北京，中華書局，1989年。

〔註24〕參見中國大百科全書總編輯委員會《新聞出版》編輯委員會、中國大百科全書出版社編輯部編《中國大百科全書．新聞出版》，北京，中國大百科全書出版社，1990年，第528、378、267頁。

〔註25〕《報章總宇宙之文說》，蔡尚思、方行編《譚嗣同全集》，增訂本下冊，北京，中華書局，1981年。該文以《報章文體說》為題名，連載於《時務報》第29、30冊，1897年6月10日、20日。

如何判斷報章文體的確有用呢？譚嗣同從四書五經之中搜求中國「日新」之道，提出「言新必極之於日新，始足以為盛美而無憾，執此以言治言學，固無往不貴日薪矣」這一經學啟蒙命題，而最理想的「助人日新之具」，就是能夠「日日使新人，聞新理，紀新事」的報章之中的日報。〔註 26〕不過，報章文體所宣揚的「日新」之說，基本上是來自今文經學的當下闡釋，即便是報章存在的合法性，其理據仍舊在於：「『防民之口，甚於防川』，此周之所以亡也；『不毀鄉校』，此鄭之所以安也；導之使言，『誰毀誰譽』，此三代之所以直道而行也」。〔註 27〕這樣，不僅報章文體距離「歐西文思」尚遠，而且凡未能「言治言學」的文學之作也難以見報。

由此可見，就報章文體與文學的關係而言，除了「載道」之文外，其他的文學之作都被視為無用，這就導致了「道」上而「器」下的單向制約，進而抵消了對報章文體進行體裁分類的實際效用，使其只能在狹小的範圍內進行「日新」之說的社會傳播，其接受群體依然侷限在「四民」中社會精英的士之內。不過，如果能較為客觀一點看，報章文體的重「道」輕「器」，反而為「四民」中普通民眾的農、工、商如何接受經學啟蒙，留下了尚待開發的文學地盤。

這一地盤就是除開詩文之外的說部。1897 年底，嚴復、夏曾佑提出能與「廿四史」的「國史」相對應的，就是說部——「稗史小說是矣，所謂《三國演義》、《水滸傳》、《長生殿》、《西廂》、『四夢』之類是也。」而兩者之間的文本特徵異同就在於：「書之紀人事者謂之史，書之紀人事而不必果有此事者謂之稗史，此二者並紀事之書，而難言之理則隱寓焉。」這就在承認說部的文本虛構性的同時，強調了說部與國史具有著同樣的文本蘊涵，因而說部也就有可能成為經學啟蒙中的啟蒙文學話語，隨之而相應地提升其文學地位。

與此同時，他們又從所謂人類之「公性情」著眼，斷言「非有英雄之性不能爭勝，非有男女之性不能傳種也」，認可了「說部」的人間性，因而說部中的小說多紀英雄之事，而說部中的戲劇多紀男女之情。所以，說部因其文本虛構性與人間性而成為「人心所構之史」，較之「人身所作之史」的國史，兩者

〔註 26〕《〈湘報〉後敘（上）》，蔡尚思、方行編《譚嗣同全集》，增訂本下冊，北京，中華書局，1981 年。該文載於《湘報》第 11 號，1898 年 3 月 18 日。

〔註 27〕《〈湘報〉後敘（下）》，蔡尚思、方行編《譚嗣同全集》，增訂本下冊，北京，中華書局，1981 年。該文載於《湘報》第 11 號，1898 年 3 月 18 日。

之間的內在關係就是「今日人心之營構，即為他日人身之所作。則小說者，又為正史之根矣」。這樣，說部之倡也就成為經學啟蒙中的文學現實——「文章事實，萬有不同，不能預擬。而本原之地，宗旨所存，則在乎使民教化」——「夫說部之興，其入人之深、行世之遠，幾幾齣於經史之上。」

於是，他們指出說部之所以能夠產生超出經史之上的文本接受效果，其「易傳」的原因在語言與主題兩方面。首先，說部的「語言文字」必須具有這樣的特點：為「本種」、「本族」所「通行」的共同性，與「口說之語言相近」的日常性，「繁言亦如畫」的描述性；其次，說部的主題不僅應該保持與「天下之民」的「日習之事」緊密聯繫的相關性，而且更應該顯現出「其事為人心所虛構」之中「人有好善惡不善之心」這一價值評判的傾向性。〔註28〕所以，不僅說部的書寫語言當以全社會通用的白話為主，而且說部的主題也當以在社會生活中懲惡揚善為主。只有這樣，說部才能成為經學啟蒙中對天下之民進行勸懲的啟蒙文學話語。

這就表明，在經學啟蒙的高潮期間，說部更多地是被視為教化民眾的文學工具，因而無論是說部的書寫語言，還是說部的文本主題，都是與經學啟蒙直接相關的，在考慮到文本接受中文字門檻的社會傳播底線的同時，更強調文本接受中價值判斷的本土文化傳統，從而導致了說部這一文學地盤一時間難以得到開發，沒有能夠發揮出啟蒙文學話語的應有作用。這樣，就說部本身而言，既沒有能夠促進其白話書寫水平的改觀，也沒有能夠促成小說與戲劇的樣式兩分，依然保持在固有的文學水準上，致使說部的文學地位沒能得到實際的提升。儘管如此，說部在經學啟蒙中開始為人所關注這一事實，畢竟為說部的自身發展提供了現實的機遇，從而成為小說界革命的發端。

與此同時，梁啟超在論「說部書」時稱：「今宜專用俚語，廣著群書，上之可以借闡聖教，下之可以雜述史事，近之可以激發國恥，遠之可以旁及彝情，乃至宦途醜態、試場惡趣、鴉片頑癖、纏足虐刑，皆可窮及異形，振厲末俗，其為補益豈有量耶！」〔註29〕顯然是要求對說部的啟蒙文學視野進行經學啟蒙的批判性擴展。梁啟超繼而特地指出小說這一文學樣式的重要性——「蓋以

〔註28〕幾道、別士《本館附印說部緣起》，黃霖、韓同文選注《中國歷代小說論著選》，下，南昌，江西人民出版社，1982年。該文連載於《國聞報》，1897年11月10日至12月11日。

〔註29〕《變法通議·論幼學》《飲冰室合集·飲冰室文集之一》，北京，中華書局，1989年。該文連載於《時務報》第16～19冊，1897年1月10日至3月20日。

悅童子，以導愚氓，未有善於是者也。」〔註 30〕隨後更是強調小說的政治功用，認為「各國政界之日進，則政治小說為功最高焉。英名士某君曰『小說為國民之魂』」。〔註 31〕雖然所論不無偏頗，甚至牽強，但是，梁啟超對小說本身的一再肯定，已經透露出小說界革命即將來臨的先兆來。

二、從小說界革命到文學革命

中國文學的革命具有著文學變遷的歷史性與文學發展的現實性這樣的雙重特徵，既是中國文學的現代變遷，又是中國文學的現代發展，成為文學現代化的中國過程，表現為從清末文學各界革命到民初文學革命的漸進性變遷與階段性發展，而能夠兩者整合起來的就是文學啟蒙。一方面，在中外文化交流之中現代文化的傳播與影響逐漸從局部轉向全面，為文學啟蒙提供了越來越多而又必不可少的文化資源，也就導致了中國文學的革命漸進性；另一方面，在現代意識形態確立之中社會政治體制從帝國到共和國的更替，為文學啟蒙設置了各不相同而又不可或缺的生存空間，也就規定了中國文學的革命階段性，從而呈現出從清末文學各界革命到民初文學革命之間中國文學的革命連續性。

胡適在《五十年來中國之文學》中已經意識到了這一連續性的現實存在：「新舊文學過渡時代」之中古文革新運動轉向白話文學運動。只不過，由於堅持「古文學是已死的文學」，尤其是「『死文字』不能產生『活文學』」，胡適所強調的是兩個運動之間具有死活之分的階段性，而不認可兩個運動之間的承接關係，從而影響到此後對於清末文學各界革命與民初文學革命在進行文學史研究中的截然分割，尤其是在所謂近代文學與現代文學的兩分之中得到範式性的強化。

儘管如此，胡適也還是承認詩界革命與文界革命的確表現出來「改革文學的志願」，並且作出了自己的評價：「在散文方面的成績只是把古文變淺近了，把應用的範圍也更推廣了」；「這種『新詩』，用舊風格寫極淺近的新意思，可以代表當日的一個趨向；但平心來說，這種詩並不算得好詩」。相形之下，胡適較為推崇小說界革命，認為從「梁啟超在日本創辦《新小說》時」，「大家已

〔註 30〕《蒙學報、演義報合敘》《飲冰室合集·飲冰室文集之二》，北京，中華書局，1989 年。該文載於《時務報》第 44 冊，1897 年 11 月 5 日。

〔註 31〕《譯印政治小說序》《飲冰室合集·飲冰室文集之三》，北京，中華書局，1989 年。該文載於《清議報》第 1 冊，1898 年 12 月 23 日。

漸漸的承認小說的重要」，而「文人創作的小說也漸漸多了」，促使白話小說在結構和描寫上都達到了「格外真實、格外動人」的「美文」水準。〔註 32〕這實際上又意味著對於清末文學各界革命與民初文學革命之間承接關係的某種承認。

問題在於，如何把握清末文學各界革命與民初文學革命之間的承接關係呢？這就必須先回答一個前提性問題，也就是「新舊文學過渡時代」的過渡時代，到底是一個什麼性質的過渡時代。

1901 年 6 月，梁啟超在《過渡時代論》中就指出「今日之中國，過渡時代之中國也」，並且參照兩百年來歐洲「各國過渡時代之經驗」，提出過渡時代的目的地，就是以「自由」與「獨立」為標識的「新世界」。因此，對於「過渡時代之中國」來說，梁啟超認為具體表現在三個方面：「政治上」向「新政體」的過渡；「學問上」向「新學界」的過渡；「理想風俗上」向「新道德」的過渡。這樣，所謂的過渡時代就是現代化的時代，即現代；所謂的過渡，實際上就是社會現代化，特別是人的現代化。

「故今日我全國人可分為兩種：其一老朽者流，死守故壘，為過渡之大敵，然被有形無形之逼迫，而不得不涕泣以就過渡之途也；其二青年者流，大張旗鼓，為過渡之先鋒，然受外界內界之刺激，而未得實把握以開過渡之路也。」在梁啟超的如是說中，將全國人分為「老朽」與「青年」這兩種，顯然是從思想啟蒙的現代角度來作出的，這無疑表明在中國進行現代文化啟蒙的必要性，從而宣告了經學啟蒙的終結與文學啟蒙的興起——中國的「青年」必須承擔起文學啟蒙的歷史使命。這一使命是由清末文學各界革命中的「青年」首先提出，而由民初文學革命中的「青年」來繼續完成的。在這樣的意義上，可以說文學啟蒙的中國進行，不僅在「青年」能否真正開拓出「過渡之路」，而更在「青年」能否真正促成新文化的中國啟蒙運動——「故吾所思所夢所禱祀者，不在轟轟獨秀之英雄，而在芸芸平等之英雄」。〔註 33〕

梁啟超由此更進一步，進行「十九世紀之歐洲與二十世紀之中國」之間的歷史比較，指出「西人有言：十八世紀者，十九世紀之母也」，也就是歐洲的

〔註 32〕《五十年來中國之文學》《胡適說文學變遷》，上海，上海古籍出版社，1999 年，第 81、82、106、111～112、135、136、140 頁。

〔註 33〕《過渡時代論》《飲冰室合集．飲冰室文集之六》，北京，中華書局，1989 年。該文載於《清議報》第 83 冊，1901 年 6 月 23 日。

十八世紀展開了「平等主義自由思想」的啟蒙運動，「故吾願今日自命維新黨者，勿遽求為歐洲十九世紀之人物，而先求為歐洲十八世紀之人物。」〔註34〕這就強調了二十世紀對於中國來說，首先是啟蒙的世紀。由此可見，如果沒有經歷過這樣一個世紀性的啟蒙過程，人的現代化將難以完成，而社會現代化也會隨之落空。所以，有必要對二十世紀的中國文學所具有的現代性質在文學啟蒙之中進行確認。這不僅關係到中國文學的革命是不是文學的現代革命，而且更關係到現代文學思潮的中國生成能否成為現實，因為從清末文學各界革命到民初文學革命都是以文學觀念的現代轉換為先導的。

胡適在《五十年來中國之文學》對於中國文學的革命進行認識之中所出現的個人偏差，不久之後就有人進行校正。1928 年，陳子展在《中國近代文學之變遷》中就指出這一偏差產生的原因：《五十年來中國之文學》中所論及的中國文學「五十年」，「以其為《申報》五十年紀念而作，故分化時代不得不如此，又以其偏重白話文學，故立論不得不如此」。與此同時，他又提出自己看法，認為「中國自戊戌政變開政治上新舊之紛爭，浸假而有預備立憲，浸假而有辛亥革命，浸假而有國民革命軍興」，因而「影響及於文學，而開文壇上新舊之分野，由是而『詩界革命』，而『新文體』，而『小說界革命』，而文學革命，最近復有『革命文學』之紛呶」。〔註35〕這在實際上也就承認了中國文學的革命具有連續性，並稱之為「近代文學」。

陳子展說：「我在這裡所講的近代，斷自戊戌變維新運動」，因為「時勢思潮互為影響。戊戌政變，同時國內的思想界也起了極大的變動。我們所要講中國近代文學的變遷，實在這個時候真是中國文學有明顯變化的時候。第一，這個時候才知道廢八股，文人才漸漸從八股裏解放出來」，「第二，這個時候才開始接受外來影響」，從而「於文學發展上」不僅掃清傳統思想障礙，而且為之提供了現代文學資源。這顯然是以「近代」的名義肯定了中國文學的革命所具有的現代性質，並且指明現代性質貫穿於這一革命的全過程——從詩界革命開始，「又很顯然的受到外來影響，並為後來文學革命建立了一個根基。」〔註36〕

〔註34〕《十九世紀之歐洲與二十世紀之中國》《飲冰室合集·飲冰室專集之二》，北京，中華書局，1989 年。該文載於《清議報》第 96 冊，1901 年 11 月 1 日。

〔註35〕陳子展《中國近代文學之變遷·自序》《中國近代文學之變遷；最近三十年中國文學史》，上海，上海古籍出版社，2000 年。

〔註36〕陳子展《中國近代文學之變遷》《中國近代文學之變遷；最近三十年中國文學史》，上海，上海古籍出版社，2000 年，第 6、7 頁。

更為重要的是，陳子展的《中國近代文學之變遷》一書，並不限於新文學的範圍之內，而是新舊文學並存，與 1932 年印出的錢基博的《現代中國文學史》相類，只不過，後者偏重「古文學」，而前者關注文學發展。所以，當一年後，陳子展重新考察這一段文學史，就寫出了《最近三十年中國文學史》，努力擴張文學史的範圍，除了新舊文學之外，還納入民間文學，同時堅持以新文學的發展為主線，從而引出了這樣的評價——「其實，這本書也可以名為《二十世紀中國文學主潮》，因為他把近三十年來文學變遷的大勢，說得非常清楚。」〔註 37〕在這裡，既可以看到現代中國文學不僅僅是現代文學的新文學，也可以看到二十世紀中國文學其實應該是二十世紀斷代的中國文學。所有這一切都離不開對於清末文學各界革命的再認識。

首先，清末文學各界革命之間具有同構性。從清末文學各界革命的發端來看，經學啟蒙的文學話語表現出強烈的工具性，因此，不僅文學的思想資源基本上依託本土傳統文化，而且文學的表達方式也完全取自本土傳統文學，兩者在相得益彰之中強化了經學啟蒙的意識形態訴求，反而弱化了經學啟蒙中文學話語的文本審美魅力，導致其文學水準的下降，從而直接影響到清末文學各界革命的興起。

從清末文學各界革命的運動來看，文學啟蒙的文學話語表現出明顯的政治功利性，在文學資源逐漸轉向外來現代文化的過程中，其文學表達方式卻仍然沒有能夠隨之進行相應的當下轉換，即使是在文學樣式之間消除了文學正宗的等級之分，卻沒有能夠重視文學要素的整體性演變這一發展需要，致使清末文學各界革命與民初文學革命之間的文學承接不能全面進行。

其次，清末文學各界革命之間具有異質性。從清末文學各界革命的發端來看，經學啟蒙的文學話語在本土文學傳統支配下，依然保持著啟蒙文學話語中文學功能的固有等級分化，在經學啟蒙中詩文發揮對於先覺者的自身啟蒙功能，而說部則被用以啟蒙後覺者，促成經學啟蒙中文學話語從文學樣式到文學表達方式的社會性分裂，結果是詩文的精英化與說部的民眾化一直困擾著清末文學各界革命的行程。

〔註 37〕趙景深《最近三十年中國文學史．序》，陳子展《中國近代文學之變遷；最近三十年中國文學史》，上海，上海古籍出版社，2000 年。參見以下兩書「目錄」：陳子展《中國近代文學之變遷；最近三十年中國文學史》；錢基博《現代中國文學史》，長沙，嶽麓書社，1985 年。

從清末文學各界革命的全過程來看，文學啟蒙的文學話語雖然掙脫了本土文學傳統的束縛，打破了文學功用的等級界限，但是在文學啟蒙中，詩歌與散文的啟蒙對象仍然是思想啟蒙的發動者，而小說與戲劇的啟蒙對象則主要是啟蒙思想的接受者。所以，文學啟蒙中文學話語的創作與接受，所受到的本土文學的傳統限制與外來文學的現代影響，在不同的文學樣式之間出現了根本上的差異，因而存在著失去文學承接之中融入民初文學革命的可能性。

從中國文學的革命兩階段來看，清末文學各界革命並沒有提出進行總體性革命的理論主張，而是分散到具體的文學樣式層面上來提出革命主張，因而與民初文學革命一開始就倡導文學的總體性革命，彼此之間是存在著明顯差異的。首先表現為文學觀念進行現代轉換中的階段性差異，其次表現為文學樣式進行現代發展中的階段性差異。因此，在文學啟蒙的漸進性過程之中，清末文學各界革命與民初文學革命之間的連續性，也就只能從不同文學樣式層面上來加以考察，使兩者之間文學承接的局部性與可能性，顯現為中國文學的革命現實。

詩界革命中詩歌寫作的普遍情況，在梁啟超來看來並非是盡如人意。雖然出現了「近世詩家三傑」的黃遵憲、夏曾佑、蔣智由，也主要是因為他們的詩作能衝破「中國結習」——「薄今厚古，無論學問文章事業，皆以古人為不可幾及」。但是，如果以詩界革命的「新意境」、「新語句」、「古人之風格」這「三長」標準，來對眾多的詩作加以衡量，至少在「新語句」這一標準上難以達標，詩作中大多數人是沒有採用，少數人即使是採用了，也難免成為「無從臆解之語」。於是，自然就得出了這樣的結論：「吾黨近好言詩界革命，雖然，若以堆積滿紙新名詞為革命，是又滿洲政府變法維新之類也。能以舊風格含新意境，斯可以舉革命之實也。苟能爾爾，則雖雜一二新名詞，亦不為病。」因此，「近世詩人能鎔鑄新理想以入舊風格者，當推黃公度。」

由此可見，面對如此詩作現狀，梁啟超不得不放棄自己的詩界革命的理想標準，提出了一個詩歌寫作的現實規範——「以舊風格含新意境」（或「鎔鑄新理想以入舊風格」），並提高到「革命之實」的層面上來予以強調，這就是所謂「過渡時代，必有革命。然革命者，當革其精神，非革其形式」。〔註38〕那

〔註38〕《飲冰室詩話》《飲冰室合集．飲冰室文集之四十五上》，北京，中華書局，1989年。從1902年3月24日到1907年11月6日，陸續載於《新民叢報》第4號至第95號，共204條。《飲冰室詩話》中收入174條。參見李國俊編《梁啟超著述繫年》，上海，復旦大學出版社，1986年，第75頁；魏紹昌主編《中國近代文學大系．史料索引集（1）》，上海，上海書店，1996年，第62頁。

麼，對詩界革命來說，是不是就僅僅在於進行「新意境」（或新理想）的主題革命而不及其餘呢？將詩歌的精神與形式對立起來，實際上會導致主題革命的失敗，因為「新意境」本身也具有著結構功能，焉能受制於「舊風格」的體裁約束。實際上，「舊風格」並不具備詩歌文體的規定性，而只是詩歌體裁上的本土固有的「舊體詩」，〔註 39〕因而其對於「新語句」的排斥是非常自然的。

因此，詩界革命與民初文學革命之間是無法進行文學承接的，在現代文學的新文學之中，只有白話新詩而無舊體詩。不過，無論是白話新詩，還是舊體詩，都是現代中國文學中的詩歌構成。在這樣的認識前提下，可以說詩界革命至少為中國詩歌的當下發展，提供了傳統詩歌如何在現代中國進行延續的一條具體途徑。

較之詩界革命，梁啟超對文界革命的評論包容了更多個人的寫作體會，因而他頗為自重且不無得意：在個人「為文」中進行了「自解放」，「務為平易暢達，時雜以俚語韻語及外國語法，縱筆所至不檢束，學者競傚之，號新文體。老輩則痛恨，詆為野狐。然其文條理明晰，筆鋒常帶情感，對於讀者，別有一種魔力焉。」與此同時，「啟超素主張，謂須將世界學說為無限制的儘量輸入，斯固然矣。」〔註 40〕這就表明在文界革命之中，隨著輸入「世界學說」的主題革命而出現的新文體，標誌著從文體上對傳統散文寫作程序的極大衝擊。因此，無論是寫作表達上要求「縱筆所至不檢束」而又「條理明晰，筆鋒常帶情感」，還是寫作語言中「時雜以俚語韻語及外國語法」而又「務為平易暢達」，已經在個人寫作之中達到了一致，其文本「魔力」自然會風靡一時。更為重要的是，新文體在客觀上呈現出語言發展的現代取向——從遣詞上包容口語詞與文言詞的「俚語韻語」，到造句中句型多變的「外國語法」，儘管觸及到的僅是語言運用的共同性這一面。

不過，在胡適看來，雖然新文體的「應用程度要算很高了，在社會上的影響也要算很大了，但這一派的末流，不免有浮淺的鋪張，無謂的堆砌，往往惹人生厭」。因此，胡適認為需用章士釗所擅長的「『歐化』的古文」來進行補救，然而，「他的歐化只是把古文變精密了；變繁複了；使古文能勉強直

〔註 39〕參見中國大百科全書總編輯委員會《中國文學》編輯委員會、中國大百科全書出版社編輯部編《中國大百科全書．中國文學（I）》，北京，中國大百科全書出版社，1992 年，第 343 頁。

〔註 40〕梁啟超《清代學術概論》，北京，東方出版社，1996 年，第 77、81 頁。

接譯西洋書而不消用原意來重作古文；使古文能曲折達繁複的思想而不必用生吞活剝的外國語法」。顯然，這樣的歐化古文，「既不容易做，又不能通俗，在實用方面，仍舊不能不歸於失敗。」〔註 41〕事實上，這一補救正是通過他們之間的論戰來促成新文體的完全成熟，〔註 42〕促使新文體能夠在民初文學革命之始依然是理論倡導中的主要文體。〔註 43〕可是，自 1918 年起，由《新青年》開始，新文學的理論倡導使用白話文，新文體失去了用武之地之後，同包括歐化古文的邏輯文一樣進入了現代中國文學，共同成為文言散文寫作的兩大文體。

無論是詩界革命，還是文界革命，從其發端之時，都有較多的作品隨之出現，而小說界革命的發端卻沒有引出多少作品來。〔註 44〕不過，這反而為小說界革命留下了更大的革命空間。於是，便有了「欲新民，必自新小說始」的小說界革命之倡，並且有了《新小說》的創刊，以保障新小說的寫作來推進小說界革命的展開。〔註 45〕

對於《新小說》來說，首先，「本報宗旨，專在借小說家言，以發起國民政治思想，激厲其愛國精神，一切淫猥鄙野之言，有傷德育者，在所必擯」，這就為新小說的主題設置了政治、道德的准入門檻。小說界革命中所出現的小說主題政治化、道德化傾向，為民初文學革命所承接，不僅反對舊文學、提倡新文學與反對舊道德、提倡新道德緊密相聯，而且也把文學革新與政治

〔註 41〕《五十年來中國之文學》《胡適說文學變遷》，上海，上海古籍出版社，1999 年，第 80、122、81 頁。這樣的歐化古文，被歸入「邏輯文」而進入現代中國文學。參見錢基博《現代中國文學史》，長沙，嶽麓書社，1986 年，第 408～409 頁。

〔註 42〕參見陳子展《最近三十年中國文學史》《中國近代文學之變遷；最近三十年中國文學史》，上海，上海古籍出版社，2000 年，第 209～210 頁。

〔註 43〕僅就胡適而言，先是作七律一首試圖發起「詩國革命」，後在《沁園春·誓詩》中提出要進行「文學革命」，最終還是用新文體寫成《文學改良芻議》而成為文學革命的急先鋒。由此可略見詩界革命與文界革命所能發生的影響之一斑。參見胡適《逼上梁山——文學革命的開始》，胡適編選《中國新文學大系·建設理論集》，上海，良友圖書印刷公司，1935 年。

〔註 44〕在小說界革命發端期間，與之相關的小說主要有：1898 年吳趼人發表的《海上名妓四大金剛奇書》，1899 年李伯元發表的《海天鴻雪記》，1900 年洪興全發表的《中國大戰演義》，1901 年錢庵發表的《宜興奇案雙壇記》等。參見陳鳴樹主編《二十世紀中國文學大典（1897～1929 年）》，上海，上海教育出版社，1994 年，第 7、16、23、32 頁。

〔註 45〕《論小說與群治之關係》《飲冰室合集·飲冰室文集之十》，北京，中華書局，1989 年。載於《新小說》第 1 號，1902 年 11 月 14 日。該文發表時未署名，實為《新小說》的發刊辭。

革新視為同一進程。〔註 46〕

其次，「本報所刊載各篇，著譯各半，但一切精心結構，務求不損中國文學之名譽」，這就為新小說的體裁提出了文學審美的評價標準。具體而言，也就是在《新小說》上，既要發表自著小說——「專以歷史上事實為材料，而用演義體敘述之」的歷史小說，「著者欲藉以吐露其所懷抱之政治思想也。其立論皆以中國為主，事實全由於幻想」的政治小說，「情之為物，固天地間一要素」的寫情小說，乃至「如《聊齋》、《閱微草堂》之類，隨意雜錄」的劄記體小說；同時還要發表翻譯小說——「專以小說發明哲學及格致學」的哲理科學小說，「專以養成國民尚武精神為主」的軍事小說，「以激厲國民遠遊冒險精神為主」的冒險小說，「其奇情怪想，往往出人意表」的偵探小說，甚至「妖怪學為哲理之一科，好學深思之士，喜研究焉」的語怪小說。此外還有與戲劇的文言劇本寫作相關的傳奇體小說。〔註 47〕這其中所有那些具有現代審美價值的小說體裁構成，都程度不等融入了民初文學革命以來的現代小說發展之中，表現出文學承接中的相對一致。

最後，「本報文言俗語參用；俗語之中，官話與粵語參用；但其書既用某體者，則全部一律」，這就為新小說的語言作出了寫作運用的選擇規範。儘管新小說具有文言與白話兩套書寫語言，但是，從新小說對民初文學革命的影響

〔註 46〕新小說報社《中國唯一之文學報新小說》黃霖、韓同文選注《中國歷代小說論著選》，下，南昌，江西人民出版社，1982 年。該文被認為是梁啟超所寫，載於《新民叢報》第 14 號，1902 年 7 月 15 日。參見陳獨秀《文學革命論》，《新青年》2 卷 6 號，1917 年 2 月 1 日。

〔註 47〕新小說報社《中國唯一之文學報新小說》黃霖、韓同文選注《中國歷代小說論著選》，下，南昌，江西人民出版社，1982 年。該文載於《新民叢報》第 14 號，1902 年 7 月 15 日。斷言小說界革命也同時「意味著『戲劇界革命』」之說，顯然不是合乎小說界革命的主流的。這是因為關於新小說是否包括戲劇的問題，此時只包容了傳奇體小說之中的文言劇本，如梁啟超所作的《新羅馬傳奇》。實際上在《論小說與群治之關係》中，梁啟超所論及到的戲劇僅僅是文言劇本，並且只觸及王實甫的《西廂記》和孔尚任的《桃花扇》。同時，《新小說》並非專門的小說刊物，而是包括了評論、小說、戲劇、散文、詩歌在內的綜合性文學刊物。從《新小說》第 1 號開始，除了刊登各類著譯小說的專設欄目，如「歷史小說」、「政治小說」等等之外，還專設了「論說」、「傳奇」、「廣東戲本」、「雜記」、「雜歌謠」等欄目，其中「傳奇」欄所刊出的就是所謂「傳奇體小說」。張大明等著《中國現代文學思潮史》，上冊，北京，北京十月文藝出版社，1995 年，第 47 頁。參見《論小說與群治之關係》《飲冰室合集·飲冰室文集之十》，北京，中華書局，1989 年；魏紹昌主編《中國近代文學大系·史料索引集（1）》，上海，上海書店，1996 年，第 229～230 頁。

來看，除了文言小說進入了現代中國小說的行列之外，白話小說對於傳統白話的當下小說書寫，並且出現了文言與俗語、官話與方言的小說參用，無疑促進了白話向著民族共同語的現代方向發展，為現代文學的新文學奠定了語用選擇的語言基礎。

較之新小說的主題、體裁、語言這些與「寫什麼」更為相關的文學要素，與「怎麼寫」更為相關的文學要素就是新小說的文體。由於小說界革命意在為新民而新小說，因而新小說需要面向全體國民進行小說書寫，而便於社會傳播的通俗小說也就成為新小說的主導，通俗文體成就了現代中國文學中的通俗文學，在展示較為廣闊的社會生活畫面的同時注重讀者接受的審美愉悅。不過，通俗文體在民初文學革命中被視為一種文學啟蒙中的負面性存在：中國當下的通俗小說不過在發揮著揚善的「積極教訓」與懲惡的「消極教訓」的小說功能，而「世界各國近世小說」自然是「陳義高尚」而又具有「反抗強權、刺激社會」的批判性，現代文學的新文學顯然只能向「世界各國近世小說」看齊，故而通俗小說也就只能被中國現代文學所排斥，〔註 48〕不得不進入現代中國文學。

由此可見，從小說界革命到文學革命，從文學發展的角度來看，兩者之間的文學承接，發生在主題、體裁、文體、語言這些文學要素層面上。儘管在兩者之間的文學承接之中，出現了正向吸納與反向排斥的兩種趨向，但是，正向吸納的程度遠遠超過反向排斥，形成了由彼及此的推進關係，尤其是表現在主題、體裁與語言這些文學要素的演變上。所以，從文學發展的整體性來看，清末小說界革命與民初文學革命之間存在著文學現代發展的同質性。

三、文學的語言革命

語言與文學的關係，從根本上看，就是一種文化關係。在這裡，語言是文字符號化的語言，而語言書寫的文學文本，主要是指書面語言文本，也包括用文字記載下來的口頭語言文本。從書面語言的角度來看，不僅文化通過文學的語言書寫而得到形象性顯現，語言因而成為文學表達的一種文化選擇，具有語

〔註 48〕劉復（劉半農）《通俗小說之積極教訓與消極教訓》，黃霖、韓同文選注《中國歷代小說論著選》，下，南昌，江西人民出版社，1982 年，該文載於《太平洋》1 卷 10 號，1918 年 7 月。參見賈植芳《反思的歷史　歷史的反思——為〈中國近現代通俗文學史〉而序》，范伯群主編《中國近現代通俗文學史》，上，南京，江蘇教育出版社，2000 年。

言運用中的文學工具性，故而有所謂文學語言之稱；而且文化也在語言書寫的文學中得到存留，語言因而成為文化的一部分，具有語言運用中的文化實存性，故而有所謂語言文化之稱。〔註 49〕因此，無論是對於語言來說，還是對於文學來說，正是生活在特定文化中的人，通過語言的文學書寫來確證文化的與人同在，與此同時，文學書寫也就成為人通過語言來顯現文化存在的生命活動。這就意味著，文學與語言之間的文化關係始終存在於人的語言運用之中，貫穿著從文學書寫到文學接受的全過程。

在這樣的認識前提下，可以說，語言與文學之間的文化關係，又具體表現為人與語言之間的語用關係。正如胡適所指出的那樣，能否「有意的主張白話文學」，就看是否把人分為「應該用白話的『他們』」與「應該做古文古詩的『我們』」，還是「沒有『他們』、『我們』的區別」。文化上人的等級區分，導致了語言運用的等級之別，從而決定了文學的等級之分，揭示出宗法等級傳統的本土文化存在。

不過，胡適未能指出早在小說界革命中，就已經開始不再有意識地進行「『他們』、『我們』的區別」，從而顯示出文學啟蒙與經學啟蒙之間的巨大文化差異；而是斷言「一九一六年以來的文學革命運動，方才是有意的主張白話文學」，因為「這個運動沒有『他們』、『我們』的區別」，並且「這個運動老老實實的攻擊古文的權威，認它做『死文學』」。事實上，至少可說新文體的出現，已經開始動搖了古文的權威地位，並且為從文言過渡到白話的文學書寫提供了語言選擇中的轉機。

更為重要的是，胡適認為文學革命運動與「那些白話報或字母的運動絕不相同」，就在於「白話並不單是『開通民智』的工具，白話乃是創造中國文學

〔註 49〕在這裡，所謂語言文化就是指語言形態的文化，主要體現出語言的文化屬性中作為文化存在方式的一面，與語言作為文化交流方式這文化屬性的另一面相輔相成，也就是說語言作為文化交流方式與文化存在方式是共時並存的，否則，不僅語言是僵死的語言，而且文化也是衰亡的文化。如何對語言的文化屬性進行認識，有的論者從「語言人文主義傳統」角度提出可分為三大「類型」：其一為歐洲哲學的「思辨性」認識，其二為美洲人類學的「實踐性」認識，其三為中國經學的「釋義性」認識。申小龍《漢語與中國文化》，上海，復旦大學出版社，2003 年，第 2 頁。該書《前言：語言的人文性與漢語的人文性》中稱語言的本質屬性就是人文性，即民族文化中的意義體系與價值體系。事實上，這就隱含著一個將語言的文化屬性對立起來的道器論問題：是文化存在方式決定文化交流方式的單向制約，卻沒有看到兩者之間是互為依存的。

的唯一工具。白話不是只配抛給狗吃的一塊骨頭，乃是我們全國人民都該意識到的一件好寶貝」。〔註 50〕實際上，這就是要求白話運用在文學書寫中的惟一性，而同時又提出了白話運用在文學書寫中的全民性，從而賦予了白話前所未有的文化地位，既是文學革命能夠進行文化交流的文學白話，又是文學革命能夠顯現文化存在的白話文學。無論是中國文學，還是白話，都是在文學革命的語用過程中走向現代文學與現代漢語的，與此同時，文學啟蒙也得以在文學革命之中繼續進行思想革命的現代思想啟蒙。

關鍵在於，如何評價「白話乃是創造中國文學的唯一工具」，是胡適在鼓吹白話工具論，或者是在提倡白話創造論呢？從「文學革命的開始」這一點來看，胡適最先提出關於文學革命的語言創造論命題：「一部中國文學史只是一部文字形式（工具）新陳代謝的歷史，只是『活文學』隨時起來替代了『死文學』的歷史。文學的生命全靠能用一個時代的活的工具來表現一個時代的情感與思想。工具僵化了，必須另換新的，活的，這就是『文學革命』。」在這裡，無論是語言的新陳代謝，還是文學由死而活的變遷，都是在「一個時代」裏共時發生的，並且與人的文學書寫這一生命活動分不開，而人的文化存在文學書寫中表現為「一個時代的情感與思想」。所以，文學革命就是人在語言更新之中賦予文學以生命的創造過程，而不是簡單地對語言進行工具性置換。只有在這樣的意義上，民初文學革命才可以說是白話文學運動。

白話文學運動的發生，既有著參照「歐洲近代文學勃興」中「各國的活語言作新工具」，以取代「那已死的拉丁文」這一面，顯現出白話向著民族共同語發展的現代取向；更有著順應「中國俗語文學（從宋儒的白話語錄到元朝明

〔註 50〕《五十年來中國問過之文學》《胡適說文學變遷》，上海，上海古籍出版社，1999 年，第 144 頁。對於從經學啟蒙到文學啟蒙，尤其是清末文學各界革命之中創辦白話報的作用怎樣進行評價，既不能一筆抹煞，也不能籠統叫好，而是要根據中國文化啟蒙的形態演變過程來看：經學啟蒙高潮之中提出「白話為維新之本」，要求「崇白話而廢文言」，意在「保聖教」以「開通民智」；而清末文學各界革命中主張「國語教育」，仿照各國而「教本國的話」，使白話能夠逐漸成為共通語的「官話」而有利於「創造中國文學」。相形之下，推行「國語教育」表明在文言與白話並存之中，白話的文化地位將會逐步得到提高。參見裘廷梁《論白話為維新之本》，舒蕪編《中國近代文論選》，上冊，北京，人民文學出版社，1961 年，該文連載於《中國官音白話報》（《無錫白話報》在出刊 5 期後改此報名）第 19、20 期，1898 年 8 月；《國語教育》《陳獨秀文章選編》，上，北京，生活．讀書．新知三聯書店，1984 年，該文載於《安徽俗話報》第 3 期，1904 年 5 月 15 日。

朝的白話戲曲和小說）是中國的正統文學，是代表著中國文學革命自然發展的趨勢的」另一面，展現出白話基於古典白話之上發展的傳統延續。因此，白話文學運動中的白話，勢必通過文學革命而最終成為基於古典白話而向著民族共同語發展的現代漢語。

這樣，白話文學運動的起點，必須在中國文學的革命過程中去尋找——「今日之文學，獨我佛山人、南亭亭長、洪都百鍊生諸公的小說可稱『活文學』耳。文學革命何可更緩耶？何可更緩耶！」胡適在 1916 年 4 月 5 日的日記中發出文學革命這一個人吶喊，也就證實白話文學運動起源於清末小說界革命，而隨著民初文學革命的興起，已經呈現出從小說擴張到整個文學領域的必然性，與文學啟蒙的現代思想啟蒙之間緊密相關。所以，必須把中國文學的革命放到文學啟蒙的中國文化語境之中，來審視胡適倡導「中國今日需要的文學革命是用白話替代古文的革命，是用活的工具替代死的工具的革命」的歷史意義，才有可能作出較為客觀的評價，而減少主觀的偏見。〔註 51〕

這樣的主觀偏見產生的原因，主要在於假定中國古代語言觀裏面沒有本體論思想，而只有工具論思想，因而判定從梁啟超到周作人這些文學啟蒙中的代表人物都是受本土傳統影響的語言工具論者。〔註 52〕

首先，這一假定是不符合歷史本來面目的。中國古代語言觀之中存在著本體論思想，直接體現在經學闡釋的「十三經」之中，從《爾雅》之中詞義系統展示出人的世界藍圖，到四書五經之中語言蘊涵顯現出天道人倫的世界秩序。〔註 53〕這樣，所謂中國古代語言的本體論，說到底不過是人的世界觀的語義學基礎。

其次，僅就周作人而言，他在《思想革命》一文中，早就指出古文不僅本身「晦澀難解」，而且「內中的思想荒謬」——「這宗儒道合成的不自然的思

〔註 51〕胡適《逼上梁山——文學革命的開始》，胡適編選《中國新文學大系．建設理論集》，上海，良友圖書印刷公司，1935 年。例如，有的論者認為胡適的「文學革命」之倡，是表現了「胡適根深蒂固的語言工具觀」，以至於輕易判定：文學革命的「很快就成功，多少也有些運氣，難怪胡適本人也感到有些意外」。這顯然既不符合胡適倡導白話文學運動的初衷，也不符合文學革命興起的事實。高玉《現代漢語與中國現代文學》，北京，中國社會科學出版社，2003 年，第 92～93 頁。

〔註 52〕參見高玉《現代漢語與中國現代文學》，北京，中國社會科學出版社，2003 年，第 17～19 頁。

〔註 53〕參見申小龍《漢語與中國文化》，上海，復旦大學出版社，2003 年，第 116～120 頁。

想，寄寓在古文中間，幾千年來，根深蒂固，沒有經過廓清，所以這荒謬的思想與晦澀的古文，幾乎已融合為一，不能分離」。這就表明，正是在數千年的古文運用之中，古文已經成為本土傳統文化的象徵，並且制約著國人的思想及其思維方式，因而「便是現代的人做一篇古文，既然免不了用幾個典故熟語，那種荒謬的思想已經滲進了文字裏面去了」。同時，周作人也指出「如今廢去古文，將這表現荒謬思想的專用器具撤去，也是一種有效的辦法」，但也有可能「此刻用了白話」，「話雖容易懂了，思想卻仍然荒謬，仍然又有害。」於是，周作人提出：「文學革命上，文字改革是第一步，思想改革是第二步，卻比第一步更為重要」。〔註 54〕由此可見，周作人基於對語言的兩大文化屬性的個人認識，要求白話的文學書寫既要能推進白話發展，更要能堅持思想革命，從而意味著從文學到語言的中國現代化只能在文學啟蒙的過程中得到實現。

這就給出了一個啟示：如果說文學革命的第一步是文學的語言革命，那麼，語言革命的第一步又是什麼呢？回答只有一個，就是詞的革命：具體表現為詞彙增多之中的詞義革新。由於語言的意義是人通過語言運用的生命活動才顯現出來的，所以，作為語言中最小意義單位的詞，無論是在詞與其稱謂對象之間的語義關係上，還是在詞與詞之間的句法關係上，其意義都不能完整地顯現，只有在人（作者與讀者的文學共同體）使用詞的語用關係上，才有可能完整地顯現出來。〔註 55〕這樣，如何使用詞就成為中國文學的革命從一開始就面臨的個人選擇。所以，梁啟超在倡言詩界革命之時，就明確地提出了「新語句」這一革命標準。

所謂「新語句」之新，在梁啟超眼中，主要就是能否蘊含來自歐洲的現代文化，尤其是現代文化思想。從夏曾佑、譚嗣同等人的「新學之詩」來看，這些與「新學」相關的「新語句」，在作者與讀者之間沒有能夠形成詩歌共同體的書寫關係，也就是詩歌的創作與接受之間出現了詞的隔膜，而實質上是對於現代文化的隔膜；正是在這一點上，作者與讀者之間在使用詞上並沒有根本上的差異，因為「新學之詩」中的「新語句」，大多與歐洲文化的器物層面有關，

〔註 54〕仲密（周作人）《思想革命》《新青年》6 卷 4 號，1919 年 4 月 5 日。

〔註 55〕有的論者指出，以語用關係為研究對象的語用學，具有著實用主義的哲學背景，同時，如阿爾佩所說：「正是語用學才分析整體作用；而在這個整體作用的語境中，對語言系統或科學系統句法—語義學分析才可能是有效的。」參見盛曉明《話語規則與知識基礎——語用學維度》，上海，學林出版社，2000 年，第 4～8、11 頁。

而難見歐洲的「真精神、真思想」，與「新學」其實相距甚遠。因此，詞的革命在詩界革命的發端期遭到失敗是不可避免的，成為經學啟蒙勢必困頓於本土傳統文化的詩歌顯現。

即使在詩界革命興起之中，由於外來現代文化的傳播與影響有一個逐漸形成的過程，「新語句」曾經顯示出來的中外文化之間的隔膜，雖然有所緩解，但「新語句」難以入詩的困境一時間仍無法擺脫。連素來被推崇的黃遵憲對「新語句」也還是儘量避開不用，因而「新派詩」也不能承受詞的革命之重，更不用說踏上現代詩歌的中國之旅，僅僅是延伸了舊體詩的中國生存。所以，「新語句」從詩界革命中退場，也就表明了詞的革命至此而終於失敗，因而文學啟蒙在詩界革命中自然被限定在先覺者自身啟蒙的狹小範圍之內。

在文界革命中，詞的革命集中地表現在對於「新學語」的主動吸納上——「近年文學上有一最著之現象，則新語之輸入是已。夫言語者，代表國民之思想者也，思想之精粗廣狹，視言語之精粗廣狹以為準，觀其言語，而其國民之思想可知矣。」顯然，王國維已經能夠認識到語言的兩種文化屬性，指出兩者必須在國民的語言運用之中真正統一起來，由此區分思想發展的文化差異，進而以「新學語之輸入」來作為思想發展的文化標誌。有鑑於此，王國維提出：「故新思想輸之入，即新言語輸入之意味也。」這樣，王國維成為文界革命中確認詞的革命的第一人。

更為重要的是，王國維對「新學語之輸入」這一詞的革命，在 1905 年進行了從經學啟蒙進入高潮直到文學啟蒙當下興起的全面考察——「十年以前，西洋學術之輸入，限於形而下學之方面，故雖有新字新語，於文學上尚未有顯著之影響也。數年以來，形而上學漸入中國，而又有一日本焉，為之中間之驛騎，於是日本所選譯西語之漢文，以混混之勢，而侵入我國文學界。」這一從形而下學的具象詞到形而上學的抽象詞的「新學語之輸入」轉向，證實了現代文化思想的湧入中國，為文學啟蒙提供了大量的思想資源，而加快這一輸入速度的，主要原因之一是輸入了來自日本的「漢字」詞。在此，尤其需要指出的是，這些「漢字」詞不僅「經專門數十家之考究，數十年之改正」，而且「多用雙字，其不能通者，則更用四字以表之」，因此詞義的界說既「精確」而詞義的表達又「精密」。〔註 56〕其中，最引人注目的是「源自古

〔註 56〕王國維《論新學語之輸入》，周錫山編校《王國維文學美學論著集》，太原，北嶽文藝出版社，1987 年。

漢語的日本『漢字』詞語」，〔註 57〕在「新學語之輸入」中進行了具有文化顛覆性的詞義革新。

在詞的革命之中最具文化顛覆性的詞就是「革命」這一詞，東渡日本的梁啟超，此時為之專門撰寫《釋「革」》一文，試圖以詞的革命來印證從社會政治到文學藝術進行中國革命的文化合法性。〔註 58〕

首先，梁啟超指出：「『革』也者，含有英語之 Reverlution 與 Reform 之二義。Reform 者，因其所固有而損益之以遷於善」，「日本人譯之曰改革曰革新」；「Reverlution 者，皆若轉輪然，從根柢處掀翻之，而別造一新世界」，「日本人譯之曰革命」。不過，「革命二字非確譯也。『革命』之名詞，始見於中國者，其在《易》曰『湯武革命，順乎天而應乎人』，其在《書》曰『革殷受命』，皆指王朝易姓而言」，因而改朝換代的中國傳統革命並非是「別造一新世界」的法國大革命式的現代革命。這就表明革命一詞承載著中外對立的雙重文化內涵，並且以政治權力需求為其詞義的初始之根。

其次，從政治層面推而廣之，「人群中一切有形無形之事物」，無不有其革新與革命的兩面，因而有必要加以討論：革新是部分而漸變的「累進」過程，所謂「其事物本善，而體未完法未備，或行之久而失其本真，或經驗少而未甚發達」，即可對之進行革新；而革命是全體而激進的「反對」過程，所謂「其事物本不善，有害於群，有窒於化，非芟夷蘊崇之，則不足以絕其患，非改弦更張之，則不足以致其理」，即可對之進行革命。這已經涉及到了使用革新還是革命的具體文化語境。於是，梁啟超提出：革新與革命都是《易》「所謂革之時義也，其前者吾欲字之曰改革，其後者吾欲字之曰變革」，由此而形成了兩組同義詞——革新、改革與革命、變革，其語用有著基於「事物本善」到「事

〔註 57〕參見劉禾《跨語際實踐——文學、民族文化與被譯介的現代性（中國，1900～1937）》，宋偉傑等譯，北京，生活．讀書．新知三聯書店，2002 年，第 404～431 頁。在該書「附錄」的從 A 至 G 的各類漢語外來詞中，其中附錄 D 就是「回歸的書寫形式外來詞：源自古漢語的日本『漢字』詞語」。

〔註 58〕「革命」一詞的文化合法性，既表現為在「現代性語境」中對傳統革命之義，保持疏離之中的政治默認；也表現為在進行「『革命』的現代性」重構之後對現代革命之義，進行確認之中的社會拓展。從而將中國革命話語從政治領域擴張到社會領域，形成從政治革命到社會革命的中國文化語境。參見劉小楓《儒家革命精神源流考》，上海，上海三聯書店，2000 年，第 81～87 頁；陳建華《「革命」的現代性——中國革命話語考論》，上海，上海古籍出版社，2000 年，第 49～54 頁。

物本不善」這樣的詞義界定差異；與此同時，由兩組同義詞又形成了一組近義詞：革新、改革、革命、變革，其語用有著「革」這一基本義之上的詞義表達範圍。

應該說，梁啟超對於革新、改革與革命、變革的界定是相當精確的，而且表達是頗為精密的，體現出詞的革命中所能達到的中國思想發展水準，並且滲入到中國思想發展進程。所以，在詞的革命之中，通過從日本到中國的實際使用，「於是近今泰西文明思想上所謂以仁易暴之 Reverlution，與中國前古野蠻爭鬩界所謂以暴易暴之革命，遂變為同一之名詞，深入人人之腦中而不可拔。然則朝貴之忌之，流俗之駭之，仁人君子之憂之也亦宜。」這就表明，革命一詞不僅具有本土傳統之義，而且也具有外來現代之義，詞義對立實際上是文化對立的表現，因而如何恰如其分地使用革命這一詞，將有賴於革命一詞在全社會的普遍使用而達成革命的現代共識，以免誤解為朝代鼎革之中的政權更迭而引起無謂的「忌」、「駭」、「憂」。

現代意義上的革命是文化轉型過程中的全面革命，社會生活的各個領域之內都可能出現革命，「即今日中國新學小生之恒言，固有所謂經學革命、史學革命、文界革命、詩界革命、曲界革命、小說界革命、音樂界革命、文字革命等種種名詞矣。」〔註 59〕正是這些在清末出現的形形色色的「新學」革命，表明中國文化啟蒙轉向現代思想啟蒙的社會普遍性，而文學各界革命以其社會傳播的廣泛性，為經學啟蒙之後的中國文化啟蒙奠定了文學啟蒙這一命名的文學根基。

清末文學各界革命之中所進行詞的革命，尤其是對於使用革命一詞的關注一直延伸到民初文學革命之中。

胡適是最早主張進行「文學革命」的，並且在給陳獨秀的信中提出「今日欲言文學革命」，其中應當包括「形式上之革命」與「精神上之革命」。不過，陳獨秀在公開作答中表示自己將有保留地贊同「文學革命八事」。〔註 60〕隨後，言猶未盡的陳獨秀，在給胡適的回信中這樣寫道：「文學改革，為吾國目前切要之事。此非戲言，更非空言，如何如何？《青年》文藝欄意在改革文藝，

〔註 59〕《釋『革』》《飲冰室合集·飲冰室文集之九》，北京，中華書局，1989；該文載於《新民叢報》第 22 號，1902 年 12 月 14 日。

〔註 60〕《胡適——致獨秀》《新青年》2 卷 2 號，1916 年 10 月 1 日。參見胡適《逼上梁山——文學革命的開始》，胡適編選《中國新文學大系·建設理論集》，上海，良友圖書印刷公司，1935 年。

而實無辦法」，因而希望胡適能夠「切實作一改良文學論，寄登《青年》」。〔註61〕於是，胡適發表《文學改良芻議》，「今日而言文學改良」。〔註62〕這樣，在革命一詞的使用之中，胡適由革命而改良，其意在「吾輩已張革命之旗，雖不容退縮，然亦決不敢以吾輩所主張為必是而不容他人之匡正也」，胡適在給陳獨秀的信中如此表白自己的看法。〔註63〕實際上，胡適討論的改良就是梁啟超所說的部分而漸變的「累進」之革新或改革。

陳獨秀立即發表《文學革命論》「高張『文學革命軍』大旗」，並且指出：「歐語所謂革命者，為革故更新之義，與中土所謂朝代鼎革，絕不相類；固有文藝復興以來，政治界有革命，宗教界有革命，倫理道德亦有革命，文學藝術，亦莫不有革命，莫不因革命而新興而進化。近代歐洲文明史，宜可謂之革命史。」於是，要求「革新文學，革新政治」在中國的同時進行。〔註64〕這樣，在革命一詞的使用中，陳獨秀由改革、改良而革命、革新，主要是「鄙意容納異議，自由討論，固為學術發達之原則；獨至改良中國文學，當以白話為文學正宗之說，其是非甚明，必不容反對者有討論之餘地，必以吾輩所主張為絕對之是，而不容他人之匡正也」，陳獨秀就胡適信中表白作出如此表態。〔註65〕由此可見，陳獨秀要求的革命就是梁啟超所說的全體而激進的「反對」之革命或變革。

在文學革命的倡導之中，革命一詞已經衍生出一組近義詞：改良、改革、革新、革命，在交互使用中無非是表明在文學革命中個人革命姿態的寬容或是執著，因而與此後，尤其是20世紀下半葉對改良與革命之間出現詞義對立的使用毫不相干——在中國文化啟蒙陷入衰落狀態的較長時期內，出現了以階級界限區分改良與革命，並在使用之中趨向成為政治上的反義詞，同時還賦予改良與革命在詞義對立之中的褒貶色彩。這是因為前後兩種完全不同的使用，正好表明其文化語境之間出現了巨大差異。可以說，文學革命中革命一詞的使用，無疑已經證明詞的革命可以推動文學的語言革命，繼而進入啟蒙的思想革命。於是，只有在文學啟蒙之中，文學的語言革命才有可能完成，最後促成與現代文學並存的現代漢語的中國出現。

〔註61〕《陳獨秀致胡適》1916年10月15日，《胡適來往書信集（上）》，北京，中華書局，1979年。

〔註62〕胡適《文學改良芻議》《新青年》2卷5號，1917年1月1日。

〔註63〕《胡適——致獨秀》《新青年》3卷3號，1917年5月1日。

〔註64〕陳獨秀《文學革命論》《新青年》2卷6號，1917年2月1日。

〔註65〕《胡適——致獨秀》《新青年》3卷3號，1917年5月1日。

第四章　文學啟蒙的個人先覺

一、教育體制的現代轉化

隨著清末文學各界革命的相繼興起，對於進入二十世紀之後的中國來說，也就意味著文化現代轉型與現代化的合二為一。如果從社會現代化的制度層面上來看，這就是史稱的「清末新政」——1901 年到 1911 年清政府推行 系列與社會生活各個領域相關的制度改革，顯示了國家權力在社會性制度改革中的槓杆作用。〔註 1〕在清末新政期間所推行各項制度改革中，尤為突出地主要是表現在兩方面：從兵制、官制、法制等典章制度的推陳出新，到經濟、教育等現行體制的除舊布新。〔註 2〕

〔註 1〕事實上，「清末新政」所推行的社會性制度改革，已經包括了作為制度改革的政治制度改革根本，而又貫穿其始終的憲政改革，因而完全沒有必要把「預備立憲」從「清末新政」中分離出來，而應該將「預備立憲」視為「清末新政」進入了根本性改革的最後階段，清末推行新政的成敗與否，無疑將取決於憲政改革的是否真正推行。因此，正是憲政改革的難以推行，直接導致了「清末新政」這一中國社會現代化在第一次啟動中的失敗。參見李細珠《張之洞與清末新政研究》，上海，上海書店出版社，2003 年，第 10～16 頁；虞和平主編《中國現代化歷程》，第一卷，南京，江蘇人民出版社，2001 年，第 343 頁；（美）費正清、劉廣京編《劍橋中國晚清史（1800～1911 年）》，下卷，中國社會科學院歷史研究所編譯室譯，北京，中國社會科學出版社，1993 年，第 474～477 頁。

〔註 2〕所謂「『新政』五面觀」，與政治制度改革直接相關的是兵制改革、官制改革、法制改革，由於兵制、官制、法制這些典章制度中本土文化傳統影響的現實存在，更是受制於統治當局自上而下地全力約束，故而往往是基於制度延續的規範性與體系性之上的推陳出新；而以倡實業為主的經濟體制改革，以興學堂為主的教育體制改革，儘管現行體制中從本土文化傳統到政治制度改革的雙重影響也現實地存在著，但更是得到社會各階層從下到上地廣泛認同，故而主要是基於體制轉軌的建構性與可行性之上的除舊布新。參見陳旭麓《近代中國的新陳代謝》，上海，上海人民出版社，1992 年，235～252 頁。

只不過，在清末新政進入新陳代謝的改革過程之中，推陳出新的制度改革通常是新舊並存，而除舊布新的體制改革主要是新舊更替，因而兩者之間不能等量齊觀。無論是從清末新政之初那些力主變通政治的官員上奏來看，以「學制變革」為第一，而科舉考試的改革則首當其衝——「竊謂中國不貧於財而貧於人才」，而「人才之貧，由於見聞不廣，學業不實」，故「科舉一事，為自強求才之首務。時局艱危至此，斷不能不酌量變通」；〔註 3〕還是從對於清末新政中參照西學的相關研究來看，同樣也是以「教育改革」為第一，而科舉考試的改革依然是首當其衝——「說中國所有的學生學習都是為了科舉考試，決非言過其實。無怪乎在正統教育下培養出來的學生在大多數情況下都是呆板、因襲和沒有創造性思想才能的人」。〔註 4〕

這就提出了兩個問題，首先，在清末新政中，教育體制改革為何最能引人矚目？其次，科舉考試的改革與教育體制改革之間到底有何聯繫？

從社會性制度改革的角度來看，教育體制改革之所以最能引人矚目，不僅是因為教育體制是特定社會中在一定制度支配下的教育發展機制，教育體制改革較之支配其改革的制度改革，在通常情況下更為具體而直觀；而且也是因為教育體制改革較之其他制度改革或體制改革，對於社會中人的現實發展所產生的影響更為普遍而直接。總而言之，在以清末新政為標誌的啟動社會現代化的中國過程中，教育體制改革對於所有中國人來說，無疑提供了人的現代化同時展開的現實機遇，一方面為文學啟蒙培養出倡導思想啟蒙所必需的一大批先覺者，另一方面也為文學啟蒙奠定了向著啟蒙運動發展的社會群體現代分化的初始基礎，從而有利於文學啟蒙的順利進行。

如果說，認識到教育體制改革的重要性，對於國人來說應該是不言而喻的話，那麼，如何把握科舉考試改革與教育體制改革之間的聯繫，也就顯得格外重要。在通常情況下，國人之所以視科舉考試為支配教育體制的本土傳統制度的基本手段，也就是因為科舉考試不過是科舉制度的現實性集中體現，體現出

〔註 3〕《光緒二十七年五月二十七日（1901．7．12）張之洞、劉坤一變通政治人才為先遵旨籌議摺》，朱有瓛主編《中國近代學制史料》，第一編下冊，上海，華東師範大學出版社，1986 年。參見李細珠《張之洞與清末新政研究》，上海，上海書店出版社，2003 年，第 111、98～99 頁。

〔註 4〕（美）費正清、劉廣京編《劍橋中國晚清史（1800～1911 年）》，下卷，中國社會科學院歷史研究所編譯室譯，北京，中國社會科學出版社，1993 年，第 437～438 頁。

科舉制度支配教育體制的一面來。在這樣的前提下，可以說科舉制度是與教育體制密切相關的制度。這樣，科舉制度對於文學啟蒙來說，無疑是一種制度性的現實障礙，自然也就成為清末文學各界革命的絆腳石。所以，一方面是梁啟超要從思想啟蒙的角度來確認清末新政中廢除科舉制度的現實作用——「八股科舉到底在這時候廢了。一千年來思想界之最大障礙物，總算打破。」〔註5〕另一方面是胡適要從文學變遷的角度來強調清末新政中「科舉廢止」的歷史意義——「科舉一日不廢，古文的尊嚴一日不倒」，「倘使科舉制度至今還存在，白話文學的運動決不會有這樣容易的勝利」。〔註6〕由此可見，從梁啟超到胡適，都是從廢除科舉制度這一點上來分別評價清末新政的作用與意義的，而兩者在客觀上都承認了清末新政對於文學啟蒙的促進作用。

更為重要的是，無論是梁啟超，還是胡適，他們對於廢除科舉制度的個人評價，除了堅持文學啟蒙的個人立場之外，應該說都還是源於他們對於科舉制度的親身感受之上的。這就給出了一個有益的啟發：科舉制度對於傳統社會之中的文人來說，到底意味著什麼。這也就是說，在科舉制度與教育體制之間，兩者的社會功能是否總是相一致的，由此將推導出進一步的話題：科舉制度與教育體制之間的關係，是不是一種具有必然性的制約關係？

在這裡，一個較為切近本土文化傳統而又不脫離社會歷史常識的普遍看法顯然就是——教育體制是培養人才的社會體制，而科舉制度則是選拔人才的政治制度。這是因為，教育體制將隨著社會的變遷而改革，教育體制改革的目的是為了更廣泛地「造士」；科舉制度是順應政治的需要由興盛到衰亡，廢除科舉制度在於更有效地「取士」。只不過，從根本上看，科舉考試是一種從人才中選拔官員的制度性選官手段，科舉制度與官制之間的關係更為直接，因而科舉制度對於教育體制的制度性支配，不過是官制支配教育體制的中國本土傳統的一種隨機表現，兩者之間並非存在著必然性的關聯。對於這一點，在清末推行新政的各級統治者之間已經能夠達成某種共識。

先是「上諭」中提出「查中國之弊在於習氣太浮，文法太密，庸俗之吏多，豪傑之士少」；「惟是有治法尤貴有治人，苟得其人，敝法無難於補救，苟失其人，徒法不能以自行。」這就在注重取士的前提下認可了造士的必要性。不過，

〔註5〕梁啟超《中國進三百年學術史》，北京，東方出版社，1996年，第36頁。
〔註6〕《五十年來中國之文學》《胡適說文學變遷》，上海，上海古籍出版社，1999年，第143頁。

「世有萬古不易之常經，無一成不變之治法。窮變通久，見於大易，損益可知，著於論語。蓋不易者三綱五常，如星月之照世，而可變者令甲令乙，不仿如琴瑟之改弦。」這就強調了從造士到取士的可作「改弦」與經學立場的「萬古不易」，必須堅守「三綱五常，如星月之照世」之下的體用之分。因此，對於文化啟蒙，尤其是經學啟蒙及其影響所及，進行了居高臨下的無端斥責——「下詔求言，封章屢現，而今之言者率有兩途，一則襲報館之文章，一則拘書生之淺見，相笑而更相非，兩囿於偏私不化，睹其利未睹其害，一歸於窒礙難行。」〔註7〕這就表明，教育體制改革對最高統治者而言，在推行清末新政之初，僅僅是一個鞏固皇權統治的權宜之計，在給予這一改革以合法性保障的同時，又從官方意識形態的權威立場來質疑其合理性。

後是奏摺中指出：「伏念為政之道，首在得人。取人之方，不外學校科舉。三代以上，只有學校，並無科舉。漢代博士弟子，猶不失為學校本義。其後設科策士，遂開科舉之漸。至唐始專以科目取士，宋元明因之。雖詩賦策論制藝各有不同，全盛之時，人才輩出；迨其流極，無不尚浮華而鮮實用，歷代病之。泰西各國，無科舉之政，入官必由學校，亦猶我中國三代以上之制，有小學，有中學，有大學，即古人秀士選士俊士以次遞陞之說也。」這就表明科舉制度如與教育體制之間兩相比照，是晚出的取士制度，並非古已有之，且「歷代病之」，因而有必要參照中國夏商周三代與歐美各國，從臣下的角度來認可進行學制改革的合理性。儘管如此，由於依然固執於中體西用的官方意識形態偏見，因而將學校的社會功能推向如同科舉考試一樣的政治極端——「嗣後無論滿漢，無論何項進身，非有學堂執照者不得授以是官，則所取皆實學，所學皆實用，學校既興，人才自由。」〔註8〕由此可見，根深柢固的「學而優則仕」這一官本位思想傳統偏見，與大勢所趨之中建構三級學制的教育體制現代改革之間，此時已經是如同水火而將勢不兩立，教育體制的革舊更新於是也就不可避免。

在這裡，自然就需要從中國教育體制的歷史變遷來審視清末新政之中的教育體制改革，以揭示出教育體制改革是否具有傳統延續之中的歷史合理性

〔註7〕《光緒二十六年十二月初十日（1901·1·29）上諭》，朱有瓛主編《中國近代學制史料》，第一編下冊，上海，華東師範大學出版社，1986年。

〔註8〕《光緒二十七年正月十九日（1901·3·9）兩廣總督陶模奏請變通科舉摺》，朱有瓛主編《中國近代學制史料》，第一編下冊，上海，華東師範大學出版社，1986年。

與現實合法性。因此，需要從夏商周三代開始進歷史的追尋，以考察中國教育體制在歷史變遷之中的體制構成變化。

從教育的社會功能來看，夏代的統治者尚武而「以射造士」，商代的統治者事神而「以樂造士」，周代的統治者尊禮而「以禮造士」。〔註9〕這就顯現出中國教育體制從形成之時起，夏商周三代統治者在造士為己所用以維護統治秩序的用士需要之中，已經表現出越來越強烈的政治化傾向，並且受到統治者出於官方意識形態訴求的直接約束，進而要求進行更為全面而深入的思想控制。因此，中國教育體制是受制於官方意識形態的教育體制，促成了中國教育體制的官方意識形態傳統的出現，並且在皇權大一統之中具體表現為從漢代至清末長達兩千年以上的經學思想傳統。〔註10〕

與此同時，夏商周三代造士的學校到了西周，逐漸形成了宗法等級化的官學體系，即從中央之學的國學體系到地方之學的鄉學體系；此後在歷朝歷代的演變之中，官學體系又出現了行政等級化，國學演變為中央官學，學校的最高等級為大學；而鄉學演變為地方官學，其中的州學、府學，學校的最高等級為中學，其中的縣學，學校的最高等級為小學，從而使中國教育體制最終成為以等級學制的官學體系為核心的教育體制。〔註11〕這就表明，造士的官學等級化實際上是與用士的政治化相適應的制度性產物，由此確立四民之中以士為首的政治精英地位，在經學闡釋之中傳承經學思想傳統，進而奠定皇權統治所必需的長治久安的政治基礎。於是，中國教育體制由此而成為以等級學制為標誌的政治精英教育體制。

所以，夏商周三代如何取士也成為典章制度之中的一部分，《禮記》之中的《王制》，對於如何取士進行了這樣的記載：「命鄉論秀士，升之司徒，曰選

〔註 9〕參見陶愚川《中國教育史比較研究（古代部分）》，濟南，山東教育出版社，1985年，第11～16頁。

〔註10〕如果說經學是儒學經典的官方闡釋學，那麼，經學思想就是在經學發展過程之中「關於經學的『價值』和『意義』的思想」。事實上，經學思想不僅僅是存於經學之中的學術性的儒學思想，並且能夠以經學異端的形式來推進經學思想的發展；而且更是具有官方哲學這一主流意識形態地位的統治階級思想，成為中國傳統社會中的統治思想。參見姜廣輝主編《中國經學思想史》，第一卷，北京，中國社會科學出版社，2003年，第2～5頁。

〔註11〕與官學相對的私學，因為其辦學旨在造士，其等級化的可能性及其等級化程度僅限於私學創辦者的個人地位與社會影響，所以，脫離了官方直接控制的私學，往往成為經學異端的發源地。參見丁守和主編《中華文化辭典》，廣州，廣東人民出版社，1990年，第185～190頁。

士；司徒論選士之秀者，而升之學，曰俊士；陞於司徒者，不征於鄉，陞於學者不征於司徒，曰造士。樂正崇四術，立四教，順先王詩書禮樂以造士」。於是乎，從鄉學逐級選取出來的造士，就直接升入國學，與王孫貴族子弟同學，故而「國之俊選，皆造焉」——「大樂正論造士之秀，以告於王，而升諸司馬，曰進士；論進士之賢者，以告於王，而定其論；論定，然後官之；任官，然後爵之；位定，然後祿之。」〔註 12〕於是，取士分為秀士、選士、俊士、造士、進士的等級序列，同時又與官學的學制等級相匹配，而取士的關鍵更是在於，取士等級與特權等級化的選官制度之間形成了一一對應關係。因此，取士也就成為學業功名一體化的選官過程，致使中國教育體制演變為具有官本位導向的教育體制。

這樣，從夏商周三代到清末的中國傳統教育體制，就是受制於官方意識形態，以等級學制的官學體系為核心，具有官本位導向的政治精英教育體制。由此可見，中國教育體制具有用士、造士、取士的三大構成環節，一方面，用士啟動造士，而造士促成取士；另一方面取士強化用士，而用士促進造士，由此而形成互動之中的雙向循環。這樣，用士既是造士的政治化目的，又是取士的等級化標準；造士既是用士的功利化需要，又是取士的制度化前提；取士既是用士的合理化手段，又是造士的合法化途徑。

隨著中國教育體制的歷史變遷，用士的官方意識形態傳統長期以經學思想傳統的思想影響而出現，其中得以延續的將是學術性的儒學思想；造士的等級學制的官學體系主要以行政等級化的三級學校制而存在，其中得以延續的將是小學、中學、大學的學校序列；取士的官本位導向一貫以學業功名一體化而顯現，其中得以延續的將是擇優選拔原則。

由此可見，在中國傳統教育體制中，其用士的本源性構成就是官方闡釋的經學思想，其造士的基礎性構成就是官學體系的等級學制，其取士的中介性構成就是學業功名一體化的選官制度。這樣，無論是經學思想作為選官標準的意識形態本源，還是等級學製作為選官標準的行政等級基礎，都是要通過學業功名一體化的選官中介作用來實施的，一方面完成學業的主要方式就是進行四書五經的閱讀，另一方面獲取功名的首要途徑就是通過四書五經的考試，讀經與考經因時因地而相輔相成。

〔註 12〕《禮記正義．王制》，《十三經注疏》，上，上海，上海古籍出版社，1997 年，第 1342、1343 頁。

所以，較之教育體制構成中的經學思想和等級學制的基本不變，選官制度則出現了三變：漢代的察舉制、魏晉南北朝的九品中正制、隋唐以來的科舉制。〔註 13〕在選官制度的三變過程之中，逐層的人為選舉被逐級的科場考試所替代，消除了人為選舉的主觀隨意性而促成科場考試的客觀標準性，於是，考試過程的公正性保障了考試結果的公正性，因而科舉制被視為擇優選官的制度典範。只不過，在皇權統治由中央集權趨向極權專制的歷史過程中，科舉制成為思想專制的制度性體現，考試內容的日益僵化導致了考試形式的終究陷入程式化，尤其是明清兩代以八股文考四書，致使無心讀經更無意求學的社會現象普遍出現，科舉制走向誤國誤民的制度反面。

清末新政中的教育體制改革並非是一蹴而就的，而是一個從洋務運動時期就開始了的漸變過程。

較早明確提出「改科舉」的是馮桂芬，他指出以八股文考四書的八股考試科舉制，是為了滿足明代皇帝朱元璋「禁錮生人之心思材力」的思想專制需要而確定的，儘管「考八股始於王安石令呂惠卿、王雱所撰《熙寧大義式》」。由此，通過以朱元璋為例，揭示了明清兩代統治者用士的二個特點——「其事為孔孟明理載道之事，其術為唐宗英雄入彀之術，其心為始皇焚書坑儒之心」，因而以八股造士，不過是「意在敗壞天下之人才，非欲造就天下之人才」。於是，取士的科舉制改革，當從廢止八股考試開始，「蓋以考試取士，不過別其聰明智巧之高下而已。所試者經義，聰明智巧即用之經義；所試者詞賦，聰明智巧即用之詞賦，故法異而所得仍同」。這就在認可經學闡發與文學書寫的重要地位的同時，強調了擇優選拔的取士原則，而要求廢除八股考試，逐漸成為有識之士的一致主張。〔註 14〕

隨後在變法運動中科舉制度改革更是成為變法的主要內容之一。康有為在 1888 年 12 月 10 日寫成請求變法的上皇帝「第一書」，其中就指出「官不擇才而上且鬻官，學不教士而下患無學」的普遍存在，當「以為大憂者」，因而「尤望妙選仁賢，及深通治術之士，與論治道，講求變法之宜而次遞行

〔註 13〕參見丁守和主編《中華文化辭典》，廣州，廣東人民出版社，1990 年，第 190～193 頁。

〔註 14〕《咸豐十一年（1861）馮桂芬〈改科舉議〉》，而後論及科舉者，都表明了類似看法，如薛福成的《選舉論》（1864 年）、王滔的《變法自強》（1883 年）、鄭觀應的《考試》（1884 年）。朱有瓛主編《中國近代學制史料》，第一編下冊，上海，華東師範大學出版社，1986 年。

之」。〔註 15〕如果說康有為的第一次上書，僅僅是個人對用士、造士、取士的教育體制進行正負兩面的旁敲側擊，那麼，在 1895 年 5 月 2 日，以康有為、梁啟超為首的「公車上書」，就明確提出「立國自強之策」當在「非變通舊法，無以為治」，要求進行「學校之設、選舉之科」的教育體制改革。不僅要使「學校之設」能夠提高「讀書識字」率，從中國人的「百之二十」提升到歐美各國的「百人中率有七十人」；而且要使「選舉之科」能夠改變「八股取士」這一「法弊」，「如是則天下之士，才智大開，奔走鼓舞，以待皇上之用。」〔註 16〕從此，教育體制的中國改革，在得到較為廣泛的社會認同的前提下，〔註 17〕得以正式提到議事日程上來。

在推行清末新政之初，最高統治者已經能夠意識到——「為政之道，首在得人，況值時局艱難，尤應破格求才，以資治理」。〔註 18〕這就表明，從用士的角度來看，教育體制改革理應成為新政的主要目標之一。於是，在臣下的紛紛回應之中，教育體制的現代轉化就此拉開序幕。首當其衝的就是「科舉一事，為自強求才之首務。時局艱危至此，斷不能不酌量變通。半年來諮訪官紳人士，眾論僉同」，進而強調「改章大旨總得以講求有用之學，永遠不廢經書為宗旨」。〔註 19〕在這裡，之所以堅持要在「有用之學」與「經書」之間進行體用之分，不過是要堅守經學思想這一教育體制的本源，從而表明統治者是決不會輕易放棄官方意識形態控制的政治底線的。

〔註 15〕康有為《上清帝第一書》，湯志鈞編《康有為政論集》上冊，北京，中華書局，1981 年。

〔註 16〕1895 年 4 月 17 日，喪權辱國的《馬關條約》簽訂，隨後康有為率眾上書皇帝，稍後作詩紀懷，稱：「東事戰敗，聯十八省舉人三千人上書，次日美使田貝索稿，為人傳鈔，刻遍天下，題曰《公車上書記》。」不過，實際參加上書者為一千三百餘人。《上清帝第二書》，湯志鈞編《康有為政論集》，上冊，北京，中華書局，1981 年。

〔註 17〕即使是張之洞以「平生學術最惡公羊之學」而與經學啟蒙相抗衡，但是，這一經學思想啟蒙反對派立場，並沒有妨礙他對於變法與教育體制改革的極力認同，故而也主張「變通陳法」以「自強」，也要求「變法必自變科舉始」。參見李細珠《張之洞與清末新政研究》，上海，上海書店出版社，2003 年，第 50～53 頁。

〔註 18〕《光緒二十七年四月十七日（1901．6．3）懿旨》，朱有瓛主編《中國近代學制史料》，第一編下冊，上海，華東師範大學出版社，1986 年。

〔註 19〕《光緒二十七年五月二十七日（1901．7．12）張之洞、劉坤一變通政治人才為先遵旨籌議摺》，朱有瓛主編《中國近代學制史料》，第一編下冊，上海，華東師範大學出版社，1986 年。

然而，即使是最高統治者，也不得不承認「以八股文取士」的「流弊日深，士子但視為弋取科名之具，剿襲庸濫，於經史大義無所發明，急宜講求實學，挽回積習。況近來各國通商，智巧日闢，尤貴博通中外，儲為有用之材，所有考試，不得不因時變通，以資造就」。於是，從歲科兩考、鄉會試、考試拔貢優貢到考試差庶吉士散館、進士朝考，除了歲科兩考、鄉會試、考試拔貢優貢仍要進行的經義考試之外，策、論「均以中國政治史事及各國政治藝學命題。以上一切考試均不准用八股文程序」，儘管「務以《四書》、《五經》為根本」。與此同時，明令武科考試，「一律永遠停止」，「各省設立武備學堂」而後「以廣造就」。〔註 20〕這樣，隨著廢止「以八股文取士」，經義考試止於舉人，文科考試已經處於廢止的邊緣。事實上，武科考試的廢止，不過是在預示著科舉制度被廢止的日子已經不遠了。

更為重要的是，各級各類學堂的設立，將使教育體制迅速脫離政治精英教育的傳統體制軌範。這首先是因為「凡應科舉而工其術者，其智故學堂之上材矣，今變五百年之科舉，而使天下人材畢出於學堂之一途」；其次更是因為「夫學堂主學，而科舉主文。學可賅文，而文不足盡學」。這就促使「史、哲、地理、倫理、社會、教育、經濟、財政、政治、數學、農商十二學」，能夠在學堂之中擁有與《九經》的四書五經相提並論的學術地位。這樣，隨著經學的意識形態壟斷與政治權威在學堂教育之中被不斷消解，教育體制也就踏上「吐故納新之漸徑」。〔註 21〕

1902 年 2 月 15 日，《欽定學堂章程》（壬寅學制）出臺，其旨在「朝廷以更新之故而求人才，以求才之故而本之學校，則不能不節取歐美日本諸邦之成法，以佐我中國二千餘年舊制」。這就明確指出了需要進行現代學制的中國移植以促成傳統教育體制的現代轉化。同時，《欽定學堂章程》（壬寅學制）包括《京師大學堂章程》、《高等學堂、中學堂、小學堂章程》、《蒙學堂章程》、《考選入學章程》，由此而根據這些章程開始建構以三級學校為主幹的現代學制。〔註 22〕

〔註 20〕《光緒二十七年七月十六日（1901．8．29）上諭》，參見《光緒二十七年十一月初一日（1901．12．11）禮部政務處會奏科舉事宜折（附章程）》，朱有瓛主編《中國近代學制史料》，第一編下冊，上海，華東師範大學出版社，1986 年。

〔註 21〕《光緒二十七年（1901）張謇〈變法平議〉》，朱有瓛主編《中國近代學制史料》，第一編下冊，上海，華東師範大學出版社，1986 年。

〔註 22〕《光緒二十八年七月十二日（1902．8．15）張百熙進呈學堂章程摺》，朱有瓛主編《中國近代學制史料》，第二編上冊，上海，華東師範大學出版社，1987 年。

到1904年1月13日，《奏定學堂章程》（癸卯學制）出臺，進行學制及章程的全面調整，不僅將蒙學堂歸入小學堂，參照「外國蒙養院一名幼稚園」而訂立《蒙養院章程》；而且擬定了初等到高等的師範學堂、實業學堂等各級各類學堂的相關章程，使學制建構得以趨向現代化。在這裡，特別需要加以注意的就是：參照「外國學堂於智育體育外，尤重德育」，提出「以端正趨向，造就通才為宗旨，正合三代學校選舉德行道藝四者並重之志」，由此而顯示出「中外固無二理也」的辦學方針之中傳統延續與現代取向的二元並存，並呈現出開始以現代取向為主的學制轉向。〔註23〕

這樣，學制建構的現代化基於辦學方針的現代取向，促使造士轉向造民，並逼使用士轉嚮用才，因而官本位的精英教育也隨之被迫轉向通才本位的國民教育，從而最終導致中國傳統的政治精英教育體制為中國現代的國民教育體制所替代——先是在《欽定小學堂章程》中規定「兒童自六歲起受蒙學四年，十歲入尋常小學修業三年；俟各處學堂一律辦齊後，無論何色人等皆受此七年教育，然後聽其任為各項事業」；〔註24〕後是在《奏定初等小學堂章程》中規定「設初等小學堂，令凡國民七歲以上入焉」，此是仿照「外國通例，初等小學堂，全國人民均應入學，名為強迫教育」。〔註25〕到1906年以後，隨著《各省強迫教育章程》的正式頒布，為國民教育的中國普及提供了一定程度上的法律保障。〔註26〕這就使以造民為目的的通才教育植根於國民教育的普及基礎上，與現代教育體制開始全面接軌。

隨著傳統學制轉向現代學制，無論是用士轉嚮用才，還是造士轉向造民，在事實上促成與選官制度之間的最後剝離，因而取士的科舉制度以其一貫從政治精英中選官這一官本位的制度設定，已經喪失其轉向通才本位的國民教

〔註23〕《光緒二十九年十一月二十六日（1904．1．13）張百熙。榮慶、張之洞〈學務綱要〉》，朱有瓛主編《中國近代學制史料》，第二編上冊，上海，華東師範大學出版社，1987年。

〔註24〕《光緒二十八年七月十二日（1902．8．15）欽定小學堂章程》，朱有瓛主編《中國近代學制史料》，第二編上冊，上海，華東師範大學出版社，1987年。

〔註25〕《光緒二十九年十一月二十六日（1904．1．13）奏定初等學堂章程》，朱有瓛主編《中國近代學制史料》，第二編上冊，上海，華東師範大學出版社，1987年。

〔註26〕「現在預備立憲，非教育普及國民不足以養成國民之資格。」《光緒三十一—三十三年（1906～1907．）學部諮行各省強迫教育章程》，朱有瓛主編《中國近代學制史料》，第二編上冊，上海，華東師範大學出版社，1987年。

育體制的任何可能性。所以，當時的「上諭」就選官一事，不得不提出「使學堂科舉合為一途」而「遞逐科減」，「俟各省學堂一律辦齊，確有成效，再將科舉學額分別停止，以後均歸學堂考取」。〔註27〕然而，一年之後，袁世凱等人就直接指出「科舉妨礙學堂，妨誤人才」，因為「科舉不停，學校不廣，士心既莫能堅定，民智復無由大開，求其進化日新也難矣」。況且，既然是「學堂最為新政之大端，一旦毅然決然，捨其舊而新是謀，則風聲所樹，觀聽一傾，群且刮目相看，推誠相與」，自然就是「欲推廣學校，必自先停科舉」。〔註28〕於是，1905 年 9 月 2 日，在「上諭」中下令停止科舉考試，宣告了科舉制度的終結。〔註29〕

儘管從清末新政推行以來，教育體制改革中統治者始終企圖堅守住經學這一皇權專制的意識形態本源，但是，隨著科舉制度的終結，無疑表明經學在事實上將不再是選官制度惟一的意識形態性基準，從而也就意味著經學的主流意識形態地位在中國的喪失。

這不僅是因為在用士轉嚮用才之中，經學獨尊的思想專斷不得不放棄，並在外來現代思想的衝擊下喪失了官方哲學的傳統權威性，以便適應清末新政的政治需要；而且也是因為在造士轉向造民之中，經學獨大的學術地位不可不取消，尤其是經學在學校中僅僅是一門並非實學的功課，只能與其他實學科目並行，以便能夠恢復其儒學思想的本來面目。因此，經學的風光不再而最終成為被歷史與社會所拋棄的一門傳統絕學。

由此可見，教育體制的現代轉化，通過對經學為代表的官方意識形態從根本上進行的思想顛覆，為傳播外來現代思想掃清了道路，促成了文學思想啟蒙

〔註27〕為此，同一天還頒布了《各學堂獎勵章程》，以「各學堂考試」比照科舉考試，使各級各類學堂獎勵能同與之相當的科舉功名等級一一對應。《光緒二十九年十一月二十六日（1904．1．13）上諭》，參見《光緒二十九年十一月二十六日（1904．1．13）各學堂獎勵章程》，朱有瓛主編《中國近代學制史料》，第二編上冊，上海，華東師範大學出版社，1987 年。

〔註28〕「雖然科舉停焉，尚有切要之辦法數端，而學堂乃可相維於不敝」，第一當是「尊經學也」，「今學堂奏定章程，首以經學根柢為重」。《光緒三十一年八月初四日（1905．9．2）袁世凱等轉奏廢科舉摺》，朱有瓛主編《中國近代學制史料》，第二編上冊，上海，華東師範大學出版社，1987 年。

〔註29〕科舉遂廢，然一直存在著恢復科舉之倡，如所謂「科學與科舉並行」等等。《光緒三十一年八月初四日（1905．9．2）上諭》，參見《光緒三十四年（1908）江蘇教育總會上學部請明降諭旨勿復科舉書》，朱有瓛主編《中國近代學制史料》，第二編上冊，上海，華東師範大學出版社，1987 年。

中的個人自主選擇，有利於思想啟蒙在中國的順利展開。這樣，一方面是在傳播外來現代思想之中，為文學啟蒙造就出思想啟蒙所必需的中國文學的革命者群體，另一方面更是為啟蒙運動的中國興起造就了學界、商界、工界這樣的國民群體，從而有效地保證了文學啟蒙的中國進行，與此同時，也進行著中國意識形態的現代重建。

二、留學生的文化傳播

十九世紀下半葉，中西文化交流促動了中國文化的現代轉型，引發了文化意識層面上的經學啟蒙。由於中國現代化的相對滯後，在文化交流過程中，無論是文化傳播，還是文化影響，最後均呈現為外來文化的西學對於本土文化的中學的全面衝擊。因此，這一文化傳播與影響的中國過程被稱為西學東漸，表現為外來現代文化思想在社會傳播之中對於本土傳統文化思想的壓倒優勢，尤其在十九世紀與二十世紀之交，隨著前往歐美與日本的留學生數量逐漸增加，最後出現了留學熱潮，〔註 30〕更是顯現出以留學生為中介的現代思想傳播在中國社會中所產生的具有普遍性的現代思想影響來，從而成為中國文學啟蒙得以全面展開的基本前提。

在清末新政推行教育體制改革之始，就明確提出——「謹先就育才興學之大端，參考古今，會通文武，籌擬四條：一曰設文武學堂，二曰酌改文科，三曰停罷武科，四曰獎勸遊學。」〔註 31〕由此可見，在教育體制改革過程中，出國留學是與興學堂、廢科舉同等重要的改革之舉。當然，如同教育體制改革並非始於清末新政一樣，中國人出國留學同樣也經歷了一個漸進的過程，並且表現為從自發性的個人求學行為到制度性的群體教育方式的漸變過程。

早在 1847 年 1 月，容閎等人就隨同美國傳教士赴美進入耶魯大學學習。1909 年，容閎以《我在中國和美國的生活》為題寫成他的英語回憶錄，並且在《自序》中這樣寫道：「因受西學故，予去國八年，思想行為已有極大改變，

〔註 30〕在教育體制改革中留學熱潮興起，從 1902 初年到 1910 年底，中國留學生總數已經超出 6 萬，其中留日學生幾近 6 萬，留日學生與歐美留學生在數量上為 10：1。參見李玉良《動盪時代的知識分子》，杭州，浙江人民出版社，1990 年，第 62～63 頁。

〔註 31〕《光緒二十七年五月二十七日（1901・7・12）張之洞、劉坤一變通政治人才為先遵旨籌議摺》，朱有瓛主編《中國近代學制史料》，第一編下冊，上海，華東師範大學出版社，1986 年。

致使予之歸國一似異域之來客，然予眷念故國同胞之熱情固未曾或減」，尤其是「遣送幼童留美諸事，此蓋為中國復興希望之所繫，亦予苦心孤詣以從事者也」。於是，這就賦予留學以文化傳播的重大使命，故而容閎自期「因其呼號援引，始得使中國學生復能萬里來航研討西學。中國之強，或在茲乎！」〔註32〕於是，容閎被視為西學東漸第一人：不僅自己是第一個留美歸來的中國人，而且是第一個鼓吹留學美國的中國人。

所以，容閎的英語回憶錄《我在中國和美國的生活》，被它的漢語譯者別出心裁地意譯為《西學東漸記》，無疑是把握住了容閎撰寫此書的「文心」的——不僅是表現了「中國人畢業於美國第一等大學，實自予始」，這一容閎的自豪，更是顯現出「人人心中咸謂東西文化，判若天淵；而於中國根本上之改革，認為不容稍緩之事」，這一留美學生的自覺。具體而言，就是：「予意以為，予之一身既受此文明之教育，則當使後予之人，亦享此同等之利益，以西方之學術，灌輸於中國，使中國日趨文明富強之境。」〔註33〕這樣，「西學東漸」也就溢出其文本的羈絆，最終成為中西文化交流之中關於現代文化思想在中國如何進行傳播與發生影響，這一歷史進程的約定俗成的專用語。由此，凸現出容閎在西學影響之下，已經成為率先接受現代文化影響，並力圖在中國進行現代文化傳播的中國先行者。

這樣的先行者在中國總是要行動的。所以，當容閎在1854年畢業之後就立即動身回國，到1855年回國之初，就親眼目睹滿清地方當局殺良冒功，打著鎮壓太平天國革命的幌子殘殺人民，「乃深惡滿人之無狀，而許太平軍之舉動為正當」。不過，容閎並沒有停留於個人感受之上，而是在1860年到南京訪

〔註32〕容閎19歲即留學美國，因而根據自己留學經歷而主張「派遣幼童留美」。所以，容閎向曾國藩、李鴻章等人提出這一主張，並促使他們聯名上奏，在1872～1875年間得到實施，共派遣120名幼童留學美國。不過，由於擔任留學生監督的官員出於政治與文化的本土偏見，而屢次上奏朝廷請撤留學生，致使統治者在1881年撤銷了這一創制之舉。容閎《自序》《西學東漸記》，惲鐵樵、徐鳳石譯，長沙，嶽麓書社，1985年。參見李華興主編《民國教育史》，上海，上海教育出版社，1997年，第732～734頁。

〔註33〕容閎《西學東漸記》，惲鐵樵、徐鳳石譯，長沙，嶽麓書社，1985年，第61、144、62頁。《西學東漸記》從1915年1月25日起在《小說月報》第6卷第1號上開始連載，由「鳳石譯述、鐵樵校訂」，同期並刊出「本報西學東漸記著者容純甫先生小影」；至同年8月25日《小說月報》第6卷第8號載完後，當年由商務印書館出版單行本。由此可見出「西學東漸」這一語用的社會傳播影響來。

察，「太平軍中人物若何？其舉動志趣若何？果勝任創造新政府以代滿洲乎？此予所亟欲知也。」然而，對於太平天國革命訪察的結果卻使容閎認識到：「中國之所謂革命，類不過一姓之廢興，於國體及政治上，無重大改革之效果。以故中國二千年歷史如其文化，常陳陳相因，乏新穎意味；亦無英雄豪傑，創不世偉業，以增歷史精神。」儘管如此，容閎還是指出「其可稱為良好結果者惟有一事，即天假此役，以破中國頑固之積習，使中國人民皆由夢中警覺，而有新國家之思想」。〔註 34〕應該說，容閎這一個人預言得到了中國革命的歷史印證。

較之梁啟超在二十世紀初才進行有關中國革命的個人之思，容閎足足提早了四十年，思想超前的容閎，在中國難免感到寂寞。於是，只好退而求其次，在洋務運動中除了提出「派遣幼童留美」之外，容閎還創辦了江南製造局以圖開啟工業現代化；而在變法運動中，積極參與變法，在戊戌變法失敗以後，容閎又在上海租界組織中國強學會意在啟發政治民主化。然而，容閎卻被迫「遷土為良」，最後終老美國。事實上，對於容閎作為西學東漸第一人的意義，必須予以重新認識，因為早在 1881 年，就有英國人如此寫道——「一個能夠產生這樣人物的國家，就能夠成就偉大事業」，進而預言「中國自己擁有力量，可以在真正完全擺脫迷信的重擔和對過去的崇拜時，迅速給自己以新生，把自己建成一個真正偉大的國家」。〔註 35〕

或許，在中國總是感到寂寞，不過是容閎為他的思想超前所必須付出的個人代價。儘管如此，容閎為中國文化的現代轉型所努力進行的個人嘗試，仍然表現出制度性創新的諸多現代啟示。即使是「派遣幼童留美」的創制之舉最終被撤銷，但是，派遣留學生的創制本身，已經成為教育體制改革中被引進的現代教育構成之一。於是，接著就出現了向歐洲派遣留學生的新動向。

從 1873 年開始，就有人不斷提出向英法派遣留學生，可是，由於缺乏容閎這樣的有識之士「為之先導」，〔註 36〕一直推遲到 1877 年才派遣三十名留

〔註 34〕容閎《西學東漸記》，惲鐵樵、徐鳳石譯，長沙，嶽麓書社，1985 年，第 70、88、95、99 頁。

〔註 35〕容閎《西學東漸記》，惲鐵樵、徐鳳石譯，長沙，嶽麓書社，1985 年，第 3 頁；參見該書第 151～156 頁。

〔註 36〕《同治十二年十二月二十二日（1874・2・8）北洋大臣李鴻章致總理各國事務衙門函》，參見《同治十二年（1873）左宗棠上總理各國事務衙門》、《同治十二年十一月初七日（1873・12・20）船政大臣沈葆楨摺》，朱有瓛主編《中國近代學制史料》，第一編上冊，上海，華東師範大學出版社，1983 年。

學生到英法兩國留學，其中留學英國的駕駛學生就有此時名為嚴宗光，〔註 37〕1879 年學成歸國之後改名的嚴復。儘管學業優秀，嚴復卻從來不上軍艦實習駕駛，卻是在西學的影響之下，不思做良將，一意為幹臣，企圖通過科舉考試來走上從政的功名正途。這就直接導致了個人需要在學業與功名之間的互相衝突，由此顯現出本土傳統文化對於嚴復的負面影響，繼而促成其人格的內在分裂。

所以，先後擔任北洋水師學堂總教習、天津水師學堂會辦、總辦的嚴復，從 1883 年到 1893 年的十年間，連續參加了四次鄉試，然而終歸失敗。於是乎，嚴復在絕望之中抽上鴉片來求得個人失意中的解脫。由此個人生活事件的突變，可以看到的正是：嚴復搖擺於西學與中學之間，既不能放棄西學之新，更不能拋棄中學之舊，已經表現出文化人格上的二重性對立；進而游移於現代與傳統之間，在經學啟蒙中譯介天演論，並反對中體西用之說，而在文學啟蒙中卻組織孔教會，甚至淪為鼓吹帝制復辟的「籌安會六君子」之一。這顯然是有違嚴復傳播西學之新的個人初衷的，而嚴復最後卻不得不在固守中學之舊到底之中走向了一己的反面。〔註 38〕

如果排除有關種種個人因素的纏繞，嚴復將給出這樣的個人啟示：文化啟蒙中的中國先覺者，如果不能堅持進行吐故納新的個人自覺，也就很難在從經學啟蒙到文學啟蒙的形態演變中，繼續保持住中國文化啟蒙的先覺者這一思想先鋒形象，反而會從思想啟蒙的倡導者蛻變成思想啟蒙的反對者。嚴復是如

〔註 37〕這是繼「派遣幼童留美」之後，第二批由朝廷正式派遣的官派留學生。《光緒二年十一月二十九日（1877・1・13）欽差北洋大臣直隸總督李鴻章等奏》，《光緒三年三月十九日（1877・5・2）督辦福建船政吳贊誠奏》，朱有瓛主編《中國近代學制史料》，第一編上冊，上海，華東師範大學出版社，1983 年。

〔註 38〕這也許是一個偶然而有趣的巧合，容閎在耶魯大學畢業的 1854 年，正好嚴復出生。只不過，較之容閎 19 歲留學美國，嚴復 23 歲才到英國留學。在這裡，從十九世紀到二十世紀之交中西文化交流中個人留學的過程來看，他們之間的年齡差距，實際上既是本土傳統文化的中學影響差距，同時又是外來現代文化的西學影響差距。這一與留學生切身相關的中學影響與西學影響之間的個人差異，如果從留學生的年齡來看，一般來說，年齡較小者因其受中學影響較少反而容易接受西學，而年紀較大者則往往相反，因其受中學影響較大，故而接受西學影響難度亦隨之增大，尤其是考慮到年紀較小者因其留學時間較長，因而更有可能較為全面地接受西學。所以，從第二次官派留學生年齡來看，已經不復幼童而為成人。參見陳越光、陳小雅編著《搖籃與墓地——嚴復的思想和道路》，成都，四川人民出版社，1985 年第 34～39、103～105、121～126 頁。

此，康有為也是如此，不過，慣於以今日之我否定昨日之我的梁啟超，尤其是在戊戌變法失敗之後逃亡日本而改弦更張的梁啟超，卻成為貫通文化啟蒙兩階段的中國「青年」，而王國維曾經也是這樣的中國「青年」。

王國維在 1892 年就曾參加過歲試，以圖進入州學，不過，他對科舉考試並無多大個人興趣，正如其三十歲時所說：「時方治舉子業，又以其間學駢文散文，用力不專，略能形似而已。未幾而有甲午之役，始知世尚有所謂學焉。」王國維對科舉考試不大感興趣，與他四歲喪母，而父親長期在外經商，一直由叔祖母與姑母照顧，而未能接受較為嚴格而完整的傳統教育有關，所謂「家有書五六篋，除《十三經注疏》為兒時所不喜外，其餘晚自塾歸，每泛覽焉」。因此，王國維在時局劇變之中，將個人求學轉為對於新學的嚮往，並且又集中到對西學的心儀上來，也就自然而然地盼望自己能夠通過出國留學來實現這一求學的個人目的。可惜的是，王國維因「家貧不能以資供遊學，居恒怏怏，亦不能專力於是矣。二十二歲正月，始至上海，主時務報館，任書記校讎之役。」〔註 39〕

於是，王國維在 1898 年 2 月到上海《時務報》工作後，雖然位卑人微，但卻見識不凡：「常謂此刻欲望在上者變法，萬萬不能，惟有百姓竭力做去，做得到一分就算一分。」這就開始超出經學啟蒙中先覺者進行思想啟蒙中所自定的政治限度，而將中國的未來寄託在中國人的普遍覺醒之上，進而引發出這樣的個人之思：「若禁中國譯西書，則生命已絕，將萬世為奴矣。」至此，顯而易見的是，王國維已經能夠意識到西學的中國傳播與影響對於中國文化啟蒙的極端重要性，由此可見王國維在汲取西學之中所表現出來的個人思想上的敏銳。此後王國維就開始個人著述，僅通過其最初的《曲品新傳奇品跋》、《支那通史序》、《歐羅巴通史序》諸文，就可以見出王國維在審視中國文學與中西歷史的過程之中，已經開始顯現出了個人眼光上的開闊。〔註 40〕

傾心於西學的王國維，拳拳在心而不忘之中隨即到「羅君振玉等私立之東文學社」學習，並且在羅振玉的幫助下半工半讀——「羅君乃使治社之庶務，

〔註 39〕王國維《自序》（即《三十自序》），周錫山編校《王國維文學美學論著集》，太原，北嶽文藝出版社，1987 年；參見孫敦恒《王國維年譜新編》，北京，中國文史出版社，1991 年，第 1～7 頁。

〔註 40〕《致許同藺》，吳澤主編《王國維全集．書信》，北京，中華書局，1984 年。此信是王國維到上海後不久的 1898 年 3 月 1 日所寫。參見孫敦恒《王國維年譜新編》，北京，中國文史出版社，1991 年，第 8～10 頁。

而免其學費」，「社中兼授數學、物理、化學、英文」，使王國維得以開始閱讀「汗德、叔本華之哲學」；「而值庚子之變，學社解散」，「羅君乃助以資，使遊學於日本」。儘管羅振玉對於王國維的一生影響甚大，但是，王國維通過遊學使其求學進入個人獨立思考的新天地——「留東京四五月而病作，遂以是夏歸國。自是以後，遂為獨學之時代矣。」〔註41〕也許，從 1900 年冬到 1901 年夏，王國維在留日的短短時間內沒有能夠來得及更多地吸取其心馳神往的西學，不過，王國維在文學啟蒙中所進行的個人思考，已經能夠達到學理致思的哲學層面，首先提出中國教育「不可」廢哲學。

王國維指出張之洞等人所制定的《奏定學校章程》，其三級學校章程都存在著「不合於教育之法理者」，尤其是「分科大學章程中最宜改善者，經學文學二科是已」，「其根本之誤何在？曰在缺哲學一科而已。」這就導致了中國「經學科大學文學科大學」，脫離了歐洲各國大學與日本大學以哲學為「分科之基準」這一現代取向，反而轉向「廢哲學」的傳統延續。

導致《奏定學校章程》中出現這一缺陷的官方意識形態原因有三：其一，「必以哲學為有害之學也。夫言哲學之害，必自其及於政治上者始矣」，具體而言，也就是恐懼哲學的思想啟蒙力量——以為「歐洲十八世紀哲學上之自然主義」勢必引發「海內自由革命之說」；其二，「必以哲學為無用之學也。雖余輩之研究哲學者，亦必昌言此學為無用之學也」，具體而言，也就是否認哲學的思想價值存在——「以功用論價值，則哲學之價值失。哲學之所以有價值者，正以其超出乎利用之範圍故也」；其三。「必以外國之哲學與中國古來之學術不相容。吾謂張尚書之意，豈獨對外國哲學為然哉，其對我國之哲學，亦未嘗不有戒心。故周、秦諸子之學，皆在所擯棄，而宋儒之理學，獨限於其道德哲學之範圍內研究之。」

由此可見，王國維對於哲學的學科地位進行個人強調，主要是從哲學與思想啟蒙、思想價值、思想融合的不同角度來進行的，明確指出了歐洲啟蒙運動中哲學的重要地位，高度強調了思想啟蒙中哲學超越實用功利的價值特徵，特別提出進行中西文化融合必須以否認經學的思想專制為基本前提。這就為進行脫離實用功利而進行純粹價值意義上的文學思考，即「純文學」之思，提供

〔註41〕王國維《自序》（即《三十自序》），周錫山編校《王國維文學美學論著集》，太原，北嶽文藝出版社，1987 年。參見佛雛《王國維詩學研究》，北京，北京大學出版社，1987 年，第 1～4、364 頁。

了這樣的哲學化之審美途徑——「且夫人類豈徒為利用而生活者哉，人於生活之欲外，有知識焉，有感情焉。感情之最高之滿足，必求之文學、美術，知識之最高之滿足，必求諸哲學。叔本華所以稱人為形而上學的動物而有形而上學的需要者，為此故也。」〔註42〕

王國維對於西學的汲取，要在學以致用，進而促進中國思想的致思層面得以上升到哲學，以顯示出形而上學之思對於經學的官方思想專制，是能夠產生出從根本上進行顛覆的巨大思想衝擊力的，故而在文學啟蒙的思想啟蒙中的確令人有空谷足音的震盪之感。由此也就可以看到個人留學對於西學汲取的積極促進作用，當然，這一促進作用不僅僅發生在王國維身上，同樣出現在文學啟蒙中的所有先覺者身上。

1901年10月，陳獨秀第一次東渡日本留學，半年後回國，到1902年秋，再次到日本留學。在東京高等師範學校讀書的陳獨秀，此時參與組織「中國青年會」，「以民族主義為宗旨，以破壞主義為目的」，成為留學生中最早的反清愛國政治團體之一。所以，到1903年5月，陳獨秀與鄒容等五人，闖入官方派駐日本的陸軍學生監督的家中，親自動手強行剪去其辮子，以「稍稍發抒割發代首之恨」，隨即被遣返回國，結束了留學生涯。但是，到日本留學，不僅是陳獨秀參與中國政治革命的開端，同時也是陳獨秀進行外國文學譯介的起點，〔註43〕從而使其在思想自我啟蒙中逐漸轉向文學啟蒙。

於是，在1904年3月，陳獨秀創辦《安徽俗話報》，首先指出「現在各種日報、旬報，雖然出的不少，卻都是深文奧意，滿紙的之、乎、也、者、矣、焉、哉字眼，沒有多讀書的人，那裡能夠看得懂呢？這樣說起來，只有用最淺近的最好懂的俗話，寫在紙上，做成一種俗話報，才算是頂好的法子」；其後

〔註42〕王國維《奏定經學科文學科大學章程書後》，周錫山編校《王國維文學美學論著集》，太原，北嶽文藝出版社，1987年。該文連載於《教育世界》1906年第118、119期。

〔註43〕在1903年回國之後，陳獨秀發起組織「愛國會」，提出創辦國民同盟會，同時參與《國民日日報》編輯部工作，並且協助蘇曼殊翻譯法國小說《悲慘世界》，以《慘世界》為題在《國民日日報》上連載，在《國民日日報》被迫停刊之後，繼續與蘇曼殊一起翻譯《悲慘世界》，最後以十四回的《慘世界》由鏡今書局出版。關於《慘世界》的單行本出版，一說由東大陸圖書譯印局在1904年刊出。參見王光遠編《陳獨秀年譜（1879～1942）》，重慶，重慶出版社，1987年，第6～9頁；陳鳴樹主編《二十世紀中國文學大典（1897～1929）》，上海，上海教育出版社，1994年，第80頁。

說明「我這種俗話報的主義，是很淺近的，很和平的」——「第一是要把各處的事體，說給我們安徽人聽聽，免得大家躲在鼓裏，外邊的事體一件都不知道」;「第二是要把各項淺近的學問，用通行的俗話演出來，好教我們安徽人無錢多讀書的，看了這俗話報，也可以長點見識」。〔註 44〕在大眾傳播之中，要求使用以俗話為主的白話對民眾進行思想啟蒙，也就成為陳獨秀在留學歸來之後所實施的一件實實在在的大事。

這同時更意味著陳獨秀在面對民眾進行思想啟蒙的過程中，必須尋求一種更為有效的社會傳播途徑，因為畢竟民眾中還有著更多的根本就不識字的人。於是乎，陳獨秀提出戲曲是「世界上第一大教育家」，因為「沒有一個人看戲不大大的被戲感動的」，所以「戲館子是眾人的大學堂，戲子是眾人大教師，世上人都是他們教訓出來的」。不過，陳獨秀在此即要正話反說，首先指出傳統戲曲對造成「我們中國人這些下賤性質」，例如信奉「神仙鬼怪、榮華富貴」的負面影響；然後批判「書呆子們」對於「這俚俗淫靡游蕩無益的戲曲」進行的無端指責，通過「考起中國戲曲的來由」來揭露「書呆子的話是未免有些迂腐了」。於是，陳獨秀在承認傳統戲曲「是有些不好的地方」的前提下，要求確認人與人之間的平等地位，不僅因為「西洋各國，是把戲子和文人學士，一樣看待」。而且更是因為「開通民智的新戲」，能夠使「無論高下三等人，看看都可以感動」，於是提出「惟有改良戲曲」，才能使中國戲曲「方無愧為我所說的世界上第一大教育家」。〔註 45〕

正是因為陳獨秀從「開通民智」的角度，突破了文學啟蒙之初依然存在著

〔註 44〕三愛（陳獨秀）《開辦〈安徽俗話報〉的緣故》《陳獨秀文章選編》，上，北京，生活·讀書·新知三聯書店，1984 年。該文載於《安徽俗話報》第 1 期，1904 年 3 月 31 日。陳獨秀此舉也與他對於科舉考試的極端厭惡有關，因為陳獨秀從小被寄予科考功名的厚望，並且在 1896 年通過縣考而成為秀才，隨後在 1897 年參加鄉試而未果，最後導致對科舉功名之途的徹底失望。於是，陳獨秀在 1898 年考入杭州「求是學院」，學習法語與造船學，後因有反清言論而被驅逐。參見王光遠編《陳獨秀年譜（1879～1942）》，重慶，重慶出版社，1987 年，第 2～5 頁。

〔註 45〕「改良戲劇」具體而言有五：「要多多的新排有益風化的戲」,「可以採用西法，戲中夾些演說，大可長人識見」,「不唱神仙鬼怪的戲」,「不可唱淫戲」,「除去富貴功名的俗套」。三愛（陳獨秀）《論戲曲》《陳獨秀文章選編》，上，北京，生活·讀書·新知三聯書店，1984 年。該文載於《安徽俗話報》第 11 期，1904 年 9 月 10 日。該文此後在 1905 年 3 月出版的《新小說》第 15 號上再次刊出，由此可見對於陳獨秀倡言「改良戲曲」的積極認同。

的、由於經學啟蒙的有形與無形影響而造成的啟蒙等級限制，將啟蒙對象擴大到包括「眾人」在內的全社會大眾；同時又促使文學啟蒙真正進入了包括戲劇革命在內的全面發展態勢——打破了文言戲劇的傳奇界限，轉向了俗話戲劇的地方戲曲，極大地擴張了文學啟蒙在社會傳播中的思想影響力度。這就在實際上為白話文學運動的興起，奠定了初步的社會接受基礎。在這樣的意義上，可以說，儘管陳獨秀對於俗話與戲曲改良的個人倡言，難免受到其基於中國政治革新這一個人理想的暗中牽引。但是，這一個人倡言在事實上已經成為其後發動新文化運動，尤其是倡導文學革命的思想萌蘗，而需要等待著的，不過是能夠迅速生長的時機。

至此，可以得出的結論就是：如果說王國維能夠從美學的哲思高度來進行中國的「純文學」之思，以最終促成在文學啟蒙過程之中進行的中西文化融合得以在哲學層面上展開；那麼，陳獨秀則能夠在中國文學啟蒙的革命語境之中鼓吹文學的「俗話」化，以最終促使中國的文學革命進入從語言到思想的總體性革命。這就在強調文學啟蒙是在不斷汲取西學之中推進中國文學的革命的同時，充分表明現代文學思潮的中國生成是離不開對於西學的全面汲取的。

這樣，正是通過一代又一代留學生所進行的文化傳播，先是促成從經學啟蒙到文學啟蒙的形態演變，繼而更是在中國文學的革命之中發揮著從間接轉向直接、從片面轉為全面的文化影響。

三、先覺者的文學反思

留學生在中國文化啟蒙中能夠成為進行思想啟蒙所必需的先覺者，從個人自我啟蒙的角度看，顯然是與洋務運動以來中國教育體制的漸進改革分不開的，尤其是與清末新政中以廢除科舉制度為標誌的教育體制的現代轉化保持著具有一致性的現實同步，因而先覺者們通常都是在與科舉考試之途漸行漸遠的求學過程之中，放棄傳統官學而選擇各種新式學堂，而後出國留學接受更為全面的西學影響，從而有可能在成為西學傳播者的同時，轉變成為思想啟蒙者。

在這樣的意義上，可以說能否走出國門以親自感受現代文化的方方面面，無疑已經成為進入二十世紀以後，中國文學啟蒙的先覺者實現自我啟蒙的最後一環。儘管並不排除如同梁啟超那樣以國外旅行（或旅居）的個人方式來進入自我啟蒙的最後一環，但是，到國外留學（或遊學）畢竟是完成個人自我啟蒙之旅的主要途徑。不僅王國維、陳獨秀是如此，魯迅、周作人、胡適也是如此。更為重要的是，在他們彼此之間，也會因為身處類似的文化環境與身受類似的文化影響，使他們在傳播現代思想之中呈現出思想啟蒙的趨同性——在中國文學的革命之中互相呼應，從而在客觀上凸現出中國文化啟蒙中從經學啟蒙到文學啟蒙的形態演變已經完成，隨後從清末文學各界革命向著民初文學革命的不斷發展。

在清末文學各界革命中，面對文學發展的中國現狀首先進行文學反思的是王國維。在 1905 年發表的《論近年之學術界》中，王國維就指出：「外界之勢力之影響於學術，豈不大哉！」因此，不僅形而上學的哲學一再遭遇「政治上之目的」的扭曲，而且「又觀近數年之文學，亦不重文學自己之價值，而唯視為政治教育之手段，與哲學無異。如此者，其褻瀆哲學與文學之神聖之罪，固不可逭，欲求其學說之有價值，安可得也！」那麼，「文學自身之價值」何在呢？王國維引用康德「《倫理學》之格言」——「當視人人為一目的，不可視為手段」，指出「豈特人之對人當如是而已乎，對學術亦何獨不然」，進而強調「故欲學術之發達，必視學術為目的，而不視為手段而後可」。〔註 46〕這無疑意味著：「文學自己之價值」存在於以文學為目的非功利審美追求之中，人的價值與文學的價值將在審美價值的文學創造之中得到同時實現。

所以，當王國維提出「天下有最神聖、最尊貴而無與於當世之用者，哲學與美術是已」，以是否承認哲學與藝術自身價值為標準，來考察中國哲學與藝術的歷史，也就得出這樣的結論：「凡哲學家無不欲兼為政治家」，而藝術家的詩人，「與夫小說、戲曲、圖畫、音樂諸家」，「多託於忠君愛國勸善懲惡之意，以自解免，而純粹美術上之著述，往往受世之迫害而無人為之昭雪者也。此亦我國哲學美術不發達之一原因也。」由此而提出當下中國的「哲學家與美術家之天職」，就是進行純粹的哲學與藝術的個人創造。〔註 47〕

雖然王國維是在堅持哲學與文學並提之中要求人的自由創造，不過，他對於文學還是情有獨鍾，首先認為「文學者，遊戲的事業也」，「獨精神上之勢力

〔註 46〕王國維《論近年之學術界》，周錫山編校《王國維文學美學論著集》，太原，北嶽文藝出版社，1987 年。該文作於 1905 年，發表於《教育世界》。參見孫敦恒《王國維年譜新編》，北京，中國文史出版社，1991 年，第 18 頁。

〔註 47〕王國維《論哲學家與美術家之天職》，周錫山編校《王國維文學美學論著集》，太原，北嶽文藝出版社，1987 年。該文作於 1905 年，發表於《教育世界》。參見孫敦恒《王國維年譜新編》，北京，中國文史出版社，1991 年，第 18 頁。

獨優，而又不必以生事為急，然後終身得保其遊戲性質」，強調文學審美的非功利性；其次指出「文學中有二原質焉，曰景，曰情。前者以描寫自然及人生之事實為主，後者則吾人對此事實之精神的態度也。故前者客觀的，而後者主觀的也；前者知識的，後者感情的也」，在客觀的「觀物」與主觀的「體物」之中進行個人書寫，「亦有無限之快樂伴之」，強調了文學審美的愉悅性；最後提出「文學者，不外知識與感情交代之結果而已。苟無銳敏之知識與深邃之感情者，不足與於文學之事。此其所以但為天才遊戲之事業，而不能以他道勸者也」，強調了文學審美的獨特性。

這樣，文學審美的非功利性、愉悅性、獨特性，也就成為檢驗個人書寫是否具有「純文學之資格」的試金石。

值得注意的是，王國維認為唯有「文學上之天才者」，才能在個人書寫過程中歷經文學審美的「三種之階級」——「『昨夜西風凋碧樹，獨上層樓，望盡天涯路。』（晏同叔《蝶戀花》）此第一階級也。『衣帶漸寬終不悔，為伊消得人憔悴。』（歐陽永叔《蝶戀花》）此第二階級也。『眾裏尋他千百度，回頭驀見，那人正在燈火闌珊處』（辛幼安《青玉案》）此第三階級也。未有不閱第一第二階級，而能遽躋第三階級者」。〔註 48〕這就顯現出王國維所進行的文學反思與本土文學傳統之間的內在聯繫，因而後來王國維在《人間詞話》中將「三種之階級」轉換為「三種之境界」的「境界說」。〔註 49〕

由此可見，在清末文學各界革命之初，王國維第一個開始進行純文學之思，在康德等人的哲學與美學的直接影響之下，通過對中國文學進行從歷史到

〔註 48〕王國維《文學小言》，周錫山編校《王國維文學美學論著集》，太原，北嶽文藝出版社，1987 年。該文作於 1906 年，發表於《教育世界》。參見孫敦恒《王國維年譜新編》，北京，中國文史出版社，1991 年，第 23 頁。

〔註 49〕從 1908 年到 1909 年，王國維發表《人間詞話》64 則，前 21 則載於 1908 年的《國粹學報》第 47 期，後 43 則在 1909 年連載於《國粹學報》第 49 期、第 50 期。在《人間詞話》中，王國維照樣引用《文學小言》中的那些宋代詞人之作，來放言其「境界說」，也同樣將「驀然回首，那人卻在燈火闌珊處」誤引為「回頭驀見，那人正在燈火闌珊處」。對於「大詩人」而言，無論是「造境」、「寫境」，還是「有我之境」、「無我之境」，都能超出任一境之羈絆而臻於兩境圓融之境界，進而推之於「古今之成大事業、大學問者」，當為「以我觀物」、「以物觀物」、物我兩忘的「人心中之」三境界，而此三境界如以詩言志，則「此等語非大詞人不能道」。王國維《人間詞話》，周錫山編校《王國維文學美學論著集》，太原，北嶽文藝出版社，1987 年；參見孫敦恒《王國維年譜新編》，北京，中國文史出版社，1991 年，第 27、28、32 頁。

現實的古今考察，要求確認文學的審美價值，提出純文學應該是文學的審美遊戲這一個人主張。儘管可以說，這一文學反思帶有難免抽象的純思特點，但是，由於這是針對當時中國文學發展呈現出政治化傾向而有的放矢地進行的思考，因而無疑是有助於文學思想擺脫載道工具的本土傳統影響，而轉向文學審美的現代發展之途，從而促進了現代文學思潮的中國生成。

事實上，這種帶有純思特點的文學反思，在當時已經形成一時風尚。這也是清末文學各界革命中，諸多留學生基於較為繁富的西學知識而逐漸轉變為進行現代思想啟蒙的中國先覺者，因而面對清末文學各界革命中種種不足之處，進行學理上的個人思考也就在所難免。不過，隨著個人留學的時間延長，對西學進行融會貫通的個人可能性將會有所增長，文學反思的純思特點也就會有所消退，而中國的文學革命中所出現的那些實際而具體的現實需要，就會越來越多地融入個人思考之中。

1902 年 3 月 24 日，魯迅作為「礦路學堂畢業奏獎五品頂戴」的官費留學生，由南京出發去日本留學。1904 年 4 月在東京弘文學院畢業後，同年 9 月進入仙臺醫學專門學校學習，是該校第一個「清國留學生」，1906 年 2 月退學以便「先提倡新文藝」。其後在東京一邊繼續中外語言文化的學習，一邊從事以文學為主的著譯，直到 1909 年 8 月回國。〔註 50〕正是在留日期間，魯迅在大量閱讀各國學術著作與文學作品的同時，進行著關於中國文學的深入思考。

1907 年，魯迅作《摩羅詩力說》，其意如所引同尼采之言——「求古源盡者將求方來之泉，將求新源」。所以，「人有讀古國文化史」至卷末，一種生機滅絕之感油然而生，「吾無以名，姑謂之蕭條而止」；反觀「中國今日」，「詩人絕跡，事若甚微，而蕭條之感，輒以來襲。意者欲揚宗邦之真大，首在省己，亦必知人，比較既周，爰生自覺。自覺之聲發，每響必中人心，清晰昭明，不同凡響。」這就要求進行中外文化比較，以推動國人的自覺。因此，必須造就中國「精神界之戰士」這樣的先覺者，以促進「國民精神之發揚」。這樣，在

〔註 50〕1898 年 5 月，是年 18 歲的魯迅在由樟壽改名樹人後，考入江南水師學堂，同年 10 月考取江南陸師學堂附設的礦務鐵路學堂，即礦路學堂，1899 年 1 月進入礦路學堂學習。其間的 1898 年 12 月，參加縣考，隨後放棄科舉考試。魯迅在國內學堂曾學過英語、德語，在留日期間，堅持學習德語、日語、俄語，並且翻譯了多語種的文學作品。與此同時，還曾聽章炳麟講授古漢語文字學。參見魯迅博物館魯迅研究室編《魯迅年譜》，第一卷，北京，人民文學出版社，1981 年，第 87～89、54～64、130～134、167～179、187～199、204～215 頁。

文學啟蒙中，先覺者應該具備世界性的開放眼光——「國民精神之發揚，與世界識見之廣博有所屬」。

於是，魯迅指出「中國之治，理想在不攖」——「有人攖人，或有人得攖，為帝大禁，其意在保位」；「為民大禁，其意在安生」，致使國人長期處於愚昧狀態之中，故而尤其需要進行文學啟蒙。這是因為，「蓋詩人者，攖人心者也。凡人之心，無不有詩，如詩人作詩，詩不為詩人所獨有，凡一讀其詩，心即會解者，即無不自有詩人之詩。」所以，文學啟蒙的發生與人人皆有文學創造的志向和能力是分不開的。不過，「如中國之詩，舜云言志；而後賢立說，乃云持人性情，三百之旨，無邪所蔽。夫既言志矣，何持之云？強以無邪，乃非人志。」這就認可了「言志」所體現出來的個人進行文學創造的審美價值，而「詩言志」也就成為文學啟蒙中純文學之思的個人起點，顯現出本土文學傳統的當下延續。

正是在這樣的個人認識前提下，魯迅提出了「別求新聲於異邦」以滿足中國文學啟蒙中「攖人心」的現實需要。雖然魯迅以「力足以振人，且語之較有深趣者」的「摩羅詩派」為新聲的代表，但是，魯迅眼中的「摩羅詩派」，實為「一切之詩人中，凡立意在反抗，指歸在動作，而為世所不甚愉悅者悉入之」。這就將狹義上的「摩羅詩派」，擴張為廣義上的「摩羅詩人」，因而其中不僅可有「以不可見之淚痕悲色，振其邦人」的俄國小說家果戈理，而且還可有「憤世俗之昏迷，悲真理之匿耀」的挪威戲劇家易卜生。於是，「摩羅詩力」的新聲，顯然只能是鼓吹思想啟蒙的文學批判精神，所謂「不為順世和樂之聲，動吭一呼，聞者興起，爭天拒俗，而精神復深感後世人心，綿延至於無已」。這就表明：即使是思想啟蒙，從文學啟蒙的角度來看，也必須基於文學如何達到「深趣」與「深感」的審美本質之上來具體施行。

魯迅於是指出：「由純文學上言之，則一切美術之本質，皆在使觀聽之人，為之興感愉悅。文章為美術之一，質當亦然，與個人暨邦國之存亡，無所繫屬，實利離盡，究理弗存。」這就強化了文學審美的非功利性與愉悅性。不過，魯迅並非否認文學的功用，雖然文學「益智不如史乘，誡人不如格言，致富不如工商，弋功名不如卒業之券」，但是「特世有文章，而人乃以幾於具足」，「故文章之於人生，其為用決不次於衣食，宮室，宗教，道德。」由此，「文章不用之用，其在斯乎？」這就開始承認文學是具有其獨特的審美功用的。

魯迅進而在並提科學與文學之中論文學的審美功用，先是稱「約翰穆黎曰，近世文明，無不以科學為術，合理為神，功利為鵠」，儘管「大勢如是，而文章之用益神。所以者何？以能涵養吾人之神思耳。涵養人之神思，即文章之職與用也。」在這裡，「涵養人之神思」就是以文學創造的個人方式實現對人的精神境界進行直覺式的審美昇華。由此而後，魯迅就提出：「蓋世界大文，無不能啟人生之閟機，而直語其事實法則，為科學所不能言者。所謂閟機，即人生之誠理是已。此為誠理，微妙幽玄，不能假口於學子」，而是以「直籠其辭句中」的文學書寫，來「使聞其聲者，靈府朗然，與人生理會」。

在這裡，魯迅的討論顯現出了歐洲哲學中科學主義與人文主義的思潮之爭的一定影響，因而魯迅以荷馬史詩「以降大文，則不徒近詩，且與自人生會，歷歷見其優勝缺陷之所存，更力自就於圓滿。此其效力，有教示意；既為教示，斯益人生；而其教非復常教，自覺勇猛發揚精進，彼實示之。凡苓落頹唐之邦，無不以不耳此教示始。」〔註51〕這就在通過追尋具有「摩羅詩力」的「世界大文」的歐洲源頭，以確認文學的審美功用的同時，呼喚著「摩羅詩人」在中國的出現，以進行具有「摩羅詩力」的思想啟蒙。

如果說魯迅的文學反思側重於文學啟蒙的現實需要，來探討「別求新聲於異邦」的必要性，那麼，周作人則是著眼於文學啟蒙的現存侷限，來強調「成一代之文章」的必然性。

1906 年夏，周作人考取官費留學生以後，隨同魯迅到日本留學，一起學習各種語言文化，一同翻譯各國文學作品，更一道「提倡新文藝」，1911 年 6 月回國。〔註 52〕留日期間，周作人在大量閱讀各國著作與翻譯各國作品的同時，開始針對中國文學發展的得失進行個人思考。

周作人指出：「試觀上古，文章首出，厥惟《風》在，本無愧於天地至文」，

〔註51〕令飛（魯迅）《摩羅詩力說》《魯迅全集》，第 1 卷，北京，人民文學出版社，1981 年。該文連載於《河南》月刊第 2 號、第 3 號，1908 年 2 月、3 月。魯迅隨後討論了歐洲哲學中「神思宗」的演變，並且從中西文化交流的角度加以重新審視。參見《文化偏至論》《魯迅全集》，第 1 卷，北京，人民文學出版社，1981 年。

〔註52〕1898 年 12 月，年僅 14 歲的周作人與魯迅同時參加縣考，1899 年 1 月參加府考，1900 年 12 月又參加縣考，1901 年 1 月又參加府考，均未得中。1901 年 9 月，將奎綬（係由初名櫆壽而改）改為作人後，周作人參加江南水師學堂考試，10 月入學。周作人學習的外語，除了在國內學習的英語之外，留日期間學習了日語、俄語、希臘語，以及梵文，並且翻譯了大量各國文學作品。此外，還聽章炳麟講授古漢語文字學。參見張菊香主編《周作人年譜》，天津，南開大學出版社，1985 年，第 7～16、24～26、43～58 頁；倪墨炎《中國的叛徒與隱士周作人》，上海，上海文藝出版社，1991 年，第 3、13～16、28～48 頁。

「乃至刪《詩》之時，而運遂厄。」這就導致文學「迷淪實趣，以自梏亡，思想至翦伐於國民，良較帝力為宏厲而尤可怖也」。「若論現在，則舊澤已衰，新潮弗作，文字只是日就式微，僅有譯著說部為之繼，而本源未清，濁流如故。」這就揭示了清末文學各界革命，尤其小說界革命，存在著趨於「實趣」的極大侷限，而其根本原因就在「於文學義未明」。

所以，周作人進行了「純文章」與「雜文章」之辯——「純文章，或名之曰詩，而又分為二：曰吟式詩，中含詩賦、傳奇，韻文也；曰讀式詩，為說部之類，散文也。其他書記論證狀諸屬，自為一別，皆雜文耳。」由此可見，「純文章」所包容的文學樣式有詩歌、戲劇、小說，儘管對於散文尚未進行最後認定。這或許是因為此時的散文與雜文章更為接近，而從純文章的角度來看，周作人的「私見」就是：「夫文章者，國民精神之所寄也。精神而盛，文章固即以發皇，精神而衰，文章亦足以補救。故文章雖非實用，而有遠功者也」，尤其是「文章一科，後當別為孤宗，不為他物所統」。這就要求文學啟蒙在遠離實用之中保持文學的獨立性，使文學能夠「民聲所寄，得盡其情，既所以啟新機，亦既以存古化」。〔註 53〕

這樣，周作人已經看到了清末文學各界革命之中，文學由新而舊的現實過渡，在必須擺脫本土文學的負面影響的同時，本土文化勢必以文學的存在方式得到延續。由此而更進一步，周作人認為：「治文史者，疏理一國之藝文，將推見本始，得其窾奧，則於國民情形，必致意焉。良以人生之與文章，有密駙之誼，而國民之特色殊采，亦即由此而得見。」於是，周作人依照「法國學者」丹納所提出的「種性、境地、時序」（即「種族、環境、時代」）之說，來討論中國「國民文章之遷變」。除了轉述丹納所論之外，周作人特意以劉勰在《文心雕龍》中所論及的「時序」說——「時運交移，質文代變」，來印證丹納的「時代」說，藉以認同歐洲文學的「時代精神」，推而廣之到中國文學，也就是「所謂質文隨時，崇替在選，即在吾國，亦豈非然」。

至此，在周作人看來，文學中「種性」所顯現出來的，就是一國文學所依存的「思想感情之異」；而文學中「境地」所顯現出來的，就是一國文學所依託的「風土之異」；文學中「時序」所顯現出來的，就是一國文學所依據的「當

〔註 53〕獨應（周作人）《論文章之意義暨其使命因及中國近時論文之失》，陳子善、張鐵榮編《周作人集外文》，上集，海口，海南國際新聞出版中心，1995 年。該文連載於《河南》4 期、5 期，1908 年 5 月、6 月。

世思想」。於是，周作人認為「由此三者，錯綜參伍，而成一代之文章，於是筆區雲譎，文苑波詭，民之心聲，窮其變矣」。故而「特希知海外猶有哀弦，不如華土之寂漠耳」。這就需要「介異邦新聲」之中最切近中國者，而其當屬現今的波蘭、烏克蘭、乃至遠古的以色列，在國運式微之中，它們的文學仍能「文情如一，莫不有哀聲逸響，迸發其間，故其國雖有黯淡之色，而尚無灰死之象焉」，要言之，就是文學蘊涵著「悲涼激越」的民之心聲。〔註54〕由此可見，只有在外來文化的傳播與影響之下，中國文學才能真正具有進行思想啟蒙這樣的時代精神特質。

隨著中國文學的革命從清末文學各界革命向著民初文學革命的不斷發展，中國文學向何處去？也就成為一個不得不回答的現實問題。這就需要通過對中外文學發展現狀的比較，來作出必不可少的個人回答，以保證中國文學的革命能夠繼續發展。

正是陳獨秀通過對「現代歐洲文藝史」的考察，認為「歐洲文藝思想之變遷，由古典主義（Classicalism）一變而為理想主義（Romanticism），此在十八、十九世紀之交，文學者反對模擬希臘羅馬古典文體，所取材者，中世紀之傳奇，以書其理想耳，此蓋影響於十八世紀政治社會之革新黜古以崇今也。十九世紀之末，科學大興，宇宙人生之真相，日益暴露，所謂赤裸時代，所謂揭露假面時代，喧傳歐土。自古相傳之舊道德舊思想舊制度，一切破壞，文學藝術亦順此潮流，由理想主義再變而為寫實主義（Realism），更進而為自然主義（Naturalism）」。與此同時，陳獨秀又指出「現代歐洲文藝，無論何派，悉受自然主義感化」。〔註55〕儘管陳獨秀因推崇「科學大興」，難免在個人先見的偏頗之中，將自然主義誤認為現代主義，但是，畢竟給出了中國文學思想變遷的歐洲參照藍圖，展示出文學現代發展的時代趨向。

更為重要的是，在發表讀者來信並回答中，陳獨秀明確指出：「吾國文藝，猶在古典主義理想主義時代，今後當趨向寫實主義，文章以紀事為重，繪畫以寫生為重，庶足挽今日浮華頹敗之惡風。」〔註56〕這不僅提出了中國文學發展

〔註54〕獨應（周作人）《哀弦篇》，陳子善、張鐵榮編《周作人集外文》，上集，海口，海南國際新聞出版中心，1995 年。該文載於《河南》第 9 期，1908 年 12 月 20 日。

〔註55〕陳獨秀《現代歐洲文藝史譚》《青年雜誌》1 卷 3 號、4 號連載，1915 年 11 月 15 日、12 月 15 日。

〔註56〕《張永言——致記者》《青年雜誌》1 卷 4 號，1915 年 12 月 15 日。

的時代特徵必須轉向寫實主義，以進行現代的發展；而且意味著歐洲與中國之間的寫實主義時代，實際上相差了半個世紀以上，從而使歐洲現代文學由此成為中國文學發展的未來目標。

中國文學「今後將趨向寫實主義」的個人認識，立即得到了胡適的積極響應，認為「此言是也」，同時又指出《青年雜誌》上文學主張與文學創作之間的不協調，所謂「論文學已知古典主義之當廢，而獨嘖嘖稱譽此古典主義之詩，竊謂足下難免自相矛盾之誚矣」，因為這一刊物現狀，顯然是與「足下洞曉世界文學之趨勢，又有文學改革之宏願」相背離的。在胡適看來：「綜觀文學墮落之因，蓋可以『文勝質』一語包之。文勝質者，有形式而無精神，貌似而神虧之謂也。欲救此文勝質之弊，當注重言中之意，文中之質，軀殼內之精神」。於是，胡適提出進行「文學革命」，就必須是從「形式上之革命」到「精神上之革命」的雙重革命。〔註 57〕陳獨秀由此深受震動，邀請胡適討論中國文學的革命，因而才有了《文學改良芻議》的發表，掀起了文學革命運動。

胡適能夠成為文學革命運動的先鋒戰士，是與其在 1910 年 9 月到美國留學的個人經歷分不開的。不過，早在 1904 年初，尚未滿 13 歲的胡適已到上海就讀梅溪小學，連跳四級，到當年底就畢業了，因拒絕參加上海道衙門考試而沒有拿到畢業證書。隨後又進入澄忠學堂讀書，深受嚴復《天演論》的影響，信奉「言論自由」，先是改其表字為適之，最後易其名胡洪騂為胡適。由於抗議校方無辜開除同學，憤而退學後於 1906 年夏考取中國公學，胡適在中國公學讀書期間參加了競業學會，並在《競業旬報》上開始發表白話文章，尤其是白話章回體小說《真如島》。實際上，這就成為胡適對於白話文學情有獨鍾的個人之始。最後在留學期間以逼上梁山的個人方式開始提倡「文學革命」，並於 1917 年 7 月回國。〔註 58〕

在臨近回國之前，胡適發表《歷史的文學觀念論》，通過追溯中國文學的歷史變遷，重申「一時代有一時代之文學」，提出「今日之文學，當以白話文學為正宗」。〔註 59〕回國之後，胡適又發表《建設的文學革命論》，提出「我們提倡文學革命的人」要「建設新文學」，具體而言，就是「要在三五十年內替

〔註 57〕《胡適——致獨秀》《新青年》2 卷 2 號，1916 年 10 月 1 日。

〔註 58〕參見胡明《胡適傳論》，上卷，北京，人民文學出版社，1997 年，第 83、130～140、152～159、343 頁；胡適《逼上梁山——文學革命的開始》，胡適編選《中國新文學大系·建設理論集》，上海，良友圖書印刷公司，1935 年。

〔註 59〕《新青年》3 卷 3 號，1917 年 5 月 1 日。

中國創造出一派新中國的活文學來」。所以，從「『國語的文學，文學的國語』乃是我們的根本主張」出發，尤其要注重「研究文學的方法」，應該以「西洋文學名著做我們的模範」，「更以小說而論，那材料之精確，體裁之完備，命意之高超，描寫之工切，心理剖析之細密，社會問題討論之透徹，……真是美不勝收。」〔註60〕這樣，胡適對中國文學「趨向寫實主義」的當下發展，從文學時代、文學目標、到文學主張、文學方法進行了較為全面的學理演繹，為中國文學由傳統向著現代的現實轉型提供了一條切實可行的學理致思路徑。

這樣，通過一代留學生的文學反思，確認了文學的審美價值、審美本質與審美特徵、審美功用，確定了文學發展的現代思想動力、現代價值取向與現代運動方向、現代轉型前景，從而在促進中國文學啟蒙過程中思想啟蒙的深入進行的同時，促成了中國現代文學思潮生成過程中學理致思的全面展開。

〔註60〕《新青年》4卷4號。1918年4月15日。

第五章　思潮主流的「人的文學」

一、從「民本」到「人本」

人及其價值如何在文學啟蒙中彰顯，與人的存在能否得到從歷史到文化的雙重確認直接相關。如果從社會學的角度來看，首先就是人作為社會的存在，人的社會地位將在社會變遷過程之中逐漸向著歷史主體的方向發展，受制於君王的臣民從專制統治中解放出來，真正成為社會歷史的創造者，得到如同維科所說的「市民社會的世界的確是人創造出來的」這樣的充分肯定；其次就是這一歷史確認又是與人的文化存在分不開的：「社會並不等於人的總和，社會是某種文化的總體表現」。〔註 1〕這就有必要從社會學角度轉換到人類學角度，來審視人的文化存在，歷史主體的人是否能夠成為文化主體。

這樣，「我們是文化創造者」，人的社會身份將在文化轉型過程之中逐漸向著文化主體的方向發展，受制於君子的小人從思想桎梏中解脫出來，真正成為世界文化的創造者；同時「我們也為文化所創造」，這就在於「每個人都是由文化塑造成的，並只有這時，他才能成為文化的塑造者」。儘管人的生命活動受制於人的文化存在，但是，「人必須以生命的現實來充實理想。如果沒有人去充實理想，文化將不存在；但是，沒有文化，人也就什麼都不是」。〔註 2〕這顯然就表明了文化現代轉型中進行文化啟蒙的必要性，因為將直接關係

〔註 1〕（英）艾倫·斯溫傑伍德《社會他思想簡史》，陳瑋、馮克利譯，北京，社會科學文獻出版社，1988 年，第 8、30 頁。

〔註 2〕（德）M·蘭德曼《哲學人類學》，閻嘉譯，貴陽，貴州人民出版社，1988 年，第 245、247 頁。

到文化自身的存亡。

不過，一旦人的社會活動擴大為人的生命活動，社會現代化與人的現代化勢必成為同一過程，人的歷史主體地位與文化主體身份在文化現代轉型中表現出理想性的內在一致。這就是，為了創造現代社會，人的歷史主體地位將在人人平等的社會活動之中得以確認；為了創造現代文化，人的文化主體身份將在人人自由的生命活動之中得以確認，從而使人能夠以平等而自由的個人創造來表現文化與創造文化，在文化現代轉型中通過對人的存在進行重新確認，在既成文化的制約之中進行將成文化的建構，使人及其價值能夠最大限度地顯現出來。

這樣，文學啟蒙也就成為對於中國人的歷史主體地位與文化主體身份進行重新確認的思想啟蒙。更為重要的是，隨著中國文化啟蒙從經學啟蒙向著文學啟蒙的形態演變，通過對於人及其價值的文學審美來進行思想啟蒙，已經成為以「生命的現實來充實理想」的個人文學創造需要。因此，中國人是經由什麼樣的本土文化「塑造成的」，自然就會成為文學啟蒙不得不始終要面對，並且必須要解決的源於本土文化的基本問題。這就需要追溯到中國文化的源頭，從起源處來認識中國文化與人的存在之間的最初關係。不過，進行人的存在的中國溯源，只能經由現存的先秦文本，而現成的路徑就是經學文本，即文化元典的五經與原儒著作的四書。

事實上，文化元典的五經，是先秦諸子著作所依據的共同文化典籍，對於從人的歷史存在到文化存在，進行了程度不等而又較為多樣的文本書寫，使先秦諸子著作得以據此展開思想上的百家爭鳴；原儒著作的四書，則是先秦諸子著作中具有代表性的文本之一，成為百家之中影響較大的一家。不過，經過從漢代開始的經學化之後，無論是五經，還是四書，都成為對人的存在進行政治道德確認的官方文本，而經學闡釋主流更是與官方意識形態保持著密切的相關性。

從文化元典的五經中，無法見到有關人從何而來的記載，「女媧造人」與「盤古開天」的傳說均出現在先秦以後的文本中。當然，這並不是說中國沒有出現過開天闢地的神話，而是因為在神話的社會傳播過程中，口頭傳播與文本傳播之間發生了言與文分離的人為阻隔，結果神話為文本所遮蔽。這主要是因為人與人之間的關係如何，已經成為中國社會中有史以來的一個首要問題，因而神與人之間的關係如何自然也就退隱其後：「夫民，神之主也。是以聖王先成民而後致力於神」，因為「國將興，聽於民；將亡，聽於神。神，聰明正直而壹者也，依人而行」。〔註3〕這樣，在神與人的關係被顛倒之後，神話顯然也就難以進入文本；而聖王與民之間關係的空前緊密，並且具體展現在中國歷史上最初的盛世記載之中。

這就是《尚書．堯典》中所描寫的盛世景象：「曰若稽古帝堯，曰放勳，欽明文思安安，允恭克讓，共被四表，格於上下。克明俊德，以親九族。九族既睦，平章百姓。百姓昭明，協和萬邦，黎民於變時雍。」〔註4〕由此，君民一體在自上而下的等級尊卑秩序中形成，於是，受命於天的聖王，也就是天子，若以君為本位來治世，必須知人善任並安撫黎民，所謂「知人則哲，能官人。安民則惠，黎民懷之。」不過，天子若以民為本位來行政，也就必須注意到民意的重要性──「天聰明，自我民聰明。天明畏，自我民明威。達於上下，敬哉有土！」〔註5〕其後在古文《尚書》中，也就出現了關於「民本」的初步概括：「天視自我民視，天聽自我民聽」，因而「天矜於民，民之所欲，天必從之」。要言之，就是「皇祖有訓：『民可近，不可下；民為邦本，本固邦寧』」。〔註6〕由此可見，所謂「民本」是與「君本」相對舉而成的中國文化意識，對人的生存開始進行從歷史到文化的初步確認，而在其後的經學闡釋中則被轉換為對人的存在進行從政治到道德的官方確認，故而民本意識已經被納入經學闡釋中的官方意識。

在原儒著作的四書之中，《論語》一方面提出天子治世的最高境界當為「博施於民而能濟眾」，「必也聖乎！堯舜其猶病諸！」另一方面又指出天子行政的現實途徑在於「民可使由之，不可使知之」。〔註7〕在這裡，孔子認為

〔註3〕《春秋左傳正義．桓公六年》、《春秋左傳正義．莊公三十二年》《十三經注疏》，下，上海，上海古籍出版社，1997年，第1750、1783頁。

〔註4〕《尚書正義．虞書．堯典》《十三經注疏》，上，上海，上海古籍出版社，1997年，第118～119頁。

〔註5〕《尚書正義．虞書．皋陶謨》《十三經注疏》，上，上海，上海古籍出版社，1997年，第138、139頁。

〔註6〕《尚書正義．周書．泰誓》、《尚書正義．夏書．五子之歌》《十三經注疏》，上，上海，上海古籍出版社，1997年，第181、156頁。古文《尚書》在漢代才出現，甚至到清代被視為是魏晉時期的著作，至唐代入經。儘管如此，其經學闡釋的影響仍然不言而喻。參見陳克明《群經要義》，北京，東方出版社，1996年，第74～81頁。

〔註7〕《論語注疏．雍也》、《論語注疏．泰伯》《十三經注疏》，下，上海，上海古籍出版社，1997年，第2479、2487頁。

連堯舜那樣的聖王，都是無法完全實現「博施於民而能濟眾」的治世理想的，其原因則在於天子行政是基於「不可使知之」的愚民狀態，由此而顯現出民本意識與君本意識之間的內在一致，也就是確保天子的統治權力。這正如荀子在其著作中引用孔子的話中所表明出來的那樣：「君者，舟也；庶人者，水也。水則載舟，水則覆舟。」〔註8〕民是統治的對象，也是統治的基礎，一旦失去民，君的統治也就不復存在。所以，深深感悟此說的唐太宗李世民要作出這樣的解說：「君依於國，國依於民，刻民以奉君，猶割肉以充腹，腹飽而身斃，君富而國亡。」〔註9〕這實際上成為民本意識在經學闡釋中的官方軌範。

在《孟子》之中，素來最為人所推崇的有關民本意識的民貴君輕這一說法是：「民為貴，社稷次之，君為輕」。如果不是斷章取義的話，應該注意其文本中的文化語境——「民為貴，社稷次之，君為輕，是故得乎丘民而為天子，得乎天子為諸侯，得乎諸侯為大夫。諸侯危社稷，則變置。犧牲既成，粢盛既潔，祭祀以時，然而旱乾水溢，則變置社稷。」然後才強調「君有大過則諫，反覆之而不聽，則易位」。由此可見，只有在丘民與天子之間的君民一體關係恒定不變的前提下，才有可能出現通過從諸侯到社稷的變置，直至君的易位這樣的民貴君輕過程，以鞏固加強天子的統治地位，因為民貴君輕的說法正是針對「春秋無義戰」的歷史語境而言的。〔註10〕不過，《孟子》中有關民貴君輕的說法，在客觀上表明對於統治秩序進行變置的合法性，因而隨著歷史語境的變動，有可能造成經學闡釋中的文本誤讀。所以，當宋代末年《孟子》入經之後，隨著皇權統治趨向集權專制，四書的經學地位領先於五經，明太祖朱元璋下令對《孟子》進行刪節而成《孟子節文》，其中「凡不以尊君為主，如『諫不聽則易其位』及『君為輕』之類，皆刪去」。〔註11〕由此可見對於民本意識在經學闡釋中進行的官方控制。

〔註8〕梁啟雄《荀子簡釋·哀公》，北京，中華書局，1983年，第403頁。

〔註9〕司馬光《資治通鑒》，第13冊卷192，北京，中華書局，1982年，第6026頁。

〔註10〕不過，能夠因「君有大過」而最後「易其位」者，當為「貴之卿戚」，而「異姓之卿」只能是「君有過則諫，反覆之而不聽，則去」。《孟子注疏·盡心下》、《孟子注疏·萬章下》《十三經注疏》，下，上海，上海古籍出版社，1997年，第2774、2746頁。所以，《論語注疏·季氏》中說「天下有道，則禮樂征伐自天子出；天下無道，則禮樂征伐自諸侯出。」而《孟子注疏·離婁上》中要說「得天下有道，得其民，則得天下矣。」《十三經注疏》，下，上海，上海古籍出版社，1997年，第2521、2721頁。

〔註11〕夏燮《明通鑒》第1冊卷4，北京，中華書局，1980年，第299頁。

這樣，從文化元典的五經到原儒著作的四書，在經學化的過程中，對於人的存在的確認從最初的歷史文化範圍逐漸縮小到政治道德之內，並且集中體現在民本意識上。

在清末經學啟蒙中，康有為等人接受了明末清初黃宗羲等經學異端的闡釋影響。這是因為從此時有關民本意識的經學闡釋來看，不僅脫離了經學闡釋的官方軌範，而且也擺脫了經學闡釋的官方控制，因而黃宗羲能夠通過所謂「大道之行，天下為公」的「大同」之世，「今大道既隱，天下為家」中「三代之英」的「小康」，〔註12〕來與皇權專制社會進行三者之間的當下對比，從這些政治理想與政治現實之間形成的強烈反差中，來揭示當以君為本位的治世走向皇權專制的同時，以民為本位的行政也就不復存在。由此表明，一旦君本意識壓倒了民本意識，兩者的內在一致被破壞，君民一體在利與害的絕對衝突中也就趨向君民分離，於是，「豈天下之大，於兆民萬姓之中，獨私其一人姓乎！」的吶喊，也就在中國第一次出現了。梁啟超認為黃宗羲此說不亞於盧梭的《社會契約論》：「盧騷《民約論》出世前之數十年，有這等議論，不能不算人類文化之一高貴產品」，並且「的確含有民主主義精神，雖然很幼稚，對於三千年專制政治思想為極大的反抗」。〔註13〕

不過，黃宗羲對於民本意識的個人闡發，仍然是基於經學立場上的經學闡釋，僅僅證明了民本意識在解除了君本意識控制的狀態之中，可能達到的個人闡釋的經學異端高度，實際上並沒有承認「兆民萬姓」是「天下」之主這樣的基本政治權利，最終也沒有能夠擺脫從民為邦本到民貴君輕這一民本意識的經學束縛。這就表明梁啟超的這一評價未免有所抬高而不確當，因為從民本意識之中是無法開出民主主義來的，只不過，民本意識可以作為融入民主主義精神的本土政治思想連接點，以延續反對皇權專制這一本土文化傳統。

實際上，相對於梁啟超在經學啟蒙多年後的這一過高評價，康有為直接在經學啟蒙之中著重闡發了消除皇權專制，注重天下之民的變法主張。提出「養民」與「教民」兩法。

首先，康有為指出：「夫國以民為本，不思養之，是自拔其本也」；而「養民之法：一曰務農，二曰勸工，三曰惠商，四曰恤窮」。這就在延續傳統的民

〔註12〕《禮記正義·禮運》《十三經注疏》，上，上海，上海古籍出版社，1997年，第1414頁。

〔註13〕梁啟超《中國近三百年學術史》，北京，東方出版社，1996年，第55、56頁。

為邦本的治世思路的同時，試圖打破農本商末的行政約束，強調「以商立國」而實現強國夢——「凡一統之世，必以農立國，可靖民心；並爭之世，必以商立國，可侔敵利，易之則困敝。」這其中就隱含著這樣的社會發展思路，農不足以養民，而商足以養民，中國必須通過政治體制的變法來促進經濟體制從傳統向著現代轉軌，因而養民之道莫過惠商，惠商而富民即養民。所以，康有為要說：「且夫古之滅國以兵，人皆知之；今之滅國以商，人皆忽之。以兵滅國，國亡而民猶存；以商滅人，民亡而國隨之。中國之斃，蓋由此也。」

其次，康有為提出：「然富而不教，非為善經，愚而不學，無以廣才，是在教民。」所以，面對「今地球既闢，輪路四通，外侮交侵，閉關未得，則萬國所學，皆宜講求」的全球開放格局，康有為在要求改革「求富貴而廢學業」的科舉考試的同時，一方面認為如要避免「天下民多而士少，小民不學，則農工商賈無才」現象的繼續存在，就必須改變「學塾經費少於兵餉數十倍，士人能通古今達中外者，郡縣乃或無人焉」的現狀；另一方面則認為如能正視「才智之民多則國強，才智之士少則國弱」的普世現象，就應該爭取「小民童子，人人皆得入學，通訓詁名物，習繪圖算法，識中外地理，古今史事，則人才不可勝用矣」。這就已經涉及到從等級教育到國民教育的現代轉向，儘管這一轉向在科舉制度沒有廢除之前，只能是與康有為推行政治變法相似的一場教育夢。

當然，無論是「養民」，還是「教民」，在康有為看來，其根本目的只能是：「夫先王之治天下，與民共之。《洪範》之大疑大事，謀及庶人為大同，《孟子》稱進賢殺人，待於國人之皆可。」〔註 14〕所以，即使是康有為對於民本意識進行了個人的重新闡釋，依然沒有脫離今文經學闡釋的政治制約，因而其主張能在「公車上書」中能得到廣泛認同，也就不言而喻。這樣，在戊戌變法之中，且不說「君民合治，滿漢不分，以定國是而一人心，強中國」的政治宏圖難以大展。〔註 15〕就是婦女纏足的惡俗，即便採取「乞特下明詔，嚴禁婦女裹足」的政治舉措也難以奏效，於是乎，所謂「舉國弱女，皆成全體，中國傳種，漸可致強，外人野蠻之譏，可以銷釋，其裨聖化，豈為小補」，〔註 16〕這種種的

〔註 14〕康有為《上清帝第二書》，湯志鈞編《康有為政論集》，上冊，北京，中華書局，1981 年。

〔註 15〕康有為《請君民合治滿漢不分摺》，湯志鈞編《康有為政論集》，上冊，北京，中華書局，1981 年。

〔註 16〕康有為《請禁婦女裹足摺》，湯志鈞編《康有為政論集》，上冊，北京，中華書局，1981 年。

大大好事，到頭來也不過是一場空。

從根本上看，民本意識對於中國人的文化塑造，導致了如同梁啟超所說的「國民元氣」喪失，其中最為重要的就是不能「自養獨立之性」，反而因「數千年受庇於」如同「大盜」、「篡賊」、「賤種」的種種皇帝統治，結果在皇權專制之中被塑造出「仰庇於人之心，習之成性」。這就難怪梁啟超會如此地痛心疾首：「吾不知我中國此種畜根奴性，何時能剷除之而化易之也？」這就是因為，「此根性不除破，雖有國不得謂之有人，雖有人不得謂之有國。」這就對民本意識的負面影響進行了較為深入的個人批判，與此同時，梁啟超從人的自覺出發，承認了中國文化中古已有之的獨立精神：「古所稱先知先覺者，皆終其身立於獨之境界者也。」由此，在經學啟蒙過程中已經出現了能與之相媲美的啟蒙先覺者，即「跳出於舊風氣之外者」。不過，梁啟超更為欣賞的是「跳出舊風氣而後能造成新風氣者。夫世界之所以長不滅而日進化者，賴有造新風氣之人而已」。〔註 17〕

這無疑表明，在從經學啟蒙到文學啟蒙的形態演變之中，民本意識在「跳出舊風氣」的經學啟蒙之中雖然得到了個人闡發，但同時也顯現出其受制於本土文化而產生了更為內在的負面影響。因此，在文學啟蒙中，如何通過中西文化交流而「造成新風氣」，顯然也就需要「別求新聲於異邦」，而這新聲就是以人為本位的人道主義。這樣，只有在從民本到人本的文化意識轉向中，才能繼續展開對人的存在進行從歷史到文化的重新確認。

「『人道主義』同『復興』之間的聯繫常常與人們所指的文藝復興時期的人道主義相關。事實上，我以為人道主義的狹義，正是指 15、16 世紀那種回復到古典學術和希臘語、希伯萊語以及拉丁語的人道主義運動。與此極不相同的是作為全球性人的哲學的人道主義，這種人道主義發源於西方世界的先知和東方的佛教教義，它是一種已有 2500 多年傳統的全球性人的哲學，文藝復興只是它的高峰之一」，它的主要原則及其特徵在於：「（1）相信人類是一個統一體，在我們每個人之外再不會發現任何人；（2）強調人的尊嚴；（3）強調人發展自身和完善自身的能力；（4）強調理性、客觀性與和平」。〔註 18〕因此，

〔註 17〕《國民十大元氣論》《飲冰室合集．飲冰室文集之三》，北京，中華書局，1989 年。該文載於《清議報》第 33 冊，1899 年 12 月 25 日。

〔註 18〕（美）埃里希．弗洛姆《作為一種全球性人的哲學的人道主義》《人的呼喚——弗洛姆人道主義文集》，王澤應、劉莉、雷希譯，上海，上海三聯書店，1991 年。

「全球性人的哲學」的主要原則顯然是以人本意識為思想根基，由歐洲的人道主義發展而成普世性的人道主義。

人道主義作為「全球性人的哲學」的出現，是與文化轉型從歐洲向著全球的現代拓展分不開的，同時又是與古希臘文化與基督教文化的傳統塑造分不開的。這是因為歐洲人本意識是在神性光輝照耀下問世的：不僅產生於在歐洲的古希臘的民族宗教中，而且也在進入歐洲的世界宗教基督教中得到延伸。事實上，在歐洲的宗教文化中，人的本位最初不過是對他們心目中神的本位的摹仿，只有在確認以神為本位的神本意識已經形成的前提下，才會產生與之相對應的以人為本位的人本意識。因此，神本意識與人本意識的文化對應在基督教神學之中完成，最終形成了神人一體的歐洲文化意識。

這個神人一體的神學幻象，隨著歐洲文藝復興運動在意大利率先興起而幻滅。彼得拉克強調「我不想變成上帝」，因為「上帝的世界是經過七重鉛封的世界，非凡人智力所能理解」，而「我是凡人，只要凡人的幸福」，於是，自然就提出：「我要問，對飛禽、走獸、魚蛇的特性知道得很多，而對人的本性一無所知，不知我們從何而來，往何而去，以及為什麼生活，這到底有什麼好處？」〔註 19〕這就發出了神人分離的第一聲吶喊，要求從「人的本性」出發來確立人的尊嚴，由對於人的普遍忽視轉向對於人的努力關注，從而促成了人道主義第一個高峰的歐洲出現。這就表明，歐洲人本意識的現代建構是在神人分離的過程中開始的，並且隨後在啟蒙運動以來的人道主義發展中不斷進行，從而成為能夠走向世界的人道主義的現代思想。

魯迅認為摩羅詩派所表現出來的批判精神，能夠促進人在不斷發展中走向人的自由，因而摩羅詩力影響所至，則「人得是力，乃以發生，乃以曼衍，乃以上征，乃至於人所能至之極點」。與此同時，在「已得大悟」的人的自覺之中，更能從心底裏發出嚮往人的自由與人道主義的激情吶喊：「為邦人之自由與人道之善故，犧牲孰大於是？」顯示出先覺者不怕犧牲敢於追求的大無畏批判精神。這樣，摩羅詩人就會「自必居於人前，而怒人之後於眾。蓋非

〔註 19〕李玉成《譯序》，（意）加林《意大利人文主義》，李玉成譯，北京，生活·讀書·新知三聯書店，1998 年。羅素認為：「和中古見解相反的近代見解，隨著名叫『文藝復興』的運動發源於意大利。最初，不過少數的人，主要是佩特拉克，抱有這種見解；但在十五世紀期間，近代見解普及到意大利教俗兩界絕大部分有教養的人士」。（英）羅素《西方哲學史》，何兆武、李約瑟譯，下卷，北京，商務印書館，1986 年，第 7 頁。

自居人前，不能使人勿後於眾故；任人居後而自為之前，又為撒但大恥故。」這就意味著，先覺者的使命，不僅在要不斷進行自我啟蒙，而且更在要堅持進行思想啟蒙，非如此，就不能在精神批判之中促進人的發展與自覺，因為只有在持久的個人批判之中，才有可能促成「自由在是，人道亦在是」的理想之國出現。〔註 20〕

魯迅將這樣的理想之國稱為「人國」，而要真正實現這一理想，就必須在中西文化交流之中由先覺者率先展開文化融合——「此所為明哲之士，必洞達世界之大勢，權衡較量，去其偏頗，得其神明，施之國中，翕合無間。外之既不後於世界之思潮，內之仍弗失固有之血脈，取今復古，別立新宗，人生意義，致之深邃，則國人之自覺至，個性張，沙聚之邦，由是轉為人國。」這就需要在文學啟蒙中，立足於人本意識來重新對人的存在進行全面確認，誠所謂「首在立人，人立而後凡事舉；若其道術，乃必尊個性而張精神」，從而使「人類尊嚴」與「個人尊嚴」最終趨向一致。〔註 21〕這樣，人道主義也就成為文學啟蒙賴以進行的現代文化思想的主要資源。

顯而易見的是，就文學啟蒙而言，人本意識之所以能夠取代民本意識，既是社會現代化的歷史需要，又是人的現代化的文化追求。民本意識偏向於政治運作，已經暴露出本土文化傳統影響的源遠流長；人本意識立足於人類發展，已能顯露出外來文化現代影響的深遠悠長，從而在從民本意識轉向人本意識的思想啟蒙過程中，隨著現代思想逐漸融入中國文化，已經開始建構文學啟蒙銳意追求的人道主義中國理想。

二、鼓吹「新民」的文學

在文化現代轉型之中思想啟蒙促發的中國文學的革命，成為文學現代轉型的現實運動：在接受外來思想影響以進行本土意識形態重建的同時，接受外來文學影響以推動本土文學革舊更新，從而呈現為從清末文學各界革命到民初文學革命的不斷演進的兩階段運動。對於中國文學的革命兩階段，從文學運動自身來看，除了政治條件的階段性差異之外，主要是本土文化影響與外來文化影響之間在現實運動中主導地位的強弱變化，具體而言，就是清末文學各界

〔註 20〕令飛（魯迅）《摩羅詩力說》《魯迅全集》，第 1 卷，北京，人民文學出版社，1981 年。該文連載於《河南》月刊第 2 號、第 3 號，1908 年 2 月、3 月。

〔註 21〕令飛（魯迅）《文化偏至論》《魯迅全集》第 1 卷，北京，人民文學出版社，1981 年。該文載於《河南》月刊第 7 號，1908 年 8 月。

革命中本土文化影響佔有強勢，文學傳統延續強勁；而民初文學革命中外來文化影響佔有強勢，文學現代取向強勁，從而表現為從清末文學各界革命到民初文學革命，本土文化影響的逐漸弱化，而外來文化影響的逐漸強化，促使中國文學的革命得以在傳統延續的內在牽引之中繼續其現代取向的全面進行。

早在清末文學各界革命的發端過程中，嚴復在《原強》中就提出：「民智之何以開，民力之何以厚，民德之何以明，三者皆今日至切之務，固將有待而後言。」不過，嚴復主要是據達爾文的「天演論」，而視「民智為最急」，於是就「民智之何以開」進行了初步討論，同時也指出斯賓塞的「群學」，「與吾《大學》所謂誠正修齊治平之事有不期而合者」，可據以討論「民德之何以明」。〔註 22〕這實際上就公開提出了思想啟蒙必須以全體國民為主要對象。也許是因為這一個人主張有所超前，所以嚴覆沒有將這一討論進行下去。不過，隨著《天演論》在社會上流傳而反響日增，因而嚴復關於「民智之何以開，民力之何以厚，民德之何以明」的討論設想，又引起了時任《時務報》主筆的梁啟超的關注，準備在《時務報》上轉載《原強》而藉此展開討論。於是，嚴復在 1896 年 10 月給梁啟超的覆信中寫道：「拙譯《天演論》，僅將原稿寄去。登報諸稿，挑寄數篇」，其中「《原強》如前所陳，擬更刪益成篇」。〔註 23〕於是，嚴復在修訂《原強》時，根據「達爾文曰『物各競存，最宜者立』」，明確提出「鼓民力」、「開民智」、「新民德」的主張，並且指出「新民

〔註 22〕嚴復《原強》，王栻主編《嚴復集》，第一冊，北京，中華書局，1986 年。該文連載於《直報》，1895 年 3 月 4 日、9 日。在這裡，「群學者何？用科學之律令，察民群之變端，以明既往測求古源盡者將求也」；「荀卿曰：『民生有群。』群也者，人道所不能外也。群有數等，社會者，有法之群也。」因此，無論是「群學」，還是「群」，都不完全等同於來自日語中的「社會學」與「社會」，而應是介乎於社會學與人類學之間的中國概念，尤其是「群」既可以是社會學意義上的社會群體，又可以是人類學意義上的文化群體。嚴復《譯〈群學肄言〉自序》、《〈群學肄言〉譯余贅語》，王栻主編《嚴復集》，第一冊，北京，中華書局，1986 年。與此同時，所謂「群治」，不過是針對從社會群體活動到文化群體活動這樣的「民群之變端」，而出現的調節治理過程及其相關規範，由此而呈現為興衰立廢的古今演變，致使「群治之難言」，從而促使「言群治者必由學」，故「誠知群學之難」。高鳳謙《〈群學肄言〉序》，王栻主編《嚴復集》，第五冊，北京，中華書局，1986 年。

〔註 23〕嚴復《與梁啟超書》，王栻主編《嚴復集》，第三冊，北京，中華書局，1986 年。《天演論》的翻譯出版，至少在 1895 年初就已經開始，此時距原作出版的 1893 年還不到兩年。參見王栻主編《嚴復集》，第五冊，北京，中華書局，1986 年，第 1317 頁。

德之事，尤為三者之最難」，因為只有「平等義明，故其民知自重而有所勸於為善」。然而，中國的社會現狀卻是：「蓋自秦以降，為治雖有寬苛之異，而大抵皆以奴虜待吾民。」所以，嚴復最後認為倡言「新民德」的時機還沒有到，而當務之急則是「吾友新會梁任公」所說的政治變法。〔註 24〕顯而易見的是，由於嚴復在修訂《原強》的過程中，將「新民德」的學理依據從本土的四書改變為外來的「平等說」，致使修訂後的《原強》不能在堅持推行經學啟蒙的《時務報》上發表。

不過，梁啟超在 1897 年 3 月給嚴復的信中，對於嚴復「謂教不可保，而亦不必保。又曰保教而進，則又非所保之本教矣」之論，大加稱讚——「不服先生之能言之，而服先生之敢言之也。」這就在事實上承認了即便是經學啟蒙，對於官方意識形態的權威性也已經從根本上進行了衝擊，不過，梁啟超此時還是堅持認為「譬猶民主，固救時之善圖也；然今日民義未講，則無寧先借君權以轉移之」。這就表明了經學啟蒙沒有能夠擺脫民本意識的直接影響，並且在政治變法之中還要依託於君權的支撐，使之難以擺脫君權的思想專制控制。儘管如此，梁啟超還是要進行有關「民義」的個人探討，於是告訴嚴復稱「啟超近為《說群》一篇」，並且即將發表。〔註 25〕由此可見，即使是在經學啟蒙高潮中，外來文化影響對於先覺者也同樣會產生程度不等的思想啟蒙作用，只不過，對於先覺者之中不同的個人來說，這一影響的實際作用通常會因人而異。

梁啟超秉承康有為所言「以群為體，以變法為用」的「治天下之道」，參照嚴復的《天演論》與譚嗣同的《仁學》，認為「能群焉謂之君，乃古之君民者」，反之；「其自號於眾」而稱孤道寡，則「謂之獨夫」，由此出現「以群術治群，群乃成；以獨術治群，群乃敗」的理想與現實之間的巨大反差。不過，在此時的梁啟超看來，「泰西之治，其以施之國群則至矣；其以施之天下群猶未也。」於是，中國三代以上的大同之世的「天下群」，遠勝於泰西行之有效的民主之治的「國群」，而從學理的文化本根上看，「天下群」所體現的就是——「《易》曰：『群龍無首吉』，《春秋》曰：『太平之世，天下遠近大小若一』，《禮記》曰：『大道之行，天下為公』」。隨後，梁啟超據西學而言，以「地球」、「人身」的構造為例而「說群」，以論證「群者，天下之公理」；又以「物」的

〔註 24〕嚴復《原強修訂稿》，王栻主編《嚴復集》，第一冊，北京，中華書局，1986 年。
〔註 25〕《梁啟超致嚴復書》，王栻主編《嚴復集》，第五冊，北京，中華書局，1986 年。

「兩種力」為依據而辯「群理」，以證明「群者萬物之公性」。〔註26〕此時，梁啟超對於「國群」與「天下群」之辨，以及「說群」之辯，顯然是延續了中體西用的傳統理路，從而導致眼見為實的本土文化與耳聽為虛的外來文化，在個人想像之中形成了啟蒙之思的錯位。這就需要打破經學啟蒙的思想封閉，而在當時要做到這一點，就必須走出國門去。

1898年9月，戊戌變法失敗之後，梁啟超東渡日本，在《飲冰室自由書·敘言》中寫出個人至深感受：「自東徂以來，與彼都人士相接，誦其詩、讀其書，時有所感觸」——「每有所觸，應時援筆，無體例，無宗旨，無次序，或發議論，或記事，或鈔書，或用文言，或用俚語，惟意所之。莊生曰：『我朝受命而夕飲冰，我其內熱歟。』以名吾室。西儒彌勒·約翰曰：『人群之進化，莫要於思想自由，言論自由，出版自由。』三大自由，皆備於我焉，以名吾書。」〔註27〕於是，梁啟超對於人的自由的域外感受進行溢於言表的個人自由表達，從這一個人生命的自由狀態的獲得之中，所能看到的正是個人的思想自由，只有在個人權利得到有效保障的國度之中，才能夠得到真正實現，從而有可能產生出自由思想來。

不過，梁啟超尚未脫離其固有思路，仍將「國權與民權」視為一體，即便是能夠提出「今天下第一等議論，豈不曰國民哉？」這一思想啟蒙的主體性命題，但由於沒有能夠從根本上認識到思想啟蒙就是實現從個人自覺到國民覺悟，以進行人的中國發現的思想革命，因而還是從民本意識出發，堅持認為：無論是「我民自由之權」遭到「歷代之民賊」的剝奪侵蝕，還是「我國自由之權」遭到「歐美之虎狼國」的鯨吞蠶食，其最大原因在於「我國民」對自由權利的「自放自棄」。〔註28〕這顯然是以倒果為因的方式，來強調對國民進行有關自由權利的思想啟蒙是非常必要的，因而也就毋視「我國民」的自由權利從未存在過的中國事實，更遑論自由意識的中國萌生。究其根源，不過是此時從政治革命角度來看人的自由發展所難免的中國偏頗。

不過，梁啟超從日本明治維新中有識之士所鼓吹的「破壞主義」主張中

〔註26〕《說群序》、《說群一群理一》《飲冰室合集·飲冰室文集之二》，北京，中華書局，1989年。該文載於《知新報》第18冊，1897年，5月17日。

〔註27〕《飲冰室合集·飲冰室專集之二》，北京，中華書局，1989年。該文載於《清議報》第25冊，1899年8月26日。

〔註28〕《國權與民權》《飲冰室合集·飲冰室專集之二》，北京，中華書局，1989年。該文載於《清議報》第30冊，1899年10月15日。

受到啟發，「歷觀近世各國之興，未有不先以破壞時代者」，從而推導出「務摧倒數千年之舊物」的「破壞主義之不可以已」的歷史發展觀。指出「戀舊之性質，實阻閡進步之一大根原也」，要求進行「快刀斬亂麻」式的思想啟蒙，「使百千萬億蠕蠕戀舊之徒，瞠目結舌，一旦盡失其根據之地，雖欲戀亦無可戀，然後驅之以上進步之途」，以實現「國國自主，人人獨立」的世界大同。於是，梁啟超提出：「歐洲近世醫國之國手不下數十家。吾視其方最適於今日之中國者，其惟盧騷先生之《民約論》乎！」〔註 29〕在這裡，儘管依然存在著民本意識的內在影響，但是，梁啟超最終還是對歐洲啟蒙思想進行了政治革命的個人認同。由此而來，梁啟超既然已經認識到中國的思想啟蒙需要與歐洲現代思想接軌，也就不再繼續留戀經學啟蒙而轉向文學啟蒙；與此同時，梁啟超又強調了先覺者進行自我啟蒙的重要性，隨即在 1900 年公開倡言詩界革命與文界革命。

隨著清政府從 1901 年開始推行「新政」，側重政治革命的「清議」也就開始轉向注重思想革命的「新民」。這樣，1898 年 12 月 23 日創刊的《清議報》，在 1901 年 12 月 21 日出滿 100 冊後停刊，梁啟超隨即在 1902 年 2 月 8 日創刊《新民叢報》。〔註 30〕從《清議報》到《新民叢報》，不僅表明梁啟超在辦報之中為適應中國政治變革的現實需要而進行的個人選擇，而且也成為由政治革命進於思想革命的中國文化現代轉型趨向整體性的世紀標誌。

展望新世紀的中國，梁啟超看到了「今年之競言維新」的「革新之機」，要求展開「平等主義自由思想」的啟蒙以推進政治改革，「吾意今世紀之中國，其波瀾俶詭，五光十色，比更有壯奇於前世紀之歐洲者。」〔註 31〕同時，「若西儒哈密兒頓曰：『世界莫大於人，人莫大於心。』誠哉言乎。而此心又有突如其來，莫之為而為，莫之致之而至者。若是者我自忘其為我，無以名之，名之曰『煙士披里純』。INSPIRATION（煙士披里純）者，發於思想感情最高潮之一剎那頃」，不僅由之而顯現出「盧騷心力之大，所謂放火於歐洲億萬人心之火種」，而且也當以之「日與相隨，雖百千阻力，何所畏懼。雖擎天事業，

〔註 29〕《破壞主義》《飲冰室合集・飲冰室專集之二》，北京，中華書局，1989 年。該文載於《清議報》第 30 冊，1899 年 10 月 15 日。

〔註 30〕參見李國俊編《梁啟超著述繫年》，上海，復旦大學出版社，1986 年，第 64、65 頁。

〔註 31〕《十九世紀之歐洲與二十世紀之中國》《飲冰室合集・飲冰室專集之二》，北京，中華書局，1989 年。該文載於《清議報》第 96 冊，1901 年 11 月 1 日。

何所不成」。〔註 32〕這樣，強調億萬人之間能夠達到在彼此心中的「思想感情最高潮」如雷火電石般的剎那會通，也就意味著文學啟蒙的對象勢必從先覺者擴大到全體國民，因而清末文學各界革命也就隨之從士人所矚目的詩界和文界，擴張到百姓所傾心的小說界，從而催生了「新民」的文學思潮。

所以，梁啟超在倡言「新民說」的過程中，一開始就提出「國也者積民而成」，而「未有其民愚陋、怯弱、渙散、渾濁，而國猶能立者」，因而指出「新民之道不可不講」。〔註 33〕不過，梁啟超倡言「新民說」當然是基於現實的政治需要。因此，在《論新民為今日中國第一急務》中，在強調「內治」與「外交」為當務之急的前提下，梁啟超指出：「吾國言新法數十年，而效不睹者何也？則於新民之道未有留意焉者也。」這其中的根本原因就在於中國無新民之舉，「苟有新民，何患無新制度、無新政府，無新國家。」由此，梁啟超要求「今草野憂國之士」必須放棄對於「安得賢君相」的留戀，而確立「新民」的信念：「新民云者，非新者一人，而新之者又一人也，則在吾民之各自新而已。孟子曰：『子力行之，亦以新子之國。』自新之謂也，新民之謂也。」非如此，就不能「使吾四萬萬人之民德、民智、民力」與「民族帝國主義」相抗衡。〔註 34〕這就在以全體國民為本位的政治基礎上，強化了新民的政治功利性，直接影響到「吾民各自新」之中的文學啟蒙。

首先，梁啟超認為「新民者，非欲吾民盡棄舊以從人也。新之義有二：一曰，淬厲其所本有而新之；二曰，採補其所本無而新之。二者缺一，時乃無功」。因此，在中西文化交流中展開思想啟蒙以新民，無論是對於本土文化的思想選擇，還是對於外來文化的思想選擇，都要以其與新民是否相關為基準。其次，梁啟超承認文學能夠表現一國文化中「國民獨具之特質」，以顯現出文化之中存在著的「上至道德法律，下至風俗習慣、文學美術，皆有一種獨立之精神」。因此，在取長補短的新民之中，不能本末倒置而「不知民德、民智、民力，實為政治、學術、技藝之大原」。總而言之，「新民云者，非欲吾民盡棄舊以從人也」，既不要「心醉西風」，也不要「墨守故紙」，只有意識到「有衝突必有調

〔註 32〕《煙士披里純（INSPIRATION）》《飲冰室合集．飲冰室專集之二》，北京，中華書局，1989 年。該文載於《清議報》第 98 冊，1901 年 12 月 1 日。

〔註 33〕《敘論》《飲冰室合集．飲冰室專集之四》，北京，中華書局，1989 年。該文載於《新民叢報》第 1 號，1902 年 2 月 8 日。

〔註 34〕《飲冰室合集．飲冰室專集之四》，北京，中華書局，1989 年。該文載於《新民叢報》第 1 號，1902 年 2 月 8 日。

和，衝突者調和之先驅也」，才能由「善調和」而造就「一國國民之資格」。〔註35〕由此可見，在梁啟超看來，新民將是以全體國民為對象，從社會到文化的一個全面展開的群治過程，因而文學與群治之關係，也就不能不加以思考，這是因為小說是與全體國民最為相關的文學樣式。

於是乎，梁啟超創刊《新小說》，發表《論小說與群治之關係》，來倡言「欲新一國之民，不可不先新一國之小說」的「小說界革命」，以能夠「新道德」、「新宗教」、「新政治」、「新風俗」、「新學藝」、「乃至欲新人心，欲新人格，必新小說。何以故？小說有不可思議之力支配人道故。」

這並非意味著小說是「文之淺而易解者」，更不是「以賞心樂事為目的者」，關鍵在於，小說不僅能「常導人遊於他境界，而變換其常觸常受之空氣也」；而且能將「人之恒情，於其所懷抱之想像，所經歷之境界」而「和盤托出，澈底而發露之」，「感人之深，莫此為甚」，從而指出「此二者實文章之真諦，筆舌之能事。苟能批此窾，導此竅，則無論為何等之文，皆足以移人」。在這裡，所謂「移人」，不過是基於天道與人道遙相呼應的本土文化傳統，通過對「新民之道」這一當下「人道」進行文學表達，以實現其對全體國民的最終「支配」。

這樣，梁啟超從文學接受的角度確認了小說的「移人」效應，並且由此而推及到整個文學乃至一切文章；繼而又回到小說，稱「諸文中能極其妙而神其技者，莫小說若，故曰小說為文學之最上乘也」。在這裡，梁啟超從小說出發，將文學的審美功用僅僅視為「移人」之「技」，因而也就妨礙其不得更進一步，去確認文學的審美本質，致使文學成為新民之具，而小說之所以能夠成為「文學之最上乘」，也不過是因為小說在新民之中的「移人」效應最大。

即使是梁啟超提出「抑小說之支配人道也，復有四種力」，在其先後縱論「薰」、「浸」、「刺」、「提」之中，主要進行的是由外而內的普通心理學分析，而不是由內及外的審美心理學分析，更加注重小說可以「移人」的社會效應，而忽視小說何以「移人」的個人創造。這就難怪梁啟超會直接對文學進行善惡之分的二元道德評價：「有此四力而用之於善，則可以福億兆人；有此四力而用之於惡，則可以毒萬千載。而此四力所最易寄者惟小說。可愛哉小說！可畏哉小說！」由此可見，梁啟超深受本土文學中「文以載道」傳統的負面影響，

〔註35〕《釋新民之義》《飲冰室合集．飲冰室專集之四》，北京，中華書局，1989年。該文載於《新民叢報》第1號，1902年2月8日。

從道德教化的政治效果來認可文學的功用。

於是，在文學觀念沒有得到現代更新的個人前提下，梁啟超基於「心理學」知識而提出：「小說之為體其易入人也既如彼，其為用之易感人也又如此，故人類之普遍性，嗜他文終不如其嗜小說。」這樣，小說的體用與新民的體用也就相輔相成，無論是新民之體與小說之用之間的工具關係，還是小說之體與新民之用之間的接受關係，共同顯現出文學與群治之間的教化關係：「知此義，則吾中國群治腐敗之總根原，可以識矣。」具體而言，這就是在梁啟超看來，中國小說之「惡」與「毒」已經成為「可畏」的「群治腐敗」現實，所謂「蓋百數十種小說之力，直接間接以毒人」——「即有不好讀小說者，而此等小說，既已漸漬社會，成為風氣，其未出胎也，固已承此遺傳焉，其既入世也，又復受此感染焉，亦不能自拔，故謂之間接。」這就在過於誇大小說的社會影響的同時，將以全體國民為本位的新民轉換以小說為本位的新民，在將小說教化誇張為「文學之最上乘」之中，實質上將小說審美貶低到文學最下乘。

這就難免梁啟超會發出這樣的驚呼——「嗚呼，小說之陷溺人群，乃至如是，乃至如是！大聖鴻哲數萬言諄誨之而不足者，華士坊賈一二書敗壞之而有餘。」甚至會如此誇大其詞地稱小說「為一社會中不可得避，不可得屏之物，於是華士坊賈，遂至握一國之主權而操縱之矣」。所以，從小說之惡可誤國到小說之善可救國，得出這樣的一百八十度大轉彎的結論，對於梁啟超來說，也就是如此地自然而然：「故今日欲改良群治，必自小說界革命始；欲新民，必自新小說始。」〔註 36〕這就將小說之新視為「新民」的工具之新，而無視小說界革命還應包容著比「改良群治」更為重要的小說自身革命，從而將思想革命等同於政治革命，促使文學啟蒙發生政治轉向，以滿足從內治到外交的現實需要。

當然，必須看到梁啟超此時在文學啟蒙中鼓吹「新民」的文學，與清末新政的直接影響是分不開的，因而在小說界革命中大力推行以「發起國民政治思想，激勵其愛國精神」為宗旨的「新小說」模式。〔註 37〕與此同時，對於小說

〔註 36〕《小說與群治之關係》《飲冰室合集·飲冰室文集之十》，北京，中華書局，1989 年。該文載於《新小說》第 1 期，1902 年 11 月 14 日。

〔註 37〕新小說報社《中國唯一之文學報新小說》，黃霖、韓同文選注《中國歷代小說論著選》，下，南昌，江西人民出版社，1985 年。該文載於《新民叢報》第 14 號，1902 年 7 月 15 日。

審美較為注重本土文學傳統的延續，而較少借鑒外來現代文學進行自主的積極更新，反而在有意無意之間予以不斷的忽略。這樣一來，最後勢必導致小說在脫離政治功利之後走向其商業功利追逐的反面：「然則今後社會之命脈，操於小說家之手泰半，抑章章明甚也，而還觀今之所謂小說文學者何如？嗚呼！吾安忍言！吾安忍言！其什九則誨盜與誨淫而已，或則尖酸輕薄毫無取義之遊戲文也，於以煽誘舉國青年子弟」，「於是其思想習於污賤齷齪，其行誼習於邪曲放蕩，其言論習於詭隨尖刻。」〔註 38〕顯然，梁啟超十餘年來一直堅持其對於小說教化的個人看法，仍然是從小說與社會，尤其是群治之關係來審視小說的發展。

事實上，在清末文學各界革命之中，梁啟超是具有其特殊地位的：他在倡言清末文學各界革命以鼓吹文學新民的同時，以自己的「飲冰室詩話」為詩界革命搖旗吶喊，以自己的「新文體」寫作為文界革命鳴鑼開道，更是以自己對「新小說」的身體力行為小說界革命開天闢地。因此，梁啟超無疑可以視為清末文學各界革命的代表人物，他的個人創見與侷限，尤其是強調文學教化而忽略文學自身發展，可視為清末文學各界革命的創舉與不足的個人縮影。〔註 39〕所以，在清末文學各界革命中，「新民」的文學能夠成為具有主導性的文學思潮，也就不是偶然的，顯現出它與清末新政所啟動的中國社會現代化，與文學啟蒙所發動的人的現代化，與中國文學的革命所標示的文學現代化，都保持著現實的一致。

三、倡導「人的文學」

隨著中國文學的革命從清末文學各界革命向著民初文學革命的發展，文學思潮主流也隨之發生了階段性的轉換，從「新民」的文學轉向「人的文學」。就中國文學思潮的現代生成而言，清末文學各界革命的文學思潮中，出現了文學思潮的諸多分野，除了以梁啟超的文學「新民說」之外，還分別存在著王國維的文學「遊戲說」與魯迅的文學「立人說」。不過從純文學的角度來看，王國維的文學「遊戲說」與魯迅的文學「立人說」同屬文學審美論，與梁啟超的

〔註 38〕梁啟超《告小說家》，陳平原、夏曉虹編《二十世紀中國小說理論資料（第一卷）1897～1916》，北京，北京大學出版社，1997 年。該文載於《中華小說界》第 2 卷第 1 期，1915 年 1 月 1 日。

〔註 39〕參見吳組緗、季鎮淮、陳則光《中國近代文學鳥瞰——〈大系．總序〉》，本社編《中國近代文學的歷史軌跡》，上海，上海書店出版社，1999 年。

文學「新民說」所主張的文學教化論直接對應而並存，因而在文學啟蒙之初就出現了文學審美與文學教化之間的二元對立，從而顯現出本土文學中「言志」與「載道」二元對立的傳統延續。

顯而易見的是，本土文化影響並不限於文學之內，而是更直接地表現為本土文化中民本意識影響，在從經學啟蒙到文學啟蒙的形態演變過程之中依然佔據著強勢地位，因而促成了「新民」的文學在清末文學各界革命中的文學思潮主導地位，也就不足為怪。更為重要的是，隨著外來文化影響轉為強勢，現代的人本意識取代了傳統的民本意識，文學審美的「人的文學」在現代文學思潮的中國生成中成為主流，同樣也是不足為怪。當然，這並不意味著文學教化論的本土影響的消除，而是在中國文化現代轉型中融入了文學工具論，在文學啟蒙的政治道德層面上繼續發揮其源遠流長的內在牽引。

從清末文學各界革命到民初文學革命，中國文學的革命語境已經發生了根本性的變化，文學現代化被提上了議事日程。1913 年 2 月，在《教育部編撰處月刊》的創刊號上，魯迅發表《擬播布美術意見書》，一開始就明確提出：「美術為詞，中國古所不道，此之所用，譯自英之愛忒（art or fine art）。」顯然，「美術」（尚可譯為藝術或純藝術）一詞，此時對於文學啟蒙的先覺者來說，早已不是一個新詞，而對於文學啟蒙主要對象的全體國民來說，無疑是一個「新學語」，因為在中國從來只有具體的詩文、小說、傳奇及其觀念，而沒有抽象的藝術觀念。事實上，如果沒有觀念上的藝術之思，藝術的審美自然會被視為是少數人之能事。所以，魯迅堅持認為：「蓋凡有人類，能具二性：一曰受，二曰作。受者譬如曙日出海，瑤草作華，若非白癡，莫不領會感動；既有領會感動，則一二才士，能使再現，以成新品，是謂之作。」這就確認了所有正常人都具備進行個人審美的藝術能力。

於是，魯迅依據從柏拉圖到黑格爾，諸多人的藝術分類之說，對「美術」分別進行「靜」與「動」；「目」、「耳」、「心」；「形」與「聲」；「摹擬」與「獨造」；「致用」（「實用」）與「非致用」（「非實用」），這樣的種種歸類，以有助於國人對於「美術」進行概念上的理解。實際上，魯迅早在《摩羅詩力說》中就確認「文學為美術之一」。

由此，魯迅對「美術的目的」進行了申說：「言美術之目的者，為說至繁，而要以與人享樂為臬極，惟於利用有無，有所抵午。主美者以為美術目的，即在美術，其於他事，更無關係。誠言目的，此其正解。然主用者則以為美術必有利於世，倘其不爾，即不足存。顧實則美術誠諦，固在發揚真美，以娛人情，比其見利致用，乃不期之成果。」所以，魯迅在承認藝術以自身為目的這一「正解」理想的同時，指出藝術的「顧實」現實就是在「發揚真美」之中實現「不期」之用，即《摩羅詩力說》中所說的「純文學」的「不用之用」。

所以，魯迅對「美術」如何「致用」的認識，能夠從中國社會現代化的現實需要出發，指出「美術可以表見文化」、「美術可以輔翼道德」、「美術可以救援經濟」。在這裡，「美術可以表見文化」是最根本之用——「凡有美術，皆足以徵表一時及一族之思惟，故亦即國魂之現象；若精神遞變，美術輒從之以轉移。」這就與《摩羅詩力說》中以文學審美促進「精神國民之發揚」是一脈相承的。因此，無論是現實的文化，還是文化的歷史，「亦往往以美術之力，得以永在。」只有在這樣的認識前提下，才可以通過「美術」來「輔翼道德」，因為「美術之目的，雖與道德不盡符，然其力足以淵邃人之性情，崇高人之好尚」，審美在促進人的發展中，與道德之間具有美善價值追求的相似性；也才可以通過「美術」來「救援經濟」，因為「美術弘布，作品自勝，陳諸市肆，足越殊方」，審美在社會傳播的過程中，與經濟之間具有市場商品流通的相似性。

這樣，文學作為語言的藝術，始終是與人的文學審美分不開的，人的地位決定著文學的地位，而人的創造決定著文學的創造，人的發展決定著的文學發展；反之，文學的地位顯現出人的地位，文學的創造顯現出人的創造，文學的發展顯現出人的發展，從而如同《文化偏至論》中所說的那樣，通過「尊個性而張精神」的文學審美，將能進入「人類尊嚴」與「個人尊嚴」趨向一致的審美境界。因此，「播布美術」就是要使其「傳諸人間，使與國人耳目接，以發美術之真諦，起國人之美感，更以翼美術家之出世」。更為難得的是，魯迅擬定了「播布美術之方」，進行與藝術發展密切相關的，諸如「建設事業」、「保存事業」、「研究事業」這樣的現代體制性保障的個人設計。然而，魯迅的這一舉措，在當時的政治環境中無疑是一種具有超前性的個人設想。

不過，魯迅高度評價了文學審美中作者的創造性——「故作者出於思，倘其無思，即無美術。然所見天物，非必圓滿，華或槁謝，林或荒穢，再現之際，當加改造，俾其得宜，是曰美化，倘其無是，亦非美術。故美術有三要素：一曰天物，二曰思理，三曰美化。緣美術必有此三要素，故與他物之界域極嚴。」〔註 40〕這樣，作者在創作過程中能否把握其審美對象，能否激發其創作意圖，能否完成其形象塑造，不僅會影響到作者是否成其為作者的審美之判，也會影響到文學是否成其為文學的審美之辨。於是乎，無論是從文學啟蒙的現實展開來看，還是從文學思潮的現實生成來看，什麼樣的作者，才是中國文學現代化最需要的作者呢？

儘管魯迅在當時並沒有作出明確的回答，但是，這並不意味著魯迅沒有進行過相關的思考，之所以不明確地說出，恐怕也是出於時機未到的個人考慮。所以，在民初文學革命興起之後，魯迅就對作者提出了明確的要求——首先，作者本人應該「是能引路的先覺」，「固然須有精熟的技工，但尤須有進步的思想與高尚的人格」；其次，作者的創作「其實是他的思想與人格的表現。令我們看了，不但喜歡賞玩，尤能發生感動的，造成精神上的影響」；最後，作者的作品「是表記中國民族知能最高點的標本，不是水平線以下的思想的平均分數」。〔註 41〕實際上，魯迅不僅要求「先覺」的作者能夠通過自我啟蒙達到中國文化現代轉型的思想最高點，而且也要求「中國民族」的全體國民在文學啟蒙中能夠超越傳統文化的思想底線，從而要求從人的發展出發來進行文學審美，以促成「人的文學」文學思潮的主導地位。

這就將「表見文化」的文學通過人的審美與文學啟蒙直接聯繫起來，而思想啟蒙的新文化運動主要以文學革命這一運動形態現實地展開。於是，民初文學革命在進行思想革命的同時，開始了從「新民」的文學到「人的文學」的文學思潮轉向。

1915 年 9 月，《青年雜誌》的創辦，標誌著新文化運動的興起。陳獨秀首先指出「近代文明之特徵，最足以變古之道，而使人心社會劃然一新者，厥有三事：一曰人權說，一曰生物進化論，一曰社會主義」，而近代文明「乃

〔註 40〕《魯迅全集》第 8 卷，北京，人民文學出版社，1981 年。儘管魯迅是以中華民國教育部官員身份發表《擬播布美術意見書》的，但是，由於體制性保障缺乏合法性權力的支撐，到頭來依然只能是個人「意見」而很難得到政府的認可，以及社會的認同。這是因為「在當時。國家的統一依然只是一種理想，新的國家機構，如國會、總統府正處於形成並設法取得其合法性的過程中。在這種情況下，國家領導集團的成敗對一切革命者來說來仍相當重要，而且它們也將影響總的政治氣候。」（美）費正清主編《劍橋中華民國史》，第一部，章建剛等譯，上海，上海人民出版社，1991 年，第 230 頁。

〔註 41〕唐俟（魯迅）《隨感錄（四三）》，《新青年》6 卷 1 號，1919 年 1 月 15 日。

歐羅巴人之所獨有」而「移植亞美利亞，風靡亞細亞者」。〔註42〕這就表明新文化運動所接受的文化思潮影響，主要是十九世紀歐洲的現代文化思潮，尤其是人道主義的人本意識。

所以，陳獨秀在《敬告青年》之中，這樣寫道：「予所欲涕泣陳詞者，惟屬望於新鮮活潑之青年，有以自覺而奮鬥耳！」在這裡，青年不只是生理上的，而主要是精神上的，將「發揮人間固有之智慧，抉擇人間種種之思想」，「自度度人，社會庶幾其有清寧之日也」，要言之，青年即喚起國人與改造社會的先覺者。於是，陳獨秀指出青年自覺之「六義」，其中最重要的兩義就是「自主的而非奴隸的」與「科學的而非想像的」，首先據人權說而言解放之崇，要在「以自主為本位」而造就「個人獨立平等之人格」；其次因科學而言理性之尊，要在「說明真理，事事求諸證實」。這是因為「近代歐洲之所以優越他族者，科學之興，其功不在人權說下，若舟車之有兩輪焉」，所以，「國人而欲脫蒙昧時代，羞為淺化之民也，則急起直追，當以科學與人權並重」。不過，其他四義之中，除了「進步的而非保守的」一義要求「創造進化」，「世界的而非鎖國的」一義反對「特別國情」之外，「進取的而非退隱的」一義與孔子和墨子的入世說有關，「實利的而非虛文的」一義與「吾國初民之俗」有關。〔註43〕由此可見，陳獨秀所受本土文化傳統影響之深，這也是後來他將人權說進行政治簡化之後而改稱民主的內在根源。

陳獨秀對於文學革命倡導的個人認識，始於對「現代歐洲文藝史」中「文藝思想之變遷」的歷史考察，同時又提出「文學者，國民最高精神之表現也，國人此種精神萎頓久矣」。〔註44〕在這裡，國民與國人之分，是對自覺的與不覺醒的中國人精神狀態之別，也就比梁啟超有關「國民資格」的「新民說」更進了一步。所以，文學革命就是要通過文學啟蒙來促成從國人覺醒到國民自覺。由於陳獨秀是在「記者識」中作如此說，顯得過於簡單而不明確，故而其所說與其所刊載的「古典主義之詩」之間出現了巨大的文學反差，直接引起了胡適的誤認，結果反倒引發文學革命的個人之思，促成《文學改良芻議》的發表，標示著民初文學革命的正式興起。

〔註42〕《法蘭西人與近世文明》，《青年雜誌》1卷1號，1915年9月15日。

〔註43〕《青年雜誌》第1卷第1號，1915年9月15日。

〔註44〕陳獨秀《寄會稽山人八十四韻．記者識》《青年雜誌》1卷3號，1915年11月15日。

胡適在給陳獨秀的信中提出「文學革命」的「八事」，理應包括「形式上之革命」與「精神上之革命」。但是，在回答胡適的來信之中，陳獨秀先是懷疑胡適：「若專求『言之有物』，其流弊將無誤毋同於『文以載道』之說？以文學為手段為器械，必附他物以生存」，同時又強調文學「自身獨立存在之價值」不可「輕輕抹殺」。〔註45〕其後，在回答其他讀者的來信中，陳獨秀仍舊申說自己「固不承認文以載道之說」，仍然懷疑胡適所說的「言之有物」是否與「文以載道」同調，同時又堅持「文學美文」之說。〔註46〕所以，胡適在《文學改良芻議》之中將「精神上之革命」放到「形式上之革命」之前，將「言之有物」從「文學革命」的「八事」之末提到首位來加以討論，以解除陳獨秀的置疑。

胡適斷言「言之有物」之「物」，決非「文以載道」的「聖賢之道」，而是以文學方式表達出來的人的「真摯之情感」與「高遠之思想」，強調了文學中人的情感與思想具有文本構成的審美價值。與此同時，由於思想易與「道」混淆而引起誤解。胡適對思想專門進行了界定——「蓋兼見地、識力、理想三者言之」，將思想的發展與人的發展直接聯繫起來，進而指出「思想不必賴文學而傳，而文學以有思想而益貴，思想亦以有文學的價值而益貴也」。這就強調了文學中人的「高遠之思想」是以審美化的樣態出現的，並且與文學中人的「真摯之情感」融為一體，猶如美人的腦筋與靈魂，而沒有情感和思想的文學，「便如無靈魂無腦筋之美人，雖有穠麗富厚之外觀，抑亦末矣」。〔註47〕中國的現代文學必須尊重人而不是尊崇聖賢，這就是「言之有物」與「文以載道」之間最大的文化差別。

胡適對於「言之有物」的論證無疑是具有說服力的，於是，陳獨秀隨即發表《文學革命論》予以及時響應，並且倡導「三大主義」以激勵文學革命的全面推進，而第一大主義就是：「推倒雕琢的阿諛的貴族文學，建設平易的抒情的國民文學」，提出了文學革命的啟蒙目的，就是要通過以國民文學取代貴族文學，來確立國民這一社會主體的歷史地位與文化身份。不過，從第二大主義的「推到陳腐的鋪張的古典文學，建設新鮮的立誠的寫實文學」，到第三大主

〔註45〕《胡適——致獨秀》《新青年》2卷2號，1916年10月1日。

〔註46〕《北京高等師範預科生晉後學常乃悳——致獨秀》《新青年》2卷4號，1916年12月1日。

〔註47〕胡適《文學改良芻議》《新青年》2卷5號，1917年1月1日。

義的「推倒迂晦的艱澀的山林文學，建設明瞭的通俗的社會文學」，〔註 48〕則更多地與文學現代化相關，從中可以看到「立誠」、「通俗」這些本土文學的傳統思想，在為社會寫實的外來文學思想影響下，仍能繼續融入文學思潮的現代生成之中。

不過，「人的文學」在文學思潮的現代生成中走向文學思潮的主導地位，還伴隨著對於國民的「個人獨立主義」的全面確認。

首先是陳獨秀在 1916 年底發表《孔子之道與現代生活》，一開始就指出「不圖當日所謂離經畔道之名教罪人康有為，今亦變而與夫未開化時代之人物之思想同一臭味」，顯示出經學啟蒙與文學啟蒙之間在文化思想上的格格不入，而究其原因，也就在於康有為所恪守的「孔子之道」，依然不脫經學軌範，故而不能適應「現代日用生活」的中國需要，在拒斥「兼倫理、經濟二者而言」的「西洋個人獨立主義」的同時，引經據典地「謂為個人獨立之義，孔子早已有之」，由此也只能推導出「自由平等只用之社會，而不能行之於家庭」。尤其是如此孔子之道，一再宣揚三從四德，堅持否認「婦人參政」、「男女交際」與「婦女獨立自營生活」的個人權利。〔註 49〕這就表明，堅守經學闡釋立場的孔子之道，從根本上是與過渡之中的中國「現代生活」相違背的。

從文學上對「個人自由獨立的精神」進行確認的是胡適。在《易卜生主義》中，胡適認為：「易卜生的戲劇中，有一條極顯而易見的學說，是說社會與個人互相損害；社會最愛專制，往往用強力催折個人的個性，壓制個人自由獨立的精神；等到個人的個性都消滅了，等到自由獨立的精神都完了，社會自身也沒有生氣了，也不會進步了。」然而，如要擺脫這一「社會與個人互相損害」的絕境，只有如同易卜生所說的那樣——「你要想有益於社會，最好的法子莫如把你自己這塊材料鑄造成器。」不過，胡適在此以孟子的「窮則獨善其身」與易卜生所言相類比，〔註 50〕也就沒有能夠完全把握住易卜生一貫追求的「個人自由獨立的精神」的現代思想本真。更為重要的是，這恰好正是文學啟蒙的啟蒙本質之所在：每一個人都需要進行自由獨立的思考與言說。

對於人的全面而自由發展的倡導，促成了對於「人的文學」思潮進行個人的深入思考。

〔註 48〕陳獨秀《文學革命論》《新青年》2 卷 6 號，1917 年 2 月 1 日。

〔註 49〕《新青年》2 卷 4 號，1916 年 12 月 1 日。

〔註 50〕《新青年》4 卷 6 號，1918 年 6 月 15 日。

1918 年 12 月，周作人在《新青年》上發表《人的文學》，可以算得上是文學革命倡導中最為重要的文學啟蒙宣言，第一次在中國明確地提出：「我們希望從文學上起首，提倡一點人道主義思想。」這就在於，較之十九世紀的歐洲已經完成對於「人」的真理探索，中國在二十世紀才開始「從新要發見『人』，去『闢人荒』」。所以，在中國，「凡是違反人性不自然的習慣制度，都應該排斥改正」，「凡是獸性的餘留，與古代禮法可以阻礙人性向上發展者，也都應該排斥改正」，這就表明除了徹底批判皇權專制制度及其意識形態之外，更要對文化心態之中的負面性影響進行全面清理，從而造就「靈肉一致的人」——在完全滿足「人的一切生活本能」的同時，具備「能夠改造生活的力量」，使人的精神「終能達到高尚平和的境地」。

更為重要的是，除了在「物質生活」方面「應該各盡人力所及，取人事所需」之外；在「道德生活」方面，「應該以愛智信勇四事為基本道德，革除一切人道以下或人力以上的因襲的禮法，使人人能享自由真實的幸福生活」，由此而造就「『人』的理想生活」。在這裡，不僅可以看到歐洲人道主義的中國影響，更可以看到本土道德傳統的中國更新，從而在對「因襲的禮法」進行革除的過程中，進行歐洲人道主義與本土文化傳統之間的思想對接，對文學革命產生直接的思想影響。

這樣，「人的文學」就是「用這人道主義為本，對於人生諸問題，加以記錄研究的文學」，不僅可以「是正面的，寫這理想生活，或人間上達的可能性」，而且更可以「是側面的，寫人的平常生活，或非人的生活」。「人的文學」需要表現出中國文化轉型的現代理想，除了可以從「正面」描寫出這一文化理想之外，主要是通過「側面」的描寫，使人「可以因此明白人生實在的情狀，與理想生活比較出差異與改善的方法」。這就是為什麼「人的文學」要通過對於「非人的生活」進行審美批判，來喚起對於文化理想的憧憬與追尋。這樣，對於作者來說，也就意味著不能「安於非人的生活」，而是必須率先進行自我啟蒙以達到「自由獨立的精神」高度，在自由的審美批判中走向「人的文學」的現代輝煌，以徹底走出「非人的文學」的傳統陰影。〔註 51〕

周作人關於「人的文學」的這一個人思考，顯然帶有基於人本意識的純思特點，於是，在《平民文學》中就具體展開以進行補救。在「人的文學」就是「平民文學」的認識前提下，一方面要求以「普遍的文體，記普遍的思想與事

〔註 51〕《新青年》5 卷 6 號，1918 年 12 月 15 日。

實」，因而作者「只應記載世間普通男女的悲歡成敗」與「人間交往的實行道德」；另一方面要求「以真摯的文體，記載真摯的思想與事實」，因而作者「只自認是人類中的一個單體，渾在人類中，人類的事，便也是我的事」。這是因為「平民文學不是專作給平民看的，而是研究平民生活——人的生活——的文學。他的目的並非要想將人類的思想趣味，竭力按下，同平民一樣，乃是想將平民的生活提高，得到適當的一個地位」，以「研究全體的人的生活，如何能夠改進到正當的方向」。這就向作者提出了必須關注人間眾生與擁有人類情懷這兩個自我啟蒙的精神限度，同時強調文學創作的真實具有著人生體驗的真誠與人生再現的真切這兩個自由創造的審美向度，從而判定「人的文學」審美特徵就是「只須以真為主，美即在其中」。這一審美特徵在文學革命中成為「人生的藝術派的主張，與美為主的純藝術派，所以有區別」〔註 52〕

由此可見，「人的文學」一旦在中國出現，不僅包容進民初文學革命以來的所有個人思考，而且也出現了類似清末文學各界革命中文學審美論的二分，而最後在文學革命運動中佔據文學思潮主導地位的是「人生的藝術派」。〔註 53〕但是，這並不意味著「人的文學」將限定在「人生的藝術派」之內，恰恰相反，周作人在討論「平民文學」之後，不久就從「新文學的要求」這一角度，指出「藝術派的主張，是說藝術有獨立的價值，不必與實用相關，可以超越一切功利而存在」；與此同時，又強調「人生派說藝術要與人生相關，不承認有與人生脫離關係的藝術。這派的流弊，是容易講到功利裏邊去，以文藝為倫理的工具，變成文壇上的一種說教」。應該說，周作人已經預見到「人的文學」思潮出現偏頗的可能，因而給出了予以校正的「正當的解說」——「以文藝為窮極的目的」，而「著者應當用藝術的方法，表現他對於人生的情思，使讀者能得到藝術的享樂與人生的解釋。這樣說來，我們所要求的當然是人的藝術派的文學」。〔註 54〕儘管「人生的藝術派」與「人的藝術派」之間，只有一字之差，但是，這一字之差中顯示出現代文學思潮在中國的現實偏至與理想正途來。

〔註 52〕仲密（周作人）《平民文學》，《每週評論》第 5 號，1919 年 1 月 19 日。

〔註 53〕參見周作人《文學研究會宣言》，陳子善、張鐵榮編《周作人集外文》，上集，海口，海南國際新聞出版中心，1995 年。該文載於《小說月報》第 12 卷第 2 號，1921 年 2 月 10 日。

〔註 54〕周作人《新文學的要求——1920 年 1 月 6 日在北京少年學會講演》，《周作人文集》，北京，北京燕山出版社，1995 年。該文載於《晨報・副刊》，1920 年 1 月 8 日。

「人的文學」作為以人本意識為文化特徵的中國現代文學思潮，具有著文學審美的基本特徵，而在文學革命運動中文學審美出現了二分，致使「人生的藝術派」佔據文學思潮主導地位而促使功利化偏向的發生，導致文學審美出現了工具化傾向。應該看到的是，無論是「人的文學」的功利化，還是「人的文學」的工具化，都是與文學啟蒙中思想革命的直接影響分不開的，在力圖迅速擴大思想革命的啟蒙影響之中，文學審美視野隨之相對集中而文學審美水準則難以較快提升。因此，「人的文學」理應回歸到「人的藝術派」的文學審美基點上，以促進中國現代文學思潮的正常生成。這是因為，文學啟蒙中的文學審美，必須以文學自身為其最終文學目的，而無須以思想啟蒙為其現實文學目標。在這樣的意義上，「人的文學」也就不能是啟蒙的文學思潮，而只能是文學的啟蒙思潮。

第六章　現代文學的中國軌跡

一、文學轉型的思想啟蒙

從現代文學思潮的中國生成來看，就是從清末文學各界革命到民初文學革命，文學思潮主流由「新民」的文學逐漸轉向了「人的文學」。因此，無論是文學啟蒙中的思想啟蒙，還是文學變遷中的文學現代化，對於現代文學思潮的生成都產生了直接影響。只不過，思想啟蒙對於現代文學思潮生成的影響，更多地表現為文學觀念在新舊嬗變中的理論引導；而文學現代化對於現代文學思潮生成的影響，更多地表現為文學要素在整體演變中的創作運思，致使現代文學思潮的生成分別在文學觀念與文學要素這兩個層面上展開，直接促成了文學書寫過程中的文學思考與文學創作的現實分野，從而形成了文學思考與文學創作之間的時間差。具體而言，也就是文學觀念的個人轉變在文學思考中率先進行，而文學創作中對於文學要素的個人選擇則發生在個人觀念轉變之後。因此，這就直接導致了文學觀念的新舊嬗變先於文學要素的整體演變的中國現象發生。

這一現象，不僅表明文學觀念的新舊嬗變與文學啟蒙之間保持著天然的一致，而且也證明現代文學思潮生成過程中，文學理論的個人思考優先於文學創作的個人書寫，是具有一定的現實必然性的，因而對於文學啟蒙的先覺者來說，既是必要的，又是合理的。這同樣也可以說明中國文學的革命運動中為何理論倡導先行，因而文學思潮的湧動才有可能促成文學運動的興起。在這樣的意義上，可以說中國文學的革命是一場由少數人發起的新文學之戰，以顛覆巨無霸式的舊文學王國。

當然，不應該忽視的是，正是文學啟蒙的思想啟蒙在中國的現實存在，才有可能通過其對於文學思潮生成所產生的制約性影響，來引發先覺者展開從文化到文學的自我啟蒙。所以，對中國文學變遷來說，文學理論的倡導優先於文學創作的書寫，顯然就不是一種歷史的必然性。

這就意味著，無論是文學創作的發展，還是文學理論的發展，在文學變遷中一般呈現為共時性協同發展的常態過程，也就是文學創作的發展與文學理論的發展並行不悖。然而，必須注意到的是，只有在文化現代轉型中文學啟蒙發生的前提下，文學理論的發展才會領先於文學創作的發展，顯現為文學變遷中的歷時性先行發展的非常態過程，從而導致現代文學思潮的中國生成過程中出現文學理論的倡導優先於文學創作的書寫這一現象。因此，這一現象的出現，是與文學啟蒙的思想啟蒙分不開的，正是思想啟蒙中文化意識的現代轉換直接引導了文學觀念的新舊嬗變，文學理論的領先發展使文學變遷由常態轉入非常態，文學變遷的歷史軌跡為文學啟蒙的現實需要所改寫。

事實上，關於文學的理論思考總是要基於文學的現實發展。雖然這一發展也包括文學理論的發展，但是更多地來源於文學創作的發展。〔註 1〕在這樣的認識前提下，可以說理論的倡導可以先於創作的書寫，然而，理論本身不能支配創作的進行。否則，這將陷入中國文學變遷中的一個傳統認識誤區——載道之文總是勝於言志之文。事實上，至少從文學要素的整體演變的過程來看，應該承認文學變遷總是由文學的創作來予以具體體現的。所以，從清末文學各界

〔註 1〕有的國外論者從「二十世紀文學理論」的角度，認為必須重新討論「文學研究是否嚴重地依賴於文學創作的普遍趨勢這一問題」，因為在該論者看來，「文學理論的新潮流與科學和社會的新發展也有關係」，因而也就可以成為文學理論研究最終脫離文學創作而進行「科學」轉向的一種理由——「有些文學理論派別與文學創作的新潮流更接近一些，有些則直接由於學術和社會方面的最新進展，還有一些處於兩者之間。」（荷蘭）佛克馬、易布思《二十世紀文學理論》，林書武、陳聖生、施燕、王筱芸譯，北京，生活·讀書·新知三聯書店，1988 年，第 2 頁。問題在於，如果完全離開了文學創作而進行文學理論研究，這樣研究出來的「文學理論」還可以自稱為文學理論嗎？如果這僅僅是關於文學理論研究發展的一家之言，還可以姑妄言之而姑妄聽之。但是，如果國內論者將文學理論的「科學」轉向，置換為「西學」轉向，由此而否認文學理論與文學創作之間的內在聯繫，就有可能影響到對於文學變遷的學理認識：不僅在文學變遷處於文學發展的常態過程時有可能如此，而且在文學變遷處於文學發展的非常態過程時更可能如此——在對「西學東漸」過程中所形成的文學啟蒙與現代文學思潮生成之間的關係進行認識的過程中，就極有可能將文學的思想啟蒙視同為思想啟蒙的文學，致使現代文學思潮被誤認為啟蒙文學思潮。

革命到民初文學革命，最終促進思想啟蒙，尤其是推動文學現代化全面展開的，主要是文學創作的發展而不是文學理論的發展。然而，這並不意味著在對現代文學思潮生成的評價中，要否認文學思考的重要性，而僅僅推崇文學創作。恰恰相反，文學啟蒙對於文學觀念的新舊嬗變進行的強化，無疑為中國文學變遷提供了思想動力，有利於文學要素的整體演變，以推動文學現代化的持續進行。

不過，文學啟蒙對於現代文學思潮生成的直接影響，僅僅體現出兩者之間關係的一個方面，因而有必要對現代文學思潮生成進行深入的考察，以有助於進一步審視文學啟蒙與現代文學思潮生成之間的關係。這首先就需要對從文化思潮到文學思潮進行學理上的個人思考。

在現代文學思潮的中國生成過程中，梁啟超從「時代思潮」的角度，又率先開始對文化思潮及文學思潮進行相關的個人思考：「今之恒言，曰『時代思潮』。此其語最妙於形容。凡文化發展之國，其國民於一時期中，因環境之變遷，與夫心理之感召，不期而思想之進路，同趨於一方向，於是相與呼應洶湧，如潮然。始焉其勢甚微，幾莫之覺；浸假而漲——漲——漲，而達於滿度；過時焉則落，以漸至於衰熄。」這就指出了文化思潮的興衰有時，而漲落有序，表現出文化思潮興起的階段性。與此同時，梁啟超又認為文化思潮並非能夠貫穿一切時代：「凡『時代』非皆有『思潮』；有思潮之時代，必文化昂進之時代也」，從而將文化思潮的重新興起與文化自身的迅猛發展聯繫起來，揭示了文化思潮發展的突變性。不過，即使是進入「文化昂進之時代」，新興的文化思潮必須具有前瞻性——「能成『潮』者，則其『思』必有相當之價值，而又適合於其時代之要求者也。」〔註 2〕這就表明，文化思潮應該基於文化理想的普遍追求之上，最大限度地顯現出有利於文化迅猛發展的價值之思。

更為重要的是，身處中國文化現代轉型的過渡時代，積極參與文學啟蒙的梁啟超，於是滿懷自信地作出如此展望：「吾對於我國學術界之前途，實抱非常樂觀。蓋吾稽諸歷史，征諸時勢，按諸我國民性，而信其於最近之將來，必能演出數種潮流，各為充量之發展。」這種種思潮之中，就有「我國文學美術」——「今後西洋之文學美術，行將儘量收入，我國民於最近之將來，

〔註 2〕有關文化思潮的討論，梁啟超顯然受到了法國藝術史家丹納的「種族、環境、時代」之說的影響，甚至對文化思潮進行文學化的描述，而不是作出概念性的界定。梁啟超《清代學術概論》，北京，東方出版社，1996 年，第 1 頁。

必有多數之天才家出焉，採納之而傅益以己之遺產，創成新派，與其他之學術相聯絡呼應，為趣味極豐富之民眾的文化運動。」這就強調了現代文學思潮的中國生成，只有在儘量接受外來現代文化與文學的前提下，才能完全展開。雖然梁啟超論及到數種思潮，但是他個人最為關注的，卻是所謂「經世致用」的「社會主義」。〔註 3〕

梁啟超對中國現代文化思潮和現代文學思潮的歷史考察，給予後來者的啟示就是：首先，文化思潮與文學思潮之間形成了共生關係，表現為文化意識多元並存之中的互為影響，因而文學思潮受到來自科學、宗教、政治、國學各個領域中的種種思潮的不同影響，其中政治思潮對於文學思潮的影響最為直接也最為突出。其次，文學啟蒙不僅要造就出一批「天才」式的先覺者，在不斷創新之中推動文學的迅猛發展，而且還要發揮文學的審美功用以啟蒙國民，與其他思潮形成合力，以推進文化運動的全面興起。不過。梁啟超關於文化思潮與文學思潮及其關係的個人思考，也留下不少遺憾，除了對文化思潮進行文采飛揚卻又語焉不詳的描述性說明之外，對於從文學到國學的種種思潮之間的複雜關係，僅僅是簡單地指出這些思潮的現實存在，對於這些思潮之間的關係則是作出更加簡單的判定。

就梁啟超本人而言，應該說此前他並沒有對文學的審美本質進行過相關的個人思考，因而對於現代文學思潮所表現出來的價值取向，主要是從文學與政治的關係來加以認識的。這就使得梁啟超在主觀上強調文學教化的政治道德功用，延續了「文以載道」的文學傳統，更多地側重於思想啟蒙，使文學成為文學啟蒙的思想工具，促成清末文學各界革命中對於文學自身發展的普遍忽視。與此同時，梁啟超在客觀上為認識文學思潮與政治思潮之間的關係、文學運動與政治運動之間的關係，提供了比較切近中國文化現代轉型的學理思路，指出中國文化啟蒙中政治的巨變與思想的巨變之間相反相成，而文學啟蒙

〔註 3〕梁啟超《清代學術概論》，北京，東方出版社，1996 年，第 96～97、98 頁。在這裡，所謂的「學術」，就是對能夠促成價值之思的文化精粹的代稱，梁啟超對於文學啟蒙「時代」的中國所要形成的種種思潮，除了關乎中西融合的「文學美術」之外，還包括倡言「科學」、「宗教改革」、「改良社會」、整理「國學」。《清代學術概論》是梁啟超 1920 年初從歐洲歸國後所著，顯示出梁啟超在探討「學術變遷與政治的影響」之餘，又大力鼓吹「社會主義」，保持了其政治追求的個人連貫性。參見梁啟超《中國近三百年學術史》，北京，東方出版社，1996 年，第 35～38 頁；李喜所、元青《梁啟超傳》，北京，人民出版社，1993 年，第 458～461 頁。

的興起與政治控制的衰落具有同一性，文學的發展必須脫離政治的控制。這一學理思路，得到了較為普遍的認同，並且得到胡適、周作人的積極回應。

胡適在《五十年來中國之文學》中就指出，文學革命興起以來，有意識地倡導白話文學，使文學革命成為現實的白話文學運動，而「反對黨竟想利用安福部的武人政客來壓制這種運動。八年二三月間，外部謠言四起，有的說教育部出來干涉了，有的說陳、胡、錢已被驅逐出京了。這種謠言雖大半不確，但也可以代表反對黨心理上的願望」。〔註 4〕反對白話文學運動的「願望」終究成為「謠言」，主要是因為此時中國的「武人政客」在客觀上無法對白話文學運動實施政治控制。因此，中國現代文學思潮的得以生成，實有賴於政治控制的缺位。

1931 年 12 月 30 日，胡適進行了題為《中國文學過去與來路》的演講，提出中國文學「過去大約有四條來路」，其中「最重要的」來路便是「民間文學」——「人的感情在各種壓迫之下，就不免表現出各種勞苦與哀怨的感情，像匹夫匹婦、曠男怨女的種種抑鬱之情，表現出來，或為詩歌，或為散文，由此起點，就引起後來的種種傳說故事」。這實際上是從民間文學來追溯文學的起源，由此概括的結果就自然會引出文學「言志」說。與此同時，胡適認為「雖是於中國文學影響很大；但卻有害的，沒有什麼價值」的來路，就是由科場考試衍生出來的官場文學，「如唐朝作賦，前八字一定為破題，以後就變為八股。這是機械的，愈機械愈好，像五言律詩，七言律詩，都是這一種的東西」。〔註 5〕這顯然是對中國文學中官場文學的興起進行了歷史的考察，由此自然會抽繹出文學「載道」說。

這就表明，無論是對文學與政治的中國關係進行揭示，還是對文學的「言志」與「載道」進行褒貶，在現代文學思潮的生成過程已經成為先覺者的共識，並且由此而展開學理上的深入思考。

1922 年，周作人就指出徵集「近世歌謠」的重要性，除了民俗學研究的學術目的之外，更為重要的是，要「從這學術的資料之中，再由文藝批評的眼光加以選擇，編成一部國民心聲的選集。意大利的衛太曾說『根據在這些歌謠

〔註 4〕《五十年來中國之文學》《胡適說文學變遷》，上海，上海古籍出版社，1999 年，第 149～150 頁。

〔註 5〕《中國文學過去與來路》《胡適說文學變遷》，上海，上海古籍出版社，1999 年。該文載於天津《大公報》，1932 年 1 月 5 日。

之上，根據在人民的真感情之上，一種新的民族的詩也許能產生出來。』所以這種工作不僅是在表彰現在隱藏著的光輝，還在引起當來的民族的詩的發現。這是第二個目的」。〔註 6〕周作人從新詩如何發展成為「民族的詩」著眼，要求汲取源自民間的「近世歌謠」中的「國民心聲」，以推進新詩的當下發展。這就表明此時流傳於世的民間文學，對於文學現代化中的新文學具有著本根上的價值意義，而中國文學的傳統也將因之而重光。

在幾乎十年後的 1932 年的「三四月間」，周作人在連續性的演講中對「中國新文學的源流」進行梳理，將個人思考的眼光擴大到整個新文學，並且以之為對象進行具有個人創見的思考——「公安派的文學歷史觀念確是我所佩服的，不過我的杜撰意見是在未讀三袁文集的時候已經有了，而且根本上也不盡相同，因為我所說的是文學上的主義或態度，他們所說的多是文體的問題。」〔註 7〕如果說，梁啟超主要是從文學啟蒙的角度來看文學與政治的關係，而胡適主要從文學變遷的角度來看文學傳統的延續，那麼，周作人則是從文學啟蒙與文學變遷兩方面來探討文學思潮的現代生成，由此顯現出有關文學思潮生成的價值之思已經進入較為全面而深入的階段。

周作人對於「中國新文學的源流」的探討，側重於從文學思想的中國變遷來展開。因此，首先確認文學與政治的中國關係就是：「文學方面的興衰，總是和政治情形的好壞相反背著的」，強調了文學發展的中國自由是在政治控制的缺失之中出現的，因而文學的興旺往往是與政權的衰敗分不開的；其次指出「民間自己創作出來」的「原始文學」是「純粹文學」的基礎，而「通俗文學是比較原始文學進步一點的。它是受了純文學的影響，由低級的文人寫出來，裏面羼雜了很多官僚和士大夫的陞官發財的思想進去的」。〔註 8〕在這裡，周作人不僅對文學與政治的中國關係進行了學理性的探討和總結，而且在指認民間文學是純文學的本源的同時，更是揭示了通俗文學與主流意識形態相通的一面來，閃現出文學思考的個人魅力。

周作人接著對整個中國文學的歷史過程進行考察，認為：「民國以後的新文學運動，有人以為是一件破天荒的事情，胡適之先生在他所著的《白話文學

〔註 6〕《〈歌謠〉發刊詞》，陳子善、張鐵榮編《周作人集外文》，上集，海口，海南國際新聞出版中心，1995 年。該文載於《歌謠》第 1 號，1922 年 12 月 17 日。

〔註 7〕周作人《小序》《中國新文學的源流》，上海，華東師範大學出版社，1995 年。

〔註 8〕周作人《中國新文學的源流》，上海，華東師範大學出版社，1995 年，第 19、4、5 頁。

史》中，他以為白話文學是中國文學惟一的目的地，以前的文學也是朝著這個方向走，只是因為障礙物太多，直到現在才得走入正軌，而從今以後一定就要這樣走下去。這意見我是不大贊同的。照我看來，中國文學始終是兩種互相反對的力量起伏著，過去如此，將來也是如此。」這兩種力量表現在文學運動之中，就是「兩種不同的潮流」——「以『說出』為目的」的「言志派」和「以文學為工具」的「載道派」。如果「我們以這樣的觀點去看中國的新文學運動，自然也比較容易看得清楚」。〔註 9〕這就對中國文學變遷中的文學思潮進行了兩分，並且以此為評判文學運動的依據，從而強調了中國文學傳統將在文學思潮的對峙更替之中進行著綿延不斷的延續。

所以，在周作人看來，如果要追溯「言志」的新文學運動的源頭，那麼由晚明公安派與竟陵派結合而成的「那一次的文學運動，和民國以來的這次文學運動，很有些相像的地方」——從「兩次的主張和趨勢」到「許多作品」的「味道」。不過，這種種的相似更多的是「無意中的巧合」，而非直接接受到的文本影響。當然，即使沒有「那一次」，照樣也會有「這次」，而兩者的「差異點無非因為中間隔了幾百年的時光」，所受的思想影響由彼時的「儒家思想、道家思想，加外來的佛家思想」，到此時「更加多一種新近輸入的科學思想罷了」。〔註 10〕這無疑表明，企圖對現代文學思潮生成進行本土文學傳統影響的考察，也許會在發現許多相似之處的同時，最後只能得出這樣的結論：本土文學傳統延續只能是在文化心態的層面上潛移默化，從而出現只可意會，不可言傳這樣的追溯結果。從這樣的意義上看，似乎更應該追索到「原始文學」發生的先秦，因為此時正是自由「言志」的時代。所以，當時就有人指出這是「作者純粹的『為文學而文學』」之論，因而只是強調「言志」與「載道」之間的文學更替，而故意忽略了兩者在文學運動中的並存。〔註 11〕然而，關鍵在於，周作人實際上是在文學啟蒙與文學變遷合一的現實前提下，立足於現代文學思潮的中國生成來進行中國文學變遷的歷史追溯的，以文學變遷的非常態過程來比擬常態過程，自然會出現個人思考的學理偏頗。

〔註 9〕周作人《中國新文學的源流》，上海，華東師範大學出版社，1995 年，第 18、17、13 頁。

〔註 10〕周作人《中國新文學的源流》，上海，華東師範大學出版社，1995 年，第 28、51 頁。

〔註 11〕中書君《中國新文學的源流》，周作人《中國新文學的源流》，上海，華東師範大學出版社，1995 年。該文載於《新月》。

儘管如此，周作人對於「清末文學」的評價仍然還是立足於文學啟蒙的立場來進行的。所以，對於清末文學各界革命中的代表人物梁啟超就作出了這樣的評判：雖然「他所最注意的是政治上的改革，因而他和文學運動的關係也較為異樣」，以文學為政治改革的工具，但是「影響所及，也給以文學革命運動以很大的助力」，從文學接受效應予以了肯定。〔註 12〕這就表明，至少從清末文學各界革命到民初文學革命，兩者之間在思想啟蒙上是具有某種一致性的，即使是對於文學的看法上出現了是「載道」，還是「言志」的個人差別，並且「載道」的「新民」文學思潮佔據了上風。事實上，在清末文學各界革命中，已經出現了「言志」的文學審美論，僅僅是因為限於文學的反思，而無法得到他人的認同，因而只能成為文學審美的「萌櫱」在民初文學革命中迅猛成長為主導性的「人的文學」思潮。

更為重要的是，周作人在論及「文學革命運動」時，以主要篇幅專門討論了白話文學問題。認為不能以文學書面語言系統的白話與文言之分，來進行關於文學運動的一己之判。所以，周作人從胡適的白話文學之論出發，明確表示從文字符號的角度來看，白話與文言之分，僅僅在於各自在語用中的「字的排列法」的差異，而與文字本身無關；進而從中國文學的現存文本來看，「即可知古文白話很難分，其死活更難定。因此，我認為現在用白話，並不是因為古文是死的，而是尚有另外的理由在」。由此可見，周作人是從語言是文學要素之一的角度作出自己的判斷的，故而特別強調文學語言的演變與中國現代文化轉型之間的關係。

首先，從文學變遷看，「因為要言志，所以用白話，——我們寫文章是想將我們的思想和感情表達出來」，所以「最好的辦法是如胡適之先生所說的：『話怎麼說，就怎麼寫』」，以體現出個人文學書寫的最大自由。這就要走出另一個傳統的認識誤區：「向來還有一種誤解，以為寫古文難，寫白話容易，據我的經驗卻不如是：寫古文較之寫白話容易得多，而寫白話則有時實在是自討苦吃。」這是因為古文寫作「只須從古文中選出百來篇形式不同格調不同的作為標本，讓學生去熟讀即可」掌握，而「白話文的難處，是必須有感情或思想作內容，古文中可以沒有這東西」。於是，周作人分別以「白話文有如口袋」與「古文有如一隻箱子」作譬，口袋「不能任何東西不裝」，而箱子則可以「任

〔註 12〕周作人《中國新文學的源流》，上海，華東師範大學出版社，1995 年，第 52、53、55 頁。

何東西都不裝」，兩者之間的寫作難度也就不可同日而語，因而「言之有物」的新文學只能是白話文學。

其次，從文學啟蒙來看，「因為思想上有了很大的變動，所以須用白話——假如思想還和以前相同，則可仍用古文寫作，文章的形式是沒有改革的必要的。現在呢，由於西洋思想的輸入，人們對於政治、經濟、道德等的觀念，和對於人生，社會的見解，都和以前不同了。」這就指出文言既是傳統文化的伴生物，又是傳統文化的存在方式，「然而舊的皮囊盛不下新的東西，新的思想必須用新的文體以傳達出來，因而便非使用白話不可了。」〔註13〕這就表明，隨著中國文化的現代轉型，與現代文化相伴而生的將是白話，同時也將成為現代文化的存在方式，從而使現代文學與現代漢語得以同步轉型，而現代文學思潮的中國生成已經成為這一同步轉型的先聲。

至此，周作人對中國新文學運動進行的相關思考，已經為研究中國現代文學思潮生成提供了一種批評模式——以「言志」文學思潮為基準進行價值判斷，其意義正如當時有的論者所說：「新文學運動初非新奇，不過言志思潮之再興殊為確當。於此不獨為中國文學史得一新觀點，且為中國新文學源流得一新解。即補充之，謂時下新型的普羅文學為載道文學思潮之再起也可。」〔註14〕這就預見到此後的文學思潮研究將出現重大轉機，出現以「載道」文學思潮為基準的批評模式。

從「言志」批評模式與「載道」批評模式的並存，過渡到「載道」批評模式的一家獨大，顯現出「文以載道」傳統的當下延續，其標誌就是 1940 年出版的《近二十年中國文學思潮論（一九一七～一九三七）》。作者於其中提出了新的二分：「如以這二十年文藝思想發展的『階級性』來講，實在只有二種思想做為主要的潮流支配著這二十年的文藝界。即由一九一七年到一九二七年是資產階級文藝思想較多和無產階級文藝思想萌芽的時代；由一九二八到一九三七是無產階級文藝思想發展的時代」。〔註15〕從此，「資產階級文藝思想」

〔註13〕周作人《中國新文學的源流》，上海，華東師範大學出版社，1995 年，第 60、61、63、64 頁。

〔註14〕佚名《中國新文學的源流》，周作人《中國新文學的源流》，上海，華東師範大學出版社，1995 年。該文載於《大公報·文學副刊》。

〔註15〕李何林《序》《近二十年中國文學思潮論（一九一七～一九三七）》，西安，陝西人民出版社，1981 年。在該書重版之際，作者特地加以說明，從 1950 年開始開始就認為從 1917 年到 1927 年，「無產階級文藝思想」就已經成為「領導思想」，而非「思想萌芽」。參見該書《重版說明》、《〈近二十年中國文藝思潮

與「無產階級文藝思想」的二元對立，也就取代「言志」文學思潮與「載道」文學思潮的二元對立，而以「無產階級文藝思想」為基準的批評模式，較長時期以來成為進行中國現代文學思潮研究的主要模式。

如果將「言志」文學思潮與「載道」文學思潮的二元對立研究模式，來同「無產階級文藝思想」與「資產階級文藝思想」的二元對立研究模式進行比較，至少前者可以將現代文學思潮的中國生成置於「清末文學」中來進行討論，使之能夠呈現出其生成的全過程；而後者至多也只能以 1917 年為界，實際上隱含著是否由「無產階級文藝思想」來領導這樣的意識形態底線，將現代文學思潮的中國生成過程進行「階級性」的切割，致使難以把握其生成的全貌。這樣，從文學啟蒙與現代文學思潮生成的關係來看，採用哪一種研究模式，將決定著研究結果的性質，前者是文學性的審美研究，而後者是階級性的政治研究。然而，更為重要的是，參照什麼樣的研究模式進行研究模式的更新。所有這一切，能夠給出的啟發就是：只有將現代文學思潮的中國生成，置於文學啟蒙與文學變遷合一的文化現代轉型過程中，以文學審美研究為核心，進行從思想啟蒙到文學現代化的綜合研究。

二、文學變遷的革命起點

最早進行現代文學史的中國書寫個人嘗試的是胡適。1923 年，胡適發表了《五十年來之中國文學》。在這篇長文之中，他指出在清末民初的二十世紀之初，中國文學變遷就進入了「新舊文學過渡時代」，具體而言，就是從「古文範圍以內的革新運動」向著以白話文學為根本的「文學革命運動」過渡。所以，出現了「古文學」的衰亡與「白話文學」的興盛這一文學現象，並且通過「死文學」與「活文學」、「貴族文學」與「平民文學」的兩兩對舉，來進行「文學的新舊」之判，從而判定在文學變遷過程中，新文學就是「活文學」的「平民文學」，同時也就是現代的中國「白話文學」。然而，對於「新舊文學過渡時代」的起點，由於胡適只承認「小說界革命」是「有意的主張白話」，而堅持認為只有「一九一六年以來的文學革命運動」才是「有意的

論〉自評》。於是，這部標誌性著作被有的論者稱為「不但是關於中國現代文學史的第一部史著，而且也是以馬克思主義來修治中國現代文學史的第一部史著」。其實，說它是「關於中國現代文學史的第一部史著」倒未必，因為早有陳子展先生關於中國現代文學史的著作在前。參見田本相《李何林的魯迅研究——紀念李何林先生百年誕辰》《文學評論》2004 年第 1 期。

主張白話文學」。〔註16〕這顯然是要以文學革命倡導之年為中國新文學誕生之時，也就成為對現代文學史中國起點的初次確認。胡適的這一個人論斷的社會影響逐漸擴大，隨著《中國新文學大系》的出版再次確認文學革命「發難」於1917年，〔註17〕由此，中國新文學的這一起點得到了普遍認同。

事實上，對於胡適在《五十年來之中國文學》中所出現的從文學變遷的時代性向度到年代性維度的雙重偏差，不久之後就有人進行校正。1928年，陳子展在《中國近代文學之變遷》中就指出這一偏差產生的原因：《五十年來之中國文學》中所論及的中國文學變遷「五十年」，「以其為《申報》五十年紀念而作，故分化時代不得不如此，又以其偏重白話文學，故立論不得不如此」。於是，陳子展認為「中國自戊戌政變開政治上新舊之紛爭，浸假而有預備立憲，浸假而有辛亥革命，浸假而有國民革命軍興」，因而「影響及於文學，而開文壇上新舊之分野，由是而『詩界革命』，而『新文體』，而『小說界革命』，而文學革命，最近復有『革命文學』之紛呶」。〔註18〕這就觸及到了中國近代文學之變遷的歷史語境與文化語境，因而在《中國近代文學之變遷》中新舊文學並存，只不過是較多關注新文學而已。特別需要指出的是，這一有關現代文學史的個人書寫，偏重於政治變革的年代性特性，而將文學變遷歸附於政治變革的直接影響，從而失落了文學變遷的時代性特性。因此，一年以後的1929年，陳子展在重新考察這一段文學史之後，寫出了《最近三十年中國文學史》，努力擴張文學史的範圍，除了新舊文學之外，還納入民間文學，同時堅持以新文學的發展為主線，並且確認1898年為中國新文學的起點，從而引出了這樣的評價——「其實，這本書也可以名為《二十世紀中國文學主潮》，因為他把近三十年來文學變遷的大勢，說得非常清楚。」〔註19〕因此，可以說這實為1985

〔註16〕《五十年來之中國文學》寫成於1922年3月3日，既是為紀念《申報》創辦五十週年而作，更是為了對「新舊文學過渡時代」進行歷史性的描述與評說。該文收入抱一編，《最近之五十年》，申報館，1923年2月；該文日譯本的題名為《中國五十年來之文學》，1924年收入《胡適文存》時則題名為《五十年來中國之文學》，參見《胡適文存》二集卷二，上海，亞東圖書館，1924年11月。

〔註17〕趙家璧《前言》，胡適編選《中國新聞學大系·建設理論集》，上海，良友圖書印刷公司，1935年。

〔註18〕陳子展《中國近代文學之變遷·自序》《中國近代文學之變遷；最近三十年中國文學史》，上海，上海古籍出版社，2000年。

〔註19〕趙景深《最近三十年中國文學史·序》，陳子展《中國近代文學之變遷；最近三十年中國文學史》，上海，上海古籍出版社，2000年。

年提出的「二十世紀中國文學」論之濫觴。

不久之後的1930年，錢基博完成了《現代中國文學史長編》，其中詳寫古文學而略寫新文學。該文學史雖然在文學變遷的時間上與起點上與陳子展相類，但棄用「近代」而專用「現代」來書寫文學史，故稱謂「現代文學者，近代文學之所發酵也。近代文學者，又歷古文學之所積漸也」，並且認為「歷古文學」中之「近古」文學與現代文學之間的文學，自然就是近代文學。〔註20〕這顯然是接受了日本文學史書寫的直接影響。因為早在此前的1929年，謝六逸在《日本文學史》一書中就進行了日本近代文學與現代文學的區分，並且指出「『現代』的範圍，起自明治維新的一八六八年。這時代文學的興盛，與明治維新的改革運動有因果關係」，因而將近代文學視為現代文學與「近古文學」之間的中介文學。然而，他自己在為《日本文學史》所寫的《序》中，仍然使用「歐洲近代文藝潮流激蕩東方」這樣的說法。〔註21〕很明顯，混用「近代」與「現代」難免造成文學史中國書寫的用語夾纏，更何況對新文學的歷史定位明顯不足，從而削弱了現代文學史書寫中從年代性到時代性的雙重特性。

這就在實際上就促成了現代文學書寫之中普遍使用中國新文學來指稱現代文學，直接影響到新中國成立之後的現代文學史書寫。第一部「運用新觀點，新方法，講述自五四時期到現在的中國新文學的發展史」，並且成為「高等學校文法兩學院各系課程草案」中所規定的「中國新文學史」教材的，就是由王瑤撰寫的《中國新文學史稿》，其上冊由上海開明書店於1951年出版，其下冊由新文藝出版社於1953年出版。

值得注意的是，《中國新文學史稿》初版下冊所附錄的「《新中國成立以來的文藝運動》（一九四九年十月——一九五二年五月）」。這一附錄企圖展現出中國新文學運動在新中國成立之後的當下發展。然而，與「中國新文學史」課程相關的「五四時期到現在的中國新文學的發展史」，僅僅是新民主主義革命

〔註20〕《現代中國文學史長編》於1932年出版，此後增修重版，最後又在校改之後以題名《現代中國文學史》出版。錢基博《現代中國文學史》，長沙，嶽麓書社，1986年，第33、25、31頁。

〔註21〕《日本文學史》顯然是搬用了日本文學史家有關「近代文學」與「現代文學」的概念與分期，因為謝六逸在《序》中指出——「歐洲近代文藝潮流激蕩東方，被日本文學全盤接受過去，如果要研究歐洲文藝潮流在東方各國的文學裏曾經發生如何的影響，那麼，在印度文學裏是尋不著的，在朝鮮文學裏更不用說；在中國文學裏也覺得困難。只有在日本文學裏，可以得到這個答案」。謝六逸《日本文學史》下卷，上海，北新書局，1929年，第35、1頁。

時期的現代文學史，具有嚴格的政治界限，因而中國新文學運動是難以延伸到社會主義革命時期的新中國，中國新文學與新中國文學具有著絕不相同的政治意識形態規定性。因此，不僅在《中國新文學史稿》重版的時候這一附錄被刪掉，而且後來還進行了這樣的學科認定——「由『五四』開始的中國現代文學，人們一向習慣稱為『新文學』。」與此同時，修訂重版的《中國新文學史稿》根據毛澤東的《新民主主義論》再度確認了中國現代文學的起點為 1919 年。〔註 22〕

在此，至少可以這樣說，《中國新文學史稿》對於現代文學史中國書寫所產生的學科影響，一旦置於新中國的特定歷史語境與文化語境之中，在客觀上會促成「近代」、「現代」、「當代」這三代文學史的斷代書寫。不過，緊接著王瑤在為中國大百科全書撰寫中國文學卷中的「現代文學」詞條時，仍然堅持了自己最初的中國新文學史觀，認為現代文學的發展過程「經歷了新民主主義革命時期與社會主義時期兩個歷史階段」，兩者之間既有「不同階段的差異性」，更有「內在的連續性」。問題在於，在消除現代文學與當代文學之間的「革命時期」政治界限的同時，近代文學卻仍然保持著「舊民主主義革命時期」這一「革命時期」的政治界限。1〔註 23〕

1985 年，「二十世紀中國文學」論的提出，強調了清末文學各界革命的興起表明「與古代文學全面的深刻的『斷裂』開始了」，而「所謂『二十世紀中國文學』，就是由上世紀末本世紀初開始的、至今仍在繼續的一個文學進程，一個由古代中國文學向現代中國文學轉變、過渡並最終完成的進程，一個中國文學走向並匯入『世界文學』總體格局的進程，一個在東、西方文化大撞擊大交流中、從文學方面（與政治、道德等其他方面一起）形成現代民族意識（包括審美意識）的進程，一個通過語言藝術來折射並表現古老的民族的大時代中新生並崛起的進程。」〔註 24〕

這一有關中國文學進程中現代性追求的二十世紀展望，引發了對於三代

〔註 22〕王瑤《出版自序》、《重版後記》、《『五四』新文學前進的道路——重版代序》，《中國新文學史稿》上、下，上海，上海文藝出版社，1982 年 11 月修訂重版；到 1993 年的第六次印刷，《中國新文學史稿》的出版總量已達 73，600 冊。

〔註 23〕中國大百科全書總編輯委員會《中國文學》編輯委員會、中國大百科全書出版社編輯部編《中國大百科全書・中國文學》，北京，中國大百科全書出版社，1986 年，第 1048 頁「現代文學」、第 325 頁「近代文學」。

〔註 24〕錢理群、陳平原、黃子平《論『二十世紀中國文學』》《文學評論》1985 年第 5 期。

文學史，尤其是近代文學史的不斷衝擊，不僅瓦解了三代文學史剛性結構的時間封鎖，而且也超越了三代文學史整合構想的靜態封閉，從而促成中國現代文學史書寫中的動態性開放。〔註 25〕這就在於，「二十世界中國文學」論所闡發的「是一種相當新穎的『文學史觀』，它從整體上把握時代、文學以及兩者關係的思辨，應當說，是對我們傳統文學觀念的一次有益突破」，由此而引發種種反響。〔註 26〕

不過，隨著二十一世紀的到來，可以看到的就是，在 1985 年提出的「二十世紀中國文學」論的時候，二十世紀尚未結束，因而也就不可能涉及到這樣一個不可忽視的問題：二十世紀所呈現出的中國現代文學發展的整體性，依然是一個具有年代性限制的相對整體性，也就是二十世紀本身是作為百年為一代的年代性概念而得到認定的，是中國現代文學生成的第一個百年。這樣，以現代性為文學史橫向斷代的時代尺度，而忽略年代性這一文學史縱向斷代的時間尺度，致使中國現代文學史的起點被推前到清末戊戌變法之時的 1898 年。事實上，僅僅從維新變法運動在中國興起的角度來看，更可以將現代文學的起點推前到「公車上書」的 1895 年——「自甲午戰後，不但中國的政治上發生了極大的變動，即在文學方面，也正在時時動搖，處處變化，正好像是上一個時代的結尾，下一個時代的開端。」〔註 27〕

然而，無論是 1895 年，還是 1898 年，都是從政治變革對文學變革可能會產生壓倒性影響這一個人觀念出發，來關注從古代文學向著現代文學的中國過渡；而沒有能夠看到現代文學的中國生成，是在中國文化現代轉型從經學啟蒙轉向文學啟蒙的過程中出現的，在社會變革的歷史語境與思想啟蒙的文化語境趨於一致之中，文學由思想啟蒙的經學工具轉而成為思想啟蒙的基本方式，在促進思想啟蒙由傳統轉向現代的同時，推動著現代文學的中國生成，於是，現代文學的中國起點，也就只能是倡導「小說界革命」的 1902 年。

以詩界革命、文界革命、小說界革命並稱的清末文學各界革命，通常被認為是思想啟蒙直接導致了文學的中國革命，因而更多地關注到這一革命的同

〔註 25〕亦簫《十九至二十世紀中國文學斷代問題討論綜述》《中國現代文學研究叢刊》1987 年第 1 期。

〔註 26〕《附錄：有關「二十世紀中國文學」種種反響的綜述》，黃子平、陳平原、錢理群《二十世紀中國文學三人談》，北京，人民文學出版社，1988 年。

〔註 27〕周作人《中國新文學的源流》，上海，華東師範大學出版社，1995 年，第 56 頁。

構性，而未能注意到這一革命並不具備同質性，呈現出表面的同構性與內在的異質性這樣的同構異質現象。具體而言，這一革命的同構性表現在從文學形式到文學內容之間的新舊協調上，尤其是「詩界革命」之中，所謂「以舊風格含新意境」即其「革命之實」，也就是說在文學的形式上要守成，在文學的內容上革新，因為「革命者，當革其精神，非革其形式」。〔註 28〕問題在於，所謂精神上的革命，無論是詩界革命要輸入的「歐洲意境」，還是文界革命能獲取的「歐西文思」，都是出於「銳意造新國」的經學啟蒙目的，因而成為中體西用的文學話語。實際上，無論是「詩界革命」，還是「文界革命」，都是梁啟超在 1900 年初，對經學啟蒙興起以來詩文作為經學啟蒙的話語工具這一文學現象的個人追認。〔註 29〕

至於小說界革命，雖然在文學形式上有守成的一面，同時也有著新舊協調之中革新的另一面，但是，正是在如何「革其精神」的文學內容上，卻出現了「銳意造新國」與「欲新一國之民」之間在思想啟蒙中的本質差異，因而推崇小說為「文學之最上乘」，於是大力倡導「小說界革命」。〔註 30〕在梁啟超對於清末文學各界革命的個人追認與大力倡導之間，實際上存在著從文化思想到文學影響的傳統與現代之間的時代差異——「以復古為解放」的經學啟蒙要從「複宋之古」開始，直至「複先秦之古」，以臻「對於孔孟而得解放」；而「徐徐進化」的文學啟蒙則要求「今後西洋文學美術，行將儘量收入」，更是要「採納之而傳益以己之遺產，創成新派」。〔註 31〕

這就顯現出小說界革命與文學革命之間的共同點來，兩者都需要通過汲取「西洋文學美術」來「創成新派」，以推進現代文學的中國生成。不過，從文學的中國革命來看，既需要進行「精神上之革命」，也需要進行「形式上之革命」。〔註 32〕然而，在小說界革命與文學革命之間，在形式革命上卻出現了差別——前者是新舊並存，尤其是白話與文言均用，並非「有意的主張白話」，儘管也在進行著「有意的主張白話文學」之努力。這就表明，在小說界革命與文學革命之間出現了表面上的異構性。如果說小說界革命與文學革命之間在精

〔註 28〕《飲冰室詩話（節錄）》《梁啟超詩文集》，廣州，廣東人民出版社，1983 年。

〔註 29〕梁啟超《汗漫錄》《清議報》第 35、36 冊，1900 年 2 月 10、20 日。

〔註 30〕梁啟超《論小說與群治之關係》《新小說》創刊號，1902 年 11 月 14 日。

〔註 31〕梁啟超《清代學術概論》，東方出版社，1996 年，第 96～99 頁。

〔註 32〕胡適《逼上梁山》，胡適選編《中國新文學大系·建設理論集》，上海，良友圖書印刷公司，1935 年。

神革命上一脈相承而具有內在的同質性，那麼，小說界革命與文學革命之間就存在著異構同質現象，從而可以證明小說界革命倡導的 1902 年，不僅是經學啟蒙過渡到文學啟蒙的歷史轉折點，而且更是現代文學中國生成的現實起點。

然而，小說界革命與文學革命之間的革命同質性到底表現在什麼上呢？這就需要達成兩方面的基本一致認識，一方面是何謂文學的革命，另一方面就是何謂現代的文學。只有這兩方面果真能夠達成認識上的基本一致，才能證實小說界革命與文學革命之間具有革命的同質性。

1902 年，梁啟超發表《釋『革』》一文，指出「『革』也者，含有英語之 Revolution」之語義，「日本人譯之曰革命」，意謂「從根柢處掀翻之，而別造一新世界」。因此，來自日語中的借詞「革命」，與出自《周易》中「湯武革命」，其語義為朝代鼎革之「革命」，在漢語之中是具有現代與古代之時代差別，現代的革命首先是文化現代轉型之中的思想革命——「所謂經學革命、史學革命、文界革命、詩界革命、曲界革命、小說界革命、音樂界革命、文字革命等」。〔註 33〕應該說，梁啟超有關革命之時代差異的語義辨析是值得人信服的，並且在這革命的現代語義影響之中，他在追認文界革命與詩界革命之後，就大力倡導小說界革命這一中國文學的當下革命，以示其革命中的現代性追求。

與梁啟超的「釋『革』」之舉異曲同工的是，十五年後，陳獨秀在《文學革命論》中這樣寫道：「歐語所謂革命者，為革故更新之義，與中土所謂朝代鼎革，絕不相類；故文藝復興以來，政治界有革命，宗教界有革命，倫理道德亦有革命，文學藝術，亦莫不有革命；莫不因革命而進化。近代歐洲文明史，宜可謂之革命史。」〔註 34〕顯而易見的是，陳獨秀借助了梁啟超對於革命的語義辨析，而直接言說包括文學革命在內的文化革命對於「近代歐洲文明」的歷史貢獻，進而以此激勵國人積極投入到文學革命中來，以創造出中國的現代文學與文化。

既然在何謂文學的革命這一認識方面，在小說界革命與文學革命之間已經呈現出承前啟後的基本一致，而在何謂現代的文學的認識方面，能否保持一脈相承之中的基本一致呢？

在倡導小說界革命之始，梁啟超就在《小說與群治之關係》中，提出小說

〔註 33〕梁啟超《釋『革』》《新民叢報》第 22 號，1902 年 12 月 14 日。
〔註 34〕陳獨秀《文學革命論》《新青年》2 卷 6 號，1917 年 2 月 1 日。

之所以為「文學之最上乘」，就在於小說以「能極其妙而神其技」，「常導人遊於他境界」，並「澈底而發露之」，而導致「小說有不可思議之力支配人道」，主要表現為「薰」、「浸」、「刺」、「提」的閱讀效應。這就以小說為例來說明文學的審美功能與藝術魅力。但是，梁啟超此時並沒有能夠更進一步，對文學本身作出個人應有的繼續思考，而僅僅是認為這些是小說不同於「諸文」之處。這就顯現出即使到了小說界革命倡導之際，國人關於文學的思考仍然處於具體的文學樣式，而尚未能進行何謂文學的個人思考，從而表明必須繼續大力汲取「歐西文思」，以促成現代的文學之思。

四年之後的 1906 年，王國維在接受了來自康德等人的美學影響之後，提出「文學者，遊戲上之事業也」這一中國命題，只能是「惟精神上之勢力獨優，而又不必以生事為急，然後終身得其遊戲之勢力」。這是因為「文學者，不外知識與感情交代之結果而已」——「前者以描寫自然及人生之事實為主，後者則吾人對此事實之精神的態度也。」〔註 35〕這就顯示出此時有關文學的中國之思所能達到的現代學理高度，不過，這一個人的文學之思，對於此時國人來說，的確是具有超前的高蹈性質的，因而需要對此作出更為明確而切實的思考。

果然，魯迅以「別求新聲於外邦」的姿態，指出「由純文學上言之，則以一切美術之本質，皆在使觀聽之人，為之興感怡悅」，進而要能「涵養人之神思」——「美善吾人之性情，崇大吾人之思理」。這就要求文學不僅應具備審美愉悅的功能，更要能具有審美昇華的功能，並且這雙重功能是互為表裏的。特別是，在強調文學需要進行「立意在反抗，指歸在動作，而為世所不甚愉悅者」這樣的啟蒙批判的同時，魯迅堅持文學的「不用之用」審美本質——「事復無形，效不顯於頃刻」。〔註 36〕在這裡，魯迅不僅提出了「純文學」這一現代的文學概念，而且就文學的審美特性與啟蒙批判之現代關係進行了個人思考。這無疑就為文學啟蒙之中現代文學的中國生成提供了前所未有的致思之路。

不過，如果缺少了對於文學的概念性界定，那麼，對於何謂現代的文學的當下認識，將無法最後完成。正是周作人借助外來現代文學理論的支撐，緊接著魯迅在思想接力之中完成了這一文學之思。周作人認為中國的古代文學是

〔註 35〕《文學小言》，周錫山編校《王國維文學美學論著集》，太原，北嶽文藝出版社，1987 年。

〔註 36〕《摩羅詩力說》《河南》月刊第 2、3 號連載，1908 年 2、3 月。

「雜文章」，而中國的現代文學應該是「純文章」，而兩者之間的區別在於前者囊括了一切文章，而後者僅僅包容具有文學樣式審美特徵的文章——既能夠「表揚真美，以普及凡眾之人心」，又能夠「悅人之意」且「亦有靈明之氣為之主也」。與此同時，他又指出「文章者，國民精神之所寄託也。精神而盛，文章即以發皇；精神而衰，文章亦足以補救，故文章雖非實用而有遠功者也」。這樣，通過對文學從審美功能到審美本質的討論，他才作出了關於文學那簡潔而又精粹的界定：「文章者，人生理想之形現也。」〔註37〕

小說界革命興起以來，對於何謂現代的文學，最終給出了文學是「人生理想」的形象表現這一簡要答案。所有這些個人的文學之思，不僅有助於糾正當時文學批評中的諸多舛誤，而且有利於文學創作的正常發展，更是為文學革命之中的現代文學之思奠定了堅實的始基，至少在文學革命之中，基本上不需要對什麼是文學進行討論，而主要是由此而更進一步去思考現代文學在中國應該生成為什麼樣的文學。

陳獨秀率先回答了這一文學革命的現實問題：「文學者，國民最高精神之表現也，國人此種精神委頓久矣。」〔註38〕在這裡，國民與國人的對舉，是自覺的與不覺醒的中國人精神狀態之對比，要求文學必須寫出國民精神的時代高度來喚醒國人的覺醒。於是，陳獨秀首先是通過對現代歐洲文學史的考察，提出中國文學的現代性追求是「今後當趨向寫實主義」，〔註39〕進而在《文學革命論》中提出中國的現代文學應該是為社會寫實的國民文學，從而提出了要以人為文學的中心，進行文學的社會寫實，以便促成國民的普遍自覺。必須承認的是，陳獨秀的這一回答是非常簡單的，沒有能夠展開相關的討論。事實上，陳獨秀曾經求助於胡適，要其「切實作一改良文學論文，寄登《青年》」。〔註40〕

胡適在《文學改良芻議》之中，提出文學應該「言之有物」，即要表現出人的「真摯之情感」與「高遠之思想」，以進行文學的審美批判。具體而言，就是「惟實寫今日社會之情狀，故能成真正文學」，從而使「其足與世界『第

〔註37〕《論文章之意義暨其使命及中國近時論文之失》《河南》月刊第4、5號連載，1908年5、6月。

〔註38〕陳獨秀《寄會稽山人八十四韻·記者識》《青年雜誌》1卷3號，1915年11月15日。

〔註39〕陳獨秀《答張永言》《青年雜誌》1卷4號，1915年12月15日。

〔註40〕《陳獨秀致胡適》1916年10月15日，《胡適往來書信集（上）》，北京：中華書局，1979年。

一流』文學比較而無愧色」。〔註 41〕繼而胡適又提出要「創造中國的新文學」，既要繼承白話文學的傳統，更要學習「西洋文學的方法」，通過描寫出貧民社會中人的「一切痛苦情形」以創造「國語的文學」。〔註 42〕這就較為深入地討論了如何才有可能創造出中國的現代文學。只不過，如何使這一可能變為現實，還得需要進行更為全面而具體的探討。

於是，周作人提出「人的文學」這一有關現代文學的中國命題，指出在中國去「發見人」的文學啟蒙，需要「從文學上起首，提倡一點人道主義思想」，也就是提倡「一種個人主義的人間本位主義」；而「以這人道主義為本，對於人生諸問題，加以記錄研究的文學，就是人的文學」。〔註 43〕由此可見，文學啟蒙與現代文學的中國生成是具有一致性的文學創造過程。無庸諱言，對於「人的文學」的全面倡言，還帶有偏於人性的純思特點，因而周作人發表《平民文學》來予以及時的補正，將「人的文學」具體化為「平民文學」，只要如實地「記載世間普通男女的悲歡成敗」，將有可能達到「普遍」而「真摯」這一現代文學創造的中國水平，而惟一的審美尺度就是「只需以真為主，美即在其中」——「這便是人生藝術派的主張」。〔註 44〕至此，中國的現代文學在當下就應該是以真為主的人生藝術，藉以展現出中國文學的現代性追求來。

從小說界革命到文學革命，在關於何謂現代的文學的思考之中，從文學的界定到中國文學的現代性追求，均是由周作人來進行著最後的斷案。這不僅表明了在小說界革命與文學革命之間，個人的文學之思能夠保持一貫性與延展性，成為兩者之間的個人紐帶；更是證明了在小說界革命與文學革命之間，群體的文學之思能夠顯現出連續性與拓展性，成為兩者之間的群體接力，從而保障了小說界革命與文學革命之間對於現代文學的認識達到基本一致，穿透了異構同質現象的諸多屏蔽，終於能夠確認小說界革命倡導之年的 1902 年，就是中國現代文學的起點。

三、文學運動的世紀發展

在 1985 年提出「二十世紀中國文學」論時，二十世紀尚未結束，因而也就不可能涉及到這樣一個不可忽視的問題：二十世紀中國文學所呈現出的文

〔註 41〕胡適《文學改良芻議》《新青年》2 卷 5 號，1917 年 1 月 1 日。
〔註 42〕胡適《建設的文學革命論》《新青年》4 卷 4 號，1918 年 4 月 15 日。
〔註 43〕周作人《人的文學》《新青年》5 卷 6 號，1918 年 12 月 15 日。
〔註 44〕周作人《平民文學》《每週評論》第 5 號，1919 年 1 月 19 日。

學發展的完整性，依然是一個具有時間限制的相對完整性，也就是二十世紀本身是作為百年為一代的年代概念而得到認定的。所以，「二十世紀中國文學」論在引起廣泛的認同之後，繼而又遭到某種程度上的置疑，也就在所難免。

這是因為，在中國文學的現代化與中國社會的現代化之間，並非是從一開始就保持著亦步亦趨的同步性質，只是在進入二十世紀之後，對於中國的社會與文學來說，才意味著兩者同時進入了現代化的中國過程。所以，應該看到的是現代化的中國過程，既不始於二十世紀，也不終於二十世紀，不過，無論是對於中國社會來說，還是對於中國文學來說，二十世紀畢竟是一個兼具時代性與年代性雙重性質的發展時期，並且是以現代化的全面展開來作為時代標識的——顯示出人類社會現代化進程從局部轉向全球的歷史大趨勢。所以，必須考慮到時代性與年代性在中國文學現代化過程中所呈現出來的在時期上的一致性，也就有可能在這樣的一致性前提下，使二十世紀真正成為一百年來中國文學現代化的斷代命名，於是，也就有了「二十世紀的中國文學」這一基於文學史的世紀命名。

二十世紀的中國文學，在現存的人文學科劃分之中，與歸入中國文學之下的現代文學具有學科相關性。只不過，現代文學的時期劃分，通常是以 1917 年「文學革命」為起點，並且有可能延伸到二十一世紀之中，因為中國文學現代化的過程並沒有在二十世紀完結，在一些以「中國現代文學史」命名的「面向二十一世紀」的部頒統編教材之中，即使是為了保持住一種歷史的眼光而對文學史的敘述停止於二十世紀九十年代，但同時也往往顯現出一種說向二十一世紀的敘述傾向。那麼，在 1917 年「文學革命」倡導之前的 1901 年到 1916 年間，中國文學是否進入了現代化過程呢？實際上，「二十世紀中國文學」論的提出就已經不言自明地回答了這一提問。不過，如果考慮到 1902 年「小說界革命」的倡導與 1917 年「文學革命」倡導的同質性——面向全體國民而發出文學現代化的呼聲，也就不能不進一步來考慮「文學革命」與「小說界革命」之間的本土文學資源的傳統關聯，儘管「文學革命」較之「小說界革命」是自覺地汲取了更多的外來文學資源的現代影響。在這樣的意義上，可以說二十世紀的中國文學的年代性起點，也同時是時代性起點，因而中國現代文學的生成起點理應推前到 1902 年「小說界革命」的倡導，由此而顯現出中國文學在二十世紀的現代化的完整過程。

在這裡，使用文學運動而不是文學發展來進行二十世紀的中國文學的相關討論，主要是著眼於文學發展的動態性質。也許，只有將二十世紀的中國文學視為中國現代文學發生與發展的第一個百年的斷代命名，才有可能對二十世紀的中國文學運動進行立足於文學史之上的分期。事實上，隨著二十一世紀的來臨，人們就已經能夠看到二十世紀的中國文學運動在一個世紀之內是始終與中國社會發展的政治進程密切相關的，因而即使是在對於文學階段性發展如何進行歷史命名方面，也難以脫離這一政治進程的影響。於是，在二十世紀行將結束的時候，一些人不得不以單純的一個又一個的以每十年為一代的「幾十年代」替代「某某時期」這一現行的命名方式，企圖藉以逃脫這種歷史命名的政治宿命，以至於從集體撰寫「中國現代文學史」，到個人獨著的「中國當代文學史」都已經開始了如此運作，似乎也就成為一種流行之中的學術時尚。〔註 45〕

然而，歷史命名本身就應該包含著文學運動與社會發展之間的多重性關係，因而採用「幾十年代」這樣的簡單化命名，只不過是用純粹的時間之維來遮蔽歷史過程的豐富與複雜，從而導致以每十年為一代的年代性封閉中的歷史誤認。正是因為面對著對於文學運動的如此命名時尚，應該承認運用「某某時期」對二十世紀的中國文學運動進行分期命名的現實合理性，與此同時，更應該意識到這一現實合理性所包孕著的歷史性謬誤，也就是需要透過基於社會發展的一定階段的時期，這一歷史命名可能會產生的強烈的政治影響，來確認文學運動與社會發展之間的多重關係，以避免僅僅從社會政治進程的單一層面上，來對文學運動進行同樣的簡單化描述而導致同樣的歷史誤認。也許，只有至少在避免了種種歷史誤認的前提下，才有可能促使關於二十世紀的中國文學運動的分期命名最終合乎學術規範。

當然，對於二十世紀的中國文學進行「十年」一度的時間分期，早已經以

〔註 45〕即使「幾十年代」的年代命名得以與歷史進程保持相符，至少也存在著一個命名上的實際困難，因為每一百年之中，一共只有從一到九這樣九個「幾十年代」的年代命名，於是乎，每一個世紀之初的十年，無論是 1901 到 1910 年，還是 2001 到 2010 年，都將面臨無法用「幾十年代」來命名的自設困境。更何況，在事實上，拘泥於「幾十年代」這一命名的論者，已經很難以在「幾十年代」的時間限定之內，進行一個又一個的十年之內的相關討論，而不得不突破自設的「幾十年代」的命名封閉，進行著與時期命名沒有差異的相關討論。參見朱棟霖等主編《中國現代文學史（1917～1997）》，北京，高等教育出版社，1999 年；洪子誠《中國當代文學史》，北京，北京大學出版社 1999 年。

「中國新文學」的名義來進行過，不過，這樣的「十年」一度的時間劃分，實際上已經跨越了以每十年為一代的年代劃分，而是切合於中國社會發展的政治時期劃分的。由 1935 年良友出版圖書公司出版《中國新文學大系（1917～1927）》開始，無論是在「現代文學三十年」之中，還是在「當代文學史」的數十年之中，隨後都出現了「中國新文學大系」式的「十年」一度的「文學大系」的出版，與此同時，都同樣是跨越以每十年為一代的年代劃分的。這就表明，「現代文學三十年」是一個從 1917 年到 1949 年的約數，並且「中國新文學大系」的「十年」一度，也與中國社會的政治時期劃分保持著直接的相關性，而並不拘於十年的整數。與此同時，所有這些「文學大系」都對應著社會發展過程的階段性政治分期，並且尤其突出地表現在 1949 年以後「當代文學」的分期之中。與中國文聯出版公司 1986 年出版的《中國新文藝大系（1949～1966）》相關的，就是中華人民共和國成立之後以社會主義革命為主要政治特徵的「十七年」文學運動，其間已經貫穿了所謂的四十年代、五十年代與六十年代，共三個每十年為一代的年代。

在事實上，對於文學運動進行「十七年」這一實際無名的文學運動的時期命名，無非是表明了二十世紀的中國文學運動的分期，應該是從二十世紀的中國社會發展過程著眼，通過考察文學運動與社會發展的多重性關係，尤其是文學運動與社會發展之間的相關性是緊密還是疏離，是直接還是間接，來判明文學運動的政治屬性與藝術屬性，進行實事求是的分期。從總體上看，一方面，文學運動在社會發展過程中是處於社會意識形態的中心還是邊緣，將規定著文學運動的主要趨向，導致了文學運動的中心化或邊緣化；另一方面，文學運動在社會發展過程中是基於文學審美意識的單一還是多元，將決定著文學運動的自身發展，導致了文學運動的單一化或多元化。正是基於社會的政治本位的文學運動的中心化或邊緣化，與基於文學的藝術本位的單一化或多元化，在社會發展過程中形成了複雜多樣的對應關係，從而也就影響著文學運動的分期。一般而言，就是隨著文學運動從社會意識形態的邊緣走向中心，而後再從中心到邊緣的世紀發展，文學運動也歷經了從文學審美意識的多元轉向單一，而後從單一到多元的世紀演變，因而中國社會發展所賦予文學運動的社會意識形態的政治屬性，與文學運動的文學審美意識的藝術屬性之間，也呈現出在主從消漲之中從直接制約到相對獨立的變動來。

這是因為，不僅世紀初開始的推行「新政」與十九世紀最後一年的 1900

年，八國聯軍侵略中國直接相關，而且經濟體制的轉軌與二十一世紀的第一年，2001 年中國加入世界貿易組織緊密相聯，因而二十世紀對於中國社會的現代化來說，是從被動地捲入人類社會現代化進程，到主動與全球化進行國際接軌的一百年，具有著以重大政治事件為年代界限標誌的有始有終的一百年，世紀斷代的年代與時代之間呈現出高度同一的歷史必然性，因而也就奠定了二十世紀的中國文學運動分期的年代性前提。

這更是因為，中國的現代化在二十世紀才得以全面展開，社會發展中政治進程佔據了主導地位，以至於整個二十世紀的中國，自始至終處於一系列的政治變動之中：在二十世紀上半葉，從 1901 年大清國推行「新政」開始，歷經辛亥革命、國民革命、土地革命、抗日戰爭、解放戰爭；在二十世紀下半葉，隨著中華人民共和國的成立，歷經了社會主義革命、文化大革命、社會主義建設、經濟體制轉軌。中國社會發展中的政治進程，制約著中國文學現代化的發生與發展，文學運動中的政治制約表現為從程度不等的政治影響到力度不一的政治控制這樣的諸多時期之間的更替，從而構成了二十世紀的中國文學運動分期的時代性前提。

與此同時，還應該看到的就是二十世紀的中國文學運動，呈現出區域化的發展趨勢，同樣也是以 1949 年中華人民共和國的成立為時間的分界點：二十世紀上半葉的中國文學運動以文學的革命來呼應政治的革命與戰爭，並且在戰爭條件下逐漸趨向區域化，具體而言，也就是從舉國一致的文學運動的發生和發展，轉向抗日戰爭全面爆發之後的抗戰區文學運動與淪陷區文學運動、抗戰勝利以後的國統區文學運動與解放區文學運動，這樣的文學運動區域分化；而二十世紀下半葉的中國文學運動在和平狀態下，在社會的經濟政治體制，尤其是意識形態的政治對峙中，保持著區域文學運動的格局，具體而言，也就是在大陸、臺灣、香港（包括澳門）的文學運動三足鼎立之中，作為區域文學運動的大陸文學運動，以其所充分展示出來的文學運動與社會發展之間的多重關係而體現出中國文學運動在二十世紀下半葉的整體趨向，成為文學運動主流而具有著全國代表性。〔註 46〕在這樣的認識前提下，可以說二十世紀的中國文學運動的分期，在二十世紀上半葉與整個中國的政治變動密切相關，而在二十世紀下半葉則以中國大陸的政治變動為基準。

從文學自主發展的角度來看二十世紀的中國文學運動，可以分為四大階

〔註 46〕郝明工《區域文學芻議》《文學評論》2002 年第 4 期。

段：二十世紀上半葉從「人的文學」階段到「人民的文學」階段，二十世紀下半葉由「從屬於政治的文學」階段到「復歸人學的文學」階段。這首先就在於，「人的文學」的生成與發展，正是通過文學來對個人的主體地位進行確立，奠定了中國文學現代化的藝術起點；而「人民的文學」則要求以文學來展示民族與國民的社會主體權利，促成了中國文學現代化的政治趨向，因而從「人的文學」向著「人民的文學」的階段性轉換，表明了社會發展對文學運動的政治影響的逐漸增強。這其次就在於，「從屬於政治的文學」的出現，是與文學為政治服務的工具化分不開的，導致了中國文學現代化的政治畸變；而「復歸人學的文學」的興起，從政治附庸的束縛中解脫出來，促使中國文學現代化重新進入「人的文學」的藝術軌道，因而由「從屬於政治的文學」到「復歸人學的文學」的階段性轉換，表明了社會發展對於文學運動的政治控制的日益消退。這樣，社會發展對於文學運動的政治制約，只能在個人與群體的社會主體地位趨於一致的歷史過程中，才有可能得到逐漸的緩和，以確保文學與政治之間的相對獨立，從而使文學運動在社會發展中得以進行自主發展。

正是由於文學運動自主發展的可能性，只能是在社會發展過程中才會成為文學運動的現實，因而現實的文學運動在二十世紀的中國如何進行分期，也就只有置於二十世紀中國社會發展的政治進程中來進行。具體地說，在二十世紀上半葉就是與推行「新政」、辛亥革命、國民革命相對應的「人的文學」階段，與國民革命、土地革命、抗日戰爭、解放戰爭相對應的「人民的文學」階段；在二十世紀下半葉就是與社會主義革命、文化大革命相對應的「從屬於政治的文學」階段，與社會主義建設、經濟體制轉軌相對應的「復歸人學的文學」階段。由於社會發展的政治進程中所出現的一系列政治變動，直接制約著文學運動的自主發展，兩者之間所形成的複雜的對應性關係，不僅規定了文學運動分期的年代劃分，而且決定了文學運動的時代特徵，從而在對文學運動的自主發展四大階段進行時間限定的前提下，來對二十世紀的中國文學運動的不同時期進行分期與命名。

二十世紀上半葉的中國文學運動進行「人的文學」與「人民的文學」這樣的階段劃分，主要是基於文學運動與社會發展的政治進程之間的相關性在由疏離到緊密的演變呈現出從間接轉向直接的政治影響，與此同時，不僅文學運動處於從社會意識形態的邊緣向中心的過渡，致使抗戰文學運動成為抗日戰爭中戰時文化運動的中心運動；而且文學運動的文學審美意識根基也表現為由多元向單一的轉變，獨尊現實主義與抗戰文學運動相輔相成。那麼，從「人的文學」到「人民的文學」之間的階段轉換的時間界限如何認定呢？這就是中國作家分別從上海與北京出發，開始南下廣州參與國民革命的1926年。這不僅有郭沫若去廣州之前寫成的《文藝家的覺悟》為證，而且更有魯迅到廣州之後進行「革命時代的文學」的演說為證。〔註47〕中國作家南下廣州參與國民革命的個人行動，表明了文學運動與社會發展的政治進程之間趨向緊密，文學與政治直接形成對應關係。由此而來，1926年成為「人的文學」與「人民的文學」之間的階段分界點，於是，「人的文學」階段的時間界限當在1901年到1926年，而「人民的文學」階段的時間界限當在1926年到1949年。

在「人的文學」階段，文學運動在客觀上是疏離於社會發展的政治進程之外的，無論是小說界革命倡導者之一的梁啟超，還是文學革命倡導者之一的陳獨秀，在主觀上都力圖將文學的革命與政治的革新聯繫起來，但是，直到1919年「五四」愛國群眾運動發生之後，文學運動與中國社會的政治進程才逐漸顯現出趨向緊密相關的某種現實可能性。這不僅在於從小說界革命到文學革命，都企圖通過文學來進行思想啟蒙，而且更在於這一思想啟蒙的個人訴求，即使是以文學的面貌出現，一時間也難以在社會上引發普遍的反響，難怪梁啟超要痛心疾首：「而還觀今之小說文學者何如？嗚呼！吾安忍言！吾安忍言！其什九則誨盜與誨淫而已，或則尖酸輕薄毫無取義之遊戲文也」；而陳獨秀會無比失望：「那舊人物是不用說了，就是咶咶叫的青年學生，也把《新青年》看作一種邪說，怪物，離經叛道的異端，非聖無法的叛逆。本志同人，實在是慚愧得很，對於吾國革新的希望，不僅抱了無限悲觀」。〔註48〕

當然，不能將梁啟超的痛心疾首與陳獨秀的無比失望等量齊觀，反倒是應該看到，小說界革命與文學革命之間所依託的文化與文學資源是大為不同的，小說界革命所依託的主要是本土傳統文化與文學資源，進行「新民」的文學啟蒙，不僅文化資源大多是本體傳統文化，而且文學資源也仍然是本土傳統文學。儘管如此，小說界革命仍然不乏對於外來現代文化與文學影響的諸多體現，更為重要的是，小說界革命促成了外來現代文化與文學在中國的

〔註47〕郭沫若《文藝家的覺悟》《洪水》第2卷第16期，1926年5月1日；魯迅《革命時代的文學——四月八日在黃埔軍官學校講》《黃埔生活》週刊第4期，1927年6月2日。

〔註48〕梁啟超《告小說家》《中華小說界》第2卷第1期，1915年1月1日；陳獨秀《〈新青年〉罪案之答辯書》《新青年》第6卷第1號，1919年1月15日。

社會傳播。這就為文學革命轉向對外來現代文化與文學的依託創造了有利的社會條件，特別是由以留學生為主體的第一代「新青年」來進行反封建主義的文學啟蒙，保障了「人的文學」這一中國文學現代化追求的初步完成。在本土傳統文化與外來現代文化之間進行資源轉型的現實運動就是新文化運動，而新文化運動發生的歷史標誌，就是創辦於 1915 年的《青年》雜誌，並成為對「現代歐洲文藝」進行全面介紹的開端。〔註 49〕這樣，1915 年也就成為小時界革命與文學革命之間的時期分界點，「人的文學」階段也就分為小說界革命時期與文學革命時期。

隨著來自歐美各國的現代文學潮流在「人的文學」階段紛紛湧入中國，這些文學潮流的中國傳播影響，在「人民的文學」階段由於革命與戰爭的直接影響而發生了政治性的演化，特別是世界性的左翼文學浪潮擴張到中國之後，加快了這一演化的速度，不僅出現了左翼文學運動與民族主義文學運動的政治對抗，而且在作家中還出現了從「第三種人」到「同路人」這樣的政治分化，文學與政治的關係集中在文學自由這一關鍵問題上，從而促進了文學審美意識的多元分化與現實存在。由此而出現了「人民的文學」階段中文學多元並存時期。不可否認的是，堅持保障文學創作的個人自由權利這一立場，無疑會遭遇到來自各方面的有形或無形的政治修正，甚至政治限制。不過，在抗日戰爭中，這樣的政治修正乃至政治限制，應該說是具有一定現實合理性的。在這樣的認識前提下，對於那些堅持文學的藝術本位的作家的創作與思考，能否用所謂自由主義來進行實際上是政治性的歷史概括，倒應該是值得研究者加以關注並作出重新討論的。這就在於，自由主義本來就是一個政治概念，如果用來對基於文學自由創造的個人藝術追求進行文學的概括與命名，也就難免令人有南轅北轅之感了。

「人民的文學」階段內的時期劃分以 1937 年抗日戰爭的全面爆發為分界點，由文學多元並存時期轉向文學區域生成時期。這不僅在於文學審美意識在戰時條件下呈現出單一發展，更為重要的是戰時體制的存在，促使文學運動的區域分化：從抗戰區文學運動到淪陷區文學運動。一方面，抗戰區的抗戰文學運動成為代表全國的文學運動主流，引起研究者的關注是不可避免的；另一方面，在淪陷區的文學運動中，也並非僅只是所謂漢奸文學的存在，因而在過去

〔註 49〕陳獨秀《現代歐洲文藝史譚》《青年雜誌》第 1 卷第 3、4 號連載，1915 年 11、12 月。

往往被研究者存而不論的淪陷區文學，在如今已經進入研究者的視野，從 1989 年重慶出版社出版《中國抗日戰爭時期大後方文學書系》，到 1998 年廣西教育出版社出版《中國淪陷區文學大系》，已經表明文學區域生成時期的歷史存在。必須指出的是，文學區域生成時期的文學運動，經歷了抗日戰爭之後的解放戰爭，迎來了人民解放的和平，國統區文學運動與解放區文學運動的區域存在，在二十世紀下半葉發展為三足鼎立的區域文學運動現實，由解放區文學運動發展而來的大陸文學運動也就成為代表全國的文學運動主流。

對二十世紀下半葉的中國文學運動進行「從屬於政治的文學」與「復歸人學的文學」這樣的階段劃分，主要是基於文學運動與社會發展的政治進程之間的相關性在由緊密到疏離的演變呈現出從直接轉向間接的政治控制，與此同時，不僅文學運動處於從社會意識形態的中心向邊緣的過渡，致使文學運動在失去轟動效應的同時進入了自由發展的運動狀態；而且文學運動的文學審美意識根基也表現為由單一向多元的轉換，主旋律文學與嚴肅文學、通俗文學與大眾文學在自由發展的文學運動中相反相成。那麼，由「從屬於政治的文學」到「復歸人學的文學」之間的階段轉換的時間界限如何認定呢？這就是「粉碎四人幫」，並開始進行從社會發展到文學運動的撥亂反正的 1976 年。這不僅表現在由「天安門詩歌」的「大爆炸」在「粉碎四人幫」之後所引發的「揭批『四人幫』，歌頌老一代」創作熱潮，而且也顯現為「各個階級有各個階級的美，各個階級也有共同美」披露之後所引起的有關人道主義的美學論爭。〔註 50〕無論是中國社會發展，還是文學運動，均從左傾錯誤的政治軌道轉向全面的撥亂反正，於是，兩者之間的相關性由緊密趨向疏離，而文學與政治的對應關係在趨於間接中相對獨立。這樣一來，1976 年也就成為「從屬於人民的文學」與「復歸人學的文學」之間的階段分界點，因此，「從屬於政治的文學」階段的時間界限當在 1949 年到 1976 年，而「復歸人學的文學」階段的時間界限當在 1976 年到 2000 年。

在「從屬於政治的文學階段」，文學運動與社會發展的政治進程是完全重合的，因而可以用政治進程的不同時期來對文學運動進行分期。隨著中華人民共和國的成立，新民主主義革命轉入社會主義革命，具體表現為連接不斷的一系列政治運動，任何一個具體的政治運動都無法涵蓋這一系列政治運動，以至於只能從政治運動持續的時間長度來予以時期的命名，這就是為什麼通常要

〔註 50〕《前言》，童懷周編《天安門詩抄》，北京，人民文學出版社，1978 年；何其芳《毛澤東之歌》《人民文學》1977 年第 9 期。

用「十七年」來對這一時期進行命名。不過，在這十七年中，從對《武訓傳》的政治聲討到對「胡風反革命集團」的政治清算，無非是表明文學運動已經與政治運動保持同步，而從反右運動對於作家群體的政治清查，到社會主義教育運動對作家群體的政治批判，更是證實文學運動已經開始與政治運動合二為一。所有這一切都是以社會主義革命的名義進行的。1966 年文化大革命的爆發，更是將社會主義革命引向了左傾錯誤的反面，結果「只能造成嚴重的混亂、破壞和倒退」，社會發展與文學運動經歷了十年浩劫。〔註 51〕在這樣的意義上，也就可以用社會主義革命取代「十七年」，來對 1949 年到 1966 年的文學運動進行名符其實的命名，因而在「從屬於政治的文學」階段，文學運動在社會主義革命時期之後，緊接著就進入了文化大革命時期。

在「復歸人學的文學」階段，社會發展的政治進程進入社會主義建設新時期，即由社會主義革命轉入社會主義建設。新時期的社會發展從撥亂反正到改革開放，呈現出從以政治為中心到以經濟為中心的政策演變，導致由計劃經濟向市場經濟的經濟體制轉軌。這就為「復歸人學的文學」這一階段內的時期劃分提供了社會發展的根據，而新時期文學與後新時期文學也就分別成為文學運動的時期命名。新時期文學運動與後新時期文學運動之間的時期分界點應該是 1989 年，因為在此之前，隨著文學失去轟動效應，特別是 1988 年對胡風文藝思想的平反，表示對文學運動不再進行直接的政治干預，因而無論是文學社會地位的邊緣化，還是文學審美意識的多元化，對於文學運動來說都具備了現實可能性；而 1989 年以中央文件的名義要求進行文藝體制改革，來理順與文學運動相關的各種群體關係，使文學運動獲得自主發展的較為充分的文學自由。正是因為這樣，如果從文學運動在這一社會發展過程中所達到的文學自由程度來看，在「復歸人學的文學」階段中，文學運動在新時期開始轉向自主發展，文學自由相對有限；而在後新時期完全進入自主發展，文學自由相對充分，那麼，不僅新時期文學可以重新命名為文學自主發展時期，而且後新時期文學也同樣可以重新命名文學自由發展時期，由此而展示出「復歸人學的文學」在對「人的文學」復歸的世紀過程中已經進入了文學自由的空前境地。

從區域文學的發展來看，二十世紀下半葉從「從屬於政治的文學」到「復歸人的文學」的階段劃分，無論是對臺灣文學運動來說，還是對香港文學運動

〔註 51〕《中國共產黨中央委員會關於建國以來黨的若干歷史問題的決議》，北京，人民出版社 1981 年，第 23～25 頁。

來說，都具有一定的包容性。首先，臺灣文學運動以 1977 年 8 月「第二次文藝會議」的召開為階段性標誌，這次會議的主要內容是如何解決鄉土文學論爭，與 1968 年 5 月召開的「第一次文藝會談」，以貫徹國民黨九屆五中全會制定的《當前文藝政策》為主旨相比較，可以看出這兩次「全島性的文藝大會」的熱點已經從政治轉向了文學，從而表明臺灣文學運動在與政治需要疏遠的同時，已經趨向多元發展，與文學運動主流保持著同步。〔註 52〕其次，香港文學運動隨著文化大革命期間開始的大陸作家再度南遷香港，文學風貌也從單調轉向多樣，表現出對於文學運動主流的回應。〔註 53〕

這樣，從文學運動與社會發展之間的多重關係來看，二十世紀的中國文學運動分期，在二十世紀上半葉就是「人的文學」階段從小說界革命時期到文學革命時期，與「人民的文學」階段從文學多元並存時期到文學區域生成時期；在二十世紀下半葉就是「從屬於政治的文學」階段從社會主義革命時期到文化大革命時期，與「復歸人學的文學」階段從文學自主發展時期到文學自由發展時期。一般地說，對二十世紀的中國文學運動進行重新的分期與命名，就二十世紀上半葉的文學運動而言，不容易引起爭議，而就二十世紀下半葉的文學運動，尤其是就大陸文學運動而言，往往是眾說紛紜。

關於大陸文學出現了兩個區域文學的命名：共和國文學與新中國文學。在 1999 年出版的《共和國文學 50 年》一書中，「共和國文學」實際上是作為與中國大陸文學相關的區域文學概念提出來的。所以，被人認為是「有助於當代文學學科建設走向規範和科學」。但是，共和國文學與中華人民共和國之間，無論是在理論上，還是在實踐上，都沒有能夠形成一對一的對應關係，因為與中華人民共和國相對應的，其實倒應該是半個世紀以來從首先為工農兵服務發展到為人民服務的新中國文學。所以，與《共和國文學 50 年》同時出版的，還有《新中國文學 50 年》一書。〔註 54〕較之「共和國文學 50 年」，顯而易見的是，「新中國文學 50 年」，更能夠與中華人民共和國成立半個世紀以來，中

〔註 52〕「第二次文藝會議的召開」、「第一次文藝會談的召開」，徐迺翔主編《臺灣新文學詞典》，成都，四川人民出版社，1989 年，第 841、840 頁；袁曙霞《臺港文學概論》，貴陽，貴州人民出版社，1999 年，第 150～152 頁。

〔註 53〕王劍叢《香港文學史》，南昌，百花洲文藝出版社，1995 年，第 88 頁；袁曙霞《臺港文學概論》，貴陽，貴州人民出版社，1999 年，第 378～379 頁。

〔註 54〕參見楊匡漢、孟繁華主編《共和國文學 50 年》，北京，中國社會科學出版社，1999 年，第 4～7 頁；文波《99 文學批評述要》《當代文學研究資料與信息》2000 年第 1～2 期合刊。

國文學的區域性發展保持著現實狀態上的一致。因而也更有可能趨向學術的規範性與科學性。

必須看到的是，二十世紀的中國文學，自從抗日戰爭全面爆發起來，就呈現出區域性發展的文學格局。雖然就區域文學的全國代表性而言，往往與一個時期中代表中國的合法政府直接相關。在抗戰時期，代表中國的合法政府是以重慶為陪都的中華民國，因而大後方文學也就代表著中國文學；二十世紀下半葉，代表中國的合法政府是以北京為首都的中華人民共和國，因而由大陸文學來代表中國文學。但是，正如不能將大後方文學稱為民國文學一樣，同樣也不能將二十世紀下半葉的大陸文學稱為共和國文學。這是因為只有在戰爭時期或革命時期，政治衝突激化的狀態下，區域文學的全國代表性才與政治上的中國合法代表直接聯繫起來。

在這樣的意義上，也許使用新中國文學這一概念來對二十世紀下半葉的中國大陸文學進行概括，不僅能夠夠較為具體地展現出中國當代文學運動的主流意識形態特徵，而且能夠較為客觀地反映出中國當代文學研究在術語方面的約定俗成，因為新中國文學這一概念，無論是從內涵來看，還是從外延來看，兩者之間都表現出在語用上的一致性。這至少表明，共和國文學這一概念的語用範圍，無疑要比新中國文學的語用範圍要狹窄，因為共和國文學這一區域文學概念，實際上所體現和強調的主要是政治與文學之間的關係，而這一關係不過是文學與社會之間的諸多關係之一。更為重要的是，這種政治與文學之間的關係，畢竟不只是表現為行政體系意義上的政治隸屬關係，而是更多地表現為政治體制意義上的政治制約關係，集中體現在政治運動與文學運動之間的主從關係上。這樣，無論是新中國文學，還是共和國文學，從區域文學角度來看，其實都帶有程度不等的意識形態色彩，而大陸文學因其與臺灣文學、香港文學的對舉，或許更具學術研究的規範性。不過，從約定俗成的語用的角度來看，繼續使用新中國文學這一說法也不失為是一個兩全之用，避免文學命名陷入無謂的意識形態之爭。

所以，在討論中國當代文學運動的時候沿用了一些約定俗成的時期命名，以便於學術研究的進行。不過，一方面，人們已經習慣於使用時期這個詞來對二十世紀的中國文學的階段性發展進行不斷地歷史命名，而另一方面，人們也許更習慣於忽略掉關於文學發展各個時期之間的現實更替所存在著的非文學謬誤。這是因為我們在「為政治服務」的政策氛圍籠罩之下，早已不得不承認泛化時期的合法性：時期已經不是關於一定文學發展的階段性劃分的時間限定，而只能是作為特定社會政治進程的革命性標誌。時期命名的有名無實的無名現象在中國當代文學中最具有代表性，除開「十七年」的籠統之中所包含著的一連串政治運動對於文學運動進行時期命名的直接影響，「文化大革命」更是成為文學發展徹頭徹尾政治化的空前絕後的非常時期。這無疑表明，文學運動與社會發展的政治進程有可能會完全重合，因而具有了用政治進程的不同時期來對文學運動進行分期與命名的可行性。

更為重要的是，必須指出所有那些與約定俗成的時期命名相對應的文學運動，不能因為其命名的政治特徵而遮蔽了文學運動的總體特徵，而陷入對於文學運動把握的誤區。正是因為如此，對於「十七年」文學運動的得失必須放到文學自由的個人權利空間到底有多大這一基點上來進行重新考察和討論，而對於文化大革命時期文學運動也必須重新進行認識：隨著社會主義革命走向左傾錯誤的反面，文學運動最終蛻變為文化大革命的政治工具，自然而然也就相應地獲得了文化大革命時期文學運動的命名。當然，這並不是說文化大革命時期文學運動已經完全成為左傾錯誤的產物，而是要強調它的雙重性，即除了作為路線鬥爭工具的一面之外，還具有進行藝術形式重構的另一面——前者將文學運動推到無產階級專政下繼續革命的前沿而成為政治鬥爭的主要手段，後者則使文學運動得以保持必不可少的最低限度的文學色彩。必須指出的是，在將文學推向為政治服務的極端的前提下，文學必須成為完全從屬於當下的路線鬥爭的工具，因而藝術形式的「標新立異」只不過是為了保全這一鬥爭工具的最大效用，以保證文學運動革命大方向的永不偏離。

文化大革命的最終結束，表明了社會主義建設新時期的到來，社會的發展將不再侷限於社會主義革命這一政治層面上。這樣，新時期所特具的政治特徵是不容忽視的，因而新時期的文學運動所表現出來的政治傾向，也就不能不引起重新思考。當然，對於特定的時期中政治制約所造成的非文學謬誤，文學運動總是要出現這樣或那樣的反撥，而這一反撥能否達到目的，則又取決於政治制約在時期更替中是否被逐漸消解。這樣，新時期文學運動，從一開始就與政治生活結盟，歷經「傷痕文學」，「反思文學」、「改革文學」的連鎖反映，顯現出由「撥亂反正」到「改革開放」的政治決策軌跡。隨後，文學運動又開始疏離政治生活，一方面在創作實踐中轉向所謂的文化尋根，一方面在理論批評中嘗試「老三論」與「新三論」的方法操練。無論是「尋根熱」，還是「方法熱」，從根本上看，兩者都是新時期文學運動力圖擺脫或現或隱的政治制約，爭取回到文學自身去的第一次迂迴反撥。

新時期文學運動中所出現的這一初次反撥，成功地採取了迂迴戰術，來繞過現實地存在著的題材陷阱與方法暗礁，從而避免了引發意識形態爭論，同時也就促使新時期文學運動在發展中不再興起政治批判的浪潮，預示著文學再也不是經國之大業。這樣，文學在逐漸失去治世功能的同時，也就開始拒斥工具化的命運，走上了回到自身去的歸途。正是在這樣的意義上，才有可能去認可「文學失去轟動效應」的說法。〔註 55〕這一說法至少在客觀上證實新時期文學進行自主發展的可能性是現實地存在著的，並且直接得到權威性的政治印證。這就是 1988 年 7 月 23 日《文藝報》公開報導對胡風文藝思想的徹底平反，最後一次用「中央文件」的方式否定了當年的政治裁決。這是一次幾乎長達十年，從政治性質到文藝思想的一波三折的平反過程。這一過程的最終結束，已經表明了個人自由創造的權利不可避免地在社會中重新開始得到承認。也許，更為重要的是，這實際上是以此為例，第一次運用「中央文件」來宣布從今以後對於文學發展，將不再以制定「中央文件」的方式來進行政治清算，進而提出將文學發展置於憲法之內來確認其多樣化的合法性，將文學運動置於「雙百方針」之下來討論其多元化的合理性，從而文學運動將具有自主發展的可行性，因而也就在實際上標誌著新時期文學運動的年代性終結點與時代性轉折點的共時形成。

由此可見，對於文學運動的政治制約雖然還將以這樣或那樣的形式來頑強地存在著，但是，這至少在客觀上表明對於文學發展的政治制約已經正式開始消融。不過，在失去政治制約的同時，也就意味著失去政治支撐，從而削弱文學運動的社會規模與現實影響，文學發展的當代根基終於從政治開始向文學回歸也就勢在必行。至此，當代文學再也不能夠成為社會生活中的焦點乃至熱點。昔日文學發展中層出不窮的政治性轟動效應早途徑成為曇花一現的歷史陳跡，如今的文學運動將在為回到文學自身去的個人創造中艱難前行。

〔註 55〕陽雨（王蒙）《文學，失卻轟動效應以後》《文學報》1988 年 1 月 30 日；彭放《「大逃亡」與文學的「轟動效應」說》《文藝爭鳴》1989 年第 3 期。

餘論　徘徊於朝代和時代之間

無論是現代的中國學術史，還是現代的中國文學史，兩者在進行歷史書寫的過程之中，彼此之間從表面的相反相成到深層的相輔相成所互為包容的種種關係，圍繞著時間維度，實際上促使歷史書寫徘徊於朝代與時代之間，呈現為本土固有的朝代體與外來的時代體並存，乃至兩者相混容的歷史書寫格局。這是一個必須加以關注並予以討論的當下問題。

二十世紀之前的中國，是前現代的古代中國，對於學術與文學進行著朝代體的歷史書寫，是以朝代更迭為斷代的歷史書寫，由此形成了以歷朝歷代相承接為時間維度的歷史書寫這一本土傳統，隨之而來，歷史書寫的政治性成為這一本土傳統的基本特徵，皇權意識形態對於歷史書寫進行著自上而下的一元掌控，特別是漢代經學的肇起，通過對於先秦歷史典籍的官方闡釋，確立了歷史書寫的官方化。於是，通過對所謂文史哲不分家的文本進行經學闡釋，促成學術史與文學史在連體之中的等級化，形成了文章為經國之大事的雜文章史觀，制約著學術與文學從漢代到清代的歷史書寫，尤其是唐代之後歷朝歷代古文運動的不斷出現，經學闡釋的政治需要壓倒文學寫作的個人訴求，即便是以文學正宗標舉的唐詩、宋詞、元曲，也無不浸潤進皇權意識形態的話語影響。

進入二十世紀之後的中國，是處於全球現代化浪潮中的現代中國，對於學術與文學的歷史書寫，國人在世紀之初就開始棄用朝代體，轉而採用時代體。時代體的歷史書寫，是以人類社會變遷的不同時代為時間維度依據，通過描寫不同時代之間的文化轉型過程，在從傳統社會到現代社會的時代變遷之中，顯現出歷史書寫的現代性這一基本特徵，公民自由權利保障著歷史書寫的多元寫作，促成了歷史書寫的公共化，從而得以進行基於學術立場或文學立場之上的歷史書寫。

對學術與文學進行時代體的歷史書寫，應該說興於長達五個世紀的歐洲文藝復興運動。這一以時代轉換為斷代的歷史書寫，以文藝復興為古代與現代之間的時代轉換的過渡標誌，上溯文藝復興運動興起之前的中世紀、古羅馬、古希臘，而緊接著文藝復興運動而來就是十八世紀的「啟蒙運動」，從此進入了歐洲現代化的「啟蒙時代」。因此，十八世紀成為現代歐洲的「啟蒙世紀」，並高舉思想啟蒙的旗幟而成為「現代的開端」，進而被稱為「光明世紀」。〔註1〕由此，現代歐洲先後進入了工業社會來臨的十九世紀、後工業社會出現的二十世紀，並且開始顯現出從現代到後現代的世紀轉換來。這就表明，時代體的歷史書寫，在體現出傳統文化向著現代文化進行時代轉型的同時，在時間維度上所展現出的人類社會現代化，已經形成了從歐洲向全球拓展的時代大趨勢。

這樣，歐洲文藝復興運動不僅促動了歐洲文化的現代轉型，而且促進了歐洲社會的現代變遷，導致了人類社會現代化在歐洲的率先興起，繼而掀起全世界範圍內的現代化浪潮，特別是從文化構成內核的價值體系來看，現代性的文化價值觀，無疑同樣是具有普世性的——「『前現代性』體現為以下的主導價值：身份、血緣、服從、依附、家族至上、等級觀念、人情關係、特權意識、神權崇拜等」；而「『現代性』體現為以下的主導性價值：獨立、自由、民主、平等、正義、個人本位、主體意識、總體性、認同感、中心主義、崇尚理性、追求真理、征服自然等」。由此可見，「前現代性」（即傳統性）與現代性之間的文化對峙，正是在現代化過程中形成的，進而顯露出具備啟蒙現代性與審美現代性雙重構成的文化現代性，在現代社會之中所能產生的普世性影響。〔註2〕

國人能夠在歷史書寫之中進行朝代體與時代體的個人選擇，實際上是與

〔註1〕參見《序言》及《分類目錄》，〔美〕彼得・賴爾、艾倫・威爾遜著《啟蒙運動百科全書》，劉北成、王皖強編譯，上海，上海人民出版社，2004 年。

〔註2〕「在我們看來，『現代性』關涉到的應當是現代社會生活中的一個最抽象、最深刻的層面，那就是價值觀念的層面」。俞吾金等《現代性現象學：與西方馬克思主義者的對話》，上海，上海社會科學院出版社，2006 年，第 36、37 頁。在這裡，文化現代性與社會現代性相對舉，而文化現代性的構成中啟蒙現代性與審美現代性相對舉，其中，審美現代性或稱「美學現代性」、「文學現代性」，而審美現代性也就是對「工業社會」進行重構的「另一種現代性」。參見郝明工《人道主義與二十世紀的中國文論》，北京，中國社會科學出版社，2005 年，第 1～3、206～207 頁。

中國社會現代化的全面啟動分不開的。在梁啟超看來，這就是隨著二十世紀的到來，中國已經進入了一個從傳統社會轉向現代社會的「過渡時代」，開始「崛起了新舊兩界線之中心的過渡時代之英雄」，尤其是「凡一國之進步也，不在轟轟獨秀之英雄，而在芸芸平等之英雄」。這就表明，國人在消解朝代體的舊曆史書寫的同時，更需要尋求時代體的新曆史書寫，將自己尋求的目光首先轉向歐洲——要求在中國開展「平等主義自由思想」的當下啟蒙。由此，「吾意今世紀之中國，其波瀾俶詭，五光十色，比更有壯奇於前世紀之歐洲者」。這就充分說明在文化轉型與社會變遷的現代化過程中，中國明顯滯後於歐洲，出現了「十九世紀之歐洲與二十世紀之中國」這樣的歷史比照。〔註 3〕

這就是說，對於現代的中國學術史與文學史來說，歷史書寫中時代體的出現，其意義主要是表明：政治性的官方化歷史書寫將不得不為現代性的公共化歷史書寫所取代，其「新舊」之差，首先是社會變遷之中傳統社會與現代社會的社會形態之差，其次更是文化轉型之中傳統性與現代性的文化意識之差。

當然，在朝代與時代之間，從時間維度上看，除了新舊之差以外，兩者的共同之處就在於年代。只不過，年代成為歷朝歷代承接之中的線性延伸，朝代鼎革對於朝代體的歷史書寫來說，僅僅是證實了古代的中國學術與文學的文化視野，在政權更迭之中越來越封閉，歷史書寫的官方化程度隨之越來越高；而年代在人類社會現代化過程之中進行著有機綿延，時代轉換對於時代體的歷史書寫來說，自然是表明了現代的中國學術與文學的文化語境，在走向世界之中趨向開放，顯現出歷史書寫的公共化前景。這樣，隨著二十世紀成為中國現代化的過渡時代，對於現代的中國學術史與文學史來說，歷史書寫從朝代體過渡到時代體，是不是與過渡時代保持著同步呢？這就需要追尋時代體在二十世紀的中國是何時出現的，以此印證過渡時代的中國現代化已經開始全面啟動。

在二十世紀的中國，倡導進行時代體歷史書寫的國人，當首推梁啟超。1902 年 3 月，梁啟超的《論中國學術思想變遷之大勢》在《新民叢報》上開始連載，對中國學術思想進行時代體的歷史書寫，將中國的學術思想史分為七個時代——「一胚胎時代，春秋以前是也；二全盛時代，春秋末及戰國是也；

〔註 3〕《過渡時代論》、《十九世紀之歐洲與二十世紀之中國》，分載《清議報》第 83 期、第 93 期，1901 年 6 月 26 日、10 月 3 日。夏曉虹編《梁啟超文選・上》，北京，中國廣播電視出版社，1992 年。

三儒學統一時代，兩漢是也；老學時代，魏晉是也；五佛學時代，南北朝、唐是也；六儒佛混合時代，宋、元、明是也；七衰落時代，近二百五十年是也；八復興時代，今日是也。」在這裡，梁啟超基於自己對中國學術思想變遷的個人把握，以「時代」的年代命名，首先是對朝代的斷代進行從「胚胎時代」到「儒佛混合時代」之間的年代歸併，其次是對清代進行「衰落時代」與「復興時代」之間的年代拆解，而所謂「復興時代」就是二十世紀這一中西「兩文明結婚之時代也」——「彼西方美人，必能為我家育寧馨兒以亢我宗也」。〔註4〕由此來表明時代體取替朝代體正是中國學術思想變遷之大勢的具體體現。

事實上，如果從歷史書寫的時間維度來看時代與朝代的斷代功能，顯然只能是在年代劃分這一點上才有共同之處，因而可以使用時期這一命名來作為年代劃分的一種共同表述，也就是在忽略歷史書寫的基本特徵這一前提下，無論是時代，還是朝代，在歷史書寫之中都能夠採用時期來加以表述，甚至對時代或朝代進行時期細分：從古代社會變遷的不同時期到現代社會變遷的不同時期，尤其是兩者之間的過渡時期；一個朝代由盛而衰的不同時期，特別是朝代之間的興亡時期。

梁啟超之所以認定二十世紀既是中國現代化的「過渡時代」，又是中國文學術思想的「復興時代」，自然是因為受到了外來現代文化的影響，而這一影響又是通過日本這一文化傳播中介來實現的。梁啟超倡導時代體的歷史書寫，就是受到日本學者所著《支那學術史綱》的直接影響，不過，日本學者的時代體歷史書寫，無疑是受到了歐美學者的文化影響——在《亞洲史》中，在同一時期之內，與「中世紀印度」、「中世紀日本」相對應的，就是就包括了唐、宋、元三代的「中國的黃金時代」。〔註5〕

梁啟超在二十世紀之初所倡導的時代體這一歷史書寫，首先是在經學的歷史書寫中得到了及時的回應，這就是 1907 年刊行的《經學歷史》，中國第一部從「經學開闢時代」寫到「經學復盛時代」的時代體經學通史。然而，梁啟超本人在 1921 年發表的《清代學術概論》中，則搖擺於時代與朝代之間，以經學演變作為有清一代的學術主幹，對清代不同時期的學術思想進行政治性

〔註 4〕梁啟超《論中國學術思想變遷之大勢》，上海，上海古籍出版社，2001 年，第 6～7、8 頁。

〔註 5〕參見夏曉虹《〈論中國學術思想變遷之大勢〉導讀》，梁啟超《論中國學術思想變遷之大勢》，上海，上海古籍出版社，2001 年；《目錄》，〔美〕羅茲·默菲《亞洲史（第四版）》，黃磷譯，北京，商務印書館，2005 年。

的歷史書寫，呈現出從時代體向著朝代體倒退的書寫姿態，隨後在 1924 年刊行的《中國近三百年學術史》中，則討論從晚明到民初的學術思想流變，又開始向時代體回歸。梁啟超在歷史書寫之中出現這一搖擺的主要原因，其實正如梁啟超在 1923 年發表的《五十年中國進化概論》中所說的那樣：沒有能夠「從文化根本上感覺不足」。〔註 6〕這實際上也就是說，他自己的思想尚處於從傳統到現代的過渡之初，歷史書寫的本土傳統仍然在暗中支配著他的書寫姿態。

這就表明，國人只有通過汲取外來現代思想，進行學術觀與文學觀的根本轉換，才有可能真正擺脫雜文章史觀的本土影響，最後轉向現代的學術與文學之思，如此才能夠在不斷修正自己的書寫姿態之中，進行時代體的歷史書寫。

1905 年，王國維發表《論近年之學術界》一文，一開始他就提出「外界之勢力之影響於學術，豈不大哉！」由此出發，王國維指出外來思想在中國的傳播和影響，有如「佛教之東」，「至今日而第二佛教又見告矣，西洋之思想是也」。因此，王國維要求遵行康德所言——「『當視人人為一目的，不可視為手段。』豈特人之對人當如是而已矣，對學術亦何獨不然」。進而要求在中國只有拒絕把學術，尤其是拒絕把哲學和文學當作政治教化的手段，才會實現哲學與文學「自己之價值」，「故欲求學術之發達，必視學術為目的，不可視為手段而後可」，否則，就會褻瀆「哲學文學之神聖」，而中國的學術界將永無「發達之日」。

這樣，1912 年王國維在為《宋元戲曲史》所作的《序》中，即使是承襲了前人所說的「凡一代有一代之文學」之說，同時也確認了「唐之詩，宋之詞，元之曲」的文學史地位，然而，他本人並不囿於成說，而是別出心裁地對宋元兩代進行年代歸併，寫出了《宋元戲曲史》，對從宋代到元代的「雜劇之新體」進行歷史書寫，努力提升雜劇的文學地位，實際上進行了時代體文學史的首次嘗試。〔註 7〕這樣，《宋元戲曲史》除了表現出世紀之初，在時代體的歷史書寫之中，個人所擁有的自由書寫姿態之外，同時更是表達了對於此時在官方教育

〔註 6〕《五十年中國進化概論》，抱一編，《最近之五十年》，上海，申報館，1923 年 2 月。參見皮錫瑞著、周予同注釋《經學歷史》，北京，中華書局，1981 年；《清代學術概論》最初以《前清一代思想界之蛻變》為題，從 1920 年 11 月開始，連載於《改造》月刊第 3 卷第 3、4、5 號，《清代學術概論》，北京，東方出版社，1996 年；《中國近三百年學術史》，北京，東方出版社，1996 年。

〔註 7〕周錫山編校《王國維文學美學論著集》，太原，北嶽文藝出版社，1987 年；參見佛雛《王國維詩學研究》，北京，北京大學出版社，1987 年，第 324～325 頁。

體制支撐下，大學堂中所使用的朝代體文學史教科書進行的個人反擊。

事實上，《宋元戲曲史》同時也是針對這類文學史教科書企圖延續朝代體歷史書寫的歷史語境，所進行的一次重寫文學史的文本批判。這是因為早在 1908 年，周作人就在《河南》上發表《論文章之意義暨其使命及中國近時論文之失》一文，對京師大學堂採用的《中國文學史》「言必宗聖」，力求「統一一尊」，而論文「必以周、孔之語為歸」，這種種弊端進行了猛烈的抨擊。這樣，在經學闡釋的主流話語制約下的「中國文學史」，對於文學變遷的歷史書寫，自然就會顯得「支離蒙憒」，失去了文學變遷的本來面目，由此而導致惡劣的社會傳播影響。

因此，在周作人看來，《中國文學史》的影響所及，實際上促成「中國近時論文之失」的現象普遍發生，其中最主要的原因，就是「於文學義未明」，而這正是固守雜文學史觀所造成的惡果。所以，周作人要借鑒美國學者關於文學的現代定義，來進行「雜文章」與「純文章」的概念區分，認為只有通過兩者之間的定義對比，才有可能促成雜文章觀轉向純文章觀，以保證基於文學立場上的歷史書寫。當然，這並不意味著周作人在外來現代文學影響之下，將拋棄中國文學傳統。恰恰相反，周作人始終重視中國文學變遷從古代到現代的延續性，為此，周作人在 1932 年對「中國新文學的源流」進行了追溯，揭示了「以文學為工具」的「載道」與「以說出為目的」的「言志」，兩者交互而成的中國文學變遷的本土傳統軌跡，從而認為中國新文學應該延續「言志」這一中國文學的優良傳統。〔註 8〕

從文學史的角度來對中國新文學進行評說的第一人，當為胡適。1923 年，胡適在所發表的《五十年來中國之文學》一文中，認為在清末民初的世紀之初，中國文學變遷也進入了「新舊文學過渡時代」。問題在於，胡適只承認「小說界革命」是「有意的主張白話」，並且堅持認為只有「一九一六年以來的文學革命運動」才是「有意的主張白話文學」。因而將中國文學變遷與中國社會變遷拉開了時間上的距離，卻沒有能夠注意到自從 1902 年梁啟超倡言「小說界革命」以來，「新小說」與「新文學」之間在中國文學變遷中的內在一致性；更沒有能夠意識到「新小說」正是「新文學」的白話文學根基的現實構成之一，

〔註 8〕周作人《論文章之意義暨其使命及中國近時論文之失》，陳子善、張鐵榮編《周作人集外文．上（1904～1925）》，海口，海南國際新聞出版中心，1995 年；周作人《中國新文學的源流》，上海，華東師範大學出版社，1996 年。

而從「小說界革命」到「文學革命」，事實上已經完整地顯現出二十世紀之初文學變遷的中國軌跡來，促使現代的中國文學變遷能夠與中國社會變遷保持相對同步，從而將現代的中國文學變遷的歷史起點，向前推到二十世紀之初。

胡適在《五十年來中國之文學》中出現的這一把握文學變遷的個人偏差，不久之後就有人進行校正。1928 年，陳子展在《中國近代文學之變遷》中就提出「中國近代文學」這一命名。不過，與「中國近代文學」相關的近代，實際上是年代劃分意義上的，當然也不排除因附加上政治因素而出現的認識偏差——「我在這裡所講的近代，斷自戊戌變維新運動」，因為「時勢思潮互為影響。戊戌政變，同時國內的思想界也起了極大的變動。我們所要講中國近代文學的變遷，實在這個時候真是中國文學有明顯變化的時候。第一，這個時候才知道廢八股，文人才漸漸從八股裏解放出來」，「第二，這個時候才開始接受外來影響」，從而「為後來文學革命建立了一個根基。」

可是，真正導致「國內的思想界也起了極大的變動」的國內政局巨變，不是 1898 年的「戊戌政變」，而是 1900 年八國聯軍入侵北京之後，清政府從 1901 年開始推行的，以移植現代社會制度為重心的「清末新政」，無論是廢除以選官為目的的科舉考試，而促成「廢八股」，還是開始建立現代三級教育體制，尤其是「派遊學」，而「接受外來影響」，在客觀上呈現出中國社會從封閉走向開放的現代化大趨勢，〔註 9〕事實上，只有 1902 年發起的「小說界革命」在緊緊追隨著這一大趨勢，促動了二十世紀的中國文學變遷。

所以，當一年後，陳子展重新考察這一段文學史，就寫出了《最近三十年中國文學史》，堅持以新文學的發展為主線，從而引出了這樣的評價——「其實，這本書也可以名為《二十世紀中國文學主潮》，因為他把近三十年來文學變遷的大勢，說得非常清楚。」〔註 10〕這就充分證實《中國近代文學之變遷》中的「近代」主要是一個年代劃分的命名，因而「二十世紀中國文學」的提出，不過是表明二十世紀勢必成為中國文學現代變遷與中國社會現代化第一個百

〔註 9〕陳子展著《中國近代文學之變遷》《中國近代文學之變遷；最近三十年中國文學史》，上海，上海古籍出版社，2000 年，第 6、7 頁。參見〔美〕費正清、劉廣京編《劍橋中國晚清史（1800～1911 年）》下卷，中國社會科學院歷史研究所編譯室譯，北京，中國社會科學出版社，1993 年，第 474～477 頁；陳旭麓著《近代中國的新陳代謝》，上海，上海人民出版社，1992 年，第 235～252 頁。

〔註 10〕趙景深著《最近三十年中國文學史·序》，陳子展《中國近代文學之變遷；最近三十年中國文學史》，上海，上海古籍出版社，2000 年。

年斷代的時代命名。

然而，進入二十世紀以來，在文學變遷的歷史書寫之中，始終徘徊在朝代與時代之間。僅從文學史的角度來看，由於在一個世紀之中近代、現代、當代的三代並存，其實並不是非要以這三代作為二十世紀的不同時期的年代劃分，而主要是賦予歷史書寫以主流意識形態色彩，從而促成朝代體歷史書寫與時代體歷史書寫之間，前者對於後者的一邊倒的話語優勢，〔註 11〕從而顯現出歷史書寫過程中，無論是國人所能選擇的書寫姿態，還是國人所能面對的書寫語境，都受到政治性的無形掌控，而難以進行基於現代性的自由揮灑。

這樣，即使是那些以純粹時間進行年代命名的歷史書寫，也難以避免同樣的主流意識形態束縛。〔註 12〕因此，必須根據中國現代文學變遷，來實事求是地進行百年之內的時期細分。更為重要的是，與 19 世紀最後一年中國遭受八國聯軍入侵相對應的，是 21 世紀的最初一年中國加入世界貿易組織，顯現出中國現代化由應激全面啟動轉向自主整體推進的百年過渡，人類歷史的巧合造成中國歷史的必然，因從有必要提出「二十世紀的中國文學」這樣的文學史百年斷代研究，來化解徘徊於朝代與時代之間的歷史書寫困境，為現代的中國文學變遷第一世紀，催生出真正現代的時代體文學史。

〔註 11〕相對近代與當代來說，現代是一個來自日語的漢字詞，它們的初始義與時間維度上的年代密切相關。但是在二十世紀的中國主流意識形態話語之中，近代與現代之差異，是民主主義時代的新舊對立，而現代與當代之差異，則是資本主義時代和社會主義時代的主義抗衡。在 1985 年重提「二十世紀中國文學」，旨在打破三代之間的意識形態壁壘，以建構出現代中國文學世紀變遷的完整性。參見《漢語大詞典》第 10 卷，上海，漢語大辭典出版社，1992 年，第 732 頁「近代」；《漢語大辭典》第 4 卷，上海，漢語大辭典出版社，1989 年，第 579 頁「現代」，《漢語大辭典》第 7 卷，上海，漢語大辭典出版社，1991 年，第 1389 頁「當代」。黃子平、陳平原、錢理群《二十世紀中國文學三人談》，北京，人民文學出版社，1988 年，第 27～29 頁。

〔註 12〕1997 年出版的《近四百年中國文學思潮史》，「意在打破以往中國文學史切割為古代、近代、現代、當代諸條塊的分界，而把從晚明（16 世紀末葉）至當今（20 世紀底）的文學思潮的發展看作為統一的流程，藉以追索中國文學自傳統向現代演變的軌跡」。顯然，橫跨五個世紀，超過四百年的如此追索，花費了太多的光陰，因為從傳統向著現代的全面過渡，僅僅發生在二十世紀接受外來現代影響的過程之中，即便是此前已經延續了三個多世紀的本土傳統影響也終究難以匹敵。事實上，中國文學的偉大傳統還可以向 16 世紀之前不斷推移，止於晚明，或許是因為此時的中國社會中「城市商品經濟的繁榮和資本主義萌芽的出現」？參見《後記》及該書第 4～5 頁。陳伯海主編《近四百年中國文學思潮史》，上海，東方出版中心，1997 年。

參考書目

一、國內文獻

1. 蔡尚思、方行編《譚嗣同全集》（增訂本），北京，中華書局，1981 年。
2. 陳伯海主編《近四百年中國文學思潮史》，上海，東方出版中心，1997 年。
3. 《陳獨秀文章選編》，北京，生活・讀書・新知三聯書店，1984 年。
4. 陳建華《「革命」的現代性——中國革命話語考論》，上海，上海古籍出版社，2000 年。
5. 陳克明《群經要義》，北京，東方出版社，1996 年。
6. 陳鳴樹主編《二十世紀中國文學大典（1897～1929 年）》，上海，上海教育出版社，1994 年。
7. 陳旭麓，《近代中國社會的新陳代謝》，上海，上海人民出版社，1992 年。
8. 陳子善、張鐵榮編《周作人集外文》，海口，海南國際新聞出版中心，1995 年。
9. 陳子展《中國近代文學之變遷；最近三十年中國文學史》，上海，上海古籍出版社，2000 年。
10. 程亞林《近代詩學》，長沙，湖南人民出版社，2000 年。
11. 戴燕《文學史的權力》，北京，北京大學出版社，2002 年。
12. 鄧方澤編《中國近代文學史事編年》，長春，吉林人民出版社，1983 年。
13. 丁守和主編《中華文化辭典》，廣州，廣東人民出版社，1989 年。
14. 丁守和主編《中國近代啟蒙思潮》，北京，社會科學文獻出版社，1999 年。
15. 丁偉志、陳崧《中西體用之間》，北京，中國社會科學出版社，1997 年。

16. 范伯群主編《中國近現代通俗文學史》，北京，江蘇教育出版社，2000 年。
17. 馮天瑜、鄧建華、彭池編著《中國學術流變》，上海，華東師範大學出版社，2003 年。
18. 馮憲光、馬睿《審美意識形態的文本分析》，成都，四川大學出版社，2001 年。
19. 高玉《現代漢語與中國現代文學》，北京，中國社會科學出版社，2003 年。
20. 葛兆光《中國思想史》，上海，復旦大學出版社，2002 年。
21. 龔書鐸主編《中國近代文化概論》，北京，中華書局，1997 年。
22. 郭湛波《近五十年中國思想史》，濟南，山東人民出版社，1997 年。
23. 侯外廬《中國近世思想學說史》，上卷，重慶，重慶三友書店，1944 年。
24. 侯外廬《中國早期啟蒙思想史》，北京，人民出版社，1956 年。
25. 侯外廬著、黃宣民校訂《中國近代啟蒙思想史》，北京，人民出版社，1993 年。
26. 胡明《胡適傳論》，北京，人民文學出版社，1997 年。
27.《胡適文集》，北京，北京燕山出版社，1995 年。
28.《胡適說文學變遷》，上海，上海古籍出版社，1999 年。
29. 胡適《白話文學史》，天津，百花文藝出版社，2002 年。
30. 黄霖《近代文學批評史》，上海，上海古籍出版社，1993 年。
31. 黄霖、韓同文選注《中國歷代小說論著選》，南昌，江西人民出版社，1982 年。
32. 黄曼君主編《中國近百年文學理論批評史（1895～1990）》，武漢，湖北教育出版社，1997 年。
33. 黄遵憲著、錢仲聯箋注《人境廬詩草箋注》，上海，上海古籍出版社，1981 年。
34. 嵇文康《晚明思想史論》，北京，東方出版社，1996 年。
35. 姜廣輝主編《中國經學思想史》，第一、二卷，北京，中國社會科學出版社，2003 年。
36. 姜義華、吳根樑編校《康有為全集》，上海，上海古籍出版社，1987 年。
37. 李國俊編《梁啟超著述繫年》，上海，復旦大學出版社，1986 年。
38. 李華興主編《民國教育史》，上海，上海教育出版社，1997 年。
39. 李何林編著《近二十年中國文藝思潮論（一九一七～一九三七）》，西安，陝西人民出版社，1981 年。
40. 李細珠《張之洞與清末新政研究》，上海，上海書店出版社，2003 年。
41. 李澤厚《中國現代思想史論》，天津，天津社會科學院出版社，2003 年。
42. 李澤厚《中國近代思想史論》，天津，天津社會科學院出版社，2003 年。
43. 李澤厚《中國古代思想史論》，天津，天津社會科學院出版社，2003 年。
44. 梁啟超《飲冰室合集》，北京，中華書局，1989 年。
45. 梁啟超《論中國學術思想變遷之大勢》，上海，上海古籍出版社，2001 年。
46. 梁啟超《清代學術概論》，北京，東方出版社，1996 年。
47. 梁啟超《中國近三百年學術史》，北京，東方出版社，1996 年。
48. 林惠祥《文化人類學》，北京，商務印書館，2002 年。
49. 劉小楓《儒家革命精神源流考》，上海，上海三聯書店，2000 年。
50.《魯迅全集》，北京，人民文學出版社，1981 年。
51. 魯迅博物館魯迅研究室編《魯迅年譜》，北京，人民文學出版社，1983 年。
52. 羅檢秋《近代諸子學與文化思潮》，北京，社會科學文獻出版社，1998 年。
53. 羅志田《國家與學術：清季民初關於「國學」的思想論爭》，北京，生活．讀書．新知三聯書店，2003 年。
54. 馬睿《從經學到美學：中國近代文論知識話語的嬗變》，成都，四川民族出版社，2002 年。
55. 馬勇《超越革命與改良》，上海，上海三聯書店，2001 年。
56. 歐陽光偉《現代哲學人類學》，瀋陽，遼寧人民出版社，1986 年。
57. 龐樸《文化的民族性與時代性》，北京，中國和平出版社，1988 年。
58. 彭平一《衝破思想的牢籠——中國近代啟蒙思潮》，長沙，湖南師範大學出版社，2000 年。
59. 皮錫瑞著、周予同注釋《經學歷史》，北京，中華書局，1981 年。
60. 錢基博《現代中國文學史》，長沙，嶽麓書社，1986 年。
61. 錢理群、陳平原、黃子平《二十世紀中國文學三人談》，北京，人民文學出版社，1988 年。
62. 錢穆《國學概論》，北京，商務印書館，1997 年。
63. 錢穆《中國近三百年學術史》，北京，商務印書館，1997 年。
64. 佘碧平《現代性的意義與侷限》，上海，上海三聯書店，2000 年。
65. 桑兵《晚清民國的國學研究》，上海，上海古籍出版社，2001 年。

66. 盛邦和《解體與重構——現代史學與儒學思想變遷》，上海，華東師範大學出版社，2002 年。
67. 盛曉明《話語規則與知識基礎——語用學維度》，上海，學林出版社，2000 年。
68.《十三經注疏》，上海，上海古籍出版社，1997 年。
69. 湯志鈞編《康有為爭論集》，北京，中華書局，1981 年。
70. 湯志均《近代經學與政治》，北京，中華書局，1988 年。
71. 王光遠編《陳獨秀年譜（1879～1942）》，重慶，重慶出版社，1987 年。
72. 王栻主編《嚴復集》，北京，中華書局，1986 年。
73. 王瑤《中國新文學史稿》，上海，上海文藝出版社，1982 年。
74. 汪正龍《文學意義研究》，南京，南京大學出版社，2002 年。
75. 汪暉《現代中國思想的興起》，北京，生活．讀書．新知三聯書店，2004 年。
76. 吳廷嘉《戊戌思潮縱橫論》，北京，中國人民大學出版社，1988 年。
77. 吳雁南等主編《中國經學史》，福州，福建人民出版社，2001 年。
78. 蕭萐父，許蘇民《明清啟蒙學術流變》，瀋陽，遼寧教育出版社，1995 年。
79. 徐松容《維新派與近代報刊》，太原，山西古籍出版社，1998 年。
80. 許志英、鄒恬主編《中國現代文學主潮》，福州，福建人民出版社，2001 年。
81. 楊明《現代儒學重構研究》，南京，南京大學出版社，2002 年。
82. 楊國榮《王學通論——從王陽明到熊十力》，上海，華東師範大學出版社。
83. 楊曉明《梁啟超文論的現代性闡釋》，成都，四川民族出版社，2002 年。
84. 葉易《中國近代文藝思潮史》，北京，高等教育出版社，1990 年。
85. 虞和平主編《中國現代化歷程》，南京，江蘇人民出版社，2001 年。
86. 俞吾金等《現代性現象學——與西方馬克思主義者對話》，上海，上海社會科學院出版社，2002 年。
87. 俞吾金《意識形態論》，上海，上海人民出版社，1997 年。
88. 張大明等《中國現代文學思潮史》，北京，北京十月文藝出版社，1995 年。
89.《章太炎全集》，上海，上海人民出版社，1985 年。
90. 張光芒《中國近現代啟蒙文學思潮論》，濟南，山東文藝出版社，2002 年。
91. 張菊香主編《周作人年譜》，天津，南開大學出版社，1985 年。

92. 張昭軍《儒學近代之境——章太炎儒學思想研究》，北京，社會科學文獻出版社，2000 年。
93. 支偉成《清代樸學大師列傳》，長沙，嶽麓書社，1999 年。
94.《中國近代文學大系》，上海，上海書店，1995 年。
95.《中國近代文學的歷史軌跡》，上海，上海書店出版社，1999 年。
96.《中國新文學大系》，上海，良友圖書印刷公司，1935 年。
97. 中國現代化報告課題組《中國現代化報告 2001》，北京，北京大學出版社，2001 年。
98. 周積明《最初的紀元——中國早期現代化研究》，北京，高等教育出版社，1996 年。
99. 周錫山編校《王國維文學美學論著集》，太原，北嶽出版社，1987 年。
100.《周作人文集》，北京，北京燕山出版社，1995 年。
101. 周作人《中國新文學的源流》，上海，華東師範大學出版社，1995 年。
102. 朱德發、賈振勇《評判與建構：現代中國文學史學》，濟南，山東大學出版社，2002 年。
103. 朱棟林、丁帆、朱曉進主編《中國現代文學史：1917～1997》，北京，高等教育出版社，1999 年。
104. 朱光潛《西方美學史》，北京，人民文學出版社，1979 年。
105. 朱維錚《中國經學史十講》，上海，復旦大學出版社，2002 年。
106. 朱維錚《求索真文明——晚清學術史論》，上海，上海古籍出版社，1996 年。
107. 朱義祿《黃宗羲與中國文化》，貴陽，貴州人民出版社，2001 年。
108. 朱有瓛主編《中國近代學制史料》，上海，華東師範大學出版社，1986 年。

二、翻譯文獻

1.（德）阿爾布萊希特・維爾默《論現代和後現代的辯證法——遵循阿爾多諾的理性批判》，欽文譯，北京，商務印書館，2003 年。
2.（美）阿歷克斯・英格爾斯等《人的現代化》，殷陸君等編譯，成都，四川人民出版社，1985 年。
3.（英）阿倫・布洛克《西方人文主義傳統》，董樂山譯，北京，生活・讀書・新知三聯書店，1997 年。

4.（美）埃里希・弗洛姆《人的呼喚——弗洛姆人道主義文集》，王澤應、劉莉、雷希譯，上海，上海三聯書店，1991 年。

5.（英）艾倫・斯溫傑伍德《社會學思想簡史》，陳瑋、馮克利譯，北京，社會科學文獻出版社，1988 年。

6.（美）安敏成《現實主義的限制：革命時代的中國小說》，姜濤譯，南京，江蘇人民出版社，2001 年。

7. 包亞明主編《現代性與空間的生產》，上海，上海教育出版社，2003 年。

（美）本傑明・史華茲《尋求富強：嚴復與西方》，葉鳳美譯，南京，江蘇人民出版社，1989 年。

8.（日）本田成之《中國經學史》，孫俍工譯，上海，上海書店出版社，2001 年。

9.（美）彼德・賴爾、艾倫・威爾遜《啟蒙運動百科全書》，劉百成、王皖強編譯，上海。上海人民出版社，2004 年。

10.（英）丹尼斯・哈依《意大利文藝復興的歷史與背景》，李玉成譯，北京，生活・讀書・新知三聯書店，1988 年。

11.（德）E・卡西勒《啟蒙哲學》，顧偉銘等譯，濟南，山東人民出版社，1996 年。

12.（德）恩斯特・卡西爾《人論》，甘陽譯，上海，上海譯文出版社，1985 年。

13.（美）費正清《偉大的中國革命（1800～1985）》，劉尊棋譯，北京，世界知識出版社，2001 年。

14.（美）費正清《中國：傳統與變遷》，張沛譯，北京，世界知識出版社，2002 年。

15.（美）費正清、劉廣京編《劍橋中國晚清史（1800～1911 年）》，北京，中國社會科學院歷史研究所編譯室譯，中國社會科學出版社，1993 年。

16.（美）費正清主編《劍橋中華民國史》，章建剛等譯，上海，上海人民出版社，1991 年。

17.（英）F. C. S.席勒《人本主義研究》，麻喬志等譯，上海，上海人民出版社，1987 年。

18.（荷蘭）佛克馬、易布思《二十世紀文學理論》，林書武、陳聖生、施燕、王筱芸譯，北京，生活・讀書・新知三聯書店，1988 年。

19.（美）格里德《胡適與中國的文藝復興——中國革命中的自由主義（1917～1950）》，魯奇譯，南京，江蘇人民出版社，1989 年。
20（意）加林《意大利人文主義》，李玉成譯，北京，生活·讀書·新知三聯書店，1998 年。
21.（美）J. P.查普林、T. S.克拉威克《心理學的體系和理論》，林方譯，北京，商務印書館，1984 年。
22.（德）卡爾·曼海姆《意識形態與烏托邦》，黎鳴、李書崇譯，北京，商務印書館，2000 年。
23.（德）康德《歷史理性批判文集》，何兆武譯，北京，商務印書館，1991 年。
24.（美）科斯塔斯·杜慈納《人權的終結》，郭春發譯，南京，江蘇人民出版社，2002 年。
25.（美）柯文《歷史三調：作為事件、經歷和深化的義和團》，杜繼東譯，南京，江蘇人民出版社，2000 年。
26.（美）雷·韋勒克、奧·沃倫《文學理論》，劉象愚、邢培明、陳聖生、李哲明譯，北京，生活·讀書·新知三聯書店，1984 年。
27.（德）利奇溫《十八世紀中國與歐洲文化的接觸》，朱傑勤譯，北京，商務印書館，1962 年。
28.（美）列文森《儒教中國及其現代命運》，鄭大華、任菁譯，北京，中國社會科學出版社，2000 年。
29.（英）羅吉·福勒《現代西方文學批評術語詞典》，袁德成譯，成都，四川人民出版社，1987 年。
30.（日）綾部恒雄《文化人類學的十五種理論》，中國社會科學院日本研究所社會文化室譯，北京，國際文化出版公司，1988 年。
31. 劉禾《跨語際實踐——文學、民族文化與被譯介的現代性（中國，1900～1937）》，宋偉傑等譯，北京，生活·讀書·新知三聯書店，2002 年。
32. 羅鋼、劉象愚主編《文化研究讀本》，北京，中國社會科學出版社，2000 年。
33.（英）羅素《西方哲學史》，何兆武、李約瑟譯，北京，商務印書館，1986 年。
34.《馬克思恩格斯選集》，北京，人民出版社，1972 年。

35.（德）馬勒茨克《跨文化交流——不同文化的人與人之間的交往》，潘亞玲譯，北京，北京大學出版社，2001 年。
36.（美）馬泰·卡林內斯庫《現代性的五副面孔》，顧愛彬、李瑞華譯，北京，商務印書館，2002 年。
37.（德）M·蘭德曼《哲學人類學》，閻嘉譯，貴陽，貴州人民出版社，1988 年。
38.（英）卜立德《一個中國人的文學觀——周作人的文藝思想》，陳廣宏譯，上海，復旦大學出版社，2001 年。
39.（法）讓-皮埃爾·韋爾南《希臘思想的起源》，何佳譯，北京，生活·讀書·新知三聯書店，1996 年。
40.（法）讓-弗朗索瓦·利奧塔《非人——時間漫談》，羅國祥譯，北京，商務印書館，2001 年。
41. 容閎《西學東漸記》，惲鐵樵、徐鳳石譯，長沙，嶽麓書社，1985 年。
42. 三聯書店編輯部、美國《人文》雜誌社編《人文主義：全盤反思》，北京，生活·讀書·新知三聯書店，2003 年。
43. 汪暉、陳燕谷主編《文化與公共性》，北京，生活·讀書·新知三聯書店，1998 年。
44.（英）特里·伊格爾頓《審美意識形態》王杰、傅德根、麥永雄譯，桂林，廣西師範大學出版社，2001 年。
45.（法）維克多·埃爾《文化概念》，康新文、曉文譯，上海，上海人民出版社，1989 年。
46.（美）微拉·施瓦支《中國的啟蒙運動——知識分子與五四運動》，李國英等譯，太原，山西人民出版社，1989 年。
47.（法）謝和耐《中國社會史》，耿升譯，南京，江蘇人民出版社，1995 年。
48. 謝立中、孫立平主編《二十世紀西方現代化理論文選》，上海，上海三聯書店，2002 年。
49.（法）伊夫·瓦岱《文學與現代性》，田慶生譯，北京，北京大學出版社，2001 年。
50. 殷克琪《尼采與中國現代文學》洪天富譯，南京，南京大學出版社，2000 年。
51.（美）約瑟夫·阿·勒文森《梁啟超與中國近代思想》，劉偉、劉麗、姜鐵軍譯，成都，四川人民出版社，1985 年。

52. 張京媛編《新曆史主義與文學批評》，北京，北京大學出版社，1993 年。

53. 張隆溪《道與邏各斯》，馮川譯，成都，四川人民出版社，1998 年。

54. (美) 周錫瑞《義和團運動的起源》，南京：張俊義、王棟譯，南京，江蘇人民出版社，1994 年。

55. 莊席昌等編《多維文化視野中的文化理論》，杭州，浙江人民出版社，1987 年。

三、英語文獻

1. Bonnie, S. McDougall *The Introduction of Western Literary Theories into Modern China* 1919～1925. Tokyo: The Centre for East Asian Cultural Studies, 1971.

2. Bonnie, S. McDougall and Louie, Kam *The Literature of China in the Twentieth Century*, London: C. Hurst & Co. (Publishers) Ltd., 1997.

3. Denton, Kirk A. ed. *Modern Chinese Literary Thought: Writings on Literature* (1893～1945). Stanford, California: Stanford University Press, 1996.

4. Galik, Marian *The Genesis of Modern Chinese Literary Criticism* (1917～1930), London: Curzon Press Ltd., 1980.

5. Wang, John C.Y. *Chinese Literary Criticism of the CH'ing Period* (1644～1911). Hong Kong: Hong Kong University Press, 1993.

後　記

上個世紀末，在對中國現代文學思潮進行個人梳理與探討的時候，就感覺到有關中國現代文學思潮發生階段的相關研究存在著某些不足，尤其是相對中國現代文學思潮興起之後階段性發展的研究而言，更是顯得不夠全面與深入，缺乏本應具有的整體性考量。因此，剛剛進入新世紀，追溯現代文學思潮的中國生成無疑就成為一個迫不及待的個人願望，並且在重返校園完成博士論文的撰寫之時，才得以開始走上實現這一個人願望之路。

所以，無論是在完成學業的當時，還是在完成書稿的當下，使我始終難以忘懷的，就是寫入博士論文「致謝」中的老師們——「我的學位論文能夠最終撰寫完畢，首先要感謝四川大學文學與新聞學院的各位老師對我的辛勤培養。其次要感謝我的導師，趙毅衡教授、毛迅教授、易丹教授對我的言傳身教；毛迅教授和易丹教授對本書的選題進行了親自指導，提出了不少很有價值的意見與建議；毛迅教授在本書撰寫過程中更是及時提出種種具體意見和建議，為論文撰寫提供了啟發性的幫助。其三要感謝馮憲光教授、馮川教授對我的大力幫助，並為論文撰寫提供了相關資料。」

當然，在撰寫本書的過程之中，個人更深深體會到遵守學術規範的必要性，尤其是堅守學術立場的重要性。只有立足於學術的立場，儘量排除與學術無關的種種干擾，才有可能在現存的研究基礎上有所拓展，在現有的研究成果中有所創見。故此，在思考學術立場何以偏至的同時，更是要展開相應的學術嘗試，以求回歸學術研究之軌範。問題在於，堅守學術立場是遵守學術規範的根本保障，而遵守學術規範則是堅守學術立場的基本前提，從而在相輔相成之中展開個人的學術嘗試。這一嘗試將誠如胡適先生所言「大膽假設，小心求證」：因堅守學術立場而「大膽假設」，學術研究無禁區；因遵守學術規範而「小心求證」，學術研究斥功利。

這就是本書為何要提出應將現代文學思潮的中國生成，置於從經學啟蒙到文學啟蒙的文化轉型過程之中來加以討論，其最主要的原因就是——本土傳統文化在轉型過程之中並沒有「斷裂」，而是在外來現代文化的影響之中「潛存」，在中國文化的現代轉型之中發揮著至關重要的作用，更是導致現代文學思潮的中國生成，尤其是其中國發展時時面臨著重返「文以載道」這一文學工具化傳統的內在威脅。所幸的是，歷史已經證實文學啟蒙的最終結果，不是促成了啟蒙文學在中國的興起，而是在推進現代文學思潮的中國生成。

追溯現代文學思潮的中國生成這一個人嘗試，在儘量搜集資料性文本的前提下，針對文本進行三重語境的互文性解讀，以求能夠在還原「文本語境」、「歷史語境」、「文化語境」之中展開整體性的探討，以形成具有原創性的學術觀點而得到認可。由於這一個人嘗試才剛剛起步，一時間要想得到學界的認同，還需要不斷努力，不過，這一個人嘗試至少展示出相關研究領域中具有可行性的拓展來。